Und
doch flüstert leise
das Glück

LISA JEWELL

Und doch flüstert leise das Glück

Roman

Aus dem Englischen
von Carola Kasperek

Weltbild

Die englische Originalausgabe erschien 2009 unter dem Titel
The Truth About Melody Browne bei Century, London.

Besuchen Sie uns im Internet:
www.weltbild.de

Übersetzung: Carola Kasperek
Lektorat: Lüra – Klemt & Mues GbR, Wuppertal
Umschlaggestaltung: zeichenpool, München
Umschlagmotiv: Shutterstock (© Elena Schweitzer; © bonchan)
Satz: Anna-Maria Klages
Druck und Bindung: GGP Media GmbH, Pößneck
Printed in the EU
ISBN 978-3-86800-447-2

2013 2012 2011 2010
Die letzte Jahreszahl gibt die aktuelle Ausgabe an.

Ruby Roxanne Seeley gewidmet
18.09.2007

Danksagung

Herzlichen Dank an Judith Murdoch und Louise Moore. Ich stehe tief in eurer Schuld und vermisse euch beide schrecklich.

Vielen Dank auch an dich, Jenny C., für deine Freundschaft im Allgemeinen und besonders während der stürmischen Tage im April 2008, die ich ohne dich kaum durchgestanden hätte.

Aus den gleichen Gründen danke ich auch dir, Jascha. In einer Krise läufst du stets zur Höchstform auf, und dabei hast du auch jetzt keine Ausnahme gemacht.

Mein Dank geht auch an Jonny Geller und Kate Elton, dafür, dass sie mich so freundlich und geduldig durch die rauen Wogen gesteuert haben. Ihr habt es mir so leicht gemacht wie nur irgend möglich, und ich freue mich darauf, noch viele Jahre lang gemeinsam mit euch bei günstigem Wind dahinzusegeln.

Ebenso danke ich meinen hübschen Mädchen Amelie und Evie. Die jüngere von ihnen war nichts als eine kleine Wölbung unter meinem Top, als ich dieses Buch zu schreiben begann, und heute ist sie ein kleines Mädchen mit glänzenden goldenen Locken, schiefergrauen Augen und einer Vorliebe für das Wörtchen »meins«. Ich bin eine glückliche Mutter.

Danke an alle bei Century und Arrow Books, die hart gearbeitet haben, um aus meinen getippten DIN-A4-Blättern etwas so Wunderschönes zu machen und es in die Buchhandlungen zu bringen, wo alle Welt es sehen kann. Und so geht mein Dank auch an jeden, der ein Exemplar verkauft oder kauft. Ohne euch hätte das alles nicht viel Sinn gehabt.

Und zu guter Letzt möchte ich mich bei meinen Freunden und Ratgebern bedanken. Ihr wisst schon, wer gemeint ist und worum es geht.

Prolog

Melody Browne öffnete die Augen und sah den Mond, ein vollkommenes weißes Rund, wie ein Einschussloch im Himmel. Er war sehr hell und schien auf sie herab, als wäre sie der Star in einer Show.

Sie schloss die Augen wieder und lächelte. Um sich herum vernahm sie einen Beifallssturm aus krachendem Holz, abplatzender Farbe, zersplitternden Fensterscheiben und dem Heulen einer Feuerwehrsirene in der Ferne.

»Melody! Melody!« Das war sie. Diese Frau. Ihre Mutter. Noch eine Stimme. Der Mann mit der Glatze. Ihr Vater.

Melody holte Luft. Kehle und Nase fühlten sich an, als wären sie mit Säure getränkt, die rauchgeschwängerte Luft brannte auf dem Weg in ihre Lungen wie Feuer. Es war, als hätte jemand in ihrer Luftröhre ein Streichholz entzündet. Ihr stockte der Atem, und sie wartete einen Herzschlag lang, dass ihr Körper die Luft ausstieß. Doch in diesem winzigen Augenblick, als sie im Mondschein auf dem Straßenpflaster vor ihrem Haus lag, ihr Kopf wie in Watte gepackt, die Eltern neben sich, war ihr, als schwebe sie irgendwo zwischen Dunkelheit und Licht, Schmerz und Behagen, an einem Ort, wo ihr Leben endlich einen Sinn bekam.

Sie lächelten ihr zu, ihre Mutter und ihr Vater, mit rußigen Gesichtern und zerzaustem Haar. Die Mutter strich ihr über den Kopf. »Ach, Gott sei Dank!«, rief sie atemlos. »Gott sei Dank!«

Melody blinzelte sie an und versuchte zu sprechen, doch sie hatte keine Stimme mehr. Das Feuer hatte sie ihr genommen. Sie drehte sich um und sah den Vater an. Auf seinem schmutzigen Gesicht waren Tränenspuren. Er hielt ihre Hände umfasst.

»Versuch nicht, zu sprechen«, sagte er. Seine Stimme war rau und heiser, doch voller Zärtlichkeit. »Wir sind ja da.«

Aus dem Augenwinkel sah Melody den Widerschein des Blaulichts in den zerborstenen Fensterscheiben des Hauses. Mithilfe der Mutter setzte sie sich auf und blickte staunend auf die Szene vor ihren Augen. Ein Haus, ihr Haus, stand lichterloh in Flammen. Zahlreiche Menschen in Morgenmänteln und Schlafanzügen drängten sich in Grüppchen zusammen und starrten auf die Feuersbrunst, als wäre es ein Freudenfeuer am Guy-Fawkes-Tag. Mitten auf der Straße hielten zwei große rote Feuerwehrwagen; Männer mit gelben Helmen rollten dicke Wasserschläuche ab und kamen damit angerannt, und am Himmel stand noch immer der Mond, rund und hell und gleichgültig.

Melody stand auf und spürte, wie ihre Knie zitterten.

»Sie war für eine Weile bewusstlos«, hörte sie ihre Mutter zu jemandem sagen. »Ungefähr fünf Minuten völlig weggetreten.«

Jemand fasste sie am Ellbogen und führte sie behutsam zu einem Krankenwagen mit aufgeblendeten Scheinwerfern. Dort hüllte man sie in eine Decke und verabreichte ihr Sauerstoff durch eine merkwürdig riechende Plastikmaske. Sie konnte die Augen nicht von dem allgemeinen Durcheinander abwenden. Allmählich drang eine Erinnerung durch den Rauch und das Chaos, und es durchzuckte sie wie ein Blitz.

»Mein Bild!«

»Keine Angst, das ist hier«, sagte ihre Mutter. »Clive hat es gerettet.«

»Wo? Wo ist es?«

»Da.« Sie deutete zum Straßenrand.

Dort lag das Bild, gegen die Bordsteinkante gelehnt. Melody starrte es an, das spanische Mädchen mit den riesigen blauen Augen und dem getüpfelten Kleid.

Auf eine rätselhafte Weise rührte es etwas in ihr an. Wie immer, seit sie ein kleines Mädchen war, übte es eine tröstliche Wirkung auf sie aus.

»Passt du darauf auf, damit es nicht gestohlen wird?«, krächzte sie.

Ihre Eltern wechselten einen Blick. Offensichtlich fanden sie es beruhigend, dass sie sich solche Sorgen um ein wertloses Gemälde vom Trödelmarkt machte.

»Wir müssen sie zur Untersuchung ins Krankenhaus bringen«, sagte ein Mann. »Nur zur Sicherheit.«

Die Mutter nickte.

»Ich bleibe hier und passe auf alles auf«, sagte der Vater.

In diesem Augenblick drehten sie sich alle drei wie auf Kommando um, gerade noch rechtzeitig, um zu sehen, wie ihr Heim vor ihren Augen in Schutt und Asche sank.

»Das ist mein Haus«, sagte Melody.

Ihre Eltern nickten.

»Und ihr seid meine Mum und mein Dad.«

Wieder nickten sie, zogen sie an sich und nahmen sie in den Arm.

Dort fühlte Melody sich geborgen. Ihr fiel wieder ein, wie sie noch vor wenigen Minuten im Bett gelegen hatte und ein Paar starke Arme sie hochgehoben und durch das brennende Haus an die frische Luft getragen hatten. Sonst konnte sie sich an nichts mehr erinnern. Ihr Vater hatte ihr das Leben gerettet. Der Mond blickte auf sie herab. Das spanische Mädchen auf dem Bild versicherte ihr, dass alles wieder gut werden würde.

Sie streckte sich auf der frisch bezogenen Liege im Krankenwagen aus und sah zu, wie die Türen geschlossen wurden. Der Lärm, die Lichter, das vernichtende Prasseln, alles verstummte, und der Wagen brachte sie ins Krankenhaus.

1

Als Melody Browne neun Jahre und drei Tage alt war, brannte ihr Haus ab und damit auch ihr ganzes Spielzeug, alle Fotos, Kleidungsstücke und alte Weihnachtskarten.

Das Feuer zerstörte jedoch nicht nur ihre gesamte Habe, sondern auch ihr Gedächtnis. Melody Browne konnte sich an kaum etwas vor ihrem neunten Geburtstag erinnern. Ihre frühe Kindheit war im Nebel versunken. Sie hatte nur noch zwei Erinnerungen daran, beide so vage und flüchtig wie Schneegestöber.

In der einen Szene stand sie auf der Rückenlehne eines Sofas und reckte den Hals, um einen Blick aus dem Fenster zu werfen. Das Zweite, an das sie sich erinnerte, war ein Bett in einem schummrigen Zimmer, eine Puderquaste aus cremefarbenen Marabufedern und ein Baby in einem Bettchen. Diese Erinnerungen waren zusammenhanglos, nichts als losgelöste Augenblicke, die einsam und ohne Verbindung miteinander in einem leeren Raum schwebten, der tausende weitere Augenblicke hätte beherbergen sollen.

Doch im Alter von dreiunddreißig Jahren, als die Vergangenheit nur noch ein verstaubtes Fragment dessen war, was ihr Leben auszumachen schien, stieß ihr etwas Unerwartetes und Außergewöhnliches zu. An einem Juliabend, einem von nur wenigen warmen Abenden in jenem Sommer, machte Melody Brownes Leben eine Kehrtwende. Danach war nichts mehr wie zuvor.

Eigentlich wäre Melody an jenem Abend, als alles anders wurde, zu Hause gewesen, hätte sie nicht am Nachmittag den dicken

Tropfen Sommerregen auf ihrem bloßen Arm gespürt und sich daraufhin entschlossen, mit dem Vierzehner-Bus nach Hause zu fahren, statt zu laufen. Sie hätte den Abend höchstwahrscheinlich auch zu Hause verbracht, wenn sie am Morgen nicht ein Top angezogen hätte, das die Schultern freiließ.

»Sie haben wirklich wunderbare Schultern«, bemerkte ein Mann, während er sich auf dem Sitz neben ihr niederließ. »Seit Sie zugestiegen sind, muss ich sie immerzu anschauen.«

»Wollen Sie mich verarschen?«, war ihre zartfühlende Antwort.

»Nein, im Ernst. Ich bin sozusagen ein Fan von Schultern, und Ihre – die sind einfach unglaublich.«

Verlegen berührte sie ihre Schulter, dann warf sie ihm einen misstrauischen Blick zu. »Sind Sie so was wie ein Fetischist?«

Er lachte lauthals und ließ dabei die drei Amalgamfüllungen in seinen Backenzähnen sehen. »Nein, nicht dass ich wüsste«, sagte er. »Es sei denn, man ist einer, wenn einem Frauen mit hübschen Schultern gefallen.«

Melody sah ihn gespannt an. Sie gefiel ihm also. Sonst gefiel sie niemandem. Niemandem mehr seit 1999, und selbst in dieser Hinsicht war sie sich nicht sicher. Vielleicht hatte sie dem Mann damals auch nur leidgetan.

»Sehe ich wie ein Perverser aus?«, fragte er belustigt.

Sie taxierte ihn, seine Slipper, das hellblaue Hemd, die frisch gewaschenen Haare und die steingraue Hose. Er hätte nicht normaler wirken können.

»Wer sagt, dass ein Perverser auch wie einer aussieht?«, antwortete sie.

»Ich versichere Ihnen, dass ich keiner bin. Ich bin vollkommen normal. Wenn Sie wollen, gebe ich Ihnen die Nummer meiner Exfrau. Sie fand mich so unglaublich normal, dass sie mich für einen Typ mit einem Piercing in der Augenbraue verlassen hat.«

Melody lachte und der Mann ebenfalls. Dann stand er auf und sagte: »Ich muss jetzt aussteigen. Hier ist meine Karte. Rufen Sie mich an, falls Sie Lust haben, mit einem perversen Fetischisten auszugehen.«

Melody nahm die Karte aus seiner sonnengebräunten Hand und starrte einen Augenblick lang darauf.

»Ich werde aber nicht damit rechnen«, fügte er lächelnd hinzu. Dann nahm er seinen Rucksack und trat durch die Türen, die sich mit einem hydraulischen Zischen öffneten, auf den belebten Gehsteig hinaus.

Die Frau, die vor Melody saß, drehte sich auf ihrem Platz um. »Verdammt – wenn Sie den nicht anrufen, tue ich es!«

Sie rief ihn nicht an. Sie wartete eine ganze Woche, bevor sie ihm schließlich eine SMS schickte. Nicht, weil sie es unbedingt wollte – ein Mann war das Letzte, was Melody Browne in ihrem Leben brauchen konnte -, sondern weil alle, ihr Sohn, ihre beste Freundin und die Kolleginnen, sie dazu drängten.

»Hallo«, schrieb sie, »ich bin die Frau, deren Schultern Sie letzte Woche im Vierzehner-Bus so pervers angestarrt haben. Hier ist meine Telefonnummer. Machen Sie damit, was Sie wollen.«

Keine fünf Minuten später kam seine Antwort.

»Danke für die Nummer. Ich weiß nicht so recht, was ich damit anfangen soll. Haben Sie eine Idee?«

Sie seufzte. Er wollte ein kleines Geplänkel.

Aber Melody hatte keine Lust zum Plänkeln. Sie wollte einfach so weiterleben wie bisher.

Kurz angebunden schrieb sie zurück: »Keine Ahnung – mit mir ausgehen?«

Das tat er dann auch.

Und so fing alles an.

2

Heute

Melody Brownes Wohnung lag mitten in Covent Garden in einem Wohnblock aus der viktorianischen Ära, der zwischen Endell Street und Neat Street gequetscht war.

Sie wohnte dort mit Edward James Browne, bei dem es sich nicht um ihren Ehemann, sondern um ihren siebzehnjährigen Sohn handelte. Ihre Wohnung war klein und sonnig, hatte keinen Garten, aber einen Balkon, der auf einen Innenhof hinausging. In Covent Garden zu wohnen war kein reines Vorrecht der Superreichen. Im Stadtbezirk Camden gab es zahlreiche Sozialwohnungen, und Melody hatte das Glück gehabt, eine davon angeboten zu bekommen, als sie mit fünfzehn plötzlich alleinerziehende Mutter war. Seitdem lebten sie und Ed hier miteinander, und die Wohnung schien sich der Zeit und den Wechselfällen des Lebens angepasst zu haben. In Schichten und Stapeln hatte sich das Leben darin abgelagert. So besaßen sie noch immer dasselbe Sofa wie vor siebzehn Jahren, es stammte aus einer Spende für minderjährige Mütter. Den Überwurf darauf hatte Melody im Laden einer Wohltätigkeitsorganisation entdeckt, als Ed ungefähr zehn war, und die schicken Kissen hatte sie vor zwei Jahren im Schlussverkauf bei Monsoon erstanden, nachdem sie fünfundsiebzig Pfund in der Lotterie gewonnen hatte.

Als Ed noch ganz klein war, hatte Melody ein paar Topfpflanzen gekauft. In den Neunzigerjahren besaß jedermann Topfpflanzen. Fast alle waren eingegangen, nur eine war noch übrig. Robust und zäh und recht unansehnlich stand sie auf einer angestoßenen Untertasse mit Ringen aus festgebackenem Dreck. Falls Melody einmal umziehen sollte, würde sie die Pflanze wegwerfen, doch diese war so sehr ein Teil der vertrauten Wohnung geworden, dass sie sie gar nicht mehr wahrnahm.

Das Gleiche galt für die Papierstapel unter ihrem Bett, Eds alte Schuhe in der Diele, die ihm nicht mehr passten, seit er fünfzehn war, und das hässliche Bild einer spanischen Tänzerin an der Schlafzimmerwand, das noch aus ihrem Elternhaus stammte.

Melodys Zuhause würde nie einen Preis für Inneneinrichtung gewinnen, aber es war warm und gemütlich und erfüllt von der Gegenwart und dem Geruch seiner Bewohner. Es war ein Schatzkästchen voller Erinnerungen: Fotos, Souvenirs, Ansichtskarten an einer Kork-Pinnwand. In dieser Wohnung waren Melody und ihr Sohn miteinander aufgewachsen, und sie wollte – ob bewusst oder unbewusst – sichergehen, dass auch nicht das winzigste Erinnerungsstück im Müll landete. Alles wollte sie in Reichweite behalten, jeden Besuch von Freunden, jede Schulaufführung, jedes Weihnachtsfest, jede letzte Erinnerung an irgendetwas. Denn Erinnerungen hatten für sie einen noch größeren Wert als das Leben selbst.

Melody machte sich sorgfältig zurecht an jenem Abend, an dem ihr Leben zugleich endete und begann. Das tat sie nur selten, da sie nicht das geringste Interesse an Kleidern hatte. Oft zog sie Kleidungsstücke ihres Sohnes an. Sie ging nirgendwo hin, abgesehen von ihrem Job in der Kantine der Schule, die Ed bis zu seinem Abitur im letzten Monat besucht hatte, und außerdem besaß sie nicht genügend Geld, um sich etwas Hübsches zu kaufen. An diesem Tag jedoch war sie in der großen Filiale von Primark in der Oxford Street gewesen und hatte fünfunddreißig hart erarbeitete Pfund ausgegeben, denn am Abend wollte sie mit einem Mann ausgehen. Es war ihre erste richtige Verabredung seit acht Jahren.

Aus ihrem Schmuckkästchen holte Melody eine dicke silberne Kette mit einem birnenförmigen Anhänger aus Jett und Onyx, eines der wenigen Andenken, die ihr von ihrer Mutter geblieben waren. Sie legte sich die Kette um und wandte sich Ed zu, der sie von der Kante ihres Bettes aus beobachtete. Er trug ein weißes Polohemd mit hochgestelltem Kragen und eine silberne Halskette. Sein schwarzes Haar war kurz geschnitten und glänzte von irgendetwas aus der Tube, seine Augen waren dunkelblau, sein Profil klassisch. Er war der bestaussehende Junge der Oberstufe gewesen. Dieser Meinung war nicht nur seine Mutter, sondern auch die Hälfte der Mädchen an seiner Schule. Melody wusste es, da sie sie darüber hatte flüstern hören, wenn sie glaubten, niemand Wichtiges würde es mitbekommen.

Er lächelte und hob anerkennend die Daumen. »Du siehst super aus«, sagte er.

»Danke für die Lüge«, antwortete sie.

»Das ist nicht gelogen, ehrlich nicht. Du siehst wirklich gut aus.«

»Wie auch immer, jedenfalls liebe ich dich dafür.« Sie presste seine Wangen mit den Händen zusammen und gab ihm einen geräuschvollen Schmatz auf den Mund.

»Iiih, Lipgloss!« Er wischte sich mit den Handrücken den Mund ab.

»Ich wette, wenn es Tiffany Baxters Lipgloss wäre, würde es dich nicht stören.«

»Natürlich nicht«, erwiderte er. »Sie ist siebzehn und sexy. Und außerdem ist sie nicht meine Mutter.«

Sie drehte sich wieder um und musterte sich im Spiegel. Ausgeblichenes rotbraunes Haar, das sich von einer Kurzhaarfrisur zu einem zotteligen Wuschelkopf ausgewachsen hatte. Zähne, die von zwanzig Jahren Rauchen leicht verfärbt waren. Ein schlanker, aber untrainierter Körper. Eine rote, paillettenbesetzte Tunika mit V-Ausschnitt von Primark. Alte Gap-Jeans. Sandalen mit Strasssteinchen, ebenfalls von Primark. Und gelinde Panik in den haselnussbraunen Augen.

»Meinst du nicht, ich sollte Schuhe mit hohen Absätzen anziehen?«, fragte sie, während sie sich auf die Zehenspitzen stellte und sich in dem großen Spiegel begutachtete. »Damit meine Beine länger aussehen.«

Ed verschränkte die Arme und schüttelte den Kopf. »Jetzt sind wir wieder beim Thema ‚die Tochter, die ich nie hatte'. Ich fürchte, ich bin nun mal nicht schwul.«

Lächelnd streichelte Melody ihm über die Wange.

»Stimmt«, sagte sie, nahm ihre Handtasche und hängte sie sich über die Schulter. »Ich geh dann mal. Im Gefrierschrank ist Pizza und im Kühlschrank noch Brathähnchen von gestern. Achte darauf, dass du es *richtig* durcherhitzt. Und äh ...«

»Und äh, *tschüss.«*

»Ja, tschüss.« Sie lächelte. »Ich schick dir eine SMS, wenn ich auf dem Heimweg bin.«

Ben wartete am Eingang zur U-Bahn-Station Leicester Square auf sie. Er trug ein blaues Hemd und Jeans. Sie stieß einen Seufzer der Erleichterung aus. *Er war tatsächlich gekommen.* Doch dann sank ihr vor Schreck der Mut. Er war tatsächlich gekommen.

Von der anderen Straßenseite aus musterte sie ihn, bevor seine flinken Augen sie entdeckten. Er wirkte kräftiger, als sie ihn in Erinnerung hatte, größer und maskuliner. Doch sein Gesicht war so sanft, als wäre er neu auf der Welt und noch unberührt vom Leben. Unwillkürlich betastete sie mit den Fingerspitzen ihr eigenes Gesicht und spürte die raue, müde Haut. Sie wusste, dass sie älter aussah, als sie war (genauso alt wie Kate Moss, wie sie sich häufig mit unnötiger Grausamkeit ins Gedächtnis rief), und fand den Gedanken ziemlich abstoßend.

»Sie sehen nett aus«, sagte er und berührte ihren Unterarm, als er sich vorbeugte, um ihr einen Kuss auf die Wange zu geben.

»Danke. Sie aber auch«, antwortete sie. Die ungewohnte Empfindung, dass ein Mann sie berührte, wenn auch nur ganz harmlos am Unterarm, ließ sie erröten und ihren Atem ein wenig schneller gehen.

»Sollen wir etwas trinken?«, fragte er. »Die Show fängt erst in einer halben Stunde an.«

»Ja, gut«, sagte sie.

Sie gingen in einen kleinen Pub in der Cranbourn Street, wo sie ein großes Glas Weißwein für sich und einen Gin Tonic für Ben bestellten.

»Und jetzt einen Toast«, sagte er. »Auf dreiste fremde Männer, schöne Schultern und laue Sommerabende.«

Sie stieß mit ihm an und fragte sich, ob ein normaler Typ wohl so etwas sagen würde. Jedes Mal, wenn sie ihn ansah, fand sie etwas Neues an ihm auszusetzen. Seine Nase war nicht markant genug, sein Kinn zu kantig, er wirkte zu frisch gewaschen, sein Haar zu duftig, und auch seine Schuhe waren zu sauber.

Er wollte sie zu einer Vorstellung von Julius Sardo, dem berühmten Gedankenleser und Hypnotiseur, mitnehmen. Bens Bruder arbeitete in einer Kartenvorverkaufsstelle, und es war ihm gelungen, ihnen zwei Eintrittskarten zu besorgen, obwohl die Vorstellung ausverkauft war. Ed hatte sie die ganze Woche damit geneckt – *»Schau mir in die Augen, nicht darum herum, direkt in die Augen!«* –, was sie gut verstehen konnte. Jemanden zu hypnotisieren war irgendwie albern und kindisch. So etwas lernte man nur, um bei besser aussehenden Menschen Eindruck zu schinden.

»Haben Sie diese Show schon einmal gesehen?«

»Nicht live, nur im Fernsehen«, antwortete er. »Und Sie?«

»Auch nur im Fernsehen.«

»Haben Sie die Vorstellung gesehen, in der er eine Frau dazu brachte, den Geldtransporter zu überfallen? Und sie war ausgerechnet Polizistin.«

»Nein.« Melody schüttelte den Kopf. »Die Folge habe ich wohl verpasst.« Sie bemerkte, dass ein Stück Bandage unter seiner Manschette hervorsah. »Was haben Sie mit Ihrem Arm gemacht?«, fragte sie.

Er berührte den Verband. »Mir das Handgelenk verrenkt. Drei Stunden in der Notaufnahme.«

»Oje«, sagte Melody. »Wie ist denn das passiert?«

»Beim Squash.« Er deutete einen schwungvollen Schlag mit dem Schläger an und zuckte ein wenig zusammen. »Ich hab's ein bisschen übertrieben.«

Melody kniff die Augen zusammen. In ihrer Lebenssituation erschien ihr Squash als eine alberne und überflüssige Tätigkeit. »Das wird Ihnen eine Lehre sein«, sagte sie und meinte es nur teilweise scherzhaft.

»Ja, stimmt.« Er lächelte. »Es gibt bestimmt noch eine bessere Möglichkeit, meine angestaute Energie loszuwerden, als wie wild auf einen kleinen Gummiball einzudreschen.«

Ein kurzes, aber bedeutungsvolles Schweigen trat ein. Melody nahm einen großen Schluck Wein und kämpfte gegen die aufsteigende Panik an. Sie hatte ja von Anfang an gewusst, dass es ein Fehler war. Mit diesem sauberen und weichgespülten Mann hatte sie nicht die geringste Gemeinsamkeit. Seine blitzenden neuen Schuhe zwinkerten ihr zu, als machten sie sich über ihre Dummheit lustig.

»So, Sie arbeiten also an einer Schule«, brach Ben das Schweigen. »Was machen Sie dort – unterrichten?«

Melody verzog das Gesicht. Sie konnte entweder lügen oder ihre Karten gleich auf den Tisch legen und abwarten, wie er darauf reagierte. »Nein«, gab sie unumwunden zu. »Ich bin Küchenhilfe. Mit anderen Worten, die freundliche Frau an der Essensausgabe.«

»Nein! Tatsächlich?« Ben lächelte.

Sie nickte. »Ja, mit Nylonkittel und Haarnetz.«

»Wow, das ist ja unglaublich! Ich wusste gar nicht, dass Küchenhilfen so aussehen können wie Sie. Zu meiner Zeit taten sie das jedenfalls nicht.«

»Doch, wahrscheinlich schon. Aber für Kinder ist jede Frau über zwanzig eine alte Schachtel, und irgendwie sehen wir alle gleich aus – eine einzige Tristesse. Aber was ist mit Ihnen? Sie sind doch … Tut mir leid, ich erinnere mich nicht mehr genau …«

»Ich bin Baukalkulator. Daran brauchen Sie sich nicht zu erinnern. Es ist ziemlich langweilig.«

»Und das gefällt Ihnen?«

»Ja, ich muss es leider gestehen«, antwortete er. »Ich weiß ja nicht, was das über mich aussagt. Vielleicht sollte ich lügen und behaupten, es würde mich zu Tode langweilen, und ich würde am liebsten alles hinschmeißen und … *Rockstar werden.«* Er lachte. »Aber nein, ich mag den Job. Dadurch kann ich meine Miete bezahlen. Und die halbe Miete meiner Exfrau noch dazu.« Wieder lachte er. »Na ja. Haben Sie schon immer in London gelebt?«

Melody schüttelte den Kopf. »Nein. Ich bin in Kent aufgewachsen. In Canterbury.«

»Und was hat Sie nach London geführt?«

Sie zögerte einen Augenblick lang und fragte sich, ob es jetzt wohl an der Zeit wäre, ihm die Geschichte ihrer vergeudeten Jugend aufzutischen. Mittlerweile musste er doch gemerkt haben, dass sie wirklich nicht sein Typ war. Melody konnte sich Bens Typ gut vorstellen: Sie hieß wahrscheinlich Isabel und war blond, süß und sportlich. Für Ben war das hier einfach ein kleines Experiment, ein Versuch, sich über die deprimierende Tatsache hinwegzutrösten, dass seine Frau mit diesem gepiercten Typ durchgebrannt war. Eine kleine Trotzreaktion, um es ihr heimzuzahlen (»Und ich bin mit einer *Küchenhilfe* ausgegangen. So!«). Ich habe überhaupt nichts zu verlieren, dachte Melody. Da konnte sie auch die ganze traurige Geschichte vor ihm ausbreiten und dabei ruhig dick auftragen.

»Mit fünfzehn bin ich von zu Hause abgehauen«, sagte sie trocken. »Ich habe mich von Drogen und Alkohol verlocken lassen und von einem irischen Herumtreiber namens Tiff. Dann wurde ich schwanger. Tiff ließ mich sitzen, und meine Eltern wollten nichts mehr von mir wissen. Na ja, sie hätten sich schon um mich gekümmert, wenn ich wieder nach Hause gekommen wäre und eine Abtreibung hätte machen lassen. Aber das wollte ich eben nicht, und das war's dann. Ich wurde auf eine Dringlichkeitsliste gesetzt, wohnte eine Weile in einem Wohnheim und bekam eine Wohnung zugewiesen, als ich im neunten Monat war.«

Ben starrte sie einen Augenblick lang an.

»Sind Sie schockiert?«, fragte sie.

»Nein, das nicht.« Er schüttelte den Kopf. »Nur überrascht. Sie wirken so – nun ja, so konventionell. Und was ist mit Ihren Eltern? Haben Sie noch Kontakt zu ihnen?«

Sie zuckte die Achseln. »Schon jahrelang nicht mehr, seit ich von zu Hause weggegangen bin. Nach Eds Geburt habe ich ein paarmal mit ihnen telefoniert, aber das war alles.«

»Das ist schade.«

»Finden Sie?« Melody sah ihn fragend an.

»Ja. Ich meine, Sie haben einen Sohn. Es ist doch schade, dass er seine Großeltern nicht kennt.«

»So habe ich es eigentlich noch nie betrachtet«, sagte sie nachdenklich. »Ich meine, irgendwie kamen sie mir nie wie meine Eltern vor, sondern immer wie nette Fremde, die mich von der Straße geholt haben. Ich war froh, von ihnen wegzukommen. Ehrlich.«

Ben sah sie an. »Wow!«, war alles, was er sagen konnte.

Da wusste Melody, dass sie ihn schon jetzt, nach einer einzigen Stunde, verloren hatte.

Sie hatten gute Plätze im Parkett. Zu gute, wie sich herausstellen sollte. Schon der dritte Schaumstoffball aus Julius Sardos Spielzeugpistole landete in ihrem Schoß. Der Ball war rosa und trug die Nummer drei. Das gesamte Publikum drehte sich zu ihr um und verrenkte sich den Hals, um besser sehen zu können. Melody saß da und starrte auf den rosa Ball, erschrocken, aber seltsamerweise nicht überrascht.

»Wie heißen Sie?«, rief Julius ihr zu.

»Melody«, rief sie zurück.

»Okay, Melody, dann kommen Sie mal her.«

Wie im Schock stand sie auf und lief durch den Gang. Ein Mann mit einem Ohrring zog sie auf die Bühne. Plötzlich stand sie neben Julius, geblendet vom Scheinwerferlicht, und starrte auf das Meer gleichförmiger Gesichter.

»So«, sagte Julius, als alle sechs Kandidaten aus dem Publikum auf der Bühne standen, »der folgende Trick heißt ‚Die fünf Lebensalter des Menschen'. Und ihr lieben Leute sollt die Lebensgeschichte eines Mannes namens – was weiß ich – *Fred* nachspielen. Also, Fred ist ein netter Kerl. Im Grunde genommen. Allerdings hat er ein paar kleine, sagen wir mal, *Marotten.* Ihr dürft euch jetzt jeder einen Ball aussuchen. Darin steckt ein Zettel, auf dem ein Alter und eine Eigenart stehen. Ich möchte, dass ihr die in eure Darstellung von Fred mit einbezieht.«

Er ließ eine Schale mit weiteren Schaumstoffbällen herumgehen, und Melody nahm sich einen. Sie zog den Zettel heraus, faltete ihn auseinander und las: »Fünf Jahre alt und hat Blähungen«.

Niemals sollte es Melody jemandem wirklich erklären können, was in den folgenden fünf Minuten mit ihr geschah. Doch von dem Augenblick an, als Julius bis eins zurückzählte, fühlte sie sich klein. Klein und aufgebläht. Sie wischte sich die Nase am Ärmel ab, lief auf der Bühne herum, wobei sie so tat, als würde sie Tauben jagen, und machte dabei Furzgeräusche. Bei jedem Furz lachte das Publikum, doch sie nahm es nur als eine Art Hintergrundrauschen wahr, wie Straßenlärm, der durch ein offenes Fenster dringt.

»Geh schlafen, Fred«, sagte Julius und schnippte vor Melodys Nase mit den Fingern. Und schon herrschte Stille in ihrem Bewusstsein, Leere. Nicht die gedämpfte, leicht benebelte Leere, die man im Halbschlaf oder bei Trunkenheit empfindet, sondern etwas anderes. Es war, als hätte sich für den Bruchteil einer Sekunde ein schwarzes Loch in ihrem Geist aufgetan und etwas Verstörendes, Fremdartiges hereingelassen, bevor es sich wieder schloss. Sie spürte, wie die Knie unter ihr nachgaben, und dann kippte sie mitten auf der Bühne durchaus anmutig zur Seite um.

Das Nächste, was Melody wahrnahm, war Bens Gesicht dicht vor ihrem, der Zitrusduft seines Haars, darüber eine Tür mit dem Schild »Ausgang« und eine kratzige Wolldecke auf ihren Knien.

Eine Frau in einem grünen Schwesternkittel trat in ihr Blickfeld. Sie hatte eine stark glänzende Stirn und vergrößerte Poren an der Nase.

»Melody? Melody? Kannst du mich hören?«

Melody nickte, und das Gesicht der Frau verschwand wieder.

»Alles in Ordnung mit dir?« Es war Ben. Er hatte ganz kurze, leicht rot gesprenkelte Bartstoppeln.

Wieder nickte Melody und versuchte, sich aufzurappeln. Doch Ben zog sie an der Hand sanft wieder nach unten.

»Wo bin ich?«, fragte sie.

»Im Sanitätsraum«, antwortete Ben. »Du bist *ohnmächtig* geworden und hast locker die ganze Show zum Stillstand gebracht. Sie mussten die Pause vorziehen.«

Melody zuckte zusammen. Sie fühlte sich zu verwirrt und benommen, um richtig zu begreifen, was Ben sagte. Unwillkürlich fasste sie sich an die Schulter.

»Wo ist meine Tasche?«, fragte sie.

»Hier.« Ben zeigte sie ihr. »Deine Jacke habe ich auch. Ich nehme an, du willst nicht wieder reingehen und dir die Show zu Ende ansehen.«

Sie schüttelte den Kopf. »Nein, bestimmt nicht. Ich möchte nach Hause. Tut mir leid …« Sie hatte jedes Gefühl für Zeit und Raum verloren und fühlte sich wie losgelöst von sich selbst.

»Nein, nein, nein, ist schon gut. Selbstverständlich. Ich verstehe vollkommen. Vielleicht steckt dir was in den Knochen.«

»Nein«, entgegnete sie um einiges schärfer als beabsichtigt. »Nein, daran liegt es nicht. Es ist etwas anderes. Mein Kopf, irgendetwas ist mit meinem Kopf passiert.«

Sie bemerkte, wie Ben und die Erste-Hilfe-Frau einen Blick wechselten; dann sah sie, dass die Tür mit dem Schild »Ausgang« offen stand, und da war er. Julius Sardo. Kleiner, als er auf der Bühne wirkte, und viel orangefarbener.

»Hallo, Melody. Da sind Sie ja wieder. Gott sei Dank. Ich habe mir Sorgen um Sie gemacht. Alles wieder in Ordnung?«

Melody nickte geistesabwesend. Sie hatte keine Lust, mit Julius Sardo zu reden. Sie wollte einfach nur nach Hause und ins Bett.

»Woran lag es Ihrer Ansicht nach? Zu niedriger Blutzucker?«

»Ich weiß nicht«, antwortete sie. »Aber jetzt geht es mir wieder gut. Ich möchte nur nach Hause. Kann ich jetzt gehen?«

Als die Sanitäterin zustimmend nickte, half Ben Melody beim Aufstehen.

»Ich muss Ihnen sagen«, fuhr Julius fort, »dass ich seit neun Jahren Liveshows mache, und noch nie ist mir jemand dabei umgekippt.« Er lächelte ein wenig zu breit, und Melody merkte, dass er besorgt war. Doch sie besaß nicht genug Energie, um mit ihm zu diskutieren.

»Ist schon gut«, sagte sie, ließ sich von Ben ihre Jacke geben und zog sie über. »Machen Sie sich keine Sorgen.«

»Na prima.« Wieder dieses strahlende Lächeln mit den unnatürlich weißen Zähnen. »Also, ich muss jetzt zurück, aber melden Sie sich im Büro nebenan, dann bekommen Sie beide Karten für einen anderen Abend. Als Ersatz für das, was Sie versäumt haben, ja?«

Melody lächelte schwach. Sie hatte nicht die Absicht, jemals wieder in Julius Sardos Nähe zu kommen. »Ja«, sagte sie.

Jetzt, nachdem die Sonne untergegangen war, war es draußen vor dem Theater ungemütlich kühl, und Melody zitterte leicht in ihren offenen Schuhen und der dünnen Jacke.

»Es tut mir wirklich leid«, sagte sie. »Was für ein Reinfall!«

»Nein, mir tut es leid. Es war meine Idee, mit dir hierher zu gehen. Nächstes Mal gehen wir einfach schön essen, ja?«

Melody blickte ihn forschend an. Nächstes Mal? Er konnte sie doch unmöglich wiedersehen wollen. In der Annahme, er hätte es aus reiner Höflichkeit gesagt, lächelte sie ihm nur schmallippig zu und ging zur U-Bahn-Station.

Als sie um halb zehn nach Hause kam, lag Ed auf dem Sofa und sah fern. Bei ihrem Eintreten sprang er auf.

»Was machst du denn jetzt schon hier?«, fragte er.

Seufzend ließ sie sich auf der Armlehne des Sofas nieder. »Eine einzige Katastrophe.«

»Wieso, hat er dich versetzt?«

»Nein, er hat mich nicht *versetzt«,* erwiderte sie entrüstet. »Ich wurde für einen Trick ausgewählt. Julius Sardo sagte, ich solle so tun, als wäre ich ein Fünfjähriger mit Blähungen. Und als wäre es nicht schon schlimm genug, vor Hunderten von Leuten auf der Bühne rumzurennen und so zu tun, als würde ich furzen, bin ich auch noch umgekippt.«

»Was?«

»Ohnmächtig geworden. Vor aller Augen. Sie mussten mich hinter die Bühne schleppen und mir Erste Hilfe leisten.«

»Das gibt's doch nicht!«

»Gibt's doch. Leider.« Wieder seufzte sie und fuhr sich mit den Händen durchs Haar. »Meine Güte. So was kann auch nur mir passieren. Melody Browne. Und genau aus diesem Grund habe ich die letzten acht Jahre zu Hause verbracht.«

»O Gott, Mum, geht's dir gut?«

Melody schüttelte den Kopf. Dann nickte sie. Sie wusste nicht, ob es ihr gut ging. Sie wusste nur, dass sie schlafen musste. »Ja, alles in Ordnung. Ich nehme an, es war einfach zu viel Adrenalin und dazu noch ein großes Glas Wein. Ich lege mich hin.«

»Bist du wirklich okay? Vielleicht solltest du was essen.«

Sie lächelte, gerührt und überrascht, dass ihr kleiner Junge sie zu bemuttern versuchte. »Nein. Ich brauche nur Schlaf. Vergiss nicht, alle Fenster zuzumachen, bevor du ins Bett gehst.«

Sie ließ Ed – nicht mehr ihr Kleiner, sondern ein tougher Typ von siebzehn – auf dem Sofa liegen und ging in ihr Schlafzimmer.

In der Dunkelheit lauschte sie auf die Geräusche des Sommerabends: das Dröhnen der Autos, die Stimmen aus den offenen Fenstern, ferne Musik. Es erstaunte sie, dass sie bis vor kurzer Zeit noch Teil dieses Samstagabends gewesen war: eine Frau mit Lippenstift, die in strassfunkelnden Schuhen eine Straße im West End entlangging. Dann war sie eine Frau gewesen, die mit einem Mann in einem Pub ein Glas Wein trank. Und unversehens hatte sie auf einer Theaterbühne gestanden, beobachtet von Hunderten von Menschen. Jemand, von dem die Leute noch lange reden würden: »Diese Frau damals, sie ist ohnmächtig geworden!«

An diesem Abend hatte sie eine Spur hinterlassen, doch nun war sie wieder hier. Nüchtern und allein lag sie in ihrem Doppelbett, eine alleinerziehende Mutter, und es war, als wäre das alles nie geschehen.

Die rote LED-Anzeige ihres Radioweckers sprang von neun Uhr fünfzig auf neun Uhr einundfünfzig, und Melody fiel augenblicklich in einen tiefen Schlaf.

3

1976

Als Melody Browne drei Jahre alt war, hieß sie Melody Riblesdale und lebte in einem großen roten Haus genau in der Mitte von London. So jedenfalls kam es ihr damals vor. In Wirklichkeit wohnte sie in einer Eckwohnung im zweiten Stock eines großen roten Mietshauses, das ungünstig an einer belebten Kreuzung in Lambeth im Süden von London gelegen war.

Um in ihre Wohnung in dem roten Haus zu gelangen, mussten Melody und ihre Eltern entweder zwei Treppen in dem kalten, nach Bleichmittel riechenden Treppenhaus hinaufsteigen oder sich in einen winzigen Aufzug zwängen, dessen Tür aus Metallgitter sich kaum aufschieben ließ, selbst von ihrem Vater mit seinen starken, behaarten Armen nicht.

Ihre Wohnung war jedoch hell und luftig mit großen Schiebefenstern in jedem Zimmer, durch die man auf das Straßengewimmel hinuntersah. Wenn Melody auf das Sofa im Wohnzimmer kletterte und sich auf die Zehenspitzen stellte, konnte sie sogar ein Stückchen von der Themse erspähen.

Sie schlief in einem kleinen gelben Zimmer mit blauen Gardinen und einem Mobile aus Holzschmetterlingen, und jeden Morgen schnallte ihre Mutter sie hinten auf dem Fahrrad fest und brachte sie zu einem Haus im Walnut Tree Walk, wo eine Dame namens Pam auf Melody aufpasste, während ihre Mutter zur Arbeit fuhr. Um fünf kam ihre Mutter nach Kaffee und Zigaretten riechend wieder und holte sie ab. Zuweilen hielt sie auf dem Heimweg an einem kleinen Laden an der Straßenecke an, um einen Liter Milch oder eine Packung Schinken zu kaufen.

Melodys Mutter arbeitete als Marketing-Managerin bei einem Ensemble für modernen Tanz, und ihr Vater war Schriftsetzer in einer Druckerei. Beide hatten regelmäßige Arbeitszeiten und brauchten keine Dienstreisen zu machen. Es war ein ruhiges und vorhersehbares Leben. Melody wusste, was jeder neue Tag bringen würde. Es gefiel ihr, sich im warmen Strom der Routine treiben zu lassen.

Ab und zu gaben ihre Eltern eine Party in der großen Wohnung in Lambeth. Diese Partys begannen um die Mittagszeit und dauerten bis zum Frühstück am nächsten Morgen. Ihr Vater spielte Klavier, und ihre Mutter schenkte mit einer großen Plastikkelle himbeerfarbene Bowle aus. Auf der Feuertreppe an der Außenwand der Küche standen Leute und rauchten Pfeifen und Zigaretten, und wenn Melody erwachte, schliefen fremde Kinder in ihrem Zimmer auf dem Boden. Aber das machte ihr nichts aus, es war normal. Es war ihr Leben, ihre Familie, ihre Welt. Doch als sie vier war, änderten sich ihr Leben, ihre Familie und ihre Welt für immer.

Und alles wegen des Babys, das nie nach Hause kam.

An einem milden Maimorgen erzählte die Mutter ihr von dem Baby, das in ihrem Bauch heranwuchs. Schon bevor sie erfuhr, dass ein Baby unterwegs war, war Melodys Leben schön gewesen, doch nun erschien es ihr noch viel schöner.

In jenem Sommer machte die kleine Familie zusammen Urlaub in einem Cottage auf dem Land. Dort gab es einen Kaninchenstall im Garten mit einem sehr großen Kaninchen darin, das Mr Flopsicle hieß und gern Staudensellerie aus Melodys Hand fraß. Mum und Dad umarmten sich dauernd und hielten die ganze Zeit Händchen.

Als sie wieder in London waren, ging Melody nicht mehr zu Pam, sondern in einen Kindergarten in der Lollard Street, wo sie ihre Milch in einem Karton statt in einer Flasche bekam.

Eines Tages holte die Mutter sie vom Kindergarten ab und erzählte ihr, dass sich das Baby gerade zum ersten Mal bewegt hatte. Das schien die Mutter noch glücklicher zu machen. Von nun an wurde sie richtig dick, nicht nur am Bauch, sondern überall. Als Melody mit ihr in der Badewanne saß, merkte sie, wie schwer die Mutter geworden war, sie schien wie ein dicker weicher Korken in der Wanne zu klemmen.

Nach Weihnachten ließ sich die Mutter eine eckige Frisur mit Ponyfransen schneiden. Zuvor war ihr Haar so lang gewesen, dass es ihr fast bis zum Po reichte, und Melody wusste nicht genau, ob ihr die neue Frisur gefiel, zumal das Gesicht ihrer Mutter jetzt eine andere Form hatte. Aber Mum sagte, dass sie die langen Haare nicht gebrauchen konnte, wenn das Baby kam.

Und dann, eines Nachts, als ihre Mum so dick geworden war, wie Melody es noch nie gesehen hatte, so dick, dass sie nicht mehr arbeiten gehen konnte und kaum noch ohne Hilfe vom Sofa hochkam, fing sie plötzlich an, Lärm zu machen, und verschwand für lange Zeit im Badezimmer. Der Vater erklärte Melody, dass das Baby jetzt käme. Kurz darauf traf eine Frau namens Marceline ein und ging zur Mutter ins Bad, alle waren aufgeregt, und Melody durfte noch aufbleiben, obwohl es doch, wie ihr Vater immer wieder sagte, mitten in der Nacht war. Schließlich schlief Melody erschöpft auf dem Sofa ein, und jemand breitete eine wärmende Decke über sie.

Als sie wach wurde, war es Morgen, und Mum bekam immer noch das Baby. Niemand sagte etwas davon, dass sie in den Kindergarten gehen oder ihr Müsli essen oder sich anziehen sollte, und so setzte sich Melody einfach an ihren kleinen Holztisch in einer Ecke des Wohnzimmers und malte mit ihren Buntstiften aus der großen Schachtel.

Kurz darauf traf Tante Maggie mit Claire und Nicola, Melodys älteren Cousinen, ein. Maggie war Mums Schwester und sah sonst genauso aus wie sie, jetzt jedoch nicht mehr, wegen Mums neuem Haarschnitt und der veränderten Figur. Sie blieben da, bis der Krankenwagen kam, und nahmen Melody dann mit in ihr Haus in Fulham. Melody winkte ihrer Mum zu, als sie sie in den Krankenwagen schoben, und Mum winkte zurück und sah fast so aus, als würde sie jeden Augenblick anfangen zu weinen.

»Sei brav bei deiner Tante. Wir sehen uns später, wenn du eine große Schwester bist«, sagte sie.

Zwei volle Tage und Nächte blieb Melody bei Tante Maggie. Niemand erklärte ihr, warum sie nicht zu Hause war, auf dem Bett ihrer Mutter saß, sich das neue Baby anschaute und überlegte, was sie davon hielt.

Am dritten Morgen erwachte sie davon, dass Boots, Maggies Kater, seine nach Fisch riechenden Schnurrhaare an ihrem Gesicht rieb. Dann legte er sich auf ihre Brust, was ihr ein bisschen Angst machte. »Runter, Boots!«, flüsterte sie, um ihre Cousinen nicht aufzuwecken. »Runter, Boots!«

Irgendwo hörte sie das Telefon klingeln. Sie schob den Kater von ihrer Brust und setzte sich auf. Durch die Wand von Nicolas Zimmer vernahm sie Maggies gedämpfte, schlaftrunkene Stimme. An der Wand hing das gerahmte Bild einer jungen Spanierin. Sie hatte schwarzes Haar und dunkelblaue Augen und trug eine Rose hinter dem Ohr. Ihre Lippen waren so rot, als hätte sie Brombeeren direkt vom Strauch gegessen, und ihr rotes Kleid war voller weißer Tupfen, als hätte es geschneit. Melody starrte auf das Bild, während sie Maggies Stimme hinter der Wand lauschte. Die Stimme klang nun nicht mehr schläfrig, sondern erst ziemlich verwirrt und dann drängend, erst leise, dann laut, bevor Maggie in einem langsamen, bedrückten Singsang immer wieder das Wort »Nein!« ausstieß.

Es sah aus, als blicke das spanische Mädchen Melody gespannt an und überlege, worum es bei dem Telefongespräch ging. Melody schenkte der Spanierin ein hoffnungsvolles Lächeln, als wollte sie sich selbst versichern, dass alles wieder gut werden würde.

Minuten später kam Maggie in Nicolas Zimmer. Sie trug einen blauen, mit Vögeln bestickten Morgenmantel und hatte das lange Haar zu einem Zopf geflochten. Ihr Augen-Make-up war ganz verschmiert, als hätte sie daran herumgerieben, und sie sah nicht so hübsch aus wie sonst.

»Oh«, sagte sie und lächelte. »Du bist ja wach.«

»Ja, ich habe das Telefon gehört«, antwortete Melody.

Maggie nickte. »Das war dein Dad.«

»Kommt das Baby jetzt nach Hause?«

»Nein«, erwiderte Maggie und streichelte Melody mit dem Daumen über die Wange. »Das Baby kommt nicht nach Hause.«

Melody richtete den Blick von Maggie auf das Gemälde und hoffte, das spanische Mädchen würde etwas Unerwartetes tun, damit dieses schreckliche Gefühl wegging. Doch es tat nichts. Es stand einfach da in seinem getüpfelten Kleid und blickte gespannt.

»Dem Baby ging es nicht besonders gut, als es herauskam. Die Ärzte haben versucht, es gesund zu machen, aber es half alles nichts. Und das Baby hat sich auch große Mühe gegeben. Aber es war einfach zu klein und zu krank und hat aufgehört zu atmen. Weißt du, was passiert, wenn man aufhört zu atmen?«

Melody wusste, was geschieht, wenn man nicht mehr atmet, also nickte sie. »Man stirbt«, sagte sie.

»Ja, man stirbt«, sagte Maggie. »Und es tut mir so leid, mein lieber Schatz, aber das ist mit deiner kleinen Schwester passiert. Sie hat aufgehört zu atmen. Und deine Mum und dein Dad sind sehr traurig. Und weißt du, was sie gesagt haben? Sie haben gesagt, es würde ihnen nur besser gehen, wenn sie ihr großes, tapferes Mädchen wiedersehen. Sollen wir uns also fertig machen? Sollen wir dich anziehen und zu Mum und Dad nach Hause bringen?«

Melody überlegte angestrengt. Wenn sie hier blieb, konnte sie das spanische Mädchen noch ein bisschen betrachten. Vielleicht würde es ihr ja sogar verraten, wie sich die vergangenen zwei Minuten ihres Lebens rückgängig machen ließen. Sie würde nach unten gehen und zusammen mit ihren großen Cousinen Cornflakes mit Zucker essen und sie zur Schule begleiten und dann mit Maggie ein Stück Kuchen essen gehen. Schließlich würde sie in ihr schönes, fröhliches Zuhause fahren, wo ihre neue kleine Schwester war.

»Ich habe großen Hunger«, sagte sie schließlich. »Können wir erst frühstücken?«

Maggie gab ihr Zuckerpops und einen komisch geformten Löffel, und Melody gab sich große Mühe, nichts auf ihr T-Shirt zu kleckern, aber ein paar Stücke landeten doch auf ihrem Schoß, und Maggie wischte die Flecken mit einem feuchten Tuch ab. Nicola und Claire in ihren grauen Schuluniformen aßen Toast und machten nicht so viel Lärm wie sonst.

Nachdem sie die Mädchen an der Schule abgesetzt hatte, brachte Maggie Melody zurück nach Lambeth und fuhr mit ihr in dem quietschenden kleinen Aufzug hinauf in den zweiten Stock. Melody griff nach ihrer Hand, als sie zur Wohnungstür gingen. Plötzlich war sie schüchtern und nervös.

Ihr Vater kam an die Tür. Sein Kinn war ganz stoppelig, seine Augen waren gerötet, und sein T-Shirt sah irgendwie müde und schlapp aus, wie die Haut eines alten Menschen. »Hallo, mein Schätzchen.« Er beugte sich hinunter, hob sie hoch und drückte sie. Er roch wie ein altes Handtuch, aber sie drückte ihn trotzdem, weil sie wusste, dass er es gern wollte.

»Wo ist Mummy?«, fragte sie.

»Im Bett. Möchtest du sie sehen?«

Als Melody nickte, setzte er sie ab und nahm sie bei der Hand. »Mummy ist sehr müde und sehr traurig«, sagte er.

Wieder nickte sie.

Vor dem Schlafzimmer ihrer Eltern blieb sie kurz stehen, denn auch wenn sie erst vier war, so wusste sie doch, dass auf dieser Seite der Tür ihre Vergangenheit und auf der anderen ihre Zukunft lag, und dass dies der allerletzte Augenblick war, in der die alte Ordnung der Dinge noch galt.

Als sich die Tür öffnete und Melody auf das Bett zuging, sah sie, dass die komische eckige Frisur ihrer Mutter platt an den Kopf gedrückt und ihr T-Shirt ganz zerknittert und schmutzig war. Die Mutter blickte sie mit leerem Lächeln an, als hätte sie vergessen, wer sie war. Da wusste Melody, dass sie recht gehabt hatte.

Sie war jetzt woanders. Ganz woanders.

4

Heute

Das komische Gefühl war da, als Melody am nächsten Tag die Augen aufschlug.

Sie sagte Ed nichts davon, weil sie nicht wusste, wie sie es ihm erklären sollte, und außerdem war es so vage und flüchtig, dass sie es sofort wieder vergaß, wenn ihr etwas anderes in den Sinn kam. Es war, als hätte jemand ihren Schädel geöffnet, alles darin durcheinandergebracht und danach ordentlich aufgeräumt, bevor er ihn wieder zumachte. Aber nicht alles war genau am richtigen Platz, und Melody fühlte sich in irgendeiner Weise gestört.

Von den Dingen um sie herum schienen an diesem Morgen besondere Schwingungen auszugehen. Sie sah ihre Zahnbürste eine Weile an, bevor sie sie in den Mund steckte, wobei sie das merkwürdige Gefühl hatte, als wäre es gar nicht ihre Zahnbürste. Zugleich kam es ihr so vor, als hätte sie sich gerade schon die Zähne geputzt. Der Kaffee schmeckte seltsam, so als würde sie zum allerersten Mal welchen trinken und seinen bitteren Geschmack registrieren. Als sie in den Spiegel sah und überlegte, ob sie sich die Haare waschen sollte, empfand sie für den Bruchteil einer Sekunde ein Gefühl von Fremdheit, wie man es hat, wenn man unversehens sein Spiegelbild in einer Schaufensterscheibe erblickt. Einige dieser Empfindungen kamen Melody bekannt vor. Von der Zeit, als er ein halbes Jahr alt war, bis zum Alter von achtzehn Monaten hatte Ed nie länger als zwei Stunden durchgeschlafen, und ein Jahr lang hatte Melody vor lauter Schlafmangel ihr Leben in einem watteartigen Zustand verbracht, bei dem ihre Wahrnehmungen ständig ein wenig unscharf waren und sie alles etwas zu langsam und mit zeitlicher Verzögerung tat. Dieses Gefühl hatte sie auch jetzt. Sie fühlte sich ausgehöhlt und wie in einem Schwebezustand. Sie fühlte sich *nicht richtig.*

Der Tag war sonnig und warm, genau wie der vergangene Tag und der davor, doch es schien, als höre sich der leichte Wind vor ihrem Schlafzimmerfenster anders an als sonst, als verursache er ein schwaches Summen, während er durch das Laub der Bäume vor dem Fenster strich.

Auf der Arbeitsplatte in der Küche, wo sie es zum Aufladen hingelegt hatte, klingelte ihr Handy. Die Nummer des Anrufers wurde nicht angezeigt, doch da sie froh über die Ablenkung war, drückte sie auf »Antworten«. Es war Ben.

»Rufe ich zu früh an?«, fragte er.

»Nein, nein, ist schon gut«, antwortete sie. »Ich bin schon eine Weile auf.«

»Ich habe mir Sorgen um dich gemacht. Konnte heute Nacht gar nicht richtig schlafen. Ich habe über das nachgedacht, was passiert ist. Meinst du nicht, es hat vielleicht etwas mit dem Trick zu tun? Mit der Hypnose? Könnte es nicht sein, dass …?«

»Was?«

»Dass er irgendetwas *angestellt* hat? Mit deinem Kopf?«

»Wie kommst du darauf?«

»Na ja, das zeitliche Zusammentreffen. Ich meine, du wurdest genau in dem Augenblick ohnmächtig, als er mit den Fingern schnippte. Das erscheint mir doch ziemlich …«

»Ich weiß. Es ist schon sonderbar. Ich fühle mich auch ein bisschen … *sonderbar.*«

»Tatsächlich?«, fragte er besorgt. »Inwiefern?«

»Ach, ich weiß nicht. Ein bisschen *durcheinander.*«

»Durcheinander?«

»Ja. Wie ein Puzzle oder ein Wollknäuel oder …« Sie schwieg abrupt. Kaum war ihr das Wort »Wollknäuel« herausgerutscht, schoss ihr etwas durch den Kopf. Ein Bild, so klar und deutlich, als wäre es Wirklichkeit. Ein Knäuel hellblaue Angorawolle in einem Korb, eine kleine Hand, ein Preisschild, auf dem »20 Pence« stand. So schnell, wie das Bild gekommen war, so schnell war es auch wieder weg. Melody atmete aus.

»Alles in Ordnung?«

»M-hm.« Sie war ganz außer Atem.

»Meinst du nicht, du solltest jemanden um Rat fragen?«

»Wen? Einen Seelenklempner?«

»Nein. Bloß … Ich weiß auch nicht. Jemanden, der sich mit solchen Dingen auskennt. Nur zur Sicherheit.«

Melody hatte nicht die Absicht, jemanden in dieser Angelegenheit um Rat zu fragen. Sie wusste ja noch nicht einmal, was es damit überhaupt auf sich hatte. »Nein«, sagte sie übertrieben munter. »So schlimm ist es nicht, glaube ich. Es sind wohl nur ein paar Dinge zusammengekommen – Wein, Nervosität, Adrenalin.«

Ben schwieg. »Ja, wahrscheinlich«, sagte er schließlich ohne rechte Überzeugung. »Wie auch immer, ich wollte mich nur davon überzeugen, dass es dir gut geht. Du bist gestern so eilig weggegangen, dass ich mich gar nicht richtig von dir verabschieden konnte.«

»Ja – tut mir leid.«

»Und außerdem gibt es immer noch so viel, was ich nicht über dich weiß.«

»Ach, glaub mir, so viel gibt es da nicht zu wissen.«

»Na, hör mal, du bist eine alleinerziehende Mutter, eine Serviererin …«

»Küchenhilfe.«

»Ach ja, Entschuldigung, Küchenhilfe. Du wohnst in Covent Garden.«

»In einer Sozialwohnung.«

»Schon, aber immerhin in Covent Garden. Und außerdem gibt es keinen Menschen ohne Lebensgeschichte. Ich würde dich wirklich gern wiedersehen. Ohne Zaubertricks und Ohnmachtsanfälle. Vielleicht nächste Woche?«

Melody setzte sich und wechselte das Telefon ans andere Ohr. Das kam alles sehr überraschend, und sie wusste nicht, wie sie darauf reagieren sollte.

Ben nahm ihr Schweigen als Absage und seufzte: »Schon gut, ich verstehe …«

»Nein!«, erwiderte Melody. »Ich hatte nur nicht damit gerechnet und bin ein bisschen überrascht. Das ist alles.«

»Ich weiß nicht, warum du überrascht sein solltest«, lachte er, »aber falls du dich von dem Schock erholen kannst, dass dich jemand zum Essen einlädt – ich hätte am Freitag Zeit.«

In diesem Augenblick tauchte Ed aus seinem Zimmer auf, das dichte schwarze Haar in Wellen gedrückt, mit bloßer kräftiger Jungenbrust und unbehaarten weißen dünnen Beinen, die aus grauen Jersey-Boxershorts hervorsahen. Er stieß einen Grunzlaut aus, seinen normalen morgendlichen Gruß, worauf sie ihm lächelnd in den Nacken kniff.

»Ähm, was Freitag angeht, weiß ich noch nicht genau«, sagte sie dann. »Ich glaube, da habe ich schon was vor. Soll ich dich im Laufe der Woche anrufen?«

»Na, das klingt mir doch verdächtig nach einer Abfuhr«, entgegnete Ben mit einem kleinen Lachen.

»Aber nein, ganz und gar nicht«, antwortete Melody nervös. Ich melde mich dann später, ja?«

Sie legte rasch auf. Ihre Hände zitterten leicht.

»Wer war das?«, fragte Ed, während er Honig-Nuss-Cornflakes in ein Schälchen schüttete.

»Ben, der von gestern Abend«, antwortete sie.

»Also hast du ihn doch nicht vergrault?«

»Offenbar nicht. Er will noch mal mit mir ausgehen.«

»Cool«, sagte Ed, goss Milch in das Schälchen und trug es zum Wohnzimmertisch. »Und du, willst du auch?«

Melody überlegte. An Ben gab es wirklich nichts auszusetzen. Er war umgänglich, intelligent, rücksichtsvoll. Die Art von Mann, mit der dich eine wohlmeinende Freundin verkuppeln würde. Er hatte alle möglichen guten Eigenschaften. Und er sah außerdem ganz gut aus. Trotzdem wollte sie das alles nicht noch einmal durchmachen – die Aufregung, die Sorge, die Hilflosigkeit – und dann? Beim nächsten Mal würde ihr keine Ohnmacht gelegen kommen, damit sie sich rasch aus der Affäre ziehen konnte. Beim nächsten Mal würde sich das übliche Programm abspulen: ein Kuss, ein Kaffee, Sex, ein peinlicher Abschied. Und was dann? Irgendjemand würde verletzt werden, und dieser Jemand wollte sie unter gar keinen Umständen sein.

Sie schüttelte den Kopf. »Nein, ich glaube nicht. Er ist eigentlich nicht mein Typ.«

5

1977

Mit leicht belustigter Miene stand Melodys Vater in ihrem Zimmer und durchforstete ihre Garderobe.

»Ich glaube nicht, dass es warm genug ist für dein grünes Kleid«, sagte er. »Ich finde, du solltest etwas mit langen Ärmeln anziehen.«

»Nein, ich will aber das grüne Kleid anziehen!«, rief sie.

»Na gut, na gut, reg dich nicht auf«, seufzte er. »Aber du musst irgendwas darunterziehen. Wo sind deine T-Shirts?«

Melody seufzte ebenfalls und stand auf. »Hier, auf dem Regal«, sagte sie.

Ihre Mum würde nie verlangen, dass sie ein T-Shirt anzog. Mum war ständig in Eile, rannte durchs Zimmer, zog ein paar Sachen aus dem Schrank und den Schubladen und zwängte Melody hinein. Normalerweise musste Melody sich keine Gedanken um ihre Kleidung machen. Aber zurzeit gab es viel mehr als sonst, um das sie sich Gedanken machen musste. Zum Beispiel, ob es Zeit für den Tee war. Und was für ein Wochentag war. Und was sie tun konnte, damit ihre Mum wieder glücklich war.

Sie blickte kurz aus dem Fenster. Es war nicht das, was die Mutter einen »prächtigen Tag« nennen würde. Der Tag war grau und purpurfarben wie ein Bluterguss. Genau wie der Bluterguss an ihrem Ellbogen, seit sie neulich von ihrem Stühlchen in der Küche gefallen war, als sie versuchte, sich eine Schachtel Schokoplätzchen zu holen, weil sie Hunger hatte und auf ihr Rufen hin niemand gekommen war. Dieser Bluterguss war nicht nur grau und purpurn, sondern es war auch ein bisschen Grün dabei und Rot in der Mitte, wo sie sich die Haut aufgeschürft hatte. Der Vater hatte ihr ein Pflaster draufgeklebt, aber gestern Abend in der Badewanne war es abgegangen, und sie mochte nicht um ein neues bitten. Überhaupt wollte sie nicht viel bitten, denn wenn sie es tat, gab es immer ein großes Geseufze.

Sie suchte sich ein rosa Shirt mit orangefarbenen Ärmeln und einem aufgedruckten Wort vorne aus. So hätte ihre Mum etwas zum Ansehen, was nicht grau und purpurn war, und das würde sie vielleicht ein wenig aufheitern, dachte Melody.

»Du brauchst auch eine Strumpfhose«, sagte der Vater.

Sie zog eine rote Strumpfhose und ein gelbes Höschen aus der Schublade. »Ich kann die blauen Schuhe anziehen«, sagte sie. »Dann hat jedes Teil eine andere Farbe.«

»Tolle Idee«, antwortete der Vater und zog ihr das Nachthemd über den Kopf. »Einfach grandios.«

Die Mutter bürstete sich gerade die Haare, als sie zu ihr gingen, um ihr die Sachen zu zeigen. Als Melody und der Vater ins Zimmer traten, drehte sie abrupt den Kopf.

»Sieh mal«, sagte Melody, »Rot und Rosa und Orange und Grün – und eine gelbe Unterhose und blaue Schuhe.«

»Fantastisch«, sagte die Mutter mit dem gleichen Mangel an Begeisterung wie zuvor der Vater. »Du bist ja ein richtiger kleiner Regenbogen.«

Melody lächelte und umschlang mit den Armen die Knie ihrer Mutter. Sie freute sich über den »kleinen Regenbogen«. Die Mutter strich ihr geistesabwesend übers Haar und stand auf. Sie hatte ein weites graues Trägerkleid mit großen Taschen an, das sie während ihrer Schwangerschaft getragen hatte, und einen schwarzen Rollkragenpullover. Ihre Haare waren zurückgebunden und mit zahlreichen kleinen Klammern festgesteckt, weil sie eigentlich nicht mehr lang genug zum Zurückbinden waren.

»Sollen wir dann gehen?«, fragte sie. Melody nickte und schob ihre Hand in die ihrer Mutter. Doch die Mutter fasste nicht richtig zu, und so rutschte Melodys Hand weg wie ein glitschiges Stück Seife.

Der Friedhof war ein schauriger Ort. Er war sehr weitläufig, mit unheimlichen spitzen Bäumen und Statuen, an denen Stücke fehlten. Melodys Stimmung heiterte sich auf, als sie ihre Cousinen Claire und Nicola sah, und einen Augenblick lang hatte sie Lust, wie gewöhnlich mit ihnen wegzurennen und zu spielen. Doch dann bemerkte sie Maggies weiten schwarzen Mantel und ihre heruntergezogenen Mundwinkel, und da fiel ihr wieder ein, dass es die Beerdigung des Babys war und sie vermutlich nicht spielen durfte. So zog sie ebenfalls die Mundwinkel herunter und folgte ihren Eltern zu einem Loch im Boden, in dem cremefarbener Seidenstoff lag. An einem gewöhnlichen Tag wäre sie gern in das Loch mit der Seide geklettert und hätte so getan, als wäre sie ein frecher Kobold, doch sie konnte sich gut vorstellen, was ihre Eltern heute dazu sagen würden. Also zwang sie sich, traurig und erwachsen zu sein, schlug sich alle lustigen Spiele aus dem Kopf und stellte sich artig neben das Loch.

Auf dem Fahrweg neben dem Grab hielt ein schwarzes Auto, und zwei Männer stiegen aus. Sie trugen Anzüge wie Geschäftsleute, und der eine von ihnen hatte ganz komische Haare, wie eine Puppe.

»Dad«, flüsterte sie und zog ihren Vater am Saum der Jacke. »Warum hat der Mann da so komische Haare?«

»Pst!«, machte ihr Vater.

»Woraus ist es?«

»Was meinst du damit?«

»Ich meine, ist es echtes Haar oder unechtes?«

»Weiß ich nicht«, erwiderte ihr Vater kurz angebunden. Er ging zu dem Mann mit dem unechten Haar, sie sprachen ganz leise miteinander und zogen dann eine Kiste hinten aus dem Wagen. Sie war cremeweiß und hatte silberne Griffe und Blumen obendrauf. Sie war es. Ihre Schwester. Das Baby, das nie nach Hause gekommen war. Und für einen Moment brauchte Melody nicht so zu tun, als wäre sie traurig und erwachsen, denn sie war es wirklich.

Sie trugen die Kiste zu dem Loch im Boden, dann sagte der Vikar viele ernste Dinge, und alle Umstehenden machten schnüffelnde Geräusche, wie Erwachsene es tun, wenn sie weinen und seufzen. Melody konnte sich kaum vorstellen, dass in der Kiste dort ein Baby war – ein echtes, wirkliches, winzig kleines Baby -, nur, dass es tot war und sie noch nicht einmal sein Gesicht gesehen hatte.

Während der Vikar sprach, fuhr ein Windstoß durch die Bäume. Er kam dicht über dem Boden und war so kräftig, dass der Saum von Melodys grünem Kleid auf und ab flatterte und ihr die goldbraunen Locken ins Gesicht wehten. Einen Moment lang konnte sie nicht sehen, was geschah. Als sie sich die Haare aus den Augen gestrichen hatte, sah sie, dass die cremefarbene Kiste in das Loch mit der cremefarbenen Seide gesenkt wurde, und dass Tante Maggie echte Tränen vergoss und dass sogar Claire und Nicola weinten, und sie waren doch noch Kinder. Plötzlich kniete sich die Mutter an den Rand des Lochs, sodass ihr graues Trägerkleid ganz matschig wurde, und machte komische Geräusche. Es klang wie an dem Tag, als das Baby kam, fast wie eine Kuh oder ein Pferd oder wie der Fuchs, der manchmal vor dem Fenster des Cottages gejault hatte, damals im Sommer, als das Baby noch in Mums Bauch war. Die Geräusche verursachten Melody ein eigenartiges, unbehagliches Gefühl, so als ob ihre Mum etwas Unrechtes täte. Und dann fing die Mutter an zu schreien: »Mein Baby, mein Baby!« Immer und immer wieder. Das war komisch, denn so hatte sie Melody immer genannt, bevor das andere Baby nicht nach Hause gekommen war.

Tante Maggie und Melodys Vater gingen zur Mutter hinüber und zogen sie von dem Loch weg, und sie schlug nach ihnen und stieß sie fort. Ihr Gesicht war ganz rot und ihr Kleid voller Matsch, und sie sah aus wie die Frau, die in der Nähe der Kirche auf der Straße lebte, mit dem Zeitungspapier in den Schuhen und all ihren Sachen in einem Einkaufswagen. Melodys Vater zog die Mutter an sich und hielt sie ganz fest, und einen Augenblick lang sah es so aus, als wollte sie sich aus einer Zwangsjacke befreien, wie der Mann in Ketten, den Melody im Fernsehen gesehen hatte. Doch dann hörte sie auf, sich zu wehren, und wurde ganz weich und schlaff und hing in den Armen ihres Mannes wie eine große Lumpenpuppe.

Für eine Sekunde herrschte vollkommene Stille. Selbst der Wind hatte sich gelegt, und niemand schniefte oder schnüffelte. Es war, als spielten sie »Figuren werfen«. Melody schaute zu ihren Eltern hinüber und fand, dass sie seltsam aussahen, wie sie einander so umklammert hielten. Wenn sie sich sonst umarmten, schauten sie einander an und lächelten oder schäkerten miteinander. Doch jetzt sah es fast so aus, als hätte Dad Mum vor einem Unglück gerettet. Als hätte sie in einem Swimmingpool unter Wasser getrieben, und er hätte sie herausgezogen.

Es war das letzte Mal, dass Melody sah, wie ihre Eltern sich umarmten.

6

Heute

Als Melody gegen Mittag aus dem Haus ging, hatte es angefangen zu regnen. Es war so ein trauriger, bedrückender Regen, der einen schönen Sommertag verdirbt. Auf ihrem Weg zur U-Bahn drängte sie sich durch die Horden von Kauflustigen, die Sonntag für Sonntag in Covent Garden einfielen. Dabei trat sie in graue Pfützen, die längliche Dreckspritzer auf ihren Waden hinterließen. Sie wollte zu einer Grillparty bei ihrer Schwester in Hackney. Nun ja, es war nicht ihre richtige Schwester, sie stand ihr jedoch ebenso nahe. Sie und Stacey hatten im Wohnheim in benachbarten Zimmern gewohnt, als sie beide fünfzehn und schwanger waren. Stacey war genauso alt wie Melody, doch sie war verheiratet, hatte zwei halbwüchsige Kinder und einen kleinen Nachkömmling.

Auf dem Weg zur U-Bahn kaufte Melody bei Marks and Spencer ein paar Spareribs, eine Packung Lachskebab und eine Flasche Cava rosé. An der Kasse saß eine Frau mit sehr kurzer Afrofrisur und einem breiten, freundlichen Gesicht. »Guten Morgen, meine Liebe«, sagte die Frau in einem weichen südafrikanischen Akzent. »Wie geht's?«

»Danke, gut«, antwortete Melody. »Und Ihnen?«

»Oh, mir geht's gut. Ja, wahrhaftig.«

Die Frau lächelte und zog die Sektflasche über den Scanner. »Kein guter Tag für eine Grillparty.« Sie deutete nach draußen.

»Nein, nicht unbedingt«, erwiderte Melody. »Aber ich hoffe, es hat aufgehört, bis ich dort bin.«

»Ich werde ein Gebet für Sie sprechen«, sagte die Frau. Melody lächelte und warf einen Blick auf das Namensschild an der Brust der Kassiererin.

Emerald.

Gerade wollte sie sagen, wie schön sie den Namen fand, da schoss ihr plötzlich wieder ein leuchtend buntes Bild durch den Kopf. Eine aufgeschlagene Zeitung auf einem Kiefernholztisch. Ein blau-weiß gestreifter Becher. Ein Frauenbein in einer blauen Jeans mit einem Flicken auf dem Knie, zwei Füße in hell melierten Socken, eine Kinderstimme, die fragt: »Emerald?«

Eine Frauenstimme antwortet: »Ja, wie der grüne Edelstein.«

Dann war das Bild weg, und Melody stand bei Marks and Spencer an der Kasse, mit offenem Mund, eine Packung Lachskebab in der Hand. Hastig raffte sie ihre Einkaufstüten zusammen, lächelte der Frau namens Emerald zu und ging zur U-Bahn.

»Na, wie ist es mit deinem Mann aus dem Bus gelaufen?«, fragte Stacey.

Melody schenkte sich noch ein Glas Sekt ein und verzog das Gesicht. »Hmmmm«, machte sie.

»Oje.«

»Nein, es war nett. Ich meine, er war nett. Ansonsten war der Abend ein bisschen, na ja, bizarr.«

Sie erzählte Stacey von der Hypnose und ihrem Ohnmachtsanfall auf der Bühne, und sie erwog, ihr auch von den merkwürdigen Empfindungen seitdem zu erzählen, aber sie hatte keine rechte Lust auf das Gespräch, das dann unvermeidlich folgen würde. Stacey ließ kein gutes Haar an allem, was sie für »esoterisch« oder »spirituell« hielt. Sie glaubte weder an Geister noch an Tarot oder Seelenwanderung und ganz gewiss nicht an Hypnose. Stacey glaubte nur an das, was sie sehen und anfassen konnte. Über alles andere rümpfte sie verächtlich die Nase und sagte: »Totaler Quatsch!« oder »Was für ein Mist!«. Stacey hätte kein Verständnis für plötzliche unerklärliche Flashbacks gehabt. »Reiß dich zusammen«, würde sie sagen. »Das sind nichts als Hirngespinste.«

Stacey blickte sie forschend an. »Alles in Ordnung mit dir?«

Melody steckte sich eine Zigarette an und zuckte die Achseln. »Ja, sicher.«

»Gut«, sagte Stacey. »Du wirkst bloß ein bisschen mitgenommen. Bis du sicher, dass du nichts ausbrütest?«

Melody nickte und inhalierte den Rauch. Es war ihre erste Zigarette heute, die erste seit gestern Nachmittag, und sie schmeckte ebenso komisch wie der Kaffee an diesem Morgen. Sie warf einen beiläufigen Blick auf die Schachtel, um sich zu vergewissern, dass sie nicht die falsche Marke erwischt hatte. Aber es waren ihre gewohnten Marlboro Light. Die Zigarette schmeckte fad und muffig, nicht wie Tabak, sondern wie *Dreck.* Genau so hatten die Zigaretten in der ersten Phase ihrer Schwangerschaft geschmeckt. Voller Ekel betrachtete sie die Zigarette, dann drückte sie sie aus.

»Was ist denn los?«, fragte Stacey mit einem Blick auf die Zigarette im Aschenbecher.

»Ich weiß nicht. Sie schmeckte nicht richtig.«

»Ha!« Stacey lachte und schlug mit der flachen Hand auf den Tisch. »Dieser Typ – Julius – hat dich so hypnotisiert, dass du kein Nikotin mehr magst!«

»Oje!« Melody starrte in den Aschenbecher. »Meinst du wirklich?«

»Na ja, so was habe ich bei dir noch nie erlebt. Im Leben nicht! Oh, ich überlege gerade, ob er mir wohl die Lust auf Schokolade weghypnotisieren könnte.«

»Ja, und vielleicht die Lust auf Sex herbeihypnotisieren!«

Stacey lachte, und ihr Mann Pete, der gerade die Frikadellen auf dem Grill umdrehte, grunzte zustimmend. »Dafür würde ich bezahlen«, sagte er.

Die Luft war noch immer feucht vom Regen, wurde jedoch im strahlenden Sonnenschein rasch trockener. Staceys kleine Tochter Clover stellte Spielzeugtassen mit Untertassen auf einen kleinen Plastiktisch, während Mutley, der Norfolkterrier, an einem Stofftier schnupperte, das auf dem Boden lag. Es war, wie immer, ein Bild häuslichen Friedens.

Melody und Stacey hatten ihr Leben als Erwachsene an exakt demselben Ausgangspunkt begonnen: fünfzehn, schwanger, obdachlos und alleinstehend. Doch ein Jahr, nachdem ihre Kinder im Abstand von genau einer Woche zur Welt gekommen waren, hatte Staceys Leben eine völlig andere Wendung genommen, denn mit siebzehn hatte sie Pete kennengelernt. Der ruhige, starke, zuverlässige Pete hatte zu ihr gehalten und sie geheiratet, obwohl sie ein Kind von einem anderen Mann hatte. Und jetzt, da sie beide langsam ins mittlere Alter kamen, hatten sie ein hübsches kleines Haus in Hackney und drei Kinder. Stacey strahlte unendliche Zufriedenheit aus. Sie und Melody ähnelten sich in vielerlei Hinsicht, und eine Zeit lang schien es so, als sollte beider Leben einen ähnlichen Verlauf nehmen. Doch in dem Augenblick, als sie beide im Alter von fünfzehn Jahren feststellten, dass sie schwanger waren, hatte Staceys Leben begonnen.

Melodys Leben hingegen war auf seinem Tiefpunkt angelangt.

7

1988

Dieser Tiefpunkt dauerte weder einen Tag noch eine Woche oder einen Monat. Der Tiefpunkt bestand aus einem einzigen Augenblick. Für Melody stellte er sich so dar:

Ein Zimmer, neun Quadratmeter groß, mit zerrissenen Stores und einer rostigen Kochplatte.

Ein ungemachtes Einzelbett und ein Stuhl voller Kleidungsstücke.

In ihren Händen, die hilflos im Schoß lagen, hielt sie ein zerknülltes Papiertaschentuch.

Unten schlug die Haustür zu, dann verschwand Tiffs Motorroller mit wütendem Knattern in der finsteren Nacht.

Dann Stille und die plötzliche Erkenntnis.

Sie war allein in einer feuchten Einzimmerwohnung, und sie war schwanger.

Ihr Freund hatte sie soeben sitzenlassen.

Und außerdem war sie noch nicht einmal sicher, dass das Kind von ihm war.

Zu ihren Füßen stand eine Flasche Gin. Auf dem Bett neben ihr lag eine Packung Paracetamol. Sie blickte zwischen dem Gin und den Tabletten hin und her, dann schaute sie ihre offenen Hände an. Sie versuchte, sich vorzustellen, dass diese Hände ein Baby hielten, ein Baby, das vielleicht wie Tiff aussah oder wie der Mann, dessen Namen sie nicht kannte, weil nicht genug Zeit gewesen war, um danach zu fragen. Sie versuchte, sich vorzustellen, wie diese Hände einen Babypopo eincremten, eine Windel befestigten, einen Sonnenschirm an das Gestänge eines Kinderwagens klemmten. Es war vergeblich.

Nach einer Weile holte sie eine Tasse und füllte sie bis zum Rand mit Gin. Dann schüttelte sie zehn Paracetamol in ihre Handfläche und steckte sie sich in den Mund. Sie spülte die Tabletten mit dem Gin hinunter, goss sich noch einen ein und trank auch den mit drei großen Schlucken.

Im Flur hörte sie am Rauschen des Badewassers, dass die Wanne fast voll war. Auf Zehenspitzen schlich sie über den Treppenabsatz, das Handtuch an sich gepresst. Und da, im Treppenflur vor der Badezimmertür, unter der dicke Schwaden hervordrangen, auf dem Weg, ihr Kind umzubringen, genau da spürte sie ihn: den kalten, harten, dreckigen Tiefpunkt.

Hinterher saß sie auf ihrem Bett, die Knie bis an die Brust hochgezogen, mit feuchten Haarsträhnen, die sich um ihre Schultern ringelten, und weinte leise, heiße Tränen ins abgewetzte Fell eines Teddybären.

8

Heute

Die Sonne schien, und Bloomsbury war voller fröhlicher Studenten vom University College und Büroangestellten, die auf dem Rasen ein Sonnenbad nahmen. Die Sommerluft fühlte sich angenehm auf ihrer klammen Haut an. An einem solchen warmen Tag hatte Melody normalerweise Lust auf ein Bier oder einen gekühlten Weißwein, doch heute war ihr plötzlich nach einem Glas Limonade.

An einem Café auf der Sicilian Avenue machte sie Halt, setzte sich an einen der auf dem Bürgersteig aufgestellten Tische und bestellte eine Limonade. Das hohe Glas, in dem ein gelber Knicktrinkhalm steckte, war vor Kälte beschlagen. Obenauf schwamm eine halbe Zitronenscheibe.

Melody starrte eine Weile darauf, und auf einmal erschien wieder ein Bild vor ihrem geistigen Auge. Ein Resopaltisch, eine lachsfarbene Bank, ein regennasser Motorradhelm, ein Glas Limonade und ein gewaltiger Eisbecher. Drei große Kugeln Vanille, ein Spritzer Erdbeersauce, bunte Zuckerstreusel, eine fächerförmige Waffel und ein langer Löffel. Eine Männerstimme, die sagt: *»Reue ist schlimmer als jeder Fehler, den du jemals begehen könntest. Viel, viel schlimmer.«* Und dann eine jüngere Stimme, die Stimme eines Mädchens: *»Werde ich dann noch hier leben? In Broadstairs?«*

»Ach, das glaube ich kaum. Niemand sollte für immer in Broadstairs bleiben.«

Dann verschwand die Szene, und ein Name fuhr ihr durch den Kopf.

Ken.

So hieß dieser Mann. Der Mann mit dem Motorradhelm und den langen Fingern und den weisen Worten über die Reue.

Ken.

Bevor sie jedoch die Erinnerung festhalten und ergründen konnte, war sie verschwunden, und Melody saß wieder in dem Straßencafé in Bloomsbury und starrte in das Limonadenglas. Sie zog ihre Tasche auf den Schoß, öffnete sie mit zitternden Fingern und holte Zigaretten und Feuerzeug heraus. Doch noch bevor sie sich eine Zigarette angesteckt hatte, wusste sie bereits, dass sie gar nicht rauchen mochte. Seufzend ließ sie das Päckchen wieder in die Tasche fallen.

Was war nur mit ihr los? Anscheinend wurde sie verrückt. Alle Anzeichen deuteten auf beginnenden Wahnsinn hin. Unerklärliche Flashbacks. Stimmen im Kopf. Wahnvorstellungen. Und eine plötzliche starke Abneigung gegen Kaffee und Zigaretten.

Doch nein, das war mehr als schlichter Wahnsinn. *Broadstairs.* Das sagte ihr etwas. Hatte ihr schon immer etwas bedeutet. Während ihres gesamten Lebens als Erwachsene hatte sie jedes Mal, wenn sie den Namen Broadstairs hörte, eine Art Sehnsucht gepackt, so als wäre sie gern dorthin gefahren. Und dann *Ken.* Sie kannte jemanden mit diesem Namen. Ken war jemand *Wichtiges.* Sie konnte sich bloß nicht mehr auf sein Gesicht besinnen, und ebenso wenig auf weitere Einzelheiten. Jetzt aber gab es etwas – den Motorradhelm. Sie konzentrierte sich auf den Helm, und plötzlich spürte sie etwas Enges um den Kopf, das Rauschen des Windes in den Ohren, einen Adrenalinstoß, ein aufregendes Gefühl. Und dann war es wieder verschwunden.

Sie legte zwei Pfundmünzen auf den Tisch, ließ die Limonade unberührt stehen und machte sich auf den Heimweg. Ihr schwirrte der Kopf.

9

1977

Bei Melody zu Hause lächelte niemand mehr. Jedenfalls nicht richtig. Manchmal, wenn Melody sich Mühe gab, wirklich lustig zu sein, kniff ihre Mutter die Lippen zusammen und streichelte ihr übers Haar, und ihr Vater lächelte viel, wenn sie etwas unternahmen, sie beide allein. Doch zu Hause war das Leben eintönig.

Sie gaben keine Partys mehr, und es kamen auch keine Freunde, nicht einmal zum Tee. Aber das Merkwürdige war, dass niemand etwas sagte, was die niedergedrückte Stimmung erklärt hätte. »Oh, ich vermisse mein totes Baby so sehr«, zum Beispiel, oder: »Ich wünschte, Romany wäre hier und nicht in diesem kalten Loch in der Erde.« Da niemand Romany erwähnte, musste Melody annehmen, dass sie nicht wegen Romany traurig waren, sondern ihretwegen. Sie bemühte sich sehr, alles wiedergutzumachen, womit sie ihre Eltern so traurig gemacht hatte. Jedes Mal nach dem Frühstück und dem Tee stellte sie ihren Teller in die Spüle, nie platschte sie mit ihren Schulschuhen durch die Pfützen, und sie jammerte auch nicht, wenn ihre Mutter ihr die Knoten im Haar ausbürstete. Manches jedoch ließ sich nicht immer vermeiden, zum Beispiel, dass sie hinfiel und sich die Strumpfhose zerriss, dass sie ihre Milch verschüttete und manchmal wütend wurde, wenn sie ins Bett gehen sollte.

Eines Tages, etwa drei Monate nach der Beerdigung der kleinen Romany, wurde Melody sehr wütend darüber, dass sie schlafen gehen sollte. Es war ein Freitagabend, am nächsten Tag hatte sie keine Schule, und noch am Nachmittag hatte die Mutter zu ihr gesagt: »Du darfst heute Abend lange aufbleiben, wenn du möchtest, weil du so brav warst.«

Doch offensichtlich hatten beide unterschiedliche Vorstellungen davon, was »lange« bedeutete, denn obwohl Melody auf ihrem Bild nur noch zwei Katzen ausmalen musste und das sehr höflich mitteilte, schrie die Mutter sie an.

»Warum kannst du nicht einfach tun, um was ich dich bitte? Warum nur?«, fragte die Mutter schließlich mit Tränen in den Augen.

»Tu ich doch«, erwiderte Melody. »Ich wollte bloß ...«

»Kein Bloß und kein Aber, Melody. Nichts dergleichen. Bitte. Ich will jetzt kein Wort mehr von dir hören. Nicht ein einziges!«

»Aber ...«

»Nein! Es reicht! Geh jetzt ins Bett!«

Da blitzten Funken in Melodys Augen auf, eine große Woge von Rot und Schwarz spülte über sie hinweg, und sie kreischte aus vollem Hals: »ICH WILL BLOSS NOCH MEINE KATZEN FERTIG MACHEN!!!«

Doch anstatt zurückzubrüllen, wie sie es wohl früher getan hätte, gab ihre Mutter nur ein komisches ersticktes Geräusch von sich, rannte hinaus und knallte die Schlafzimmertür hinter sich zu.

Melody und ihr Vater blickten einander an. Er ließ die Zeitung sinken, ging zum Schlafzimmer, räusperte sich und klopfte leise an die Tür. »Janie, ich bin's.«

Als er hineingegangen war, legte Melody den Buntstift auf den Tisch und schlich auf Zehenspitzen zur Tür. Sie hörte, wie ihre Eltern leise und aufgeregt miteinander sprachen.

»Sie gibt sich solche Mühe, brav zu sein, merkst du das denn nicht?«

»Doch, ich weiß ja. Sie ist so ein liebes Mädchen. Aber ich kann einfach nicht mehr ...«

»Was? Was kannst du nicht mehr?«

»Ich halte es einfach nicht mehr aus.«

»Was denn?

»Das hier! Eben … das! Dieses Leben. Diese Familie.«

»Janie, wir brauchen dich. Melody braucht dich.«

»Eben. Und das ertrage ich nicht mehr. Dieses ganze … dieses ganze *Gebrauchtwerden.* Ich mag nicht mehr, John, verstehst du das nicht? Ich habe das Einzige verloren, was mir wichtig war. Ich habe meine Unschuld verloren.«

»Du hast ein Kind verloren, Jane. Aber du hast noch eins. Eins, das dich braucht. Eins, das dich lieb hat.«

»Ja, aber sie ist schließlich kein Baby mehr. Sie ist vier. Ich kenne sie. Ich kenne ihr Haar. Ich kenne ihre Stimme. Ich weiß, dass sie Schokoplätzchen mag und Malbücher, und dass sie deine Mutter lieber hat als meine. Ich weiß, dass sie haselnussbraune Augen hat und deine Beine. Ich kenne sie. Und das ist es, was ich verloren habe. Nicht das Baby. Nicht das Kind. Sondern das, was hätte sein können. Ich habe *Möglichkeiten* verloren. Alles, was ich nun *nie mehr* erfahren werde. Und das bringt mich um, John. Jedes Mal, wenn ich die Augen schließe, bringt es mich um.«

Es folgte ein langes Schweigen, und Melody hielt den Atem an.

»Melody mag nicht dein einziges Kind sein, Jane, aber du bist ihre einzige Mutter. Du musst einen Weg da heraus finden, denn das bist du ihr schuldig. Du schuldest ihr eine Mutter.«

»Aber das ist es ja gerade! Genau das ist es! Wenn ich nicht Romanys Mutter sein kann, dann will ich niemandes Mutter sein, verstehst du? Überhaupt keine Mutter mehr.«

Lautlos ließ Melody den Atem ausströmen, dann räumte sie langsam und ganz leise ihre Buntstifte zusammen und ging ins Bett.

10

Heute

Donnerstag war der letzte Schultag vor den Sommerferien, und Melody war heilfroh, als sie an diesem Nachmittag aus dem Schultor trat. In ihrem Kopf drängten sich die Gedanken und Erinnerungen. Doch die Erinnerungen tauchten nicht in ordentlicher zeitlicher Reihenfolge auf, sondern in einzelnen, unzusammenhängenden Bruchstücken. Es war, als hätte jemand ihr Leben mit der Schere zerschnipselt und die Schnipsel in die Luft geworfen, von wo sie nun langsam, Stück für Stück, auf sie herabrieselten.

In der Hoffnung, ein wenig Ordnung in die Erinnerungsfetzen zu bringen, packte Melody am folgenden Tag eine kleine Tasche und zog Jeans und Turnschuhe an, um den Zug nach Broadstairs zu nehmen. Auf dem Bahnsteig der Victoria Station blickte sie nervös in beide Richtungen, fast, als warte sie auf jemanden. Über den Lautsprecher wurde die Ankunft des Zuges angesagt, und in diesem Augenblick kam ihr eine weitere Erinnerung. Ihre kalten bloßen Hände im Schoß. Jeansrock und rutschende dunkelblaue Strumpfhose. Die Stimme einer Frau: »*Dann musst du eben frieren.*« Eine Woge der Traurigkeit.

Melody schauderte. Plötzlich fror sie in der sommerlichen, leicht nach Dieselabgasen riechenden Hitze.

Als der Zug einfuhr, setzte sie sich in einem fast leeren Abteil auf einen Fensterplatz. Sie hoffte, irgendetwas zu entdecken, das ihr bekannt vorkam, doch die Aussicht aus dem Fenster war ganz gewöhnlich und nichtssagend. Erst als sie in Broadstairs ankam, meldete sich ihr Unterbewusstsein erneut.

Broadstairs war ein hübsches Städtchen mit schmalen, küstentypischen Häusern, gedrungenen, mit Schindeln gedeckten Cottages und stuckverzierten Villen im Regency-Stil. Andenkenläden mit gestreiften Markisen säumten die Kopfsteingässchen. Es war der erste Tag der Sommerferien, und der Ort wimmelte von munteren Familien. Melody erkannte nichts wieder, verspürte jedoch den Drang, eine bestimmte Richtung einzuschlagen, als zerre sie ein aufgeregtes Kind an der Hand.

Auf der Hauptstraße blieb sie kurz stehen und schaute durch das Fenster eines Cafés. Es wirkte altmodisch mit seiner verzierten viktorianischen Fassade und den Baumwollgardinen. Melody war plötzlich überrascht, als sie dort stand, so als hätte sie gerade etwas Wunderbares und Unerwartetes erblickt. Wie gebannt von ihren eigenen Empfindungen blieb sie noch eine Weile stehen und wartete auf eine plötzliche Erleuchtung. Aber nichts passierte, und so ging sie schließlich weiter, selbst gespannt, wohin ihr Weg sie führen würde.

Doch nachdem sie eine halbe Stunde lang dahingeschlendert war, fühlte sie sich enttäuscht, denn nichts kam ihr bekannt vor oder löste einen Flashback in ihr aus. Allmählich hatte sie das Gefühl, ihre Zeit zu vergeuden – bis plötzlich kurz hintereinander zwei Dinge geschahen: Sie sah ein hohes weißes Haus mit schmalen Fenstern und einem geschwungenen Balkon. Da tauchte eine Erinnerung in ihr auf:

Regen, sanft wie Federn auf ihrer Haut.

Drei Möwen, die so dicht über ihrem Kopf ihre Kreise zogen, dass sie die Schuppen an ihren Krallen erkennen konnte.

Platsch. Als wäre ein Ei zerbrochen. Graugrüner Möwenschiss auf dem Pflaster, nur wenige Zentimeter von ihren schwarzen Turnschuhen entfernt.

Eine Türklingel, die klang wie ein Glockenspiel.

Und dann ein Mann an der Tür, ein Mann mit langem Haar, über den Ohren jedoch kahl rasiert, und mit einem freundlichen Gesicht.

Er lächelte zuerst Melodys Begleiterin und dann ihr zu. Er hatte graue Augen und weiße Zähne. Er trug ein blaues, kragenloses Hemd und eine ausgebeulte Leinenhose.

»Hallo, Jane«, sagte er zu ihrer Begleiterin. *»Und hallo, Melody. Willkommen. Willkommen in eurem neuen Zuhause.«*

Melody setzte sich auf den Bordstein, um sich zu beruhigen. Das war der bisher stärkste Flashback gewesen, ganz klar und überwältigend. Eines stand fest: Sie hatte hier gelebt. Mit jemandem namens Jane. Das hier war ihr Zuhause gewesen.

Sie schaute sich für eine Weile das Haus an und nahm alle Einzelheiten in sich auf – die Fenster, die Tür, das schmiedeeiserne Geländer. Es war ein schönes, elegantes und gepflegtes Haus, ganz anders als dasjenige, welches sie soeben in ihrer Erinnerung gesehen hatte. Es war schäbig und heruntergekommen gewesen, mit grün verfärbtem Stuck und Schmiedeeisen, von dem die Farbe abplatzte. Und dieser Mann mit dem langen Haar. Sie kannte ihn. Sie kannte ihn tatsächlich.

Als ihr eine Notiz an einem Fenster im Erdgeschoss ins Auge fiel, stand sie auf.

»Zimmer zu vermieten.«

Sie klingelte an der Tür. Eine Frau etwa in ihrem Alter öffnete. Sie hielt ein gelbes Staubtuch und eine Flasche Möbelpolitur in der Hand und hatte eine Schürze umgebunden. Sie wirkte zerstreut und ein wenig ungehalten.

»Hallo«, sagte Melody. »Ich wollte nur …« Sie schwieg.

Die Frau starrte sie ungeduldig an.

»Haben Sie ein freies Zimmer?«, fragte Melody schließlich.

»Ja«, erwiderte die Frau kurz angebunden. »Aber nur für eine Nacht. Von morgen an sind wir für den Rest der Saison ausgebucht.«

»Könnte ich es sehen?«

»Ja, sicher.«

Die Frau machte die Tür weiter auf und ließ Melody eintreten. Die Eingangshalle war gepflegt und elegant, mit einem Mosaikfußboden und beige gestrichenen Wänden, an denen zahlreiche gerahmte Schwarzweißfotos von Broadstairs hingen. An beiden Seiten der Eingangshalle befand sich eine Wohnungstür. Jede Ecke und jeder Winkel schienen für Melody eine geheimnisvolle Bedeutung zu haben.

»Das Zimmer ist klein«, sagte die Frau, »aber wenn es nur für Sie sein soll und nur für eine Nacht …«

»Ach, das wird schon gehen«, sagte Melody und hoffte, dass sie wie eine normale Frau mit einem ganz gewöhnlichen Anliegen klang und nicht wie jemand, dessen Dasein ein einziges Chaos war.

»Wohnen Sie hier schon lange?«, fragte sie die Frau.

»Wir haben das Haus vor sechs Jahren gekauft, aber wir haben zwei Jahre gebraucht, um es wieder herzurichten.«

»War es denn baufällig?«

»Ja, ziemlich. Es war in einem schrecklichen Zustand. Über ein Jahr lang haben wir in einem Wohnwagen gelebt.«

»Ach, herrje.« Melody konnte sich diese adrette Frau nicht in einem Wohnwagen vorstellen. »Und wer wohnte hier vorher?«

»Soviel ich weiß, niemand. In den Siebzigern lebten hier Hausbesetzer, doch 1980 tauchte dann der Besitzer auf, warf die Eindringlinge raus, nagelte Fenster und Türen zu und ließ das Haus verrotten. Wir haben es auf einer Versteigerung gekauft. Liebe auf den ersten Blick. Und der blanke Wahnsinn.«

Sie drehte sich um und lächelte Melody zu. »Also, hier ist das Zimmer.« Sie stieß die Tür zu einer ehemaligen Abstellkammer auf, die auf den Garten hinausging. Der Raum war hübsch eingerichtet, besser als die üblichen Fremdenzimmer mit ihren geblümten Bettdecken und den billigen Kiefernholzmöbeln. Er enthielt ein Einzelbett mit einer weißen Steppdecke und zwei schwarz-weiß gemusterten Kissen, einen antiken französischen Sekretär und einen Kleiderschrank in Weiß. Über dem Bett hing ein gerahmtes Schwarzweißfoto des nächtlichen Paris. Die Dielenbretter waren gebeizt und poliert, mit sichtbarer Holzmaserung.

»Es ist hübsch, wirklich hübsch«, sagte Melody »Aber ich weiß nicht, ob ich tatsächlich über Nacht bleiben kann. Ich glaube, ich sollte lieber wieder nach Hause fahren. Ich habe einen Sohn … Ich muss …« Sie verstummte, als ihr Blick auf einen besonders großen Astknoten im Dielenholz fiel. Plötzlich war die Erinnerung wieder da, frisch und klar: ein verfilzter Schafwollteppich, ein zerknülltes Papiertaschentuch, braun gestrichene Dielen, ein dunkles Bett, in dem jemand lag, ihre eigene Stimme, die aufgeregt flüsterte: *»Sie werden die Polizei rufen! Sie werden dich ins Gefängnis werfen! Verstehst du denn nicht, Mum?«*

Melody schnappte erschrocken nach Luft. »Meine Mutter!«, flüsterte sie.

»Oh«, sagte die Frau ein wenig verwirrt, »schön.«

»Ähm, ich muss jetzt gehen«, sagte Melody, um Fassung bemüht. »Und vielen Dank auch.«

»Wie ich schon sagte, sind wir den ganzen Sommer über ausgebucht.«

»Ach ja. Macht nichts. Vielleicht im Herbst?«

»Ich gebe Ihnen einen Hausprospekt mit.«

Auf dem Weg zurück in die Eingangshalle versuchte sich Melody so viele Einzelheiten des Hauses wie möglich einzuprägen, aber die Besitzer hatten es derart gründlich umgebaut, dass man sein früheres Aussehen lediglich noch in Grundzügen erahnen konnte.

»Als dieses Haus besetzt war – wissen Sie, wer damals hier gewohnt hat?«

Die Frau blickte sie leicht gequält an, als könne sie die bloße Vorstellung, dass sich ein paar unappetitliche Hausbesetzer hier eingenistet hatten, nicht ertragen. »Keine Ahnung«, entgegnete sie kurz angebunden. Sie überreichte Melody einen Prospekt und brachte sie zur Tür. »Nicht vergessen, Sie müssen reservieren«, sagte sie. »Wir haben das ganze Jahr über Betrieb.«

Als Melody aus dem Haus trat, sah sie ihn. Einen Mann – abgerissen und heruntergekommen, bärtig und dreckig. Eine Bierdose in der Hand, kam er auf sie zugetorkelt.

»Haben Sie sich verlaufen?«, fragte er. Seine Bierfahne schlug ihr ins Gesicht.

»Nein, alles in Ordnung«, erwiderte sie und wollte an ihm vorbeigehen.

»Sie sehen aber so aus. Sind Sie sicher, dass Sie sich nicht verlaufen haben? Ich kann Ihnen den Weg zeigen. Hab hier gewohnt, seit ich sieben war. Ich kenne diese Stadt wie meine Westentasche.«

Der Mann war mittelgroß und vermutlich nicht viel älter als sie. Wenn er nicht so ungepflegt und angetrunken gewesen wäre, hätte sie ihm gern ein paar Fragen darüber gestellt, wie es hier in seiner Jugend ausgesehen hatte.

»Nein, es ist wirklich alles in Ordnung«, antwortete sie. »Ich gehe nur spazieren.«

»Ich auch.« Er lächelte. Seine Zähne waren verfärbt, aber für einen Obdachlosen erstaunlich gerade und gut erhalten.

Sie lächelte zurück und wünschte sich, dass er ging und sie in Ruhe ließ.

»Ich heiße Matthew, und Sie?«

»Mel«, sagte sie. Sie wollte ihm ihren vollen Namen nicht nennen, damit er ihn nicht als Aufhänger für ein längeres Gespräch verwenden konnte.

»Schön, Sie kennenzulernen, Mel. Und was führt Sie nach Broadstairs?«

Sie zuckte mit den Schultern. »Ich wollte einfach mal einen Tag raus aus London.«

Wieder lächelte er und nahm die Bierdose in die andere Hand. »Schöner Tag dafür.« Da es aussah, als wolle er sich ihr anschließen, trat sie ein wenig zurück. Noch immer lächelnd blickte er sie mit zusammengekniffenen Augen an. »Na, dann mal los«, sagte er.

Sie lächelte ihm nervös zu und ging davon.

»War nett, mit Ihnen zu plaudern!«, rief er ihr nach.

»Ja, gleichfalls.« Sie sah, wie er sich von ihr abwandte. Und da traf es sie plötzlich:

Ein schmuddeliger Tennisball, eine weiß gestrichene Backsteinmauer, bemalt mit dem Bild eines fliegenden Jungen, ein Geräusch … *Grillenzirpen?* Nein, eher ein Schaben, als schnitze jemand an einem Hölzchen herum. Und die Stimme eines Kindes: *»Hol deine Mum von ihm weg, bevor sie auch noch mit ihm badet und Babys von ihm bekommt.«*

Mit angehaltenem Atem blieb sie stehen.

Als sie sich wieder gefasst hatte, war der Mann namens Matthew in der Menge verschwunden und mit ihm, da war sich Melody sicher, ein entscheidender Hinweis auf ihre Kindheit.

11

1977

Alles, was Melodys früheres Leben ausgemacht hatte, war ihr genommen worden. Nicht alles auf einmal, sondern – quälend langsam – Stück für Stück. Als Erstes zog ihr Vater fort, in eine Wohnung in Brixton, in der es Mäuse hinter den Scheuerleisten gab. Dann kündigte die Mutter ihre Stelle und bekam Arbeitslosenunterstützung. Das bedeutete, dass sie sich keine schönen Sachen mehr leisten konnten, wie zum Beispiel leckere Frühstücksflocken oder Besuche im Zoo. Schließlich wurde Melody aus dem Kindergarten genommen, weil die Mutter kein Geld mehr dafür hatte. Als Nächstes packten sie ihre Siebensachen und zogen zu Melodys Tante Susie, die keine Kinder hatte und in einem Bungalow am Rande von Broadstairs an der Küste von Kent lebte.

Susie war Janes älteste Schwester und als die »Stille« bekannt. Sie hatte nie geheiratet, lebte seit zwanzig Jahren in demselben ziemlich feuchten Haus, las zum Zeitvertreib die Bibel und experimentierte gern in der Küche. Susie war überaus dick, bewegte sich nur langsam und ging kaum aus dem Haus. Sie war nur vier Jahre älter als Jane, wirkte jedoch wie deren Mutter.

Melody lebte nicht gern bei Tante Susie. Dort gab es nichts zum Spielen, nichts zu tun und nichts zu sehen, wenn man aus dem Fenster schaute, nur einen anderen Bungalow und ein paar zerzauste Hecken. Es gab auch kein normales Essen mehr, denn Jane konnte es sich kaum leisten, Lebensmittel zu kaufen. Daher aßen sie, was Tante Susie kochte – Sachen mit komischen Namen wie Rissole oder Soufflé oder Confit oder Tagine. Sachen mit Saucen und Kräutern und Sahneklecksen und einmal sogar mit einer ganzen Zitrone darin. Es schien, als hätten sie kein Ziel und keine Pläne für die Zukunft. Susies ganzes Leben bestand aus Alltagseinerlei. Ein Tag nach dem anderen rauschte vorüber, ohne einen Fixpunkt, an den man sich hätte halten können.

Bis zu jenem Tag im September, als morgens ein Briefumschlag mit Geld von Melodys Vater eintraf, worauf sich die Mutter mit Melody auf den Weg nach Broadstairs machte, um ihr eine Schuluniform zu kaufen. Auf der Straße sprach sie ein Mann an, der graue Augen hatte und einen Strauß pfirsichfarbene Rosen in der Hand hielt. Er fragte Jane nach ihrem Befinden. Jane errötete und antwortete: »Es geht mir gut, danke«, in einem knappen, zurückhaltenden Ton, als wollte sie sagen: *Jetzt muss ich aber gehen.*

»Nein, im Ernst«, erwiderte er und legte eine Hand auf ihren Arm in dem cremeweißen Pullover. »Wie geht es Ihnen wirklich?«

Jane betrachtete ihn mit schmalen Augen, und Melody hielt den Atem an. Sie wünschte, ihre Mutter würde weitergehen, weil es eine so merkwürdige Situation war, andererseits jedoch wollte sie bleiben, um zu sehen, was geschah.

»Ich sagte Ihnen doch, es geht mir gut«, erklärte Jane.

»Sie sehen aus, als hätte jemand ihre Eingeweide gepackt« – er senkte die Hand bis auf Höhe ihres Bauches und ballte sie zur Faust – »und Ihnen *die Seele herausgerissen.«* Er vollführte mit der Faust eine scharfe Drehung, dann ließ er die Hand sinken.

Melody schluckte.

Jane holte hörbar Luft durch die Nase und nahm ein wenig den Kopf zurück, als hätte sie einen Schlag erhalten. »Ich …«, begann sie, doch der Mann bedeutete ihr zu schweigen, indem er einen Finger auf ihre Lippen legte.

»Ich habe Sie schon einmal gesehen«, sagte er. »Ich habe Sie beobachtet.«

Jane stieß seinen Finger weg und griff nach Melodys Hand. »Das sollten Sie besser lassen«, entgegnete sie.

»Ich kann Ihnen helfen«, rief er ihr nach. »Was auch immer Sie verletzt hat, ich kann es heilen.«

Jane ging weiter. Dabei presste sie Melodys Hand ein wenig zu fest.

»Hier«, sagte der Mann, als er sie eingeholt hatte. »Hier. Nehmen Sie eine Blume. Eine Rose. Aus meinem eigenen Garten. Nehmen Sie sie. Es ist schon in Ordnung. Ich habe die Dornen abgemacht. Sie können keine weiteren Verletzungen gebrauchen.«

Ohne hinzusehen nahm Jane die Rose und ging raschen, energischen Schrittes mit Melody davon.

Am Ende der Straße blickte Melody zurück. Der Mann stand noch immer dort. Sie lächelte kurz, dann bogen sie um die Ecke.

Tagelang ging ihr der Mann mit der Rose nicht mehr aus dem Sinn. Sie beobachtete, wie die Rose in der Vase in Susies Haus immer mehr verschrumpelte und braun und welk wurde. Und dann, genau an dem Tag, als das letzte vergilbte Blütenblatt auf die Resopalplatte von Tante Susies Anrichte fiel, verkündete Jane, dass sie noch einmal nach Broadstairs mussten, um für Melody neue Schuhe zu kaufen.

Melody sagte zu ihrer Mutter nichts über den Mann mit der Rose, damit sie es sich mit dem Schuhkauf nicht anders überlegte. Jane hatte die ganze Zeit lang kein Wort über die Begegnung verloren.

Sie sah ihn in dem Augenblick, als sie an der Strandpromenade aus Susies Auto stiegen. Er saß auf einer Bank in der Sonne und las ein Buch. Als die Autotür zuschlug, blickte er auf, und für einen kurzen Moment sah er aus wie der Jesus auf dem Bild, das in Tante Susies Küche hing.

Tante Susie fuhr davon, und Melody und ihre Mutter gingen über die Straße zu den Geschäften. Der Mann erhob sich von der

Bank und kam zu ihnen herüber. Er trug ein blaues Baumwollhemd und eine zerrissene Militärhose und hatte sein langes Haar zusammengebunden. Melody konnte den Blick nicht von ihm wenden, obwohl sie es versuchte.

»Hallo«, sagte er.

Jane zuckte zusammen, als sie seine Stimme hörte. »O Gott«, sagte sie.

»Hören Sie«, begann er, »zuerst einmal möchte ich mich entschuldigen.« Er legte die Hand aufs Herz. »Mein Benehmen letzte Woche war ziemlich daneben. Tut mir wirklich leid. So redet man nicht mit Fremden. Aber es ist nun einmal so, dass ich diese ... *Visionen* habe. Aus heiterem Himmel. *Zack!* Einfach so. Ich sehe jemanden und kenne ihn. Und dann geht es mit mir durch. Können Sie mir verzeihen?«

Als er Jane zulächelte, bildeten sich Fältchen in seinen Augenwinkeln.

»Ist schon gut, wirklich«, murmelte Jane. »Machen Sie sich keine Gedanken.«

»Ich möchte es wiedergutmachen und Sie zu einem Kaffee einladen.«

»Nein, wirklich, das ist ...«

»Sind Sie in Eile?«

»Ja.«

»Wo wollen Sie denn hin?«

»Wir müssen meiner Tochter neue Schuhe kaufen.«

»Aha, für die Schule?« Er lächelte.

Melody nickte errötend.

»Die Schule fängt wieder an. Ich kann mich noch gut an das Gefühl erinnern. In welchem Schuljahr bist du denn? Im ersten oder im zweiten?«

Sie schüttelte den Kopf. »Nein, Vorschulklasse.«

»Vorschule, wow!« Er lächelte. »Dafür wirkst du fast zu groß. Du musst doch mindestens schon sechs sein.«

Melody erwiderte das Lächeln und schmiegte sich eng an ihre Mutter.

»Na, dann werde ich euch mal gehen lassen. Und falls Sie es sich mit dem Kaffee anders überlegen, ich sitze dort drüben.« Er deutete auf die Bank, auf der noch sein Taschenbuch lag. »Und nochmals Entschuldigung wegen neulich. Ich wollte Sie nicht erschrecken.«

»Ist schon gut«, sagte Jane, während die Andeutung eines Lächelns ihre Lippen umspielte. »Wirklich. Vergessen Sie es.«

»Dann haben Sie mir also verziehen?«

»Ja, ich habe Ihnen verziehen«, sagte Jane.

Der Mann lächelte erneut, tat so, als wische er sich den Schweiß von der Stirn, und ging zurück zu seiner Bank.

»Übrigens, ich heiße Ken!«, rief er ihnen nach, als sie um die Ecke bogen.

Es regnete, als sie eine Woche später vor dem Haus standen, dessen Anschrift Ken ihnen auf einem Zettel gegeben hatte. Ihre spärlichen Habseligkeiten trugen sie in zerbeulten Koffern und prall gefüllten Umhängetaschen bei sich. Keiner von ihnen hatte an einen Schirm gedacht, und so waren ihre Sommerkleider durchnässt. Einen Augenblick lang blieben sie auf dem Bürgersteig stehen und begutachteten das Gebäude. Es war eine heruntergekommene Regency-Villa auf einem Platz unmittelbar hinter der Strandpromenade. Melody blickte hinauf zu den kreisenden Möwen und trat einen Schritt zurück, als eine von ihnen einen großen grünlichen Klecks direkt vor ihre Füße fallen ließ.

Ken erschien in der Haustür. Mit bloßen Füßen kam er die Eingangsstufen herunter und nahm ihr Gepäck. »Hallo, Jane. Und hallo, Melody«, sagte er freudestrahlend. »Willkommen. Willkommen in eurem neuen Zuhause.« Er brachte sie zu einem großen Zimmer im obersten Stock mit schrägen Wänden und kleinen Fenstern.

Es war einfach möbliert, mit einem Einzelbett, auf dem eine Patchworkdecke lag, zwei Etagenbetten aus weiß gestrichenem Schmiedeeisen und einem Schrank aus gebeiztem Kiefernholz.

»Auf dem Söller«, sagte er, zog den Kopf ein und öffnete das Fenster. »Für uns Lange nicht so toll, aber für euch kleine Leute ideal.« Er zwinkerte Melody zu, und sie lächelte ihn an. Dabei überlegte sie, was wohl ein Söller sein mochte.

Als Ken gegangen war, setzten sich Melody und ihre Mutter nebeneinander auf das Einzelbett und schauten aus dem Fenster. Jane wirkte müde. Im Laufe der Jahre hatte sich ihre Augenfarbe verändert, von einem strahlenden Meerblau zu einem matten Lavendelton. Wenn sich Melody Fotos ihrer Mutter anschaute, die vor dem Tod des Babys aufgenommen worden waren, kam es ihr vor, als sei darauf ein völlig anderer Mensch zu sehen. Ihr Haar war stumpf, ihre Augen leblos, und zwischen den Brauen hatten sich zwei tiefe, schmerzvolle, wie mit dem Messer gekerbte Falten eingegraben.

»Ich habe Hunger«, sagte Melody, die seit dem Mittagessen nur drei Weingummis gegessen hatte, weil ihre Mutter es so eilig gehabt hatte, von Susies Haus wegzukommen.

Ihre Mutter seufzte. »Na, dann komm. Schauen wir mal, ob wir was zu essen für dich finden.«

In Kens Haus war die Küche ganz unten, ein warmer Raum im Souterrain mit einem großen grünen Herd, einem alten Kiefernholztisch und einem Dutzend bunt zusammengewürfelter Stühle. Unter einem Fenster, das sich unter Straßenniveau befand, stand ein altes Sofa. Darauf lag ein großer weißer sabbernder Hund. Eine Frau mit einem Turban saß am Küchentisch und schnitt eine große Mohrrübe in Scheiben. Neben ihr auf einem Stuhl schnurrte laut eine schwarze Katze. Zu Füßen der Frau hockte ein kleines pausbäckiges Baby auf dem Boden und kaute an einem Plastiklöffel.

Die Frau blickte auf, als Melody und Jane zaghaft in die Küche traten.

»Hallo«, sagte sie. »Jane? Melody? Ich bin Grace, Kens Frau. Ich freue mich sehr, euch kennenzulernen.«

Sie streckte ihnen eine mit zahlreichen Ringen geschmückte Hand entgegen, und sie schüttelten einander die Hände. »Und das ist Seth.« Sie deutete auf das Baby auf dem Fußboden. »Sag hallo, Seth.«

Seth blicke sie neugierig an, während ihm ein langer Speichelfaden aus dem Mund rann und auf die Brust tropfte.

»Ich werde euch Tee machen. Setzt euch doch.«

Melody sah zu, wie Grace Tee kochte. Sie war sehr erstaunt über Graces Existenz, darüber, dass es in Kens Leben eine Frau gab. Grace war groß und schlank und trug eine graue Hose aus einem gazeartigen Stoff, ein enges schwarzes T-Shirt und viele klirrende Armreifen. Das Haar hatte sie sich mit dem roten Turban straff nach hinten gebunden. Sie war sehr schön mit ihren hohen Wangenknochen, auf denen das Licht spielte, und den schwarz umrandeten Augen. Ihr einziger Schönheitsfehler war ein großes schwarzes Muttermal mit einem einzelnen Haar darauf direkt neben dem Ohr. Das brachte Melody auf den Gedanken, dass Grace vielleicht keinen besonderen Wert darauf legte, schön zu sein.

Während sie am Spülbecken den Wasserkessel füllte, flog die Tür auf und ein weiteres Kind kam hereingerannt. Es war ein Junge in Tarnhose und braunem T-Shirt. Als er Melody und ihre Mutter bemerkte, blieb er stehen und starrte sie an. Dann, nach einigen Sekunden, sagte er: »Hallo.«

»Oh, hallo, du«, sagte Grace und drehte sich um. »Melody, Jane, das ist mein anderer Sohn Matty.«

Matty hatte kastanienbraunes Haar und strahlende, haselnussbraune Augen. Er schien etwa zehn Jahre alt zu sein. Er lächelte gezwungen, dann seufzte er. »Wohnt ihr jetzt etwa auch hier?«, fragte er.

Jane nickte.

»Na toll«, sagte er. »Ist ja großartig.«

Grace lächelte entschuldigend. »Kümmert euch gar nicht um ihn. Er ist nur eifersüchtig«, sagte sie. »Zeig doch Melody den Garten, Matty.«

Er stöhnte und scharrte mit der Schuhspitze auf dem Teppich herum.

»Bitte«, fügte Grace hinzu.

»Okay.«

Melody folgte ihm durch eine Tür in einen kleinen gepflasterten Innenhof. Eine hohe Backsteinmauer war weiß gestrichen und mit seltsamen Bildern von sonderbaren Wesen und fliegenden Kindern bemalt. Eine grüne Holzbank gab es dort und ein altes Schaukelpferd, eine Kiste mit bunten Bällen und Seilen und einen wunderschönen Strauch mit großen pfirsichfarbenen Rosen. »Das ist der Garten«, sagte Matty. »Er ist nicht sehr groß, aber uns gefällt er.«

Melody starrte auf einen verlaufenen Farbklecks an der Wand, der aussah wie ein Luftballon an einer Schnur. Sie wusste nicht, was sie sagen sollte.

»Mit den ganzen Sachen in der Kiste kannst du spielen«, erklärte Matty. »Das ist für die Kinder. Aber lass die Finger von meinem Fahrrad.« Er stieß mit den Hacken gegen die Wand und steckte die Hände in die Taschen. »Wie alt bist du?«

»Vier«, sagte Melody. »Aber im November werde ich fünf.«

Matty nickte. »Und wo ist dein Dad? Ist er tot?«

»Nein, er ist in London.«

»Aha. Meiner auch«, erwiderte er.

Melody hätte ihn am liebsten etwas gefragt, aber da sie zu schüchtern war, schwieg sie.

»Deine Mum und Ken – sind sie, du weißt schon …?«

Melody wusste gar nichts, und da sie mit Mattys Frage nichts anfangen konnte, nickte sie nur.

»Ja, das habe ich mir schon gedacht«, sagte Matty. »Verdammt, in diesem Haus geht's auch immer komischer zu.« Er schnalzte missbilligend mit der Zunge und schüttelte den Kopf. »Aber du scheinst trotzdem nett zu sein.« Er betrachtete sie mit finsterem Blick. »Wenn du ein bisschen älter wärst, könnten wir sogar Freunde werden. Aber ich werde auf dich aufpassen. Ich sorge dafür, dass dir nichts passiert. Denn wenn ich es nicht tue, tut es niemand, das kannst du mir glauben.«

Er nahm die Hände aus den Taschen, drehte sich um und ging zurück in die Küche.

Melody stand da, blickte auf den ballonförmigen Klecks und fragte sich, ob es in ihrem Leben jemals wieder etwas Normales geben würde.

12

Heute

An dem Abend, an dem Melody von Broadstairs zurückkam, an demselben Abend, an dem sie mit Ben hätte essen gehen können, lud sie stattdessen ihren Sohn in den Pub ein. Sie gingen ins Cross Keys, eine winzig kleine, gut besuchte Kneipe, die von viktorianischen Antiquitäten und Hängekörben voller Petunien geradezu überquoll. Ed bestellte sich ein Bier und Melody ein Radler. Umgeben von fünfzig lärmenden Büroangestellten, die ihren Feierabend genossen, quetschten sie sich draußen vor dem Lokal auf eine schmale Steinbank, die sich rings um einen Baum zog.

»Also«, sagte Ed und stellte sein Glas auf dem Mäuerchen neben ihm ab. »Was ist mit dir los?«

»Was?«

»Mit dir. Was hast du?«

»Gar nichts.«

»Komm schon, Mum. Ich bin nicht blöd. Seit du diesen Typ kennengelernt hast, bist du verändert. Ist alles in Ordnung?«

»Ja, sicher.«

»Und was ist mit ihm? Behandelt er dich auch gut?«

Melody lachte. »Ben?« Sie sah den großen, sanften, besorgten Ben vor sich. Das Schlimmste, was sie sich bei ihm vorstellen konnte, war, dass er vergaß, ihr die Tür aufzuhalten. »Ach Gott, Ed, wenn du ihn kennen würdest. Er ist einfach … Er ist ein Schatz, ein richtiger Gentleman.«

»Und deswegen bist du so komisch?«

»Wieso komisch?«

»Ich weiß nicht. So zugeknöpft. Und warum hast du mit dem Rauchen aufgehört?«

Sie zuckte die Achseln. »Es schien mir einfach die richtige Zeit dafür zu sein.«

Ed runzelte die Stirn, und Melody musste sich beherrschen, um ihn nicht in die Arme zu nehmen und an sich zu drücken, ihr Baby, ihr Ein und Alles, so besorgt und doch ohne eine Ahnung, was in ihrem Leben vorging.

»Mach dir um mich keine Sorgen«, sagte sie. »Vielleicht mache ich nur ein paar Veränderungen durch. Vielleicht ist es die Vorstellung, dass du erwachsen wirst und weggehst, die mich ein bisschen … aus der Fassung bringt. Weißt du, so lange gab es nur dich und mich, und ich brauchte mir um niemanden sonst Gedanken zu machen. Und jetzt muss ich in größeren Zusammenhängen denken und mir überlegen, was als Nächstes kommt …«

»Ich geh doch noch gar nicht weg.« Er lächelte.

»Nein, ich weiß. Zumindest nicht körperlich, aber doch gefühlsmäßig. Jeden Tag brauchst du mich ein bisschen weniger. Und sogar mein Job – den habe ich nur angenommen, damit ich in den Ferien frei hatte und mich besser um dich kümmern konnte. Aber jetzt muss ich keine Küchenhilfe mehr sein. Jetzt könnte ich alles Mögliche werden. Ich bin frei, verstehst du? Und davor habe ich wirklich und wahrhaftig Angst.«

»Aber Mum, du brauchst doch keine Angst zu haben! Wovor fürchtest du dich denn? Ich bin doch immer noch da. Und so klug, wie du bist – da könntest du alles Mögliche tun.«

»Ach ja? Was denn zum Beispiel?«

»Ich weiß nicht. Unterrichten vielleicht? Du wärst eine tolle Lehrerin. Ohne dich hätte ich noch nicht mal den Realschulabschluss, geschweige denn das Abitur geschafft. Oder du heiratest und bekommst noch ein paar Kinder …«

»Was!?«

»Ja, im Ernst. Warum nicht? Du bist doch noch jung und könntest noch mehr Kinder haben – so wie Stacey. Würde dir das nicht gefallen? Schließlich bist du die beste Mutter der Welt.«

»Nein«, erwiderte Melody mit einem schiefen Lächeln und legte Ed die Hand aufs Knie. »Nein, eins reicht mir.«

»Aber was ist mit diesem Ben? Er hat doch keine Kinder, oder? Will er denn keine?«

Wieder lachte sie. »Ich weiß nicht. Wahrscheinlich schon.«

»Dann könntet ihr ja vielleicht, du und er …«

Sie schüttelte langsam den Kopf. »Nein, es gibt kein Er und Ich.«

»Wieso – ist es aus?«

»Nein, das nicht, aber es hat gar nicht erst angefangen.«

»Und warum nicht?«

»Ich weiß nicht«, antwortete sie. »Ich kann mich nicht recht damit anfreunden.«

»Mit ihm oder mit dem Gedanken, dass es einen Mann in deinem Leben gibt?«

Melody schwieg und sah ihren Sohn erstaunt an. Was für eine scharfsinnige Frage. Konnte es sein, dass sie einen vernünftigen Mann großgezogen hatte?

»Sieh mal, Ed«, begann sie zögernd. »Da geschieht gerade etwas in meinem Leben, und es hat nichts mit Ben zu tun. Es geht um …« Sie verstummte, weil ihr klar wurde, dass sie selbst gar nicht genug wusste, um es Ed zu erklären. Sie hätte gern mehr für ihn gehabt – klare, eindeutige Tatsachen. Schließlich war es ihre Pflicht als Mutter, ihm die Welt in klaren Linien und fröhlichen Farben zu malen und ihn vor den Unwägbarkeiten und Risiken des Lebens zu beschützen. Sie holte tief Luft und überlegte, was sie sagen sollte. »Es hat mit meiner Kindheit zu tun und damit, was bei Julius Sardos Show geschehen ist.«

Ed sah sie verwundert an.

Seufzend fuhr sie fort: »Seit ich neulich ohnmächtig geworden bin, kommen in mir Erinnerungen hoch.«

»Was für Erinnerungen?«

»Na ja, ich weiß nicht so genau. Es sind eher kurze Streiflichter als richtige Erinnerungen. Aber sie haben alle mit meiner Vergangenheit zu tun, mit der Zeit vor dem Brand, an die ich mich nicht erinnern kann. Ich werde noch nicht recht schlau daraus, aber ich weiß schon, dass ich einmal in Broadstairs gelebt habe. Ich bin heute dorthin gefahren und habe das Haus und alles gefunden.«

»Was? Willst du damit sagen, du hast dort mit deinen Eltern gelebt?«, fragte Ed.

»Ja. Nein. Ich weiß nicht. Ich kann mich nicht erinnern. Ich weiß nur, dass dort Hausbesetzer lebten, und dass der Mann Ken hieß. Er hatte ein Motorrad. Und dann war da noch eine Frau namens Jane, und ich glaube …« Sie wollte schon sagen: *Ich glaube, ich habe sie Mum genannt,* doch sie schwieg, da sie die Erinnerung noch nicht recht einordnen konnte. »Ich meine«, fuhr sie fort, »ich habe sogar ein Astloch in den Dielen wiedererkannt, solche Einzelheiten, weißt du. Das kann doch keine Einbildung sein. Es ist fast so, als hätte ich … als hätte ich ein anderes Leben geführt.«

»Du meinst, als wärst du adoptiert worden oder so?«

Melody stockte der Atem. Diese Möglichkeit war ihr auch schon in den Sinn gekommen, wenn sie nachts wach lag und vagen, dunklen Grübeleien nachhing. Doch trotz ihrer ungewöhnlich blassen Kindheitserinnerungen hatte sie den Gedanken immer als zu weit hergeholt abgetan.

»Nein, so etwas nicht«, erwiderte sie leise. »Aber es könnte sein, dass man mich aus irgendeinem Grund für eine Zeit lang fortgeschickt hat, vielleicht an die Küste …«

»Ach du Schande.« Ed stellte sein Bierglas ab und sah seine Mutter beunruhigt an. »Du glaubst doch nicht etwa, dass der Kerl, na, du weißt schon, wie in diesen Büchern … solche scheußlichen Sachen, die manchen Kindern passieren?«

»Was? Du meinst *Missbrauch?*«

»Ja.« Er zuckte kläglich mit den Schultern. »Wie heißt das noch mal, wenn Kinder schlimme Sachen vergessen, und später gehen sie dann zu einem Seelendoktor, und dann kommt alles raus, und ihr Vater wird ins Gefängnis gesteckt, obwohl er schon richtig alt ist?«

»*Regression?*«

»Ja. Denn das hat dieser Sardo ja mit dir gemacht, nicht? Er hat dir eingeredet, du wärst fünf, und vielleicht ist dir ja mit fünf etwas Schlimmes zugestoßen, und du hast das alles weggesperrt, und jetzt kommt es wieder hervor. Ich meine wirklich, es ist ja echt hart, aber könnte dein Vater nicht vielleicht …?«

»Nein, auf gar keinen Fall!«, rief Melody halb belustigt.

»Na ja, das sagst du so, aber sie sehen alle aus wie nette alte Opas, diese Kinderbefummler. Woher willst du das wissen? Wenn du keine Erinnerung mehr daran hast, wie kannst du es wissen?«

»Ich weiß es einfach«, entgegnete sie.

»Aber wenn es stimmen würde, könnte es einiges erklären.«

»Zum Beispiel?«

»Dass du keinen Mann willst …«

»Ich will ja einen Mann!«

»Nein, willst du nicht. Und dann bist du so sehr gegen deine Eltern eingestellt …«

»Du weißt doch, warum ich gegen meine Eltern bin.«

»Ich weiß nur, was du mir erzählt hast.«

»Um Himmels willen, Ed, hör endlich damit auf! Mein Vater hat mich nicht missbraucht, okay?«

»Und warum hast du dann mit einem Typ namens Ken in einem besetzten Haus in Broadstairs gelebt?«

Melody seufzte und ließ den Kopf auf die Brust sinken. »Ich weiß nicht«, antwortete sie schließlich und blickte auf.

»Was war das, eine Kommune oder so?«

Sie zuckte die Achseln. »Ich weiß nicht mehr genau. Ich erinnere mich nur an den Mann namens Ken. Er hatte …« – sie kniff die Augen zu – »… ein Tattoo auf der Hand. Irgendein Symbol. Und er roch …« – sie schnupperte – »nach Zigarettentabak. Und seine Haare waren lang, aber an den Seiten kurz geschoren, wie bei einem zugewachsenen Irokesen.«

»Mmmm, klingt wirklich *nett«*, sagte Ed. »Du wirst sie wohl anrufen müssen.«

»Wen – meine Eltern?«

»Ja. Du musst sie anrufen und sagen: ‚Mum, Dad, was *um alles in der Welt* habe ich in Broadstairs gemacht?« Er sprach mit diesem gestelzten Akzent, den er immer benutzte, wenn er über seine ihm unbekannten Großeltern sprach. Er stellte sie sich viel vornehmer vor, als sie tatsächlich waren.

»Ich kann sie nicht anrufen«, sagte Melody.

»Warum nicht?«

Sie seufzte. »Wenn sie mich damals angelogen haben, dann werden sie es jetzt wieder tun. Ich muss die Wahrheit wissen, und ich glaube, das sollte …« Sie suchte nach den richtigen Worten. »Ich glaube, das sollte nach und nach geschehen. Wie bei einem Puzzle, weißt du. Ich glaube, wenn ich alles auf einmal erfahren würde, würde ich einfach …«

»Explodieren?«

»Ja. Oder implodieren. Oder vielleicht beides. Also, was meinst du, sollte ich als Nächstes tun?«, fügte sie leise hinzu.

»Fahr noch mal nach Broadstairs und versuch, mehr herauszufinden«, sagte Ed.

13

1987

»Schwanger?«

Ihre Mutter spuckte das Wort aus wie ein lästiges Stückchen Knorpel.

»Ja«, sagte Melody und zupfte an ihrer Nagelhaut.

»Schwanger?«, wiederholte die Mutter. »Aber ich …«

»Ist schon in Ordnung, ich komme damit *klar«,* sagte Melody.

»Du kommst damit klar?« Wie eine Gottesanbeterin, die eine Fliege auf einem entfernten Zweig anpeilt, erhob sich ihr Vater langsam aus seinem Sessel. Sein schlaffer Truthahnhals wabbelte, seine Stirn glänzte im Licht des frühen Abends.

»Setz dich doch, Clive.« Die Mutter warf ihm einen besorgten Blick zu.

Er ließ sich wieder in die Polster sinken und schüttelte langsam den Kopf. »Wer war es?«, fragte er. »Es war dieser Junge, nicht? Der mit dem Moped.«

»Ja, wer sonst?«, erwiderte Melody. Sie ärgerte sich über seine Andeutung, dass sie auch noch mit anderen geschlafen haben könnte, obwohl es tatsächlich so war.

Die Mutter wandte sich ab und schaute aus dem Fenster. Ihr blondes Haar sah im Licht der niedrig stehenden Sonne spröde aus, durchscheinend wie die Büschel von Rosshaar und Baumwolle in einem alten Sofa. Ihr hübsches Gesicht wirkte alt, so als hätte jemand die Haut von den Knochen gelöst und sie einfach heruntersacken lassen. Ihre Augen standen voller Tränen, wie Melody mit Bestürzung bemerkte.

»Im wievielten Monat bist du?«, fragte sie und drehte sich um.

Melody zuckte die Achseln. »Ich bin nicht sicher. Ich bin fünf Wochen überfällig«, sagte sie.

»Fünf Wochen?«

»Fast sechs.«

»O Gott.«

»Was? Ist doch prima.«

»Prima? Wie kannst du so etwas sagen? Wir müssen so schnell wie möglich mit dir zum Arzt, damit er das in Ordnung bringt. Aber vielleicht ist es ja einfach eine Verzögerung.«

»Diese Woche war mir jeden Tag schlecht.«

»Nun, dann …« Ihre Mutter verstummte und spitzte die Lippen. »Dann müssen wir uns nach einem anderen … *Ausweg* erkundigen.«

»Nach einer Abtreibung, meinst du?«

»Ja, nach einer *Abtreibung.* Mein Gott, Melody, was hast du dir dabei gedacht? Was um Himmels willen hast du dir nur dabei gedacht?«

Wieder zuckte Melody mit den Schultern.

»Sie hat gar nicht gedacht, Gloria, das ist doch offensichtlich. Sonst wäre sie jetzt nicht in dieser scheußlichen Lage.« Langsam und vorsichtig bewegte ihr Vater seine Beine unter der Wolldecke.

»Wie konntest du uns das nur antun, Melody? Wie konntest du Vater das antun, nach allem, was er in den letzten Monaten durchgemacht hat? Nach allem, was wir für dich getan haben!«

»Das hat überhaupt nichts mit euch zu tun! Hier geht es nur um *mich!«*

»Nein, tut es nicht! Verstehst du das denn nicht? Hier geht es um uns alle! Das betrifft die ganze Familie!«

»Das hier ist keine Familie!«, schrie Melody. »Das ist ein Altersheim, in dem auch ein Teenager lebt!«

Grausam und unwiderruflich hingen die Worte in der Luft. Sie blickte auf ihren Vater, seinen zerrütteten Körper, den kahlen Kopf, und musste wieder an die starken Arme denken, die sie vor Jahren aus dem Bett geholt, sie in Sicherheit gebracht und ihr das Leben gerettet hatten. Er hatte die bösen Worte nicht verdient. Aber sie hatte diese Leute, dieses Leben auch nicht verdient.

»Schön«, sagte die Mutter, und ihre Kleinmädchenstimme klang ungewohnt hart. »Schön. Wenn du es so siehst, kannst du ja gehen.«

Mit einem angedeuteten Lächeln blickte Melody sie an. *Das gab's doch gar nicht.* »Wohin denn gehen?«, fragte sie mit grimmigem Lachen.

»Ich weiß nicht. Irgendwohin. Irgendwohin, wo es *cool* ist. Tiffs Wohnwagen? Die Straße? Was weiß ich!«

Melody starrte ihre Mutter an und wartete darauf, dass sie sich wie immer beruhigte, doch der Kiefer ihrer Mutter blieb angespannt, die Arme hatte sie fest vor der Brust verschränkt. »Das meine ich wirklich so, Melody. Es ist mein Ernst. Jetzt ist Schluss. Ende der Fahnenstange. Wir haben so viel ertragen, wie wir nur konnten …«

Melody sah zu ihrem Vater hinüber. Er starrte reglos aus dem Fenster auf die kleine Straße vor dem Haus. Melody holte tief Luft. Diesen Augenblick hatte sie schon seit Monaten oder Jahren kommen sehen. Seit sie vierzehn war, hatte sie die beiden weggestoßen, und sie hatten es zugelassen. Es war beinahe, als würden sie einander nicht mehr kennen. Als wären sie sich fremd geworden wie ein altes, verbrauchtes Liebespaar.

In der Nacht packte sie ein paar Kleidungsstücke in eine Tasche, dazu den besten Schmuck ihrer Mutter, fünfzig Pfund in Scheinen und Münzen aus dem »Versteck« unten im Kleiderschrank, ihren Teddybären und das Porträt des spanischen Mädchens. Dann wartete sie vor dem Haus ungeduldig darauf, dass Tiff kam. Ihr Atem dampfte in der kalten Nachtluft, und ihre Füße in den billigen Pumps waren kalt. Endlich durchbrach das Tuckern eines Mopeds die angespannte Stille. Ohne Tiff anzusehen, kletterte Melody auf den Sozius, schlang die Arme um seine Taille und flüsterte ihm ins Ohr: »Lass uns hier abhauen.«

Sie kehrte nie zu ihren Eltern zurück.

14

Heute

Am nächsten Tag gingen Melody und Stacey einkaufen. Mittwoch der darauffolgenden Woche wurde Cleo, Staceys Älteste, achtzehn, und eine Woche später hatte Ed Geburtstag; daher trafen sich die beiden Frauen, um gemeinsam Geschenke zu kaufen. Sie hatten schon immer einen Einkaufsbummel als Grund vorgeschoben, um Zeit miteinander zu verbringen. In den ersten Jahren ihrer Freundschaft hatten sie sich mit Kinderwagen und Reservewindeln auf der Oxford Street getroffen. Die Babys schliefen in ihren dicken Schneeanzügen, während Melody und Stacey durch Mutter-und-Kind-Läden und Spielzeugabteilungen streiften. Später dann trafen sich die beiden, während ihre Kinder im Kindergarten oder in der Schule waren, und jetzt, da ihre Kinder beinahe erwachsen waren, konnten sie einander nach Belieben sehen.

Es war sonnig, aber kühl; eher wie ein Tag im April als im Juli. Melody ging das Stück durch die Stadt zu Fuß, froh, etwas so Alltägliches und Vertrautes zu tun, nachdem sie am Tag zuvor den seltsamen Ausflug nach Broadstairs unternommen hatte.

Sie sah, wie Staceys vertraute vogelhafte Gestalt die Straße entlanggetrippelt kam, und lächelte. Stacey war ein winziges Persönchen, das bei jeder Schwangerschaft wie ein Ballon aufging, um danach innerhalb weniger Monate zur bescheidenen Kleidergröße sechsunddreißig zurückzufinden. Stacey trug ihr gewöhnliches

Outfit, bestehend aus einer dreiviertellangen Cargohose und einer Kapuzenjacke. Ihr kupferrotes Haar war zu einem Pferdeschwanz zusammengebunden. Sie hatte die Sonnenbrille hochgeschoben und hielt eine brennende Zigarette zwischen den Fingern. Von hinten sah sie aus wie vierzehn, doch durch Stress, Zigaretten und zu häufigen Urlaub in Spanien war ihr Gesicht vorzeitig gealtert. Wenn Melody die beiden Male, die sie im Oktober 1987 Sex gehabt hatte, für Verhütung gesorgt hätte, hätte sie Stacey nie kennengelernt. Stattdessen hätte sie jetzt wahrscheinlich eine beste Freundin, die sie aus der Uni kannte und die in Clapham Junction in einem geräumigen Reihenhaus mit zart getönten Wänden und einem Audi Kombi vor der Tür wohnte. Doch das Schicksal hatte sie nun einmal an diesen Ort geführt, und Stacey war nicht nur Teil ihrer Geschichte, sondern einer der wenigen Gründe dafür, dass Melody in den vergangenen achtzehn Jahren nicht verrückt geworden war.

»Hallo, hallo! Tut mir leid, dass ich zu spät bin!« Stacey beugte sich vor, um Melody zu umarmen, wobei sie ihr eine Rauchwolke ins Gesicht pustete. »Die U-Bahn ist acht Minuten lang im Tunnel in Bethnal Green stehen geblieben. Da drin war es so heiß, dass ich dachte, ich kippe um.«

Sie gingen zu Selfridges in die Abteilung mit den Luxusartikeln im Erdgeschoss.

»Also«, sagte Melody, »was willst du Cleo denn kaufen?«

»Sie möchte irgendeine Tasche von Mulberry«, sagte Stacey, griff in ihre Handtasche und zog einen Zettel heraus. »Eine Mulberry *Bayswater«,* las sie. »Da drüben.« Beim Stand von Mulberry sprachen sie eine Verkäuferin an, die sich – wie man ihr zugute halten musste – nicht im Geringsten an der billigen Kleidung und den selbst gefärbten Haaren der beiden Frauen stieß.

»Ach je, *so* was?« Stacey blickte verächtlich auf die Tasche. Sie bestand aus rotbraunem Leder, hatte eine Klappe und zwei Henkel. Sie war hübsch, aber Stacey hatte eine Vorliebe für Sachen mit einem Logo darauf. Sie sah nicht ein, dass man ein paar Hunderter für eine Tasche ausgab, wenn nicht mal ein Schriftzug darauf dem Betrachter die Marke verriet. Sie drehte die Tasche hin und her, bemüht, etwas Gutes daran zu finden, doch vergeblich. Schließlich holte sie die Geldbörse aus der Tasche und zählte der Verkäuferin eine Fünfzig-Pfund-Note nach der anderen in die aufgehaltene Hand. »Verdammt und zugenäht«, murmelte sie.

Melody mochte nicht fragen, woher ihre Freundin das Geld hatte. Stacey schien immer gerade so viel Geld zu haben, wie sie brauchte, und keinen Penny mehr. Immer in druckfrischen Noten. Brauchte sie neue Schuhe, hatte sie fünfzig Pfund, musste sie sich Zigaretten kaufen, war es ein Fünfer, und falls sie zwei Wochen Urlaub in einem All-inclusive-Hotel in der Dominikanischen Republik machen wollte, dann besaß sie eben zweitausendfünfhundert Pfund. Es war, als hätte sie irgendwo einen Goldesel versteckt.

»Also, das hat mich richtig fertiggemacht. Wie ist es mit dir? Was holst du für Eddie?«

»Rate mal.«

»Einen iMac?«

»Ja, genau, einen iMac.«

»Den könntest du im Internet billiger kriegen, weißt du das?«

»Ja, aber ich gehe doch nie ins Internet. Und so macht es auch mehr Spaß. Außerdem will ich ihm noch etwas Besonderes schenken – weißt du, etwas, das er für immer behalten kann.«

Stacey zog die Augenbrauen hoch. Sie neckte ihre Freundin immer, weil Melody so sentimental war und jedes Ding bei ihr eine Bedeutung hatte. »Kauf ihm eine Uhr.«

Melody rümpfte die Nase. »Eine Uhr hat er schon. Ich dachte an etwas … Ich weiß auch nicht, vielleicht einen Füller.«

»Einen Füller? Was soll er denn damit anfangen?«

»Ich weiß nicht. Einfach besitzen. Und aufheben. Damit er immer an mich denkt.«

»Dann bezahl ihm doch lieber ein Tattoo. MUM mit einem Herz drum herum.« Stacey malte ein Herz in die Luft, dann gab sie Melody einen Rippenstoß und lachte. »Die Kinder von heute wollen nichts mehr zum Aufheben, Melody. Sie wollen Sachen, mit denen sie etwas anfangen können. Genuss sofort. Hol ihm doch eine Flasche Calvin Klein. Und ein Tütchen Hasch.« Sie stieß Melody erneut an, und beide gingen in die Elektronikabteilung.

Melody empfand eine gewisse Ernüchterung, als sie sich eine Stunde später umgeben von ihren gelben Einkaufstüten an der Sushibar niederließen. Sie fühlte sich leer und so, als hätte sie etwas verloren, ohne zu wissen, was es genau war. Ihr einziges Kind wurde achtzehn. Sie wollte ihm mehr schenken als eine Kiste voller technischer Spielereien. Sie wollte etwas von *Bedeutung.* Für Stacey sah die Sache anders aus. Cleo war nicht ihr einziges Kind. Sie hatte auch noch Charlie und Clover, die ihrem Leben einen Sinn gaben. Sie konnte ihrer Erstgeborenen eine Ledertasche schenken, weil sie wusste, dass noch mehr kommen würde, mehr von Bedeutung, weitere Meilensteine. Doch für Melody war es ein Schlusspunkt.

»Wie ist es?«, fragte Stacey, während sie einen Teller mit Nudeln vom Laufband nahm und eine Packung Essstäbchen aufriss. »Hast du noch mal was von diesem Mann gehört?«

»Ja«, erwiderte Melody und beäugte die Gerichte auf den in beide Richtungen laufenden Bändern ohne rechte Begeisterung. »Er hat mir ein paar SMS geschickt.«

»Und? Wirst du ihn wiedersehen? Gefällt er dir?«

»Er ist schon in Ordnung«, sagte sie, griff sich geistesabwesend eine Schale mit Teriyaki-Hühnchen und nahm die Plastikhaube ab. »Er ist ein bisschen sehr …«

»Was? Nett, lieb, brav?«

»Nein. Oder doch, das ist er alles, aber außerdem ein bisschen sehr … *Mittelschicht.*«

Stacey lachte prustend. »Aber das bist du doch auch!«

»Nein, bin ich nicht!«

»Aber klar doch. Sieh dich doch nur an! Und dass er zur ›Mittelschicht‹ gehört, ist noch lange kein Grund, nicht mit ihm auszugehen.«

»Er spielt Squash, Stacey. *Squash.* Ich meine, wer zum Teufel spielt schon Squash?«

»Na ja, da muss ich dir recht geben. Squash ist wirklich ziemlich daneben. Aber andererseits heißt das, dass er fit ist.« Sie seufzte. »Aber das ist eben typisch für Melody Browne. In Deckung bleiben, die Tore geschlossen halten und nichts an sich ranlassen. Aber das eine sage ich dir als deine beste Freundin, Mel. Du wirst nicht jünger. Bald ist dein Junge aus dem Haus, und dann bist nur du übrig. Nur Melody. Falls du der Meinung bist, das reicht dir für die nächsten vierzig Jahre oder so, dann ist es ja gut. Aber falls nicht …« Sie machte eine Pause. »Dann musst du deinen Horizont ein bisschen erweitern. Du musst aufhören, Entschuldigungen zu finden. Und das sage ich« – sie legte Melody sanft die Hand auf den Arm –, »weil ich deine beste Freundin auf der Welt bin und nur das Beste für dich will.«

»Ich bin spät dran«, bemerkte Stacey später am Nachmittag, als sie bei Kaffee und Pfannkuchen saßen.

Ihr Gesichtsausdruck verriet Melody, dass sie nicht die Uhrzeit meinte. »Was, willst du etwa damit sagen …?«

»Ja. Es sind nur vier Tage, aber du kennst mich ja, pünktlich wie die Uhr. Jedes Mal, wenn ich zu spät dran war, war ich schwanger.«

»Ach herrje, Stacey, hast du … war das geplant?«

Stacey schüttelte den Kopf und holte die Zigaretten aus ihrer Handtasche. »Nein, aber *ungeplant* war es auch nicht.«

»Wirst du es …?«

»Behalten? Ja, ich glaube schon. Ich habe mich noch nicht endgültig entschieden, aber ein Geschwisterchen für Clover wäre doch nett, oder? Dann wird sie nicht mehr so verwöhnt. Und mein Vertrag läuft sowieso im März aus. Ich weiß nicht, was meinst du?«

Melody atmete tief durch. »O ja, sicher! Komisch, ich habe immer gedacht, Clover wäre ein netter Unfall gewesen, aber natürlich solltest du noch eins kriegen. Das wäre so schön für Clover.«

»Sie würde gar nicht wissen, wie ihr geschieht.« Als Stacey sich eine Zigarette anzündete, warf Melody ihr einen Blick zu.

»Ich höre auf, wenn ich den Test gemacht habe«, verteidigte sich Stacey. »Aber die Vorstellung, wieder schwanger zu sein, macht mir schon Angst. Ich bin ja jetzt älter.«

»Du bist erst vierunddreißig.«

»Ja, aber trotzdem. Schon bei Clover war es anders als bei den beiden Großen. Und ich weiß auch gar nicht, wo wir es unterbringen sollen.«

»Leg es in eine Schublade!« Melody lächelte ihrer Freundin zu. »Bis es da rausgewachsen ist, ist Cleo wahrscheinlich aus dem Haus.«

»Ja, da hast du wahrscheinlich recht. Aber trotzdem, noch ein Baby, Mel. Noch ein Baby.«

An diesem Nachmittag ließ sich Melody auf dem Nachhauseweg Zeit. Es war das ideale Wetter für einen Spaziergang, trocken, sonnig und kühl, und abseits der Touristenströme am Oxford Circus war London still und friedlich. Während sie dahinging, hallten Staceys Worte in ihr nach: »Noch ein Baby. Noch ein Baby.« Sie erinnerten sie an einen Song aus ihrer Jugend, dessen Refrain sich wie eine Endlosschleife in ihrem Kopf abspulte: *All that she wants is another baby.*

Melody liebte kleine Kinder, ihre noch unfertigen Gesichter, die pummeligen Beinchen, ihre winzigen Köpfe und die rührend schmalen Schultern. Aber sie machten ihr auch Angst. Sie waren so zart und zerbrechlich. Ein einziger Fehler, ein ausgesetzter Atemzug, ein Schlag gegen den Kopf, und sie waren tot. Und konnten alles Lebensglück mit sich nehmen, davon war Melody überzeugt. Nach Eds Geburt hatte sie unter einer postnatalen Depression gelitten. In dem Augenblick, als ihr klar wurde, wie sehr sie ihren neugeborenen Sohn liebte und dass er mit jedem seiner leichten Atemzüge die Macht besaß, ihr ganzes Leben zu zerstören, wurde die Angst, er könnte sterben, bei ihr förmlich zur Besessenheit. Ständig stellte sie sich vor, wie er durch ihre Schuld zu Schaden kam: dass sie ihn beim Baden ertrinken ließ, dass ihr der Kinderwagen einen Abhang hinunterrollte, dass sie mit ihm auf dem Arm die steinerne Treppe zu ihrer Wohnung hinabstürzte. Doch das Schlimmste war die Sorge, man könnte ihn ihr wegnehmen. Jedes Mal, wenn das Telefon klingelte, befürchtete sie, das Jugendamt riefe an, um ihr mitzuteilen, dass sie ihn jetzt holen kämen. Wenn eine freundliche Frau im Supermarkt eines seiner winzigen Händchen nahm, zog Melody ihn rasch weg aus Angst, sie könnte ihn entführen. Über diese Gefühle redete sie mit niemandem, nicht einmal mit Stacey, die mit ihrer kleinen Cleo offensichtlich ganz andere Erfahrungen machte.

Als Ed zehn Monate alt war, fiel er vom Sofa. Melody, die in der Küche seinen Tee kochte, hörte den schrecklichen dumpfen Aufprall. Sie rannte ins Wohnzimmer und fand Ed, der rücklings auf dem Fußboden lag und sie anstrahlte. Zuerst ärgerte sie sich darüber, dass er es spannend fand, erst auf dem Sofa und im nächsten Augenblick auf dem Boden zu liegen, und auch noch stolz auf seine Leistung zu sein schien. Doch dann überwog die Erleichterung. Ihr Baby konnte hinfallen und trotzdem weiterleben!

Ab diesem Zeitpunkt besserte sich ihre Depression, doch die Erinnerung daran verließ sie nicht, und sie schwor sich, nie wieder etwas so Schwaches und Zerbrechliches wie ein Baby in diese Welt zu setzen. Als Ed ein Jahr alt war, ließ sie sich eine Spirale legen und schenkte ihre Liebe von da an Staceys Babys, den zahlreichen Kindern der Mütter von Eds Schulkameraden und den fremden kleinen Kindern, denen sie auf der Straße begegnete.

Beim Anblick jedes Neugeborenen empfand sie pures Glück und freute sich rückhaltlos mit den glücklichen Eltern. Doch was sie selbst betraf, so war sie fertig damit. Es war schon ein Wunder, dass ihr Sohn die ersten achtzehn Jahre seines Lebens heil überstanden hatte, da wollte sie das Schicksal nicht unnötig herausfordern.

Während sie sich in Gedanken versunken vorstellte, dass im Bauch ihrer Freundin wahrscheinlich wieder ein Baby heranwuchs, ein kleiner Mensch, über den man reden und staunen konnte, wanderte Melody ziellos dahin. Schließlich bemerkte sie, dass sie sich nicht wie vermutet in Soho befand, sondern ein Stück nördlich der Goodge Street in einer winzigen Querstraße namens Goodge Place. An der Einmündung standen zwei Verkaufswagen mit CDs und DVDs in zweifelhaften Verpackungen, und gleich um die Ecke begann eine Reihe georgianischer Reihenhäuser. Einige davon wirkten wie Behelfsunterkünfte, andere waren gepflegter, mit schweren Vorhängen an den Fenstern und vernickelten Türknäufen. Während Melody das Sträßchen entlangging, überkam sie wieder die Gewissheit, dass sie diesen Ort kannte. Hier war sie schon früher gewesen. Sie blieb einen Augenblick lang mit geschlossenen Augen stehen und ließ die Empfindung auf sich wirken.

Vor ihrem geistigen Auge sah sie ein Motorrad und einen Mann, denselben Mann wie in ihrer Vision mit dem Sturzhelm und dem Eisbecher. Er hatte seine langen Haare zu einem Pferdeschwanz gebunden und winkte zum Abschied. Sie öffnete die Augen und blickte erst in den Himmel und dann auf ein Haus in der Mitte der Reihe. Wieder schloss sie die Augen und sah eine Szene vor sich: Ein hübsches Mädchen in einem rosa Ballettröckchen stand oben auf einer Treppe. Da die Sonne durch ein Fenster hinter ihr fiel, konnte man nur ihre Silhouette erkennen.

Unter ihren nackten Füßen ein teurer Teppich.

Irgendwo im Haus bellte ein Hund.

»Melody stinkt nach Kaka, Melody stinkt nach Kaka.« Die Züge des Mädchens waren hämisch verzogen, ihr dünner Körper wand sich in einem eigenartigen, hasserfüllten Tanz. »Melody ist ein Blödian und stinkt nach Kaka.«

Plötzlich stürzte das Mädchen, die dünnen Beine umeinander geschlungen, ein Ellbogen auf einer Stufe, das Hinterteil auf der nächsten. Ihr Kopf schlug gegen das Geländer, ihr Röckchen zerriss mit einem Geräusch, als wäre es aus Zeitungspapier.

Am Fuß der Treppe erschien eine Frau in einem gesmokten Kleid mit weiten, gerafften Ärmeln. Sie trug dick aufgetragenen, korallenroten Lippenstift.

»O mein Gott, Charlotte! Charlotte! Was ist denn passiert?«

»Sie hat mich geschubst, Mum! Melody hat mich geschubst!«

Das Gesicht der Frau war vor Wut verzerrt, die Zähne hinter den korallenroten Lippen waren gefletscht, die blauen Augen schossen Blitze, während sie Charlotte aufhob.

Charlottes übertrieben schrilles Geschrei verklang, als Jacqui sie davontrug.

Ein kleiner rosa Tüllfetzen neben Melodys Füßen auf dem Boden.

Dann, ein paar Sekunden zu spät, kamen ihr die Worte über die Lippen: »Ich war es nicht. Sie ist einfach gestolpert.«

15

1978

Jacqui Sonningfeld wohnte in einem hohen, schmalen Haus in einer ruhigen Querstraße der Goodge Street. Es war sehr vornehm ausstaffiert, mit Zebrafellen an den Wänden, Samtsofas voller Kissen mit Leopardenmuster, Tiffanylampen mit Libellenflügeln, dicken Büchern, auf niedrigen Beistelltischen zu Pyramiden aufgestapelt, und überall auf dem Boden die dicksten, flauschigsten, prächtigsten sahneweißen Teppiche, die Melody je gesehen hatte.

Jacqui war Visagistin und Charlotte ihre siebenjährige Tochter. Charlotte ging auf eine private Mädchenschule in Westminster und hatte Freundinnen, die Amelia und Sophie und Theodora hießen.

Wenn es ihr eingefallen wäre, ihren Vater danach zu fragen, hätte Melody erfahren, dass er Jacqui bei einem Blind Date kennengelernt hatte, das von seinem Chef, Jacquis ehemaligem Schwager, arrangiert worden war. Und wenn Melody jemals den Chef ihres Vaters getroffen hätte, hätte dieser ihr vielleicht verraten, dass er die beiden zusammengebracht hatte, weil er dachte, sie würden gut miteinander auskommen. Ebenso wichtig war es ihm jedoch gewesen, seinem Bruder Jacqui endlich vom Hals zu schaffen, und zwar in finanzieller, emotionaler und zuweilen auch körperlicher Hinsicht.

Doch Melody war erst fünf, und obgleich sie über vieles nachdachte, stellte sie nur selten Fragen, denn manchmal fiel ihr einfach nicht die richtige Frage ein. Also nahm sie es einfach als gegeben hin, dass ihr Vater nicht mehr allein in seinem möblierten Zimmer in dem großen Haus in Brixton lebte, sondern in einem schönen Haus in Fitzrovia, zusammen mit Jacqui und deren Tochter. Sie fand sich damit ab, dass sie nur für drei oder vier Tage im Monat ihren Vater dort besuchen durfte, wohingegen Charlotte, die ihn doch kaum kannte, ihn Tag für Tag sah. Und ebenso fand sie sich damit ab, dass sie bei ihrer Rückkehr in Kens Haus am Meer von ihrer Mutter eine Tasse heiße Schokolade bekam, was sonst selten geschah, und dann mit zahllosen Fragen bestürmt wurde: über Jacquis Haus und Jacquis Kleider und Jacquis Make-up und was Jacqui gesagt hatte und was Melodys Vater gesagt hatte und was sie gegessen hatten und wo sie gewesen waren.

»Warum leben du und Daddy nicht mehr zusammen?«, fragte Melody ihre Mutter eines Nachmittags.

Jane runzelte die Stirn und schnitt eine Grimasse. »Na ja, wir sind eben keine Freunde mehr«, erwiderte sie.

»Du meinst, ihr habt euch gezankt?«

»Nicht nur einmal, sondern ganz oft. Wegen alberner, dummer Dinge. Und da dachten wir uns, wir würden vielleicht wieder besser miteinander auskommen, wenn wir getrennt leben.«

»Aber hättet ihr euch nicht nur für eine Weile trennen können und nicht für die ganze Zeit?«

Ihre Mutter seufzte. »Manchmal gibt es Dinge im Leben, die alles für immer verändern. Und wenn dann alles für immer verändert ist, kann man nur schwer wieder zurück.«

»Was hat sich für immer verändert?«

»Ach, alles, mein Schatz, absolut alles.«

Melody, die diese Antwort nicht sehr zufriedenstellend fand, stellte die gleiche Frage nach ein paar Tagen noch einmal.

»Mummy, warum leben du und Daddy nicht mehr zusammen?«

Diesmal seufzte ihre Mutter nicht und überlegte sich eine Antwort, sondern sie warf die Arme hoch und stürmte aus dem Zimmer. Dabei brüllte sie: »Hör doch um Himmels willen mit dieser Fragerei auf!«

Also änderte Melody die Taktik und fragte ihren Vater.

»Daddy, warum lebst du hier mit Jacqui, und Mummy lebt mit mir am Meer?«

Es folgte ein ausgiebiges Schweigen, bis Melody schon dachte, ihr Vater würde sie ebenfalls anbrüllen und aus dem Zimmer rennen. »Das ist eine sehr gute Frage«, sagte er schließlich.

Melody nickte.

»Die Sache ist die«, begann er und zog Melody auf seinen Schoß. »Wenn etwas Schlimmes passiert, schaffen es Erwachsene oft nicht, dafür zu sorgen, dass es dem anderen besser geht. Oft sind sie sogar schuld daran, dass es dem anderen schlechter geht. Und als das Baby Romany gestorben ist, waren Mummy und Daddy zu traurig, um nett zueinander zu sein. Kommt dir das merkwürdig vor?«

Wieder nickte Melody.

»Ja, das kann ich mir vorstellen. Erwachsene können auch wirklich sehr merkwürdig sein. Aber du weißt doch, dass das alles *nicht das Geringste* mit dir zu tun hatte, nicht? Und dass Mummy und Daddy dich noch genauso lieb haben wie vorher, sogar noch ein ganzes Stück mehr?«

Sie nickte wieder, doch insgeheim war sie nicht sicher, ob das die Wahrheit war. Sie wusste zumindest genau, dass ihre Mutter sie viel, viel lieber gehabt hatte, bevor das Baby gestorben war. Aber das sagte Melody nicht, sondern schlang ihrem Vater die Arme um den Hals und blieb lange so an ihn gekuschelt sitzen.

An einem Sonntagmittag im März, als ihr Vater in der Küche das Mittagessen kochte und Charlotte in ihrer Ballettstunde war, saß Melody auf einer Bank am Fenster im obersten Stock und blickte auf die Passanten auf der Straße hinab. Jacqui trat zu ihr und drückte ihre Schulter.

»Na, du«, sagte sie. »Du wirkst ja so versonnen.«

Melody hatte keine Ahnung, was *versonnen* hieß. Sie dachte, es hieße so viel wie traurig oder betrübt.

»Das bedeutet nachdenklich«, erklärte Jacqui, strich sich den Rock hinten glatt und setzte sich neben Melody. »Ich gebe dir einen Penny dafür.«

Was das hieß, wusste Melody. Tante Susie sagte immer zu ihr: »Einen Penny für deine Gedanken.« Aber da sie ihr nie wirklich einen Penny gegeben hatte, war es wohl nur so ein Spruch, den die Erwachsenen benutzten, weil er ihnen gefiel.

Sie zuckte mit den Achseln und blickte wieder aus dem Fenster. »Ich schaue mir nur die ganzen Leute an. Von hier oben sehen sie wirklich klein aus.«

Jacqui beugte sich vor und nickte. »Wie Ameisen«, sagte sie. »Eines Tages, wenn du und Charlotte älter seid, fahren wir mit euch nach Paris, zum *Tour Eiffel.«* Sie sagte das Wort mit einer komischen Stimme. »Hast du schon mal vom Eiffelturm gehört?«

Melody nickte. »Der ist in Frankreich«, sagte sie.

»Stimmt. Und man kann bis nach oben steigen und auf ganz Paris hinabschauen. Dann sieht man all die winzig kleinen Menschen und die winzig kleinen Autos, und sie kommen einem vor wie Spielzeuge.«

Aus Höflichkeit versuchte Melody, interessiert zu wirken, doch bei dieser Unterhaltung war ihr ein bisschen sonderbar zumute. Nicht wegen des Themas, sondern wegen Jacqui. Denn Jacqui hatte sich noch nie richtig mit ihr unterhalten, weil sie immer viel zu sehr damit beschäftigt war, alle auf Trab zu halten.

»Es ist sehr romantisch«, fuhr sie fort. »Genau dort hat mir übrigens Charlottes Vater einen Heiratsantrag gemacht.«

Melody wusste, dass Charlotte einen Vater hatte. Er hieß Harry und war dick und redselig. Er hatte sehr dichtes Haar und haarige Hände und eine ganz kleine Frau aus China, die Mai hieß. Hin und wieder erschien er an einem Samstagmorgen in seinem röhrenden MG Midget, dessen Dach bei jedem Wetter heruntergekurbelt war, und verkündete, dass er Charlotte zu einem Einkaufsbummel abholen wollte. Ein paar Stunden später war sie wieder da, beladen mit den großen Einkaufstüten schicker Läden. Dinge wie Kassettenrekorder waren darin und hochhackige Schuhe und Parfum und Teddybären. Melody war klar, dass Charlottes Vater ihr ohne Einschränkung jeden Wunsch erfüllte, und Melody war ebenfalls klar, dass das nicht den geringsten Eindruck auf Charlotte machte, denn noch Monate später lagen die Tüten ungeöffnet und vergessen unter ihrem Bett herum.

»Als ich noch ein albernes junges Ding von zwanzig war und nichts als Marshmallows und Flausen im Kopf hatte, kam mir Harry wie der aufregendste Mann der Welt vor«, fuhr Jacqui fort. »Aber bald musste ich die Erfahrung machen, dass aufregende Männer keine guten Ehemänner sind. Doch wenn ich Harry nicht geheiratet hätte, hätte ich Charlotte nicht bekommen, und deshalb bin ich froh, dass ich es getan habe. Und ich bin sicher, dein Vater hat das gleiche Gefühl deiner Mutter gegenüber, glaubst du nicht?«

Melody nickte, nicht, weil sie es glaubte, sondern weil sie nicht das Gegenteil beweisen konnte.

»Weißt du, Kinder sind das Allerallerkostbarste auf der Welt, kostbarer und wichtiger als alles andere. Und selbst wenn dein Dad und deine Mum jetzt keine Freunde mehr sind, werden sie doch immer froh darüber sein, dass sie es einmal waren, weil sie dadurch dich bekommen haben. Ich weiß, dass dein Dad ganz *vernarrt* in dich ist. Und deinem Dad ist es sehr wichtig, dass du glücklich bist. Manchmal macht er sich Sorgen, wie es dir geht, wenn du nicht bei ihm bist. Er weiß nämlich, dass du ein tapferes kleines Mädchen bist, das andere nicht mit seinem Kummer belasten möchte. Es wäre also toll, wenn du ihm sagen würdest, dass wir miteinander geplaudert haben und dass bei dir alles in Ordnung ist.«

»Ja, bei mir ist alles okay«, antwortete Melody.

»Und zu Hause, bei deiner Mum? Ist da auch alles okay?«

Melody zuckte die Achseln und nickte.

»Es ist doch so eine Art *Kommune,* nicht?«

Melody lächelte unsicher. »Ich weiß nicht«, sagte sie.

»Eine Kommune«, erklärte Jacqui, »ist ein Haus, wo viele verschiedene Leute wohnen, die nicht unbedingt miteinander verwandt sind. Ist das bei euch so?«

Melody dachte an das große, spärlich möblierte Haus am Meer, an Ken und Grace und Seth und Matty, und daran, dass Matty nicht Kens Sohn war und dass Mattys Vater in London lebte, genau wie ihr eigener Vater, und sie kam zu dem Schluss, dass es zwar kein normales Haus war, aber ganz sicher auch nicht das, was das Wort bedeutete, das Jacqui benutzt hatte.

Sie schüttelte den Kopf und sagte: »Nein, es ist einfach ein Haus. Es ist Kens Haus.«

»Und dieser Ken – ist er ein Freund von deiner Mum?«

Melody nickte. »Ja. Er hat auf der Straße mit uns gesprochen, als wir Schuhe für mich kaufen wollten, und er hat gesagt, Mum würde traurig aussehen. Und dann hat sich Mum schrecklich mit Tante Susie gezankt, und Ken hat gesagt, wir könnten in seinem Haus wohnen.«

»Und ist Ken verheiratet?«

»Ja, er ist mit Grace verheiratet, und sie ist einige Jahre älter als er, und sie hat einen Sohn, der heißt Matty und ist zehn, und sie haben noch ein kleines Baby mit Namen Seth, das ist bald ein Jahr alt.«

»Ken ist also nicht der … Freund deiner Mum?«

»Nein!« Melody lachte.

»Sie … halten also nicht Händchen oder so was?«

»Nein!« Wieder lachte sie.

»Ach, das ist ja interessant«, erwiderte Jacqui. »Und hat dieser Ken auch einen Job? Geht er arbeiten?«

»Ich glaube schon«, antwortete Melody. »Ich glaube, er schreibt Bücher. Aber keine Bücher über Geschichten, sondern über … *Gefühle.«*

»Oh, das hört sich aber interessant an. Was denn für Gefühle?«, fragte Jacqui.

»Das weiß ich nicht genau«, erwiderte Melody. »Schöne Gefühle, glaube ich.«

»Na, das müssen jedenfalls sehr gute Bücher sein, wenn er sich davon ein großes Haus am Meer leisten und für all die Leute aufkommen kann, die dort wohnen.«

»Ja, sie müssen ganz toll sein«, pflichtete Melody ihr bei. Sie hatte das Gefühl, Jacqui wollte mehr von ihr wissen, als sie erzählen konnte. Sie wirkte wie jemand, der gern noch ein Stück Kuchen gehabt hätte, sich aber nicht traute, darum zu bitten.

Nach kurzem Schweigen seufzte Jacqui und sagte: »Na ja, ich hoffe jedenfalls, du gewöhnst dich im Laufe der Zeit immer mehr an die Situation, und wir alle können eine große, ungewöhnliche, glückliche Familie sein.« Sie beugte sich vor und flüsterte Melody ins Ohr: »Ich liebe deinen Vater nämlich so sehr, dass es schon wehtut, und ich möchte, dass wir alle glücklich sind. Für immer.«

Dann gab sie Melody einen Kuss auf die Wange, stand auf und ging davon, wobei ihre Schuhe auf dem dicken, weichen Teppich nicht das geringste Geräusch verursachten. Nur ein kleiner korallenroter Lippenstiftfleck auf Melodys Wange und ein Hauch von *L'Air du Temps* zeugten davon, dass sie überhaupt da gewesen war.

16

Heute

Im Laufe der nächsten beiden Tage ging Melody insgesamt achtmal an dem Haus am Goodge Place vorüber. Jedes Mal erinnerte sie sich an ein wenig mehr. Ein dicker, bärtiger Mann in einem winzigen Sportwagen; das Mädchen Charlotte mit einer übergroßen Sonnenbrille und einem Dutzend Einkaufstüten in der Hand; sie selbst und Charlottes Mutter, die wie zwei Silhouetten nebeneinander vor dem kleinen Mansardenfenster unter dem Dach des Hauses saßen, der Duft von süßem Parfum; eine Puppe, eine Patchworkjeans; ein lindgrünes Haarband und, das Allerwichtigste, ein Zimmer mit einem Kinderbett und darin ein neugeborenes Baby. Dieses Zimmer war irgendwo dort drin, die Wände verströmten noch immer eine Ahnung des süßen Honigdufts nach Säugling und Muttermilch.

Es war kein Zufall, der Melody zu diesem Haus geführt hatte. Ihr in letzter Zeit so aktives Unterbewusstsein hatte sie hierher gelenkt, während ihre Gedanken ganz woanders waren. Sie hatte hier nicht gewohnt, das wusste sie, doch aufgehalten hatte sie sich in diesem hübschen kleinen Haus in einem ruhigen Winkel mitten in London. Sie war oft hier gewesen. Jetzt konnte sie sich auch wieder an einen Mann erinnern. Charlottes Vater? Er war groß und stämmig und hatte ein längliches Gesicht, sanfte Augen und eine tiefe, angenehme Stimme. Sie spürte Wärme, wenn sie an diesen Mann dachte.

Um ihre Gedächtnislücken zu füllen, versuchte Melody, diese neuen Erinnerungen mit dem in Einklang zu bringen, was ihre Eltern ihr erzählt hatten, aber es wollte ihr nicht gelingen. Die Welt, die ihre Eltern ihr vermittelt hatten, war klein gewesen, beschränkt auf die Umgebung einer ruhigen Straße in Canterbury. In dieser Welt gab es eine unnahbare Tante, einen Furcht einflößenden Onkel, zwei dicke Cousinen und einen Freund namens Aubrey, der sich als Sextourist mit einer besonderen Vorliebe für grünäugige marokkanische Jungen entpuppte. Bei dem, was man ihr von ihrer vergessenen frühesten Kindheit erzählt hatte, spielten gelegentliche Reisen zu einer Villa in Spanien, Besuche bei Großeltern in Wales und Torquay und Osterferien in einer Pension in Ramsgate eine Rolle.

Glamouröse Frauen mit einem vornehmen Haus im Bezirk Fitzrovia kamen darin nicht vor, ebenso wenig wie bärtige Hippies auf Motorrädern, hübsche Mädchen in Tutus und nach Hefe riechende Neugeborene. In der Kindheit, die Melody für die ihre gehalten hatte, war London ein Ort, den man nur sporadisch und wenn es sich gar nicht vermeiden ließ aufsuchte. Ihre Eltern mochten London nicht. Es war ihnen zu kompliziert und zu schnell. Sie hätten ganz gewiss niemals zugelassen, dass sich Melody dort unbeaufsichtigt aufhielt. Es sei denn – und dieser Gedanke traf sie wie ein Blitz aus heiterem Himmel –, es hätte noch eine andere Zeit, eine Zeit *vor* ihren Eltern gegeben.

Noch während ihr der Gedanke durch den Kopf schoss, wusste sie bereits, dass es so war. Sie hatte immer gewusst – und immer gewollt –, dass es so war.

Plötzlich schwirrten ihr all die neuen Erinnerungssplitter durch den Kopf und verlangten danach, auf irgendeine Weise geordnet zu werden. Genau in diesem Augenblick trat sie vor die Tür des Hauses, holte tief Luft und drückte auf die Klingel.

17

1978

»Ich wünschte, dein Vater wäre nie geboren.« Charlotte zerrte eine Plastikbürste durch das wirre Nylonhaar ihrer Puppe. »Und du auch. Ich wünschte, du wärst nie geboren.«

Charlotte trug lila Cordjeans mit Blumenapplikationen an den Knien. Ihr schwarzes Haar war in der Mitte gescheitelt und mit dicken rosa Wollfäden zu Rattenschwänzen zusammengebunden. Sie war ein schönes Mädchen, viel schöner als Jacqui, die nur hübsch war und durch ihre Haltung und viel Make-up das Beste aus sich machte.

Charlotte war ein dunkler Typ wie Harry, hatte seine Adlernase geerbt und würde vermutlich ebenso groß werden wie er. Neben ihr kam sich Melody stets sehr klein und gewöhnlich vor.

Melody hatte schönes Haar, das sagte jeder. In dicken kastanienbraunen Zöpfen hing es ihr über den Rücken. Doch ihre Figur war nicht besonders gut (sie hatte die Beine ihres Vaters geerbt) und ihr Gesicht nicht so ebenmäßig wie das von Charlotte. Charlottes Gesicht sah aus, als habe sich jemand mit einem Winkelmesser und einem sehr spitzen Bleistift hingesetzt und es in stundenlanger Arbeit entworfen.

Melodys Gesicht wirkte dagegen wie hingehudelt. »Unkonventionell« nannte es ihre Mutter. Melody war sich nicht sicher, ob sie unkonventionell aussehen wollte. Soviel sie wusste, war alles mit »un« am Anfang etwas Schlechtes.

»Genau genommen«, fuhr Charlotte fort, »wünschte ich, niemand von deiner ganzen Familie wäre jemals geboren, bis zurück zu deinen Ur-Ur-Ur-Ur-Urgroßeltern.«

Melody schluckte. Sie hatte nicht einmal gewusst, dass sie Ur-Ur-Ur-Ur-Urgroßeltern besaß.

»Denn dann«, erklärte Charlotte, »wären in deiner Verwandtschaft nie zwei zusammengekommen und hätten dich gemacht, nicht mal aus Versehen.« Sie drehte die Puppe herum und begann, das Haar am Hinterkopf zu bürsten. »Was soll ich ihr machen, einen Zopf oder einen Dutt?«, fragte sie und zupfte mit den Fingerspitzen an den Haaren.

»Einen Zopf«, sagte Melody, weil ihr die Bedeutung dieses Wortes bekannter war.

»Es ist nicht persönlich gemeint, weißt du«, sagte Charlotte, während sie das Haar der Puppe in drei Strähnen teilte. »Ich bin sicher, unter anderen Umständen wärst du ganz nett. Aber das hier ist ein kleines Haus, und du und dein Vater, *ihr braucht zu viel Platz.* Und außerdem riecht dein Vater komisch.«

»Nein, das stimmt nicht!«

»Doch, irgendwie nach Essig. Wie die Hektographiermaschine in der Schule.«

»Dafür kann er nichts. Das liegt daran, dass er Drucker ist.«

»Ja, ich weiß. Ich sage ja auch nicht, dass es seine Schuld ist. Ich sage nur, ich wünschte, er würde weggehen und irgendwo anders komisch riechen. Ist dir eigentlich klar«, fuhr Charlotte fort, während sie in einer Schachtel mit Gummibändern kramte, »dass meine Mutter, bevor sie deinen schlecht riechenden Vater traf, drauf und dran war, wieder mit meinem Dad zusammenzukommen?«

Melody warf ihr einen skeptischen Blick zu.

»Doch. Sie hat ihm ein Abendessen gekocht, mit Champagner und allem. Und dann tauchte dein blöder Vater auf der Bildfläche auf.«

»Aber was ist mit Mai?«

»Was soll mit Mai sein?«

»Na, ist dein Vater jetzt nicht mit ihr verheiratet?«

»Und wenn schon. Mai ist genauso unwichtig wie dein blöder Vater. Meine Mum brauchte nur mit dem Finger zu schnippen, dann würde mein Dad Mai mitten auf der Straße stehen lassen und angerannt kommen. Im Ernst.« Sie wickelte ein lindgrünes Gummiband fest um das Ende des Zopfes und lächelte. »Na, das ist doch mal ein perfekter Zopf, was?«

Melody betrachtete den Zopf. Er war wirklich sehr ordentlich. Und dann starrte sie auf Charlottes Fingernägel. Sie waren eingerissen und abgeknabbert und bildeten einen merkwürdigen Kontrast zu ihrer makellosen Haut und dem säuberlich gescheitelten Haar. Irgendwie machte der Anblick Melody traurig. Sie streckte die Hand aus und berührte mit den Fingerspitzen Charlottes Hand.

Charlotte blickte sie entgeistert an. »Kind!«, sagte sie. »Nimm auf der Stelle deine schmutzigen Pfoten weg, sonst schrei ich das ganze Haus zusammen!«

Rasch zog Melody ihre Hand weg und ließ sie in den Schoß fallen.

Melody hasste es, sich von ihrem Vater verabschieden zu müssen und zu wissen, dass er dort blieb und in dem großen, weichen Bett zusammen mit Jacqui schlief, dass er Jacquis köstliche Speisen an dem schön gedeckten Tisch mit dem großen Kronleuchter aß, dass er sich in dem mahagoniverkleideten Fernseher alles anschaute, was er wollte, während Charlotte in ihrem schicken Schlafanzug neben ihm im Sessel saß, die langen Beine über die Armlehne gelegt, und so viel Popcorn futterte, wie sie wollte. Kens Haus wirkte kahl und ungemütlich im Vergleich zu Jacquis Haus voller schöner Dinge. Und Melodys Mutter wirkte leblos im Vergleich zu der geschäftigen, bunt schillernden Jacqui. Und während in Jacquis Haus alles einen Sinn ergab – Jacqui liebte Dad, Dad liebte Jacqui, Charlotte hasste Melody, und Jacqui tat so, als würde sie Melody mögen –, bestand das Leben in Kens Haus aus lauter Sackgassen, leeren Räumen und unklaren Beziehungen.

Ihre Mutter holte sie an der Victoria Station ab, sodass sie den Zug nach Broadstairs um 15.05 Uhr nehmen konnten. Melody war gern mit der Mutter am Bahnhof. Es war alles so schön unkompliziert: nur sie beide inmitten der geschäftigen Menschenmenge, die sonderbare Stille, die sich hinter den Lautsprecherdurchsagen und dem Kreischen der Züge verbarg.

Die Mutter blickte sie mit gerunzelter Stirn an. »Alles in Ordnung mit dir?«, fragte sie in einem Ton, der deutlich machte, dass sie nicht davon überzeugt war.

»Mir geht's gut«, sagte Melody.

»Du siehst müde aus.«

Melody antwortete nicht. Sie war tatsächlich müde, weil sie am Vorabend bis Mitternacht aufgeblieben war, um sich mit Charlotte einen Film im Fernsehen anzusehen. Sie hätte ihrer Mutter gern davon erzählt, tat es aber nicht, weil die Mutter dann immer ganz nervös und niedergeschlagen wurde.

»Hast du zu Mittag gegessen?«

Das fragte sie jedes Mal, wenn sie sich am Bahnhof trafen, als hielte sie es für möglich, dass Jacqui eines Tages zu sehr mit sich selbst beschäftigt war, um Melody etwas zu essen zu geben.

»Ja«, sagte Melody.

»Was gab es denn?«

»Spaghetti Bolognese und Salat.«

»Salat?«

»Ja.«

»Was für einen Salat?«

»Ähm, einen Salat-Salat. Mit Tomaten. Und Gurke.«

»Hmmm.« Die Mutter spitzte die Lippen, als glaubte sie die Sache mit dem Salat nicht recht. »Mit Dressing?«

Melody nickte. »Ja, das Dressing war lecker. Ganz rosa. Ich weiß aber nicht mehr, wie es hieß.«

»Thousand Island?«

»Ja, genau!«, sagte Melody.

»Hmmm«, machte die Mutter noch einmal.

Sie setzten sich auf dem Bahnsteig 12 auf eine Bank und betrachteten die Anzeigetafel.

»Noch zehn Minuten«, sagte die Mutter. »Ist dir auch warm genug?«

Melody nickte und wünschte, ihr fiele etwas ein, das die Mutter davon abbringen würde, so steif und fremd zu sein. Sie wünschte, die Mutter würde sie lächelnd in den Arm nehmen und »Schätzchen« zu ihr sagen. »Eigentlich ist mir ziemlich kalt«, sagte sie schließlich.

»Siehst du, du hättest deinen Mantel anziehen sollen. Wo ist er?«

»Ich habe ihn in Jacquis Haus gelassen.«

Ihre Mutter zog die Augenbrauen hoch. »Na, dann musst du eben frieren.«

Melody seufzte. Sie hatte das mit dem Frieren in der Hoffnung behauptet, dass die Mutter sie unter ihrer weiten, dicken Strickjacke wärmen würde. Sie schmiegte sich an sie in der Hoffnung auf eine Umarmung, ein Zeichen der Zuneigung, aber es kam nichts.

18

Heute

Ein kleiner Junge öffnete die Tür zu dem Haus am Goodge Place. Er war ungefähr zehn Jahre alt, trug einen weißen Karate-Anzug und blickte sie neugierig an.

»Hallo«, sagte Melody leichthin, obwohl ihr die Hände in den Taschen ihrer Strickjacke leicht zitterten. »Ist deine Mutter zu Hause?«

Langsam drehte er den Kopf hin und her.

Eine junge blonde Frau erschien hinter ihm. Sie trug die gleiche Tunika, die auch Melody im Kleiderschrank hatte.

»Hallo«, sagte Melody.

»Kann ich Ihnen helfen?« Die Frau hatte einen australischen Akzent.

»Ich weiß nicht, vielleicht«, erwiderte Melody. »Ich habe als Kind in diesem Haus gewohnt …« Sie lächelte ein wenig zu breit, weil sie unsicher war und sich ebenso albern vorkam wie in der Pension in Broadstairs.

Die Miene der jungen Frau wurde freundlicher. »Oh, wirklich?«, fragte sie.

»Ja, aber ich kann mich nicht mehr gut erinnern, und da wollte ich fragen, wie lange Sie hier schon wohnen.«

»Ich? Erst seit ungefähr einem halben Jahr. Aber ich bin nur das Kindermädchen. Meine Chefin und ihr Mann leben hier seit, ach, ich weiß gar nicht …«

»Seit neuneinhalb Jahren«, sagte der Junge in einem leicht näselnden amerikanischen Tonfall.

»Ach ja, sicher – seit Dannys Geburt.«

»Sind sie zu Hause, die Chefin und ihr Mann?«

»Nein.« Die Frau schlang die Arme um Dannys Hals und drückte ihn an sich. »Sie sind beide arbeiten.«

»Schade«, erwiderte Melody. »Ich hätte ihnen gern ein paar Fragen gestellt. Über das Haus, wissen Sie.«

»Sie können mich ja fragen«, sagte der Junge.

Melody lächelte. »Oh, ich weiß nicht, ob du meine Art von Fragen beantworten könntest.«

Der Junge lächelte ebenfalls und blickte auf seine Füße.

»Aber dürfte ich wohl meine Telefonnummer hinterlassen? Vielleicht könnten Ihre Chefin oder deren Mann mich anrufen.«

»Das ist sehr unwahrscheinlich«, erwiderte das Kindermädchen lächelnd mit einer Stimme, die ihre Skepsis verriet. »Aber wenn Sie so gegen sechs, halb sieben noch mal vorbeikommen, wird sie zu Hause sein.« Sie zwinkerte Melody zu, die dankbar lächelte.

»Gut«, sagte Melody. »Das könnte ich tun.«

Die Chefin des Kindermädchens war eine imposante Amerikanerin namens Pippa. Sie trug noch ihre Arbeitskleidung, ein marineblaues Kostüm mit einer gestärkten weißen Bluse; ihr Haar war zu einem praktischen Bob mit Seitenscheitel geschnitten. Sie ließ Melody eintreten und ging dann voraus in den »Salon«, wie sie es nannte.

Darin sah alles ganz anders aus, als Melody es in Erinnerung hatte. Der Fußboden bestand aus versiegeltem Parkett, das Mobiliar war elegant und vorwiegend in Cremetönen gehalten. Wenig in diesem Raum deutete darauf hin, dass hier ein Kind lebte, auch wenn irgendwo im Haus die Kinderstimme zu hören war.

»Sie haben also einmal hier gewohnt«, sagte Pippa und ließ sich auf dem Sofa nieder.

»Ja«, erwiderte Melody, die es nicht für nötig hielt, zu sehr auf Einzelheiten einzugehen. »Vor etwa dreißig Jahren.«

»Oh, da waren Sie ja noch ganz klein.«

»Ja. Ich kann mich kaum noch erinnern, ich weiß nur noch, dass es hier war, dass oben in einem der Schlafzimmer ein Baby lag und dass in diesem Zimmer alles Mögliche an den Wänden hing. An der Wand da drüben hing zum Beispiel ein Tigerfell mit Kopf, und dort stand ein Glastisch, und überall lagen cremeweiße Teppiche.« Sie schwieg und atmete tief durch. Pippa sah sie merkwürdig an.

»Sie sind nicht zufällig Charlotte, oder?«

Melody schnappte erschrocken nach Luft. Sie hatte Charlotte gesagt! Also stimmte alles! Das bedeutete, dass sie, Melody, nicht verrückt war. Und wenn es Charlotte wirklich gab, dann hatte es auch Ken gegeben und das Baby und die Frau namens Jane. Melody verspürte eine tiefe Erleichterung. Endlich verschwand der ständig nagende Zweifel. »Kennen Sie sie?«, fragte sie schließlich.

»Nein, eigentlich nicht. Ich bin ihr nie begegnet – aber wir haben 1996 das Haus von ihr gekauft.«

»Dann existiert sie also wirklich!« Melody schwieg einen Augenblick. »Entschuldigung, aber meine Erinnerungen sind so verschwommen, und ich habe zu allen, die hier gelebt haben, den Kontakt verloren. Aber es ist einfach fantastisch zu wissen, dass ich mir das alles nicht nur eingebildet habe! Und Charlotte, wo lebt sie jetzt?«

»Nun, damals lebte sie in Los Angeles. Keine Ahnung, wo sie jetzt ist. Ursprünglich gehörte das Haus ihrer Mutter …«

»Jacqui?«

»Ja, ich glaube schon. Sie ist eine berühmte Maskenbildnerin in Hollywood, wenn ich mich recht entsinne. Und Jacqui schenkte ihrer Tochter das Haus zum einundzwanzigsten Geburtstag, als es, nun ja, kaum etwas wert war. Warum Charlotte es dann verkauft hat, weiß ich nicht. Ich wollte nicht danach fragen.«

»Und gab es da noch jemanden – einen Bruder oder eine Schwester?«

Pippa streifte sich achselzuckend die Pumps von den Füßen. »Das weiß ich wirklich nicht«, antwortete sie. »Wie ich schon sagte, ich bin Charlotte nie persönlich begegnet. Das Haus hier stand leer, als wir es kauften. Vorher hatte sie es vermietet. Von ihrer Familie habe ich nie jemanden gesehen oder gesprochen. Ich glaube, da kann ich Ihnen nicht besonders behilflich sein.«

Melody seufzte.

»Würden Sie sich gern mal umsehen?«, fragte Pippa.

Melody merkte, dass es ihr eigentlich nicht recht war, wenn eine Fremde in ihrem Haus herumschnüffelte, doch die Neugier siegte über die Höflichkeit, und sie nahm das Angebot begeistert an.

»Es ist alles im Wesentlichen noch so, wie wir es vorgefunden haben«, erklärte Pippa, während sie ihr die oberen Zimmer zeigte. »Wir haben nur neu tapeziert. Das dort waren damals Kinderzimmer und sind es noch heute, wie Sie sehen. Und hier war das Elternschlafzimmer. Wir haben nur ein Bad angebaut …«

Sie schaltete die Deckenlampe ein, und Melody erschrak erneut. Das war das Zimmer – das Zimmer mit dem Baby! Es war so wirklich, dass sie sogar die Gerüche noch wahrnahm: heißer Staub von einem über eine Lampe gebreiteten Schal, blumiges Parfum, abgestandene Milch.

»Dort drüben stand ein Bett«, sagte sie. »Und ein Tisch mit einer Lampe, die man mit einer Art Chiffonschal abgedeckt hatte. Und dort stand das Kinderbettchen mit dem Baby. Und ich hielt es auf dem Arm – ich hielt *sie.* Jetzt kann ich mich wieder gut erinnern. Ich glaube, sie war meine Schwester.« Kaum hatte sie die Worte ausgesprochen, fuhr ihr eine überwältigende Traurigkeit mitten ins Herz und raubte ihr den Atem. Tränen stiegen ihr in den Augen, und sie musste ein Schluchzen unterdrücken.

Und dann traf sie ein weiterer Flashback:

Limonade in einem hohen Glas.

Ein abgeknickter Trinkhalm.

Ihr Vater, der ihr gegenübersitzt, teilweise verdeckt von einem großen Krug mit eingepackten Grissini.

Der Geruch nach Knoblauch.

Ein kariertes Tischtuch.

Jacqui, in einer Pelzjacke und mit großer Sonnenbrille, lächelt ihr zu.

Die Worte: »Jacqui und ich werden ein Baby bekommen. Dann hast du einen kleinen Bruder oder eine Schwester!«

Ein kurzes Schweigen.

»Was sagst du dazu?«

Noch immer Schweigen.

»Bist du glücklich?«

Und dann sprudelten ihr die Worte von den Lippen wie Brause, nachdem man die Flasche geschüttelt hat: »Ja, ich glaube schon. Aber Mummy nicht.«

19

1978

Emily Elizabeth Ribblesdale wurde im Oktober 1978 geboren, genau einen Monat vor Melodys sechstem Geburtstag. Sie wurde an einem Montag geboren, und daher musste Melody fünf volle Tage warten, bevor sie mit dem Zug nach London fahren und sie besuchen konnte.

Die ganze Woche über war Melodys Mutter krank. Es war eine unbestimmte, diffuse Krankheit, die sich immer dann verschlimmerte, wenn Melody das bevorstehende Wochenende erwähnte. Vielleicht fühlte ihre Mutter sich schlecht vor lauter Trauer darüber, dass Dads Freundin ein Kind bekommen hatte, das nicht gestorben war, dachte Melody. Aber sie zog es vor, ihre Vermutung für sich zu behalten. Sogar wenn es ihr gut ging, wollte die Mutter nicht über das Baby sprechen, und jetzt ging es ihr nicht gut.

Die Mutter sah schrecklich aus, als sie sie am Freitag von der Schule abholte.

»Es tut mir wirklich leid«, sagte sie, »aber ich glaube, du kannst morgen nicht zu deinem Vater fahren.«

Melody wurde es vor Enttäuschung ganz übel.

»Warum nicht?«

»Heute Morgen kam eine dicke Rechnung, und Ken hat uns alle gebeten, einen Teil zu bezahlen. Deshalb habe ich kein Geld mehr für die Fahrkarte.«

»Aber Mummy …« Melody fühlte, wie ihr heiße Tränen in die Augen schossen.

»Rede nicht in diesem weinerlichen Ton mit mir! *Mach mich nicht noch kränker, als ich sowieso schon bin!*«

»Aber Mummy …«

»Was soll ich deiner Meinung nach tun? Meinen elenden Körper für ein paar Kröten auf der Straße verkaufen, nur damit du deinen kostbaren Vater sehen kannst?«

Melody schluckte. Es war ihr peinlich, dass die Mutter vor ihren Mitschülern so herumschrie, und sie war schockiert darüber, dass es Leute auf der Straße gab, die der Mutter Geld für ihren Körper bezahlen würden. Sie konnte sich nicht vorstellen, was sie dann damit anfangen wollten.

»Ich werde ihn anrufen«, sagte Melody dann, nachdem sie Zeit zum Nachdenken gehabt hatte. »Ich werde ihn anrufen und ihn bitten, mir Geld zu schicken.«

»Und dann? Das Geld käme nicht vor nächster Woche an.«

»Na gut, dann bitte ich ihn eben, mich abzuholen.«

»Melody, dein Vater hat gerade ein Kind bekommen. Jacqui wird nicht damit einverstanden sein, dass er für einen halben Tag an die Küste fährt. Du kannst morgen nicht fahren. Du musst eben noch warten. Und jetzt trödel nicht so, sonst kommen wir nie nach Hause.«

Melody beschleunigte ihren Schritt. Sie konnte keine ganze Woche mehr warten, bis sie ihre neue Schwester sah. Ein kleiner bohrender Schmerz saß in ihrer Magengrube, und sie wusste, er würde nicht weggehen, bis sie Emilys Atem an ihrer Wange gespürt hatte.

Ken brachte Melody in seinem Beiwagen nach London. Melody hatte nicht einmal gewusst, dass er ein Motorrad besaß, bis sie ihm an jenem Abend ihr Leid klagte. Am folgenden Morgen ging er mit ihr zu einer Garage am Ende der Straße. Außer dem Motorrad unter seiner grünen Plane standen dort mehrere Pappkartons voller Flugblätter und viele große Pappschilder mit Stielen, doch sie hatte keine Zeit, die Aufschriften zu entziffern. Ken legte eine weiche Decke in den Beiwagen, schnallte Melody darin an und setzte ihr einen bauchigen grünen Helm auf.

Die Fahrt nach London war berauschend. Der Wind streifte ihre Wangen und zerzauste ihr Haar. Jedes Mal, wenn sie an einer roten Ampel hielten, drehte sich Ken zu ihr und lächelte sie an, und sie lächelte zurück und kam sich ungeheuer wichtig vor. Unterwegs schaute sie sich um, ob auch andere Mädchen im Beiwagen fuhren, doch sie konnte keines entdecken. Wenn sie Schulfreunde gehabt hätte, wäre sie ganz versessen darauf gewesen, ihnen von diesem Abenteuer zu berichten. So konnte sie nur Charlotte davon erzählen, die dann behaupten würde, dass es sie kein bisschen interessierte.

Als Ken sie absetzte, sagte er, er müsse noch jemanden besuchen und würde sie um sechs Uhr wieder abholen.

»Gib deiner neuen Schwester einen dicken Kuss von mir«, sagte er. Dann zwängte er seinen Kopf wieder in den Motorradhelm, ließ den Motor aufheulen und verschwand um die Ecke, wie im Film, wenn John Wayne davonritt.

Jacqui lag im Bett. Die Gardinen waren zugezogen, es war dämmrig im Zimmer und roch nach Hefe und Milch. Jacqui trug ein duftiges Bettjäckchen mit weißen Rüschen an den Rändern und darunter ein türkisfarbenes Nachthemd. Offenbar hatte man ihr das Baby mit einem Messer aus dem Bauch geschnitten, und deswegen durfte sie noch nicht aufstehen. Sie lächelte, als Melody ins Zimmer trat, und Melody lächelte nervös zurück.

»Komm«, sagte Jacqui und klopfte mit der Hand auf die seidene Bettdecke. »Komm und sieh dir Emily an.«

Neben dem Bett stand ein kleines weißes Gitterbettchen. An der Hand ihres Vaters ging Melody behutsam um das Bett herum.

Dann holte sie tief Luft und blickte hinein. Darin lag ein winziges Wesen mit einem braunen Haarschopf und vollen roten Lippen, die es unwillig verzogen hatte.

»Wie gefällt dir deine Schwester?«, fragte ihr Vater.

»Ist das wirklich meine Schwester?«, erkundigte sich Melody.

»Ja, natürlich«, lachte Jacqui.

Melody schaute sich das Baby genauer an. Sie fand es nicht besonders hübsch, aber trotzdem süß. Melody nahm eines der winzigen Händchen und streichelte es. »Sie sieht aus wie ein Indianer.«

Jacqui und Melodys Vater schauten sich lächelnd an.

»Sie sieht genauso aus wie du, als du gerade geboren warst«, erklärte ihr Vater.

»Was, wie ein Indianer?«

»Ja, genau wie ein Indianer.«

»Sah das Baby Romany auch wie ein Indianer aus, als es geboren wurde?«

Ihr Vater lächelte traurig. »Nein«, sagte er. »Sie hatte überhaupt keine Haare und ein Mündchen so klein wie eine Rosenknospe. Sie sah mehr wie ein kleiner Kobold aus.«

»Wirklich?« Zum ersten Mal in ihrem Leben entstand in Melodys Kopf so etwas wie ein Bild ihrer toten Schwester. »Und hatte sie braune oder blaue Augen?«

»Na ja, alle neugeborenen Babys haben die gleiche Augenfarbe. Emily auch. Sieh mal, es ist so eine Art Dunkelblau. Wenn sie ein paar Monate alt ist, bekommen ihre Augen die endgültige Farbe.«

»Hatte ich als Baby denn auch dunkelblaue Augen?«

»Ja.«

»Und dann wurden sie haselnussbraun.«

»Genau.«

»Ich möchte mal wissen, welche Augenfarbe das Baby Romany bekommen hätte.«

»Das wird leider niemand je erfahren«, antwortete ihr Vater.

Melody betrachtete Emily und versuchte, sich das Gesicht ihrer toten Schwester vorzustellen, doch es gelang ihr nicht. Schon begannen die sichtbaren, realen Züge ihrer neuen Schwester das verschwommene Bild zu überlagern, das sich Melody in ihrer Fantasie von Romanys kleinem Koboldgesicht gemacht hatte. Die Erinnerung an das Frühere – die ja eigentlich nur eine Vorstellung war – verblasste bereits.

20

1978

Mit dem Fuß stieß Melody einen Tennisball durch den Hof und sah ihm nach, als er zwischen zwei Blumentöpfe rollte.

»Also«, begann Matty, der gerade einen langen Zweig mit einem Cuttermesser anspitzte. »Was war mit deinem Vater?«

»Was meinst du?«

»Ich meine, warum haben er und deine Mutter sich getrennt?«

»Ich glaube, weil sie böse aufeinander waren.«

»Weswegen?«

»Ich glaube, sie waren böse wegen mir.«

Matty hörte auf zu schnitzen und blickte sie nachdenklich an. »Bist du sicher?«

»Ja. Jedenfalls ein bisschen. Ich hatte eine kleine Schwester, die hieß Romany. Sie starb, als sie zwei Tage alt war, und ich glaube, meine Mum und mein Dad waren traurig darüber, und dann waren sie auch böse auf mich. Besonders meine Mum.«

Matty nickte weise.

»Ich glaube, meine Mum hat sich darüber geärgert, dass ich nicht traurig genug war und immer noch Sachen machen wollte, wie zum Beispiel Kuchen backen und auf den Spielplatz gehen. Und dann wurde sie böse auf meinen Vater, weil er auch nicht mehr traurig sein wollte, sondern versuchen wollte, ein neues Baby zu bekommen.«

»Warum war sie deswegen böse?«

Melody zuckte mit den Schultern. »Ich weiß nicht. Es war eben so. Vielleicht dachte sie, es würde auch sterben oder so.«

Matty nickte erneut und widmete sich dann wieder seinem Stock.

»Als er davon anfing, wurde sie wütend«, fuhr Melody fort.

»Also wirklich, sie hätte sich doch darüber freuen können.«

Melody nickte heftig mit dem Kopf. »Ja, ich weiß.«

»Aber die Erwachsenen sind so verdammt komisch. Nimm nur mal meine Mutter.«

Melody blickte ihn gespannt an.

»Nein, wirklich, nimm sie …«

Melody runzelte verwirrt die Stirn, weil sie nicht recht verstand.

Er seufzte. »Tschuldigung, war nur ein dummer Witz. Mach dir nichts draus.«

»Aber sag doch mal, warum ist deine Mutter komisch?«, fragte Melody.

Er zuckte die Achseln. »Ist einfach so. Mein Vater, das ist dieser riesengroße Typ. Er ist wirklich groß und stark und lustig und alles. Wir haben in diesem echt coolen Haus in London gewohnt, und mein Dad war wirklich reich und fuhr mit uns an coole Orte und so. Aber Mum ist einfach gegangen.«

»Warum?«

»Weiß ich nicht. Sie hat gesagt, sie mag es nicht, wenn er trinkt. Aber, weißt du, so viel hat er eigentlich gar nicht getrunken. Ich habe ihn jedenfalls nie betrunken gesehen, nicht richtig. Er war nur lustig. Und jetzt ist mein Dad ganz traurig, und meine Mum ist mit so einem *Idioten* verheiratet, der glaubt, er wäre Jesus.«

Melody musste einen Augenblick überlegen, von wem er sprach. »Was, meinst du etwa Ken?«

»Klar, Ken.«

»Warum meinst du, er glaubt, dass er Jesus ist?«

»Ach komm, sieh ihn dir doch nur an! Mit seinem blöden Pferdeschwanz und diesen großen Augen die ganze Zeit.«

»Oh«, stieß Melody betroffen hervor. »Ich mag ihn gern.«

»Na, dann bist du auch ein Idiot, Melody Ribblesdale.«

Melody wurde blass. Noch nie hatte jemand sie einen Idioten genannt.

»Ken ist einfach nur irgend so ein Typ, nichts weiter. Ein Typ, der praktisch in einem *geklauten* Haus wohnt, noch nie arbeiten musste und immer dumme Frauen findet, die alles tun, was er will, sobald er sie mit seinen Hundeaugen anglotzt.«

»Oh«, machte Melody noch einmal.

»Au Mann, dich hat er auch eingewickelt, was? Na gut, dann hör mir mal zu, Melody Ribblesdale. Du bist ein schlaues Mädchen, und du bist noch jung. Hör auf mich, bring deine Mum von hier weg, bevor sie auch noch mit ihm badet und Kinder von ihm bekommt.«

Er fuhr mit dem Finger über die Spitze des Stocks, hielt ihn ins Licht und betrachtete ihn prüfend von allen Seiten. Dann stand er auf.

»Wo gehst du hin?«, fragte Melody.

»Fische fangen«, antwortete Matty. »Bis später.«

Als er fort war, starrte Melody so lange auf den gelben Tennisball, bis ihr die Augen wehtaten. Gedanken und Fragen flatterten ihr durch den Kopf wie Zeitungspapier im Wind. Was hatte Matty mit Baden und Kinderkriegen gemeint? Warum brauchte er einen spitzen Stock, um Fische zu fangen? Und wann nahm sich endlich einmal jemand die Zeit und erklärte ihr alles?

21

Heute

Melody wusste schon genauer, wie sie vorgehen wollte, als sie einige Tage später in der Victoria Station den Zug nach Broadstairs bestieg. Sie hatte feste Ziele und die Gewissheit, dass diese merkwürdige Geschichte, die Stück für Stück in ihr Bewusstsein drang, auf Wahrheit beruhte.

Sie schaute sich in dem nur schwach besetzten Waggon um. *Hallo,* hätte sie am liebsten gerufen, *ich bin Melody! Ich bin auf dem Weg nach Hause!* Stattdessen blickte sie auf ihr Handy-Display, wo vor zehn Minuten eine SMS von Ben mit folgendem Wortlaut erschienen war: »Hallo, Fremde. Ich bin kein Stalker, sondern mache mir nur Sorgen um dich. Hoffe, alles ist okay. Würde mich freuen, von dir zu hören (werde aber nicht damit rechnen), Ben.«

Melody seufzte und lächelte zugleich. Er war hartnäckig, das stand fest, doch ob sie das gut oder schlecht fand, wusste sie noch nicht genau. Es erschien ihr irgendwie rührend, wie souverän er sich über die Spielregeln des Kennenlernens hinwegsetzte, und so begann sie zu tippen: »Hi. Tut mir leid, dass ich deine anderen SMS nicht beantwortet habe, aber im Moment ist alles ein bisschen hektisch, und …«

Unvermittelt brach sie ab. Was tat sie da überhaupt? Sie ließ sich auf einen Dialog ein und förderte damit eine noch ganz zarte, aufkeimende Beziehung, und das ausgerechnet zu einem Zeitpunkt in ihrem Leben, an dem sie nicht einmal mehr wusste, wer sie eigentlich war. Nein, dachte sie und löschte die angefangene Nachricht. Nein, jetzt noch nicht. Vielleicht später …

In Broadstairs war noch mehr los als in der Woche zuvor. Der graue, milde Tag hatte den Tatendrang der Urlauber nicht dämpfen können, die durch die wenigen Gassen des Ortskerns streiften. Sie trugen Regenjacken und leuchtend bunte Crocs, und an ihren angewinkelten Armen hingen zusammengerollte Regenschirme, griffbereit für den Fall, dass die ersten Tropfen fielen. Wesentlich entschlossener als beim ersten Mal machte sich Melody auf den Weg zu dem Haus am Platz.

Dann stand sie davor, schloss die Augen und versuchte, sich zu erinnern, was sich vor dreißig Jahren hinter dieser Tür verborgen hatte. Sie sah ein weiteres Baby, einen dicken, stämmigen Jungen diesmal, der auf einem Löffel herumkaute. Sie sah einen älteren Jungen mit strubbeligem Haar. Und dann sah sie eine junge Frau, blass und erschöpft, mit langen Haaren und einem gelben Morgenrock. Ein Name mit L lag ihr auf der Zunge. L-L-L-*Laura*.

22

1978

Eines Tages, ungefähr eine Woche, bevor Emily zur Welt kam, zog eine Frau namens Laura in Kens Haus ein. Melody hatte gar nicht mitbekommen, dass sie eingezogen war, bis sie sie am folgenden Morgen in einem gelben Chenille-Morgenrock aus dem Bad kommen sah. Laura hielt einen Kulturbeutel mit einer Zugkordel in der Hand und wirkte ein wenig nervös.

»Hallo«, sagte sie, als sie sich auf dem Flur trafen. »Wer bist du denn?«

»Ich bin Melody.«

»Melody? Das ist aber ein hübscher Name.«

»Danke sehr«, antwortete Melody, die daran gewöhnt war, dass die Leute ihren Namen hübsch fanden.

»Ich bin Laura. Freut mich, dich kennenzulernen.«

»Freut mich auch, dich kennenzulernen«, sagte Melody.

Lauras langes braunes Haar war in der Mitte gescheitelt und fiel ihr in Strähnen über den Rücken. Ihre Haut war sehr bleich und ihr Gesicht war mit Sommersprossen bedeckt.

Melody blieb für einen Augenblick auf dem Flur stehen, um zu sehen, wohin die neue Frau ging. Sie war leicht schockiert, als sie sah, dass Laura wie selbstverständlich die Tür zu Kens und Graces Schlafzimmer öffnete und darin verschwand.

»Mum, Mum!« Immer zwei Stufen auf einmal nehmend, rannte sie die Treppe zum Dachboden hinauf. »Da ist eine Frau!«

Ihre Mutter tauchte hinter der offenen Kleiderschranktür auf. Sie hielt einen grünen Pullover in der Hand und sah ein wenig verquollen aus.

»Eine Frau. In Kens Zimmer! Sie heißt Laura!«

»Ach ja, Laura. Ich habe sie gestern kennengelernt.«

»Wer ist sie? Und warum ist sie in Kens und Graces Schlafzimmer?«

»Ach was, dort ist sie bestimmt nicht.«

»Doch. Sie hatte einen Morgenmantel an und ging einfach ohne anzuklopfen in das Zimmer.«

»Na ja, vielleicht hat sie sich in der Tür geirrt.«

»Hmmm.« Melody setzte sich auf das Fußende des Bettes und betrachtete ihre Zehen. »Mum, warum wohnen wir hier?«, fragte sie schließlich.

»Na, wo sollten wir denn deiner Meinung nach sonst wohnen?«, gab ihre Mutter verärgert zurück.

»Ich weiß nicht«, sagte Melody. »Vielleicht bei Tante Susie?«

»Ich dachte, bei Tante Susie hätte es dir nicht gefallen.«

Melody zuckte die Achseln und baumelte mit den Beinen, sodass die Zehen zusammenstießen. »Nein, hat es auch nicht. Aber wenigstens …«

»Wenigstens was?«

»Wenigstens gehörte sie zur Familie.«

Jane zog hörbar den Atem ein. »Ich bin sehr müde, Melody«, sagte sie. »Und du redest zu viel. Warum gehst du nicht spielen?«

»Ich habe keine Lust zum Spielen.«

»Na gut. Warum liest du dann nicht ein Buch?«

»Ich habe keine Lust zum Lesen.«

»Mach einfach irgendwas, aber lass mich in Ruhe.«

Melody blieb noch einen Augenblick lang auf dem Bett sitzen und schaute niedergeschlagen auf ihre Füße. Dann stand sie auf und ging hinaus. Sie ging ganz langsam, für den Fall, dass ihre Mutter es sich anders überlegte und sie zurückrief, um sie in den

Arm zu nehmen. Aber nichts geschah. Jane stand einfach da, mit ihrem grünen Pullover in der Hand, und sah aus, als hätte sie etwas vergessen.

Melody blieb eine Weile vor der Zimmertür stehen und lauschte auf das Schluchzen ihrer Mutter, das so sanft und leise war wie ein geflüstertes Gebet.

23

Heute

Melody konnte den Mann namens Matthew nirgends finden. Dreimal wanderte sie durch die Stadt, spähte in die Fenster der Imbissstuben und lief durch die Gänge der Spirituosengeschäfte. Sie suchte am Strand, inspizierte die Bänke, fand jedoch keine Spur von ihm. In einer muffigen, graffitiverschmierten Höhle, die jemand unter der Strandpromenade gegraben hatte, stieß sie auf zwei junge Männer, die sich mit Bierdosen in der Hand auf zwei Lattenholzbänken ausgestreckt hatten. Sie sahen nicht aus wie Penner, aber sie waren die einzigen Menschen, die ihr in den letzten zwei Stunden begegnet waren, die möglicherweise einen Säufer wie Matthew kannten. Also blieb sie stehen und wartete darauf, angesprochen zu werden.

»Alles klar?«, fragte der ältere der beiden Jungen schließlich.

»Ja«, sagte sie. »Ich suche jemanden. Einen Mann namens Matthew.«

Die Jugendlichen blickten einander an und runzelten die Stirn. »Matthew? Nee. Wie sieht er denn aus?«

»In den Vierzigern, dunkles Haar und trinkt«, erklärte Melody.

Wieder sahen sie einander an. »Ach, *der* Matthew. Der Säufer«, sagte der pickeligere der beiden.

»Ja, wahrscheinlich«, antwortete Melody.

»Der müsste eigentlich in der Stadt sein. Ist er meistens.«

»Gibt es einen Ort, an dem er für gewöhnlich herumhängt?«, fragte sie.

»Nee. Der hängt eigentlich überall rum. Ehrlich.«

»Ja, und jagt den Fremden einen Schreck ein«, fügte der zweite Junge hinzu.

»Wo wohnt er?«

»Weiß ich nicht«, erwiderte der Ältere. »Auf der Straße, schätze ich. Meistens wohl hier in der Gegend. Hier in diesen Höhlen verkriechen sich die Penner nachts.«

»Was wollen Sie eigentlich von ihm?«, fragte der Pickelige.

»Ich habe als Kind hier gelebt. Vielleicht kennt er mich noch.«

»Ja, Matthew lief hier schon rum, als wir noch kleine Kinder waren.«

»War er schon immer ein Säufer?«

»Ja, mehr oder weniger. Aber manchmal ist er trocken. So alle paar Wochen. Dann verschwindet er einfach und kommt mit geschnittenen Haaren und neuen Klamotten zurück und fängt wieder an zu saufen.«

»Ach so, dann ist er vielleicht jetzt gerade weg?«

Der Pickelige zuckte die Schultern. »Ja, das nehme ich an, wenn er nicht in der Stadt ist.«

»Und ihr habt keine Ahnung, wohin er dann geht?«

Jetzt zuckten sie beide die Achseln. »Vielleicht zu seiner Mutter oder ins Krankenhaus? Keine Ahnung. Wir haben nie gefragt.«

»Gut.« Melody biss sich auf die Lippen. »Ihr habt euch also mit ihm unterhalten?«

»Nee, nicht richtig. Nur so im Vorbeigehen. So was wie ‚Alles klar?' und so. Eigentlich redet keiner richtig mit ihm.«

»Warum nicht?«

Sie lachten. »Weil er eben ein Suffkopf ist!«

Melody nickte lächelnd. Hier hatte sie nichts mehr verloren. Dieser Matthew war nicht in der Stadt. Sie würde eben ein andermal wiederkommen müssen.

Die Hände in den Taschen, stand sie am Strand und blickte auf die Stadt, die in einem weiten Bogen vor ihr lag, als würde sie sie mit offenen Armen willkommen heißen. Ein Haus in der Mitte des Bogens sprang ihr ins Auge, es war eine Eisdiele mit einer lachsrosa Fassade und einem verchromten Ladenschild aus den Fünfzigerjahren. Und da lief sie los, nahm auf der Treppe vom Strand immer zwei Stufen auf einmal und öffnete außer Atem die große, schwere Jugendstil-Glastür. Die Inneneinrichtung der blitzenden, hell erleuchteten Eisdiele im Stil der Dreißigerjahre bestand ganz aus Chrom, Resopal und Bakelit und war in verschiedenen Mint- und Lachsrosa-Tönen gehalten. Einen Augenblick lang verharrte Melody auf der Schwelle und sah sich über die Köpfe der zahlreichen Familien hinweg um. Eine Frau mit einem Tablett ging vorüber. Auf dem Tablett standen vier große Becher mit verschiedenfarbiger Eiscreme, Zuckerstreuseln, Waffeln und Sauce. *Der* Eisbecher.

Das war es, sie wusste es sofort. Das hier war das Eiscafé, in dem sie mit Ken gewesen war.

24

1978

Nach dem Besuch bei ihrer neugeborenen Schwester kam Melody um acht Uhr mit Ken zurück. Als sie die Küste erreichten, ging gerade die Oktobersonne pfirsichfarben, silbern und golden über dem Meer unter. Erleuchtet wie eine Laterne zog am Horizont ein auslaufendes Kreuzfahrtschiff vorüber. Sie fuhren die Strandpromenade entlang, vorbei an den Neonreklamen der leeren Einkaufsgalerien, den nach Essig riechenden Fischbuden und den Andenkenläden mit ihrem bunten Kitsch, und hielten vor Morellis Eisdiele.

»Lust auf ein Eis?«, fragte Ken und nahm den Helm ab.

»Was, jetzt?«, fragte Melody zurück.

»Ja, warum nicht?«

»Aber wir haben Mum doch versprochen, dass ich um acht zurück bin.«

»Wir können ihr ja erzählen, dass wir im Stau gesteckt haben. Na komm schon, wie wär's mit einem dicken Eisbecher?«

Melody blickte durch die Tür in das pastellfarbene Zauberland, wo glückliche Familien in lachsrosa Nischen saßen und langstielige Löffel in riesige Eisbecher tauchten. Während des vergangenen Jahres hatte sie diesen Ort oft von fern gesehen, doch ihre Mutter hatte ihr jedes Mal erklärt, dass sie sich »unnötige Ausgaben« wie Eiscreme nicht leisten konnten.

»Ich lade dich ein«, sagte Ken.

Melody kam sich ganz fremd vor, als sie hineingingen. Sie hätte nie gedacht, dass sie einmal nach Einbruch der Dunkelheit zusammen mit einem netten Mann und mit einem Motorradhelm in der Hand eine Eisdiele betreten würde. So etwas tat sonst nur Charlotte.

Sie bestellte sich einen Erdbeerbecher, und Ken nahm Vanilleeis mit Schokoladensauce und eine Tasse Kaffee. Sein Haar war vom Helm ganz verstrubbelt, und seine Wangen waren vom Herbstwind gerötet. Er ähnelte nicht so sehr Jesus als vielmehr einem freundlichen Teddybären, was Melody viel von ihrer Scheu nahm.

»Das Baby hat dir also gefallen, ja?«

»Mm-hm.« Sie nickte. »Es war süß.«

»Das kann ich mir vorstellen. Muss toll sein, eine neue Schwester zu haben.«

Wieder nickte sie.

»Bestimmt warst du traurig, als du gehen musstest, was?«

Melody senkte lächelnd den Kopf. Sie fand es immer furchtbar, wenn sie Jacquis Haus verlassen musste, selbst wenn es dort ganz schrecklich gewesen war, wenn Charlotte sich eklig benommen und Jacqui sie kaum beachtet hatte. Doch an diesem Nachmittag war es schlimmer denn je gewesen. Melody hatte sich den ganzen Tag über bei Emily aufgehalten, beim Windelwechseln geholfen und dem Baby sogar mit Jacquis Erlaubnis die Flasche gegeben. Im Laufe des Tages war das Schlafzimmer von Jacqui und dem Vater ihr immer zauberhafter erschienen. Als die Sonne am späten Nachmittag langsam sank, hatte der Vater die Nachttischlampen eingeschaltet, und sie hatten sich alle zusammen auf das große, weiche Bett gesetzt und das Baby betrachtet.

»Weißt du, in gewisser Weise bin ich sogar froh über deinen Kaiserschnitt«, hatte der Vater zu Jacqui gesagt. »So bist du wenigstens gezwungen, einmal still zu sitzen und die Zeit zu genießen.«

»Ich weiß, ich weiß, du hast ja recht«, hatte Jacqui lächelnd erwidert. »Ich hätte wahrscheinlich versucht, Staub zu saugen. Aber ich bin auch froh, denn jetzt ist die schönste Zeit. Das ist die Zeit, an die man sich erinnert, wenn sie größer werden, und die man dann am liebsten zurückholen würde.«

Melody wollte die Zeit jetzt schon zurückholen. Sie hätte ihre Schwester am liebsten ganz und gar in sich aufgenommen, damit sie immer bei ihr war. Sie wollte sie nicht in London zurücklassen und eine ganze Woche warten, bis sie sie wiedersah. Sie wollte mit ihr leben, bei ihr schlafen, beobachten, wie sie erwachte. Sie wollte zusehen, wie ihre Schwester heranwuchs, an jedem einzelnen Tag miterleben, wie ihre Fingernägel und ihre Haare millimeterweise wuchsen. Sie wollte, dass Emily sie kannte, genauso, wie sie Charlotte kennen würde.

Sie sah auf in Kens sanfte graue Augen und spürte, wie ihr Kinn zu zittern begann. Dann weinte sie, leise und bitterlich.

»Nun, nun, nun«, machte Ken und reichte ihr eine Papierserviette. »Ach, Melody, du armes, liebes Ding.«

»Ich habe sie so schrecklich lieb«, schluchzte Melody. »Aber sie lebt in London, und ich hier, und sie wird mich ganz vergessen.«

»Nein, das wird sie nicht.«

»Doch. Sie wird immer nur Charlotte sehen und denken, Charlotte wäre ihre einzige Schwester. Und wenn ich dann komme, wird sie weinen, weil sie nicht weiß, wer ich bin!«

»Nein, ehrlich nicht. Das verspreche ich dir. Babys sind sehr klug. Sie wird sich an deinen Geruch erinnern, und wenn sie dann älter ist, wird sie sich erinnern, wie du aussiehst. Und dann wird sie dich ganz besonders lieb anlächeln, weil du etwas Besonderes für sie bist. Nicht so wie Charlotte.«

»Meinst du?«

»Ja. Und weil du sie nicht so oft siehst, wirst du viel netter zu ihr sein als Charlotte. Ich könnte wirklich wetten, dass du und Emily einmal die besten Freundinnen werdet.«

Melody schniefte und rührte mit dem Löffel in ihrem leeren Becher herum. Ihr gefiel, was Ken sagte. Sie wäre gern Emilys beste Freundin geworden.

Ihr fiel ein, dass dies, seit sie sich erinnern konnte, das erste Mal war, dass jemand etwas zu ihr gesagt hatte, das sie froher und nicht trauriger gestimmt hatte. Etwas, das ihr half, ihre Welt zu verstehen. Und da spürte sie, wie etwas Hartes, Schweres von ihrer Brust fiel, das sie bis zu diesem Moment gar nicht wahrgenommen hatte. Alles wurde plötzlich ganz leicht, und sie hatte das Gefühl, als hätte alles doch einen Mittelpunkt. Und als sie so dasaß, in der dampfenden Wärme von Morellis Eisdiele, und es ihr vorkam, als würden die einzelnen Teile ihrer zerbrochenen Welt durch ihren Kopf schwirren, wusste sie plötzlich, was dieser Mittelpunkt war. Es war Ken.

Sie wischte sich mit dem Handrücken eine Träne von der Wange und lächelte ihm zu. Dann nahm sie seine Hand in ihre beiden Hände und drückte sie ganz fest.

»Bist du mein Freund?«, fragte sie.

»Sicher bin ich das«, antwortete er.

»Wirst du immer mein Freund sein?«

»Ich werde so lange dein Freund sein, wie du es willst.«

»Dann wird es für immer sein«, sagte Melody.

Ken drückte ihr die Hand und erwiderte ihr Lächeln. »Gut«, sagte er. »Gut.«

Um neun Uhr waren sie wieder zu Hause. Melody hatte sich ausgemalt, wie ihre Mutter bleich vor Sorge auf der Eingangstreppe saß, wie sie angsterfüllt hin und her lief und sich fragte, wo ihre Tochter nur bliebe. Doch sie saß nicht auf den Stufen. Sie war auch nicht in der Küche oder im Bad oder in ihrem Zimmer unter dem Dach. Zweimal liefen Melody und Ken durchs ganze Haus, schauten in allen Zimmern nach und an seltsamen Orten wie Schränken und Speisekammern. Dann bemerkte Melody, dass die Handtasche ihrer Mutter nicht in der Diele lag. Und Laura sagte, sie habe gegen fünf Uhr die Haustür zuschlagen hören. Nun beruhigten sich alle ein wenig, da sie davon ausgingen, dass Jane essen oder zu Tante Susie gegangen war.

Später wusch sich Melody in dem kühlen Badezimmer und versuchte, sich vorzustellen, wie ihre Mutter bei Tante Susie am Tisch saß und vor lauter Reden und Lachen die Zeit vergaß. Doch weil ihr das so unwahrscheinlich vorkam, stellte sie sich ihre Mutter allein an einem Zweiertisch im Restaurant vor, wie sie ein Steak mit Pommes verputzte. Das war allerdings noch viel unwahrscheinlicher.

Als sie unter die Bettdecke schlüpfte und die Augen schloss, war die Stille im Zimmer überwältigend, und Melody sah vor ihrem geistigen Auge eine Szene nach der anderen: ihre Mutter, zerquetscht unter den Rädern eines riesigen Lasters. Ihre Mutter, die blau angelaufen und mit dem Gesicht nach unten im Meer trieb. Ihre Mutter, zerstückelt von den Stahlrädern eines Schnellzugs. So etwas war ihr noch nie zuvor in den Sinn gekommen. Aber sie hatte sonst auch immer gewusst, wo ihre Mutter war.

Es dauerte sehr lange, bis Melody einschlief, und dann war sie plötzlich wieder wach, es war noch immer dunkel, und das Bett ihrer Mutter war immer noch leer. Da sie Angst hatte und sich einsam fühlte, beschloss sie, jemanden zu suchen. Auf Zehenspitzen schlich sie die Treppe hinunter bis in den Flur vor das Schlafzimmer von Ken und Grace.

Als sie die Tür öffnete, bot sich ihr ein bemerkenswerter Anblick. Ken und Laura lagen nackt und ineinander verschlungen auf dem großen weißen Bett, während Grace in einem langen blauen Nachthemd mit Seth auf einer Matratze auf dem Fußboden schlief. Vor dem Fenster hingen keine Gardinen, und ein großer weißer Mond tauchte das Zimmer in sein bläuliches Licht. Obwohl Melody das alles äußerst merkwürdig vorkam, hatte die Szene doch eine gewisse Schönheit, fast wie in der Freiluftaufführung von Ein *Mittsommernachtstraum* im Regent's Park, zu der ihr Vater und Jacqui sie im Sommer mitgenommen hatten.

Die Einzige, die Melody hereinkommen hörte, war Laura. Sie öffnete ein Auge und sah Melody kurz mit glasigem Blick an. Dann rieb sie sich mit den Fingerspitzen über die Augenbrauen und rollte sich zu ihr herum. Ihre Brüste waren klein und spitz wie Törtchen, ihr Brustkorb knochig wie bei einem Hühnchen. Bei genauerem Hinsehen konnte Melody erkennen, dass Laura noch immer schlief. Ihr Auge fiel wieder zu, sie wälzte sich auf den Rücken, und Melody ging leise hinaus.

Nebenan war Mattys Zimmer. Sie klopfte leise und trat dann ein. Matty lag auf der Seite, ein Bein baumelte über die Bettkante, und er schnarchte ganz leise.

Melody betrachtete ihn eine Weile und überlegte, was er wohl träumen mochte. Dann kam sie zu dem Entschluss, dass er viel zu friedlich schlummerte, als dass sie ihn wecken dürfte. Sie legte sich auf das schmuddelige Schaffell vor seinem Bett, deckte sich mit seinem Badetuch zu und schlief ein.

Am nächsten Morgen rief Ken die Polizei. Zwei Männer mit Helmen klingelten an der Tür, kamen ins Haus und stellten Fragen, auf die anscheinend keiner eine Antwort wusste. Nein, sie hatte niemandem gesagt, wohin sie wollte; nein, niemand hatte sie weggehen sehen. Sie notierten sich Melodys Angaben zu Tante Susies Wohnort (»in einem Bungalow mit Hecken drum herum, nicht am Meer, aber auch nicht weit weg davon, mit einer blauen Haustür und flatternden Gardinen«) und durchsuchten dann die Sachen ihrer Mutter im Schlafzimmer.

»Hatte sie irgendeinen Grund zu verschwinden?«, fragte der jüngere der beiden Polizisten.

Melody blickte Ken an, der ihren Blick erwiderte. »Nun ja«, begann er zögernd, »sie hatte einigen Stress. Ihr Mann lebt mit einer anderen Frau zusammen, die gerade sein Kind bekommen hat.

Und ich glaube, ähm, sie leidet auch an … na ja, einigen anderen Dingen. Was Seelisches.«

»Wollen Sie damit sagen, dass sie labil ist?«

»Nicht direkt labil, aber …«

»Gut, ich glaube, wenn das so ist, geben wir ihr noch vierundzwanzig Stunden, bevor wir den Strand absuchen. Besonders bei Ramsgate.«

»Wollen Sie damit sagen, Sie glauben, dass …?«

Diesmal blickten der Polizist und Ken Melody an.

»Ich weiß nicht, Sir, aber es wäre möglich. Wissen Sie, so etwas erleben wir häufig bei Frauen. Hormone können ganz schön verrückt spielen. Wenn Sie morgen um diese Zeit noch immer nicht wissen, wo sich Mrs Ribblesdale aufhält, beginnen wir mit der Suche.«

Sie schrieben sich die Telefonnummer von Melodys Vater auf – die einzige Telefonnummer auf der Welt, die Melody auswendig kannte –, dann gingen sie.

Als Matty fünf Minuten später herunterkam, wollte er bis ins kleinste Detail wissen, was die Polizisten gesagt hatten. »Ich habe versucht, an der Tür zu lauschen, aber ich konnte nichts verstehen.«

»Sie glauben, Mum könnte am Strand sein. Wegen ihrer Hormone.«

»Was – tot?«

»Nein, ich glaube nicht, nur aufgeregt. Aber sie wollen erst morgen nach ihr suchen.«

»Warum?«

Melody zuckte die Achseln. »Weiß nicht.«

»Ach, das ist doch Blödsinn«, sagte Matty. »Bis morgen kann alles Mögliche passieren. Hier geht es um Leben und Tod. Ich finde, es ist Quatsch zu warten. Lass uns jetzt gehen.«

Er verschwand kurz und kam dann mit einer Stofftasche zurück, die er sich quer über die Brust hängte.

»Was machen wir jetzt?«, fragte Melody.

»Wir suchen deine Mum.«

Gemeinsam wanderten sie durch die Stadt bis zum feuchten, seegrasbedeckten Strand der Viking Bay. Er war völlig menschenleer. Sie liefen den Kai hinauf und hinunter, vorüber an dem verlassenen Café. Hin und wieder blieb Matty stehen und suchte den Horizont mit einem alten Fernglas aus Armeebeständen ab, das er in seiner Tasche gehabt hatte.

»Hast du eine Ahnung, was sie anhatte?«, erkundigte er sich.

Melody schüttelte den Kopf. »Als Ken mich nach London brachte, trug sie noch ihr Nachthemd.«

»Farbe?«

»Was?«

»Ihr Nachthemd. Welche Farbe hatte es?«

»Grün. Mit ein bisschen was Hellem, hier«, sie tippte sich an die Brust.

»Gut. Und sie hat braunes Haar und ist mittelgroß, stimmt's?«

»Stimmt«, erwiderte Melody.

»Okay. Hier ist niemand. Lass uns weitergehen.«

Er nahm das Fernglas herunter und wandte sich in Richtung Stadt.

Sehr lange, wie es Melody schien, folgte sie ihm. Immer wieder blieb er stehen, um kleine Stückchen Treibgut und Müll in Augenschein zu nehmen.

»Was tut deine Mutter gern?«, fragte er nach geraumer Zeit.

»Äh, lesen?«

»Hmmm. Wir könnten in den Buchläden nachsehen oder in der Bibliothek, aber ich glaube kaum, dass sie die ganze Nacht dort war. Sonst noch was?«

Melody überlegte. »Sie mag Katzen.«

»Nein, das hilft uns auch nicht weiter. Mann, das ist eine harte Nuss. Nachdenken, Matty, nachdenken!« Er schlug sich leicht mit den Handflächen gegen den Kopf. »Eine Frau, dreißig Jahre alt, die traurig ist. Was würde sie tun? Wohin würde sie gehen? Ich weiß! Ich weiß! Los, komm mit!«

Als sie am Bahnhof ankamen, begann es zu regnen, und Melody war müde und hungrig. Sie hatte weder Frühstück noch Mittagessen gehabt, und es war beinahe zwei Uhr.

Sie war froh, weil sie mit Matty zusammen war, doch zugleich wäre sie gern nach Hause gegangen, denn je länger sie darüber nachdachte, desto stärker war sie davon überzeugt, dass ihre Mutter dort auf sie wartete. Aber da sie Matty nicht verärgern wollte, lief sie hinter ihm her über den Bahnsteig, an den Gleisen entlang, über die Brücke und hinein in das Gestrüpp am Bahndamm. Sie wartete geduldig, während er mit einem Stock zwischen leeren Bierdosen und alten Plastiktüten herumstocherte.

Gegen vier Uhr gab Matty endlich seine Suche auf.

Melody hatte sich die Füße in den zu kleinen Turnschuhen wund gescheuert, und ihr Magen hatte aufgehört zu knurren und sich in das Hungergefühl geschickt.

Langsam wanderten sie in die Stadt zurück und gingen die Einkaufsstraße entlang. Melody sah ihrer beider Spiegelbilder in der Schaufensterscheibe von Woolworth. Sie wirkten dünn und schmuddelig, wie zwei kleine Waisenkinder. Bei dem Gedanken musste Melody schlucken. Noch nie war ihr die Möglichkeit, keine Eltern mehr zu haben, so real erschienen, und es war ein entsetzliches Gefühl.

Sie waren schon beinahe zu Hause, nur noch zwei Straßen entfernt, als Melody etwas ins Auge fiel. Es war ein Stückchen Stoff, das sie im Vorbeigehen hinter der beschlagenen Scheibe des Cafés bemerkte. Es gehörte zu einer wohlbekannten Jacke, einer blauen Jacke mit schwarzen Blumen. Die Jacke ihrer Mutter.

»Matty! Sie ist da drin! Sieh mal!«

Sie legten die gewölbten Hände an die Scheibe und spähten hinein. Jane saß mit dem Rücken zum Fenster, einen roten Becher neben ihrer linken Hand und einen Strauß welke Blumen neben der rechten. Einsam und reglos saß sie da, den Kopf leicht geneigt, als betrachte sie etwas eingehend.

Die beiden betraten das Lokal, und als sie näher kamen, erkannte Melody, dass ihre Mutter gar nichts betrachtete, sondern ins Leere starrte. Sie war derart versunken, dass sie die beiden Kinder, die neben ihr standen, zunächst gar nicht bemerkte.

»Mum.« Melody berührte ihren Arm.

Janes Jacke war angeschmuddelt, ihr Haar wirkte verfilzt und zerzaust. Ihre Fingernägel hatten schwarze Ränder, und sie verströmte einen klammen Salzgeruch.

»Mum.« Melody zupfte ein wenig fester am Ärmel ihrer Mutter.

Endlich löste sich Janes starrer Blick, und sie drehte sich ganz langsam zu Melody um.

»Ja?«, fragte sie.

»Was machst du hier?«

»Was?«, erwiderte sie undeutlich.

»Was machst du hier? Wo bist du gewesen?«

»Melody?«

»Ja, ich bin's.«

»Warum bist du hier?«

»Wir haben nach dir gesucht. Du hast dich verlaufen. Wir haben die Polizei gerufen! Wo bist du gewesen?«

»Oh, die meiste Zeit hier. Glaube ich.«

»Aber wo warst du denn die ganze Nacht?«

Die Mutter rieb sich schweigend den Ellbogen. »Irgendwo, glaube ich. Am Strand …?«

Melody schwieg und versuchte, die Situation zu begreifen. Ihre Mutter saß ganz allein in einem Café, nachdem sie die Nacht am Strand geschlafen hatte. Im Oktober.

Sie starrte auf die schmutzigen Hände der Mutter, dann auf die toten Blumen und fragte: »Mum, bist du labil?«

Es war schön, dass die Mutter in dieser Nacht wieder bei ihr im Schlafzimmer war, dass Melody die Umrisse ihres Körpers unter der Decke erkennen konnte und ihre regelmäßigen Atemzüge und das Rascheln der Laken hörte, wenn die Mutter sich umdrehte. Melody hingegen konnte nicht schlafen. Jedes Mal, wenn ihre Augenlider schwer wurden und ihre Gedanken abdrifteten, wurde sie mit einem Ruck wieder wach. Sie wollte nicht einschlafen, denn wenn sie einschlief, wäre beim Aufwachen das Bett der Mutter womöglich wieder leer. Also lag das fünfjährige Kind in seinem Etagenbett unterm Dach und starrte auf seine schlafende Mutter, bis am nächsten Morgen die Sonne aufging.

25

Heute

Melody leckte den letzten Rest Karamelleis vom Löffel und stellte ihn dann in den Becher. Sie hatte am Morgen vergessen zu frühstücken und gar nicht gemerkt, wie hungrig sie war, bis sie Morellis Eisdiele betreten hatte.

Von allen Orten, an denen Melody gewesen war, seit ihr Gedächtnis sich zwei Wochen zuvor geöffnet hatte, löste die Eisdiele die lebhaftesten Erinnerungen aus. Diesen Ort erkannte sie mit unfehlbarer Sicherheit wieder, denn er war etwas Besonderes gewesen – eine Oase des Glücks inmitten einer, wie ihr langsam klar wurde, von Unruhe und Ungewissheit geprägten Kindheit. Sie hatte schon in jeder Nische dieser Eisdiele gesessen, konnte sich selbst an jedem der Tische sehen, in der rechten Hand einen langen Löffel, ein Glas Limonade auf einem Bierdeckel vor sich, Zuckerstreusel auf der Zunge und an ihrer Seite Ken.

Der heutige Besuch bei Morelli hatte sie in dem Entschluss bestärkt, die Geheimnisse dieser Stadt zu lüften. Daher machte sie sich auf den Weg zur Stadtbücherei, in die Abteilung für Ortsgeschichte. Es war Eds Idee gewesen. »In einer Bücherei gibt es ja nicht nur Bücher, Mum. Sie haben dort auch andere Sachen, Zeitungen zum Beispiel und viel zur Ortsgeschichte.«

Melody nahm eine Abkürzung über den Chandos Square und einige Straßen, durch die sie bisher noch nicht gegangen war. Dabei spürte sie es erneut: Was links und rechts des Weges lag, kam ihr bekannt vor, so als stimme etwas in den Rhythmus ihrer leisen Schritte auf dem Straßenpflaster ein, etwas, das sich ein wenig veränderte, als sie die asphaltierte Straße überquerte. Diesen Weg war sie schon einmal gegangen, stellte sie fest, und nicht nur ein Mal, sondern viele Male. Sie wusste genau, wohin er führte.

Alles fiel ihr wieder ein, in dem Augenblick, als sie die wuchtige, gelb geklinkerte Front der Upton Grundschule erblickte. Sie sah wieder den grauen Dufflecoat, den Blouson mit der eingerissenen Tasche, den Schulhof, auf dem alle verstummten, um die boshaften Sticheleien eines hoch aufgeschossenen, traurigen Mädchens mit Zöpfen nicht zu verpassen.

26

1978

Penny Clarke war ein großes Mädchen. Sie war eine Klasse zurück, da ihre Entwicklung verzögert war, doch selbst für die zweite Klasse wäre sie groß gewesen. Sie hatte störrisches blondes Haar, das ihr, zu zwei dicken Zöpfen geflochten, über die Schultern hing, und eine sehr fettige Stirn mit einer steilen Falte zwischen den Augenbrauen.

»Bei einem siebenjährigen Kind ist eine Sorgenfalte auf der Stirn wirklich sehr bedenklich«, bemerkte Melodys Mutter, als sie Penny zum ersten Mal außerhalb des Schulgeländes sah.

Penny hatte sich mit einem Mädchen namens Dana angefreundet, das nur halb so groß wie sie und jämmerlich dünn war und vorn auf ihrem Schulpullover ständig einen Fleck hatte. In den Pausen standen die beiden in einer Ecke des Schulhofs und starrten die anderen Kinder wütend an. Manchmal kauten sie Kaugummi. Sie sprachen nur selten miteinander.

Eines Morgens, kurz nachdem Melody und Matty Melodys Mutter in dem Café gefunden hatten, gesellten sich Penny und Dana auf dem Schulhof zu ihr. Dana trug einen grauen Dufflecoat und hatte das dünne Haar zu einem Pferdeschwanz gebunden. Penny hatte einen schwarzen Blouson an, bei dem eine Tasche eingerissen war.

»Wie heißt du noch mal?«, fragte Penny.

Melody fand die Frage komisch, da sie und Penny seit fast zwei

Monaten in dieselbe Klasse gingen und Mrs Knott jeden Morgen die Anwesenheitsliste vorlas.

»Melody«, sagte sie.

»Ach ja, genau. Ich wusste doch, es war irgend so was Piekfeines.« Sie schlurften ein bisschen vor ihr herum, und während sie noch schlurften, wusste Melody plötzlich mit absoluter Sicherheit, das etwas Schlimmes passieren würde.

»Wo kommst du denn her?«

»Weiß ich nicht«, antwortete Melody.

Die beiden Mädchen wechselten einen abfälligen Blick. »Du weißt nicht, wo du herkommst?«, fragte Penny.

»Nein.«

Penny lachte. Es war ein schreckliches Lachen. »Aber das ist doch Quatsch«, fuhr sie fort. »Jeder weiß doch, wo er herkommt.«

Melody schluckte. Sie musste sich jetzt unbedingt ganz schnell eine schlaue Antwort einfallen lassen. »Mein Vater lebt in London. Ich lebe hier.«

»Na, siehst du. Deine Eltern sind also geschieden?«

Melody schüttelte den Kopf, den Blick auf ihre Schuhspitzen geheftet.

»Warum leben sie dann nicht zusammen?«

»Weil sie böse miteinander sind.«

»Aha.« Penny zog die Nase hoch und betrachtete Melody mit einem merkwürdigen Blick.

»Du wohnst in diesem Hippie-Haus in der Stadt, nicht?«

Melody wusste nicht genau, was ein Hippie-Haus war, aber sie vermutete, dass Penny Kens Haus meinte.

»Ich wohne in Kens Haus«, erwiderte sie.

»Ja, dieser Hippietyp, der immer in der Stadt rumhängt. Den kenne ich. Sieht aus, als könnte er mal ein Bad vertragen. Haut dauernd die Leute um Geld für seine blöden Flugblätter an. Meine Mutter sagt, er ist ein Perverser.«

»Was ist ein Perverser?«, wollte Dana wissen.

Penny blickte sie verächtlich an. »Du weißt schon«, sagte sie. »Einer, der dreckige Sachen macht. Sex und so.«

Melody schüttelte den Kopf. »Nein, das stimmt nicht. Ken ist wirklich nett.«

»Na, meine Mutter sagt jedenfalls was anderes. Sie sagt, er hat ständig neue Frauen im Bett, manchmal sogar zwei auf einmal. Mutter sagt, er macht eine Gehirnwäsche mit ihnen, und dann sind sie seine *Jüngerinnen,* und er kann lauter dreckiges Zeug mit ihnen anstellen. Mutter sagt, er ist ekelhaft. Und du wohnst bei ihm. Deshalb bist du auch ekelhaft.«

Melody schluckte erneut.

»Und deine Mum auch«, fügte Dana hinzu.

»Ja, deine Mum auch«, wiederholte Penny.

Sie standen da und starrten Melody erwartungsvoll an. Ihr dröhnte der Schädel vor lauter ungesagten Worten, vor Empörung und Entsetzen. Sie wusste, dass es nicht stimmte, was die beiden sagten. Sie wusste, dass Ken ein netter, freundlicher Mann war. Doch sie wusste auch, dass es in ihrem Haus Dinge gab, die sie nicht erklären konnte. Dinge, von denen sie wusste, dass sie nicht recht waren, und die in Kens Haus doch völlig normal erschienen.

»Das ist nicht wahr«, sagte sie schließlich. »Das ist einfach nicht wahr.«

»Ach ja? Was ist denn dann wahr?«

»Ken ist ein wirklich netter Mensch. Er hat uns bei sich wohnen lassen, als meine Mum traurig war. Und außerdem bringt er mich mit dem Motorrad nach London zu meinem Vater. Und er hat eine hübsche Frau, die für alle kocht und immer nett und großzügig ist.«

»Au Mann!« Ein höhnisches Grinsen trat auf Pennys Lippen. »Du bist ja in ihn verknallt, was? Machst du etwa auch dieses Zeug mit ihm? So ist es, stimmt's? Du und deine Mutter und dieser Hippie, ihr alle zusammen. Mein Gott, ist das *ekelhaft!*«

Melody bemerkte, dass es auf dem Schulhof ganz still geworden war. Die anderen Kinder hatten ihr Spiel unterbrochen, um zu hören, was Penny sagte.

Als Penny merkte, dass alle ihr zuhörten, wandte sie sich an ihr Publikum: »Sie ist *dreckig!*«, rief sie und deutete auf Melody. »Kommt ihr nicht zu nahe, sonst kriegt ihr einen Tripper.«

Die anderen Kinder starrten sie ausdruckslos an, während Pennys Augen triumphierend blitzten.

Endlich wurde die lang anhaltende Stille vom Klang der Schulglocke unterbrochen.

Penny und Dana warfen Melody noch einen letzten vernichtenden Blick zu, bevor sie sich abwandten. Langsam, wie betäubt, ging Melody ins Klassenzimmer.

Bald darauf zog Melodys Mutter aus ihrem gemeinsamen Schlafzimmer aus. Sie ließ sich nicht genau darüber aus, wo sie von nun an schlafen würde, doch Melody erfuhr es, als Grace und Seth am folgenden Abend in ihr Zimmer kamen.

Es war viel leichter, Grace Fragen zu stellen als der Mutter, daher wartete Melody, bis sie am nächsten Tag mit Grace allein in der Küche war, und sagte dann: »Grace?«

Grace hob den Blick von Seths Ellbogen, den er sich bei einem Sturz im Hof aufgeschürft hatte.

»Ja, mein Schatz?«

»Warum schlafen du und Seth im meinem Zimmer, und Mum schläft in Kens Zimmer?«

»Also ...« Grace machte eine Pause und zog das Papier von einem Streifen Heftpflaster. »Deine Mutter macht gerade eine etwas schwierige Zeit durch.« Sie klebte das Pflaster auf Seths Ellbogen. »Sie ist ein bisschen durcheinander, und deshalb möchte Ken sie in seiner Nähe haben. Daher schläft sie jetzt in seinem Schlafzimmer. Und ich hoffe, du hast nichts dagegen, wenn ich und Seth im Bett deiner Mutter schlafen. Nur für eine Weile.«

Melody nickte, obwohl sie über diese neue Entwicklung ganz und gar nicht glücklich war.

»Macht es dir denn nichts aus?«, fragte sie schließlich. »Stört es dich nicht, dass jemand anderer in deinem Bett schläft?«

»Na ja, meine Schöne, es ist so, dass wir in diesem Haus nicht unbedingt zwischen Mein und Dein unterscheiden. Wir glauben nicht an persönliches Eigentum. Das Bett, in dem Ken und ich schlafen, gehört *allen.* Und zurzeit hat deine Mutter es eben nötiger als ich.«

Melody dachte darüber nach. Soweit sie wusste, war das Bett in ihrer Dachkammer sehr bequem. Sie wusste noch, wie ihre Mutter mehr als einmal gesagt hatte, wie behaglich es sei. Warum musste sie dann unbedingt in einem anderen schlafen?

»Ist Kens Bett sehr bequem?«, fragte sie schließlich.

Grace lächelte. Es war so ein seltsames, undeutbares und daher äußerst beunruhigendes Lächeln, wie es Erwachsene manchmal hatten. »Ja«, antwortete sie. »Es ist sehr stabil.«

»Und deshalb möchte meine Mum darin schlafen?«

»Ich nehme an, das ist einer der Gründe.«

Melody schwieg kurz. Falls es noch andere Gründe gab, warum ihre Mutter in Kens Bett schlief, dann wollte sie sie erfahren. »Und warum noch?«

»Ich sagte dir ja, sie ist ein bisschen durcheinander«, erwiderte Grace. »Ken möchte sie … trösten.«

Melody zuckte zusammen. Das Wort »trösten« hatte plötzlich so einen geheimnisvollen Unterton.

»Warum will denn Laura auch bei Ken schlafen?«, fragte sie weiter. »Muss er sie auch trösten?«

Wieder zeigte Grace dieses Lächeln, doch diesmal machte es Melody wütend. Sie mochte ja erst sechs Jahre alt sein, aber deshalb war sie noch lange nicht dumm.

»Ja, manchmal«, antwortete Grace. »Manchmal fühlt Laura sich einsam, und dann kommt sie zum Schlafen in unser Zimmer.«

»Hmmm.« Melody nahm Seths Rassel, die auf dem Küchentisch lag, und drückte sie fest mit der Hand. Es hatte etwas Beruhigendes und Tröstliches, das Babyspielzeug zu spüren und das leise Scharren der Perlen darin zu hören. »Was ist ein Tripper?«, fragte sie.

»Was?«

»Ein Mädchen in der Schule hat es gesagt.«

»Ein Mädchen in der Schule? Was für ein Mädchen?«

»Penny. Sie ist ein Jahr älter als wir. Sie ist schon fast sieben. Ist es eine Krankheit?«

»Ein Tripper? Nun, ja. Eine Krankheit, aber eine, die nur Erwachsene bekommen können.«

Melody nickte und nahm die Rassel in die andere Hand. Sie hätte Grace gern erzählt, dass Penny gesagt hatte, man könne sich diese Krankheit bei Melody holen, aber sie war ziemlich sicher, dass dann alles noch schwieriger werden würde. »Was passiert, wenn man einen Tripper kriegt?«

»Na ja, es gibt viele verschiedene Arten von … Tripper. Aber im Großen und Ganzen bekommt man ihn da unten.«

»Da unten?«

»Ja. An der Vagina. Und am Penis. Frauen stecken sich bei Männern an und Männer bei Frauen. Aber nur die Erwachsenen.«

»Erwachsene, die zusammen in einem Bett liegen?«

»Ja, genau. Erwachsene, die zusammen im Bett liegen.«

»Also kann meine Mum es auch von Ken bekommen?«

Grace lachte und hob Seth von ihrem Schoß. »Nein«, sagte sie. »Nein, das ist äußerst unwahrscheinlich. Darüber würde ich mir keine Gedanken machen. Aber ich muss sagen, ich finde es doch ziemlich schockierend, dass ein sechsjähriges Mädchen in der Schule über so etwas redet.«

»Sie ist ja schon fast sieben. Sie ist das älteste Mädchen in der Klasse.«

»Trotzdem. Hast du es der Lehrerin erzählt?«

Melody schüttelte den Kopf und reichte die Rassel Seth, der vor ihr stand und sie erwartungsvoll anblickte.

»Also, das nächste Mal, wenn dieses Mädchen wieder von so etwas anfängt, drehst du dich einfach um und gehst weg. Und zwar auf der Stelle. Und du sagst es mir. Denn es ist nicht recht, ganz und gar nicht recht. Auf der ganzen Welt gibt es keinen Ort, wo du sicherer bist und mehr geliebt wirst als in diesem Haus. Und jeder, der etwas anderes behauptet, redet einfach vollkommenen Schwachsinn, verstehst du?«

Melody nickte lächelnd.

»Hier gehen gute Dinge vor sich«, setzte Grace hinzu. »Glückliche Dinge. Alles ist im Kommen. Und jetzt komm her und lass dich ganz fest drücken, du liebes, süßes kleines Ding.«

Melody ließ sich von Grace umarmen. Sie war ihr dankbar für die Geste, doch unendlich viel lieber wäre es ihr gewesen, wenn sie sich statt an Graces knochigen Brustkorb und ihre pfannkuchenplatten Brüste an den weichen, warmen Busen von Jane Riblesdale hätte schmiegen können.

27

Heute

Die Stadtbücherei von Broadstairs war ein hässlicher roter Backsteinbau. Melody fand die Abteilung für Ortsgeschichte und begann aufs Geratewohl in etwas merkwürdig aussehenden Büchern mit Titeln wie *Broadstairs und St Peters im Ersten Weltkrieg* zu blättern. Am Ende kam sie zu der Auffassung, dass es ein völlig sinnloses Unterfangen war. Sie wollte etwas über Hausbesetzungen in den späten Siebzigerjahren und nicht über das Fischereiwesen im neunzehnten Jahrhundert in der Viking Bay erfahren. Da bemerkte sie eine Frau mittleren Alters in einer grauen Hose und einem Polohemd, die ihre Brille an einer Kette um den Hals trug und in einem Buch über die Gegend blätterte.

»Entschuldigen Sie, aber sind Sie aus Broadstairs?«, erkundigte sich Melody.

»Ja«, antwortete die Frau.

»Oh, gut. Vielleicht könnten Sie mir helfen. Ich habe als Kind eine Weile hier gewohnt. Erinnern Sie sich noch, wie es vor dreißig Jahren am Chandos Square aussah?«

»Na ja, kommt darauf an …«

»Das Haus, in dem ich gewohnt habe, ist heute eine Pension und nennt sich das Haus am Square.«

»O ja, an das Haus kann ich mich gut erinnern.« Die Frau lachte leise und klappte das Buch zu, in dem sie gelesen hatte. »Dieses Haus war allen hier ein Dorn im Auge.«

»Stimmt, es war ein besetztes Haus, oder?«

Die Frau beugte sich vor und flüsterte verschwörerisch: »Das war nur die eine Sache.«

Melody hielt den Atem an und machte sich auf das Unbekannte gefasst.

»Da war dieser Mann, eine Art Hippie, der Herr des Hauses, wenn Sie so wollen.«

»Wie hieß er?«

»Ken«, erwiderte die Frau ohne zu zögern. »Ken Stone.«

Melody sog scharf die Luft ein. Noch ein blitzendes Puzzlestück, eine weitere vage Vorstellung, die zur Gewissheit wurde.

»Er war so eine Art – wie soll man sagen? – politischer Aktivist«, fuhr die Frau fort. »Dauernd auf irgendeiner Demo, ständig machte er Wirbel, aber geändert hat er im Grunde genommen nichts. Man kennt den Typ. Und er glaubte an das, was man damals ‚freie Liebe' nannte. So war das in den Siebzigern. Er verfasste lauter alberne Flugblätter über die Freiheit des Geistes und darüber, dass man die Fesseln der Konvention abstreifen sollte. Der ganze Schmus. Viel Gerede und wenig Taten, außer, wenn es um Frauen ging … Sagen Sie«, setzte die Frau hinzu, während sie ihre Lesebrille abnahm und sie an der Kette baumeln ließ, »hatte dieser Ken irgendetwas mit Ihnen zu tun?«

»Na ja, ich wohnte dort als Kind, und er war mein Freund.«

»Aber Sie sind nicht mit ihm verwandt, oder?«

»Nein, da bin ich ziemlich sicher.« Melody lachte ein wenig unsicher, als ihr einfiel, dass es durchaus sein könnte.

»Na ja, jedenfalls hatte er diese Frau, zumindest bezeichnete sie sich als seine Frau, obwohl ich mir nicht vorstellen kann, dass sie etwas so Spießiges getan hätten wie heiraten. Sie war ein merkwürdiges Geschöpf. Auf mich wirkte sie wie eines von diesen Jugendstilfigürchen, sehnig und immer mit Tüchern und Armreifen behängt. Sie hatten zusammen einen kleinen Sohn …«

»Wann war das?«

»Ach, das weiß ich nicht mehr. Es muss so um die Zeit gewesen sein, als unser Jüngster geboren wurde. So ungefähr vor dreißig Jahren.«

Das Baby auf dem Fußboden, das an dem Plastiklöffel nuckelt.

»Jedenfalls gingen dort ständig alle möglichen Leute ein und aus. In der Stadt wurde gemunkelt, dass sie Massenorgien veranstalteten. So eine Art Love-in, wissen Sie.«

Melody dachte an die Frau mit dem Namen Laura, an die sie sich am Morgen erinnert hatte. Hatte auch sie zu dieser merkwürdigen ausschweifenden Kommune gehört? Und dann kam ihr noch ein anderer Gedanke: Konnte es sein, dass ihr selbst in diesem zwielichtigen Haus etwas Schreckliches zugestoßen war? War es möglich, dass Ken Stone ihr irgendetwas Finsteres, Unaussprechliches angetan hatte, was dann dazu führte, dass ihr Erinnerungsvermögen versagte? War es möglich, dass sie missbraucht worden war, nicht von ihrem Vater, wie Ed vermutet hatte, sondern von diesem Fremden, an den sie sich kaum erinnerte?

Plötzlich kamen ihr ein Dutzend verschiedener Schreckensszenarien in den Sinn – dass sie von der Frau namens Jane aus ihrem sicheren Zuhause in Canterbury entführt, hierher gebracht und von den Erwachsenen auf die denkbar schrecklichste Weise missbraucht worden war. Und falls es so war, war vielleicht das Gleiche in dem Haus in Fitzrovia geschehen. Vielleicht hatte diese Jacqui sie dem Mann mit dem freundlichen Gesicht zugeführt. Vielleicht gab es noch mehr Häuser und weitere Vorfälle, vielleicht hatte man sie von einem Ort zum anderen geschafft, vielleicht – es war eigentlich undenkbar, aber man las so etwas in der Zeitung – vielleicht steckten ihre Eltern hinter alledem. Das würde ihre zwiespältigen Gefühle für sie und die Gedächtnislücken erklären.

Doch kaum waren ihr diese Gedanken gekommen, verwarf Melody sie sofort wieder. Das stimmte alles nicht. So war es nicht gewesen. Sie wusste nicht mehr viel, aber sie wusste doch, dass Ken ein guter Mann gewesen war, ebenso wie der Mann in Fitzrovia.

Und vor allem wusste sie, dass ihre Eltern, wie gespannt das Verhältnis zu ihnen auch gewesen sein mochte, sie aufrichtig gern gehabt hatten. Hinter den Türen der Häuser am Chandos Square und am Goodge Place verbarg sich eine andere Geschichte, und Melody war ziemlich sicher, dass diese gepflegte kleine Frau mit ihrem Küstenakzent und den Pumps von Marks and Spencer gleich die Seite zu einem neuen Kapitel aufschlagen würde.

28

1979

Ein kalter Januarmorgen. Melodys Atem, der als eisige Wolke vor ihrem Gesicht steht.

Eine Drehtür, ein Stapel Koffer, ein Taxifahrer mit Bartstoppeln in einem grauen Sweatshirt, der eine Zigarette raucht und die Kofferraumklappe seines Wagens zuschlägt.

Charlotte in einem langen braunen Fellmantel und einer lila Pudelmütze. Sie jammert, dass ihr kalt sei.

Melodys Vater wirkt traurig und müde, als er seine abgegriffene Brieftasche zückt und eine Zehn-Pfund-Note herausholt.

Emily in einem weißen Overall mit Reißverschluss. Stolz und aufrecht thront sie auf Jacquis Arm.

Die plötzliche Wärme des Terminals, als sie durch die Drehtür gehen.

Der Arm des Vaters um ihre Schultern. Das Dröhnen der Lautsprecherdurchsagen. Das schwindelerregende Menschengewimmel.

Melody ist zum ersten Mal auf einem Flughafen.

Aber sie fliegt nirgendwohin.

Als Melody sechs Jahre alt war, zog ihr Vater mit Jacqui, Charlotte und Emily nach Hollywood.

Jacqui hatte als Maskenbildnerin bei einem großen Filmstudio einen Vertrag für drei Filme in Folge unterzeichnet, die im Laufe des Jahres gedreht werden sollten. Sie würde in einem einzigen Jahr mehr verdienen als Melodys Vater in zehn Jahren, daher stand es außer Frage, dass der Vater ein Jahr Urlaub nahm, dass sie Charlotte von der Schule abmeldeten, das Haus in Fitzrovia vermieteten und sogleich abreisten.

»Du kommst uns in den Sommerferien besuchen. Und ein Jahr ist doch gar nicht so lang, wenn man es recht betrachtet.«

Melody nickte schweigend. Sie wünschte, es wäre wahr, doch im Inneren wusste sie, dass ein Jahr eine sehr, sehr lange Zeit war, besonders für ein Baby.

Die Schrift auf der Anzeigetafel besagte, dass sie auf der Stelle durch die Zollkontrolle mussten, und so war es plötzlich Zeit, Abschied zu nehmen – viel zu früh, wie es Melody schien. Sie küsste Jacqui auf die parfümierte Wange, umarmte Charlotte, die sie gerade so fest drückte, als täte es ihr wirklich ein bisschen leid. Dann legte Melody ihrem Vater die Arme um den Hals und ließ sich von ihm ein bisschen herumschleudern, und schließlich wandte sie sich Emily zu.

Emily war drei Monate alt. Ihr Haar sah aus wie ein kleiner goldbrauner Helm, und ihre Augen hatten schon beinahe eine haselnussbraune Farbe angenommen. Sie war ein ernstes, ruhiges Kind, das gern Menschen beobachtete. »Ich habe keine Ahnung, wie wir an dieses Baby gekommen sind«, sagte Jacqui immer. »So still und ruhig. Kein bisschen wie ich.«

Melody verstand nicht recht, warum Jacqui davon ausging, dass ihr Baby genauso sein würde wie sie. Es war, als hätte sie vergessen, dass Melodys Vater ebenfalls seinen Anteil an der Existenz des Kindes hatte – als dächte sie, ihre Gene seien so stark und überlegen, dass sie allem, mit dem sie in Berührung kamen, ihren Stempel aufdrückten. Doch Melody wusste, woher Emily stammte. Sie stammte von ihr selbst ab. Sie beide waren aus demselben Holz geschnitzt, hatten die gleichen Bestandteile, wie zwei identische Kuchen.

Melody gab sich stets alle Mühe, dem Baby ihre Spuren einzuprägen. Sie rieb ihre Nase an Emilys, kitzelte sie mit ihrem Haar, drückte prustend die Lippen auf ihr Bäuchlein und schmuste unablässig mit ihr. Ihr Vater fand das süß. »Seht mal, wie ein kleines Mütterchen.«

Doch Jacqui sah es anders.

»Nicht so grob! Sei vorsichtig! Piek sie nicht so! Nicht streicheln! Lass sie in Frieden!«

So ging es die ganze Zeit, besonders während Emilys erster Lebensmonate, in denen Melody auf ihre kindlich-ungestüme Art die kleine Schwester kennenlernen wollte. Sie sah die Angst in Jacquis Augen, die vor allem in den ersten Tagen so tat, als sei Melody ein geiferndes, zähnefletschendes Untier, das ihr Baby in Stücke reißen wollte. Melody konnte Jacquis Abneigung ihr gegenüber beinahe riechen und sie in ihren Worten hören.

»Nimm deine langen Latschen aus dem Kinderbett.«

»Hör auf, ihr Gesicht mit deinen dreckigen Händen zu betatschen.«

»Du atmest sie ja mit deinem Knoblauchgeruch an. Das mag sie nicht.«

Charlotte dagegen zeigte wenig Interesse an Emily. Sie suchte nur gelegentlich etwas zum Anziehen für sie aus, gab mit ihr an, wenn ihre Freundinnen nach der Schule zu Besuch kamen, und beklagte sich, wenn sie nachts schrie. Wenn Melody in Jacquis Haus war, hatte sie Emily ganz für sich allein. Und das war ihr auch sehr recht. Sie wollte sie mit niemandem teilen. Sie mochte es nicht einmal, wenn Jacqui das Baby anfasste. Doch das ließ sie sich nie anmerken, damit Jacqui nicht böse wurde und ihr zu kommen verbot.

Als der Vater Melody erklärt hatte, dass er und Jacqui ins Ausland gehen würden, war Melodys erster Gedanke gewesen: Und was wird mit Emily? Erst nach ein oder zwei Sekunden war ihr eingefallen, dass sie auch ihren Vater verlieren würde, und es dauerte noch einmal einen Augenblick, bis ihr klar wurde, dass es für sie jetzt nur noch Broadstairs und ihre Mutter gab.

Beim Abschied auf dem Flughafen vergrub Melody ihr Gesicht an Emilys Hals. »Tschüss, Milly«, sagte sie. »Ich hab dich sehr lieb, Milly.«

Sie versuchte, sich zusammenzureißen, doch der Duft von Emilys Babyatem und die leise Berührung ihrer Hände auf der Haut waren zu viel für Melody. Ihre Schultern bebten, ihr Kinn zitterte, und dort auf dem Flughafen, vor all den fremden Leuten, begann sie zu weinen.

Sie weinte, als die anderen davongingen, um sich mit ihrem vollbepackten Gepäckwagen in die Schlange vor der Zollabfertigung einzureihen. Sie weinte, als sie zum Taxi und seinem stoppelbärtigen Fahrer zurückging. Auf dem ganzen Weg zur Victoria Station weinte sie auf dem Rücksitz, leise und jämmerlich und mit jeder Faser ihres Herzens.

Ihre Mutter holte sie am Bahnhof ab, doch auch ihr unerwartetes, gezwungenes Lächeln und die Tüte Schoko-Erdnüsse konnten Melodys Schmerz nicht lindern. Jedes Mal, wenn sie die Augen schloss, sah sie wieder Emilys hübsches goldenes Hinterköpfchen, wie es auf Jacquis Arm auf und ab wippte, wie sie sich, den kleinen Körper in dem kuscheligen weißen Overall verpackt und geborgen im Schoß ihrer Familie, immer weiter von Melody entfernte. Und bei jedem Blick in das bleiche, gequälte Gesicht ihrer Mutter fühlte sie sich noch ein wenig einsamer in ihrer seltsamen, unberechenbaren Welt.

29

1979

Melodys Mum pfiff.

Melody hielt bei ihrem Spiel in der Küche inne und starrte sie überrascht an.

Sie fegte gerade den Fußboden und pfiff dabei vor sich hin.

Seit zwei Jahren hatte sie nicht mehr gepfiffen.

»Alles okay, Mummy?«

Ihre Mutter blickte auf und lächelte sie an. »Ja, mir geht's gut«, sagte sie.

»Warum hast du gepfiffen?«

»Habe ich das?«

»Ja. Du hast ein Kirchenlied gepfiffen.«

»Ach, das habe ich gar nicht gemerkt«, erwiderte sie leichthin.

Das Pfeifen war nicht das einzige Merkwürdige, das ihre Mutter in letzter Zeit getan hatte. Am Dienstag hatte sie Lippenstift benutzt. Und gestern hatte sie einen Kuchen gebacken. Es war für Melody klar, dass ihre Mutter wieder glücklicher war, und die einzige Erklärung dafür war, dass der Vater, Jacqui und die kleine Emily in ihrem Leben keine Rolle mehr spielten.

Es war jetzt einundzwanzig Tage her, dass sie nach Amerika gegangen waren, und einundzwanzig Tage, seit Melody sich zum letzten Mal heil und ganz gefühlt hatte. Es erschien ihr ungerecht, dass ein Ereignis, das sie selbst so abgrundtief traurig machte, ihre Mutter dazu brachte, zu pfeifen und Kuchen zu backen. Doch beim Anblick der Mutter, die sich mit dem Besen zu schaffen machte, ihrer flinken Bewegungen, der Art und Weise, wie sie ihr Haar, das sie wieder lang und offen trug, zurückwarf, vergaß Melody jede Ungerechtigkeit und hätte vor Freude am liebsten ein Rad geschlagen. Plötzlich schienen Dinge wieder möglich, die sie seit drei Jahren in den hintersten Winkeln ihres Gehirns versteckt hatte:

Selbst ausgedachte Gutenachtgeschichten.

Um-die-Wette-Schaukeln mit ihrer Mutter, um zu sehen, wer als Erster bis an die Wolken käme.

Schüsseln voller Kuchenteig.

Fadenspiel.

Umarmungen.

Küsse.

Gespräche.

Melody nutzte die Gunst der Stunde und fragte: »Gehen wir in den Wollladen?«

»Sicher«, antwortete ihre Mutter. »Lass mich das hier nur noch fertig machen. Und hinterher könnten wir auf einen Tee und ein Stück Kuchen in die Teestube gehen, einverstanden?«

Melody nickte mit angehaltenem Atem. Einen Augenblick lang schien es ihr sogar, als hätte sie ein gutes Geschäft gemacht, indem sie ihre kleine Schwester gegen eine richtige Mutter eintauschte.

Im Wollladen wählte sie einen Strang hellblaue Angorawolle für 20 Pence im Sonderangebot und ein dickes Knäuel weiße Wolle für 48 Pence. Grace hatte ihr das Stricken beigebracht. Sie fand es sehr schwierig und konnte es noch nicht besonders gut, wollte aber trotzdem versuchen, einen Schal für ihr *Baby Blue Eyes* (wie Charlotte Emily in einem ihrer seltenen Anfälle von guter Laune genannt hatte) und außerdem eine Mütze für ihren alten Stoffhasen zu stricken. Ihre Mutter plauderte mit der Ladeninhaberin, während sie in den großen Körben wühlte, und Melody dachte, wie lange es schon her war, dass ihre Mutter so freundlich mit einer Fremden geredet hatte, und wie anders die Stimme ihrer Mutter klang, wenn sie glücklich war.

Schon seit Langem hatte Jane nur äußerst widerwillig, unter missbilligendem Schnalzen und viel Gestöhne die Geldbörse gezückt. Daher konnte Melody es kaum fassen, als ihre Mutter der Ladenbesitzerin beiläufig eine Pfundnote reichte.

Beim Hinausgehen hielt Melody die Papiertüte mit der Wolle an die Brust gepresst.

»Lass nur, ich nehme das schon«, sagte die Mutter, nahm ihr sanft die Tüte ab und lächelte ihr zu, bevor sie die Wolle in ihre große Schultertasche steckte. »Und jetzt komm, wir gehen Kuchen essen«, fügte sie hinzu und nahm zu Melodys freudigem Schreck ihre Hand.

Melody war stolz, als sie an jenem kühlen Samstagnachmittag an der Hand ihrer Mutter durch die belebten Straßen von Broadstairs ging. Stolz und voller Hoffnung.

In der Teestube redeten sie über die Schule und Tante Susie und Frisuren und überhaupt über jedes Thema, das Melody einfiel und das dem wiedergefundenen Lebensmut ihrer Mutter keinen Abbruch tat.

»Weißt du«, begann die Mutter, während sie einen Krümel weißer Kuchenglasur mit dem Finger von ihrem Teller aufstippte, »du bist ein sehr braves Mädchen. Wirklich ein ganz liebes Mädchen. Das weiß du doch, oder?«

Melody zuckte die Achseln.

»Ich weiß, dass ich dir das in den letzten Jahren nicht sehr oft gesagt habe, aber es ist so viel geschehen und ich war nicht immer ganz … *bei mir.* Aber egal, wie es auch scheinen mag, ich hab dich wirklich lieb, und du bist mein Schatz. Ohne dich hätte ich das alles nicht durchgestanden.«

Melody lächelte zaghaft. »Ich hab dich auch lieb«, sagte sie.

»Aber glaubst du auch noch immer, dass ich die beste Mummy auf der Welt bin?« Ihre Mutter lächelte gespannt, und Melody musste schlucken. Das hatte sie oft zu ihr gesagt, damals in London, als der Vater noch da war und sie Partys feierten und einander gern hatten. »Du bist die beste Mummy auf der Welt!« Dann hatte Jane sie immer in den Arm genommen und lächelnd geantwortet: »Und du bist das beste Mädchen auf der Welt!«

Melody blickte ihre Mutter an. Sie sah nicht mehr aus wie früher. Sie war dicker geworden, und ihr Haar war auch nicht mehr so schön, obwohl sie es wachsen ließ und nicht mehr so eckig trug. Sie wirkte älter und trauriger und setzte nicht mehr bei jeder Gelegenheit ihr breites Lächeln auf. Aber sie war noch immer eine nette Mum, dachte Melody. Sie schlug sie nicht und brüllte sie auch nicht an, und sie hatte ihr zum Geburtstag genau die Puppe gekauft, die Melody sich gewünscht hatte. Und sie entschuldigte sich auch jedes Mal, wenn sie Melody einen Knoten im Haar ausbürstete und es ziepte. Aber »die beste Mum«? Was war die beste? Melody dachte an Jacqui, die ständig in Bewegung war, beim Saubermachen in Charlottes Zimmer hinein- und wieder heraussauste, aus dem Haus rannte, ohne Auf Wiedersehen zu sagen, die immer nur bemerkte, wenn etwas schiefgegangen, zerbrochen, verschüttet worden war, und niemals registrierte, wenn alles reibungslos lief. Ja, dachte sie, alles in allem war ihre Mutter wahrscheinlich noch immer die beste Mum der Welt. Aber nur so gerade eben.

»Ja«, sagte sie. »Ganz bestimmt. Die allerbeste!«

Jane lächelte, und Melody sah, wie ihr Tränen in die Augen stiegen. »Danke«, sagte ihre Mutter. »Danke.«

Über den Tisch hinweg umarmten sie sich, wobei Janes Ärmel in die Zuckerdose hing. Melody vergrub das Gesicht an der weichen Schulter ihrer Mutter und fühlte sich zum ersten Mal, seit sie drei Jahre alt gewesen war, wieder geborgen.

30

1979

Janes gute Laune hielt acht Wochen an. In der vierten glücklichen Woche nahmen sie und Melody den Zug nach London und fuhren dort noch eine halbe Stunde mit der U-Bahn bis zu Tante Maggies Haus in Ealing. Es war das erste Mal, seit sie aus London fortgezogen waren, dass Melody Tante Maggie besuchte. Sie fühlte sich seltsam losgelöst, als sie wieder an diesen Ort kam, wo alles beim Alten war, während sich sonst alles verändert hatte.

Maggie empfing sie an der Tür mit den bunten Glasscheiben und umarmte sie, wie es Melody schien, eine halbe Ewigkeit. Sie roch nach Katze und Kerzenwachs, und ihre Haare waren zu lang. Nicola und Claire waren zu langbeinigen Teenagern herangewachsen, die sich für Kleider interessierten und Bilder von Jungen an den Wänden ihrer Zimmer hatten. Doch das Haus war unverändert, von der Vase mit den Seidenorchideen auf der Fensterbank bis zu den Deckenlampen mit den runden chinesischen Papierschirmen und dem altmodischen Telefon auf dem Tischchen in der Diele.

»Es ist so schrecklich lange her, viel zu lange«, sagte Maggie, während sie sie ins Wohnzimmer auf der Rückseite des Hauses führte, von dem aus man die Apfel- und Feigenbäume im Garten sehen konnte. »Zwei Jahre. *Zwei Jahre,* Janie!«

»Mir kommt es gar nicht so lange vor«, erwiderte Jane und legte ihren Mantel über die Sofalehne.

»Wirklich nicht?«

»Nein, eigentlich nicht. Es erscheint mir alles ein bisschen … verschwommen.«

»Na, mir jedenfalls nicht. Für mich zog sich die Zeit. Und du, sieh dich nur an!«, fügte sie hinzu und umfasste Melodys Knie mit ihren knochigen Händen. »So groß und hübsch und erwachsen. Was ist denn mit deinen dicken Bäckchen passiert?«

Melody wusste nicht, was mit ihren dicken Backen passiert war. Sie hatte nicht einmal gewusst, dass sie überhaupt welche besaß. »Ich weiß nicht«, antwortete sie höflich lächelnd und wünschte sich, dass Tante Maggie annahm, ihr Leben sei so schön und perfekt wie in einer Fernsehserie gewesen und nicht so sonderbar und unheimlich wie ein böser Traum. »Vielleicht sind sie abgefallen.«

Tante Maggie lachte lauthals. »Ja, vielleicht. Vielleicht sind sie auf die Straße gefallen, und der Straßenkehrer hat sie weggefegt! Ha, ha, ha!«

Melody schien es, als lachte Tante Maggie ein wenig zu laut, und ihr kam der Gedanke, dass sie vielleicht nervös war.

Claire und Nicola blickten schüchtern vom anderen Ende des Zimmers zu ihr herüber. Claires Augen waren geschminkt, und Nicola hatte einen ganz kurzen Rock an. Die beiden würden sie bestimmt nicht mit nach oben in ihr Zimmer nehmen, um mit Puppen zu spielen, dachte Melody.

»Warum geht ihr Mädchen nicht ein bisschen in den Garten?«, fragte Maggie. »Tante Jane und ich haben eine Menge zu besprechen.«

Melody folgte ihren Cousinen hinaus in den Garten, blieb jedoch neben dem Fenster stehen, wo sie die beiden Frauen hören konnte.

»Hast du es ihm erzählt?«, hörte sie Maggie fragen.

»Ja, letzte Nacht«, erwiderte ihre Mutter.

»Und?«

»Er war begeistert.«

»Und du?«

»Ich war noch nie glücklicher.«

»Na, wenn du glücklich bist, freue ich mich für dich. Aber ich will nur hoffen, dass du weißt, was du tust.«

»Was willst du damit sagen?«

»Ich weiß nicht. Dieser Ken. Wer ist er? Wie ist er?«

»Er ist, na ja, er ist nicht wie die anderen. Er ist etwas ganz Besonderes. Er übt eine gewisse Macht über andere Menschen aus.«

»Hmmm«, machte Maggie skeptisch.

»Oh, nein, auf eine gute Art und Weise«, fügte die Mutter eilig hinzu. »Er ist nicht arrogant. Er ist nicht gefühllos. Er ist eben … Bei ihm ist das Leben einfach. Keine Entscheidungen, keine Alternativen.«

»Meinst du damit, er sagt dir einfach, was du tun sollst, und du tust es?«

»Nein, im Gegenteil! Er erwartet nichts. Er akzeptiert mich, wie ich bin. Dick und durcheinander und mit dieser ganzen Scheißwut und Traurigkeit und … und dem Schmerz in mir. Er nimmt es einfach an. Und nimmt es auf. Er ist ein wunderbarer Mann. Ehrlich.«

Es folgte ein kurzes Schweigen. Melody hielt den Atem an.

»Na ja, dann will ich dir mal glauben«, sagte Maggie schließlich. »Mir bleibt ja nichts anderes übrig, weil ich ihn nie kennenlernen werde. Und Melody? Hast du es ihr schon erzählt?«

»Nein! Auf gar keinen Fall! Jetzt noch nicht!«

»Versteht sie sich gut mit ihm?«

»Sie ist ganz vernarrt in ihn. Vergöttert ihn geradezu.«

»Gut. Das ist gut«, sagte Maggie.

»Und wie steht's mit dir? Wie kommst du zurecht?«

»Ach, du weißt ja, es gibt gute Tage und schlechte.«

»Hast du ihn schon mal besucht? Warst du bei Michael im Gefängnis?«

»Nein, nein, nein. Noch nicht. Das ist mir noch zu früh.«

»Aber später mal?«

»Ich weiß wirklich noch nicht. Es ist so schrecklich. Ein regelrechter Albtraum. Manchmal träume ich von ihm. Ich träume, dass es nie geschehen ist und dass alles wieder so ist wie früher. Aber im Grunde genommen war es ja früher gar nicht so, oder? Es war alles eine Illusion, Jane – mein vollkommenes Leben, mein perfekter Ehemann, alles nur eine schöne, verrückte Illusion. Und manchmal habe ich wirklich Albträume. Dann sehe ich diese Mädchen, diese wunderhübschen Mädchen, und …«

Von ihrem Horchposten am Fenster aus hörte Melody ihre Tante Maggie weinen.

»… und dann habe ich solche Schuldgefühle, Jane. Solche entsetzlichen Schuldgefühle. Ich meine, ich habe doch selbst zwei Töchter, und wenn ich mir vorstelle, dass …, dass …«

Melody hörte, wie ihre Mutter mitfühlend seufzte. »Nicht, Maggie. Tu dir das nicht an«, sagte sie. »Du hättest doch nichts tun können.«

»Doch, Jane, das hätte ich doch. Ich hätte mir selbst und ihm mehr Fragen stellen sollen: über seine häufige Abwesenheit, seine Stimmungsschwankungen, seine Distanziertheit … Aber jetzt ist es zu spät, und ich kann nichts mehr daran ändern. Das Leben dieser armen Mädchen ist zerstört, und damit muss ich bis ans Ende meiner Tage leben.«

Melody zupfte ihre Mutter am Rock. »Ich muss mal Pipi machen«, flüsterte sie.

Ihre Mutter lächelte ihr zu. »Weißt du noch, wo das Bad ist?«

Melody schüttelte den Kopf.

»Ich bringe dich hin«, sagte Nicola.

Melody folgte ihrer Cousine nach oben. Auf dem Treppenabsatz hing noch immer das Bild einer zotteligen Kuh in einem winddurchtosten Tal, und im Bad gab es noch dasselbe wuchtige Waschbecken im Art-déco-Stil und darüber den Spiegel im Holzrahmen.

»Nicola«, fragte Melody, als sie wieder aus dem Bad kam, »darf ich mir in deinem Zimmer etwas ansehen?«

Nicola lächelte freundlich. »Meine Babys habe ich nicht mehr.« »Wir haben sie dem Krankenhaus geschenkt.«

»Ich wollte mir nicht deine Babys ansehen, sondern etwas anderes«, erklärte Melody.

Es hing noch immer an der Wand, wie sie es erwartet hatte, zwischen Postern von David Bowie und der Queen: das spanische Mädchen mit den blauen Augen, dem schwarzen Haar und dem roten, getüpfelten Kleid. Melody lief es heiß und kalt den Rücken hinunter, während sie dastand und stumm auf das Bild starrte.

»Alles okay?«, fragte Nicola.

»Mm-hm«, nickte Melody.

»Magst du David Bowie?«, wollte Nicola wissen.

Melody antwortete nicht. Sie war wie hypnotisiert von dem Bild und konnte sich selbst nicht erklären, warum. »Hast du das Bild da schon immer gehabt?«, fragte sie nach einer Weile.

»Ja, seit ich ganz klein war«, antwortete Nicola. »Warum?«

Melody seufzte. »Ich weiß nicht. Es ist bloß ... Es erinnert mich an etwas, das ist alles.«

»Gefällt es dir?«

Sie nickte. »Ja, sehr. Ich liebe es.«

»Na, dann kannst du es haben, wenn du magst.«

»Was, ehrlich?«

»Ja. Ich bin nicht mehr so wild darauf.«

»Aber wird deine Mum nichts dagegen haben?«

»Nein«, erwiderte Nicola. »Über so etwas regt sie sich nicht auf. Nicht mehr.«

Melody spürte die Traurigkeit in Nicolas Stimme und dachte an das Gespräch zwischen Maggie und ihrer Mutter, das sie gerade mit angehört hatte. Nicolas Vater hatte etwas Schlimmes getan, und jetzt saß er im Gefängnis. Doch Melody beschloss, die Cousine nicht danach zu fragen.

Nicola stand vom Bett auf, stellte sich auf die Zehenspitzen und nahm das Bild ab. »Warum wohnst du jetzt so weit weg?«, fragte sie.

Melody zuckte mit den Schultern. »Ich weiß nicht«, antwortete sie. »Aber ich wünschte, es wäre nicht so. Ich wünschte, wir würden noch in London wohnen.«

»Vielleicht zieht ihr ja jetzt wieder hierher«, sagte Nicola, blies eine dicke Staubschicht vom Bilderrahmen und wischte mit der Handkante über das Glas. »Vielleicht überlegt es sich deine Mutter ja anders.«

Melody nickte. »Ja, vielleicht.«

Nicola reichte ihr das Bild, und Melody nahm es. »Danke«, sagte sie. »Ich liebe es ganz doll und werde es für immer und ewig aufheben. Es wird mich immer an dich erinnern.«

Da lächelte Nicola und schloss Melody in die Arme. »Du bist so lieb, unheimlich lieb«, sagte sie und drückte ihre Cousine.

Melody erwiderte die Umarmung, fasziniert davon, wie das Haar des älteren Mädchens duftete, und von Nicolas Lipgloss, das nach Wassermelone roch. Verwundert dachte sie, dass hier ein leibhaftiger Mensch, ein Mensch aus Fleisch und Blut stand, den sie seit zwei Jahren nicht mehr gesehen hatte und der doch zu ihrer *Familie* gehörte. Nicht nur so eine Nennfamilie wie Ken und Grace und Laura, keine Patchworkfamilie wie Jacqui und Dad und Charlotte, sondern ihre echte Familie, die sie gehabt hatte, bevor alles anders wurde. Sie drückte ihre Cousine noch einmal und hoffte, dass ihre Tränen keine Spuren auf Nicolas schickem blauen Pullover hinterließen.

31

1979

Eine Frau namens Janice begleitete Melody im Sommer nach Los Angeles. Sie erzählte ihr, dass sie eine Tochter hatte, die auch sechseinhalb war und Rebecca hieß.

»Wo ist sie?«, erkundigte sich Melody.

»Zu Hause bei ihrem Vater«, erwiderte Janice.

Lächelnd kuschelte sich Melody noch fester in die Decke. Sie war zwar weder zu Hause noch bei ihrem Vater, sondern hundert Meilen hoch in der Luft und somit genau zwischen beiden Orten. Aber das schien im Moment genau der richtige Platz zu sein.

»Bald bin ich bei meinem Dad«, erklärte sie.

»Ja«, sagte Janice. »Bist du schon aufgeregt?«

Melody nickte lächelnd. »Ganz, ganz, ganz, ganz aufgeregt! Ich habe ihn seit Januar nicht mehr gesehen.«

»Ein halbes Jahr! Das ist eine lange Zeit.«

»Und meine Schwester auch nicht«, fügte Melody hinzu. »Meine kleine Schwester Emily. Sie kann jetzt schon sitzen und mit Spielzeug spielen.«

»Wow!«, sagte Janice. »Ich wette, sie wartet schon ganz gespannt auf dich.«

»Das hoffe ich. Das hoffe ich wirklich«, sagte Melody.

In Charlottes Zimmer stand ein Bett mit einem vergoldeten Baldachin. Von dem Betthimmel hingen Vorhänge herab, weiß wie ein Brautkleid. Den Boden bedeckte ein dicker, cremefarbener Teppich, und die Frisierkommode war mit goldenen Schnörkeln verziert und hatte einen dreiteiligen Spiegel. Links führte eine Tür zu einem kleinen Bad mit einer Duschkabine, einem Bidet und zwei *Waschbecken.* Es war offensichtlich ganz allein ihr Bad.

»Und sieh dir das mal an«, sagte Charlotte und zog Melody zu einer Glastür am anderen Ende des Zimmers. »Meine eigene Sonnenterrasse!«

Die Terrasse war halbrund, mit einer Liege aus Teakholz und einem riesigen orangefarbenen Sonnenschirm. Von hier aus blickte man direkt auf den kleinen türkisblauen Swimmingpool hinten im Garten und eine Laterne, die an und aus ging, sobald sich jemand näherte.

»Auf diese Terrasse darf niemand außer mir. Und du, wenn du hier bist. Aber nur, wenn ich es sage. Also – wie findest du es?«

Melody blickte sich noch einmal in dem prächtigen Zimmer um und ließ den angehaltenen Atem ausströmen. Noch niemals zuvor hatte sie so viel Pracht, Überfluss und Eleganz gesehen. Gemessen an den umliegenden Villen und Landhäusern war es kein großes Haus, doch es war faszinierend. »Ich finde, es ist das schönste Zimmer auf der ganzen Welt.«

»Gut.« Charlotte lächelte zufrieden und ließ sich rücklings auf ihr großes Doppelbett fallen. »Weißt du, ein paar von meinen Freundinnen an der neuen Schule haben *viel hübschere* Zimmer. Christie hat sogar *zwei* Doppelbetten und ihren eigenen Pool. *Und* ein echtes Diamantcollier. Aber ihr Vater ist auch ein großer Filmproduzent – und sie ist ein Einzelkind und bekommt deshalb mehr.«

Melody nickte wortlos. Für sie war es unvorstellbar, dass es irgendwo ein Zimmer geben könnte, das noch schöner war als dieses hier. Sie selbst war in einem Raum untergebracht, den Jacqui so lieblos wie unsensibel die »Dienstmädchenkammer« nannte. Es war ein winzig kleines, weiß getünchtes Zimmer neben dem Hauswirtschaftsraum hinter der Küche, mit einem kleinen Fenster, das auf die Einfahrt hinausging. Irgendjemand (obwohl sie es für unwahrscheinlich hielt, hoffte Melody, es wäre Jacqui gewesen) hatte versucht, den Raum mit einer mexikanischen Bettdecke und einer Vase mit orangefarbenen Gartenblumen ein wenig aufzuheitern. Dennoch wirkte das Zimmer wie eine düstere Schuhschachtel.

»Wo schläft Emily?«, erkundigte sich Melody.

»Im Kinderzimmer«, antwortete Charlotte.

»Kann ich es sehen?«

Charlotte blickte sie erstaunt an, als wundere sie sich, dass Melody ihr wunderschönes Zimmer schon wieder verlassen wollte, um ein Babyzimmer zu sehen. »Wenn du willst. Es ist nebenan«, sagte sie.

Emilys Zimmer war groß und luftig. Die mit Blenden versehenen Bogenfenster gingen, wie bei Charlotte, auf den Pool hinaus. Über dem großen weißen Kinderbett hing ein Mobile, und überall an den Wänden klebten große Abziehbilder von Comicfiguren. Genießerisch atmete Melody den Duft von Talkumpuder und Waschmittel ein, der sich mit der schwachen würzigen Duftnote von Windel und Babykopfhaut mischte.

An der Wand vor Emilys Zimmer hing ein großes gerahmtes Porträtfoto, das in einem Fotostudio aufgenommen worden war. Es zeigte Charlotte in einem cremefarbenen Mini-Häkelkleid und taillenlangen, mit Wollbommeln verzierten Zöpfen. Sie sah schön aus, wirkte aber ein wenig befangen. Etwas unsicher hielt sie Emily auf dem Schoß, die ein gleichfarbiges Kleid und einen rosa Haarreif in ihrem Lockenschopf trug.

Melody schluckte. Sie erschienen so vollkommen, die beiden Schwestern. Niemand, der dieses Foto betrachtete, würde sich fragen, wo denn die dritte Schwester war. Niemand käme auf die Idee, dass jemand fehlte, eine Schwester mit Emilys haselnussbraunen Augen, ihrem entschlossenen Kinn, dem gleichen verträumten, geistesabwesenden Ausdruck, der gleichen Wesensart. Jeder würde es sich ansehen und denken: Was für hübsche Schwestern; eine wirklich nette Familie.

»Wann ist das Bild gemacht worden?«, fragte Melody.

Charlotte schaute es an, als hätte sie es noch nie zuvor gesehen. »Ach, das«, sagte sie. »Vor ein paar Wochen. Meine Mum hat es deinem Dad zum Geburtstag geschenkt. Gefällt es dir?«

Melody nickte. »Es ist schön.«

»Ja«, erwiderte Charlotte, »auch wenn meine Zähne darauf einfach scheußlich aussehen. Sieh nur mal, wie der eine vorsteht.« Sie schüttelte sich. »Schrecklich. Aber nächste Woche gehe ich zum Kieferorthopäden. Wahrscheinlich brauche ich eine Zahnspange. Vielleicht müssen sie sogar einen oder zwei Zähne ziehen, aber das ist es mir wert … Wenn ich nur schöne gerade Zähne bekomme.«

Doch Melody hörte nicht mehr zu. Sie starrte auf das Foto von Emily und Charlotte und dachte: Warum konnten sie nicht die paar Wochen auf mich warten?

Das Abendessen, zu dem Jacqui Brathähnchen und Avocadosalat gemacht hatte, wurde auf einer anderen Terrasse am Pool serviert. Emily saß in einem hohen Plastikstühlchen und kaute gemächlich auf einem Stück Baguette herum. Ihr Vater, leger in ein Leinenhemd mit offenem Kragen und abgeschnittene Jeans-Shorts gekleidet, hatte seinen Platz am Kopfende des Tisches. Er trug sein Haar länger als zu Hause und hatte einen leichten Bartschatten. Er wirkte rastlos und unruhig, und Melody überlegte, ob es wohl daran lag, was ihre Mutter gesagt hatte: dass er nicht mehr arbeiten ging und den ganzen Tag auf Emily aufpasste.

Neben ihm saß Jacqui in einem fließenden Chiffontop und einer strahlend weißen Jeans. In den Blumenbeeten zirpten die Zikaden, und aus dem Garten nebenan drang das leise Zischen eines Rasensprengers, der die Orangenbäume und Kakteen bewässerte. Charlotte in ihrem gesmokten Musselintop und dem dazu passenden Rock im Zigeunerlook stieß mit den Füßen gegen das Tischbein und schob ihren Salat mit der Gabel auf dem Teller hin und her.

Melody blickte sie alle verwundert an. Diese schlanke, gebräunte Hollywoodfamilie wirkte so fremd. Sie sahen aus wie Leute aus einer Fernsehshow.

»Und, wie geht es deiner Mum?«, fragte Jacqui und schenkte Melodys Vater Wein nach.

»Gut«, antwortete Melody.

»Schön«, sagte Jacqui. »Wieder besser als nach …?«

»Jacqui meint, besser als an dem Tag, als sie vermisst wurde«, erklärte ihr Vater, als er Melodys verwirrten Blick bemerkte.

Melody nickte. »Ja, jetzt ist sie nicht mehr labil.«

Jacqui und ihr Vater wechselten einen dieser unangenehmen lächelnden Blicke, bei denen Melody am liebsten ihr Besteck auf den Boden geworfen und »Das ist nicht witzig!« geschrien hätte.

»Ja, schön. Freut mich zu hören«, sagte Jacqui. »Und wie geht's den anderen? Was macht die Schule?«

»Alles okay«, erwiderte Melody. »Bis auf dieses Mädchen, Penny, das mich hasst.«

»Ach was, ich bin sicher, sie hasst dich nicht …«

»Doch, tut sie wohl«, sagte Melody. »Sie sagt ganz schlimme Sachen zu mir, über Mum und Ken.«

»Was denn für Sachen?«

»Ach, dass sie ekelhaft sind und ich einen Tripper bekomme.«

Jacquis Lächeln erstarb. *»Was?«*

»Sie sagen, Mum und Ken machen schmutzige Sachen zusammen, und ich bekomme einen Tripper.«

Charlotte prustete in ihre Serviette, worauf ihre Mutter ihr einen Blick zuwarf.

»Hast du deiner Mutter davon erzählt?«, fragte ihr Vater.

»Nein, natürlich nicht!«

»Warum nicht?«

»Weil sie dann in die Schule geht, und dann würde Penny mich noch mehr hassen.«

»Hast du es sonst jemandem gesagt?«

»Ja, ich habe es Grace erzählt.«

»Und was hat sie dazu gesagt?«

»Sie hat gesagt, dass Penny so etwas nicht sagen darf und dass ich das nächste Mal einfach weggehen soll. Das habe ich auch versucht, aber sie sind mir nachgekommen und haben es immer wieder gesagt.«

»Aber warum sagen sie so etwas? Das verstehe ich nicht«, erwiderte ihr Vater.

Melody zuckte die Achseln. »Ich weiß nicht. Eben weil sie mich nicht leiden können.«

»Ach, das ist doch albern«, entgegnete ihr Vater spöttisch. »Dich kann doch jeder gut leiden.«

»Nein, das stimmt nicht. Mich mögen nur Erwachsene. Die Kinder hassen mich alle. Sie sagen, ich bin dreckig und stinke und lebe wie ein Penner.«

Ihr Vater machte ein langes Gesicht. »Aber, mein Schatz, – warum sollten sie denn … Stimmt was nicht zu Hause? Gibt es irgendwas, worüber du unglücklich bist und was du mir erzählen möchtest?«

Sie zuckte wieder die Schultern. »Ich mag es nicht, wenn Ken seine Versammlungen macht.«

»Versammlungen?«, fragte er besorgt.

»Ja, wenn diese ganzen Leute kommen und reden, und dann werden sie laut und schreien sich an. Und ich mag es auch nicht, wenn Seth mitten in der Nacht schreit …«

»Wer ist Seth?«

»Graces kleiner Sohn. Er schreit viel. Aber sonst mag ich alles.«

Ihr Vater schwieg und leckte sich über die Lippen. »Mummy und Ken sind also immer noch … befreundet?«

Melody nickte und kaute auf einem nach Knoblauch schmeckenden Salatblatt herum. »Ja, und jetzt schlafen sie auch im selben Bett, weil Ken sie nahe bei sich haben will.«

Jacqui und der Vater wechselten einen seltsamen Blick.

»Sie schlafen also zusammen?«, fragte Melodys Vater vorsichtig.

»Ja, in Kens Zimmer. Vorher hat Laura in Kens Zimmer geschlafen, aber die ist ausgezogen und lebt jetzt mit einem Zauberer zusammen, und Grace und Seth schlafen bei mir in meinem Zimmer, in Mums Bett, und Matty hat immer noch sein eigenes Zimmer. Er hat nämlich gesagt, wenn er da ausziehen soll, packt er seine Sachen und haut ab.«

Melody machte eine Atempause und blickte in die Runde. Jacqui, Charlotte und ihr Vater starrten sie allesamt entgeistert an, und langsam kam es ihr so vor, als habe sie etwas gesagt, worauf die anderen nicht gefasst waren. Wahrscheinlich war es komisch, dass ein Mädchen von sechseinhalb über solche Sachen sprach, aber sie hatte schon so lange niemanden mehr zum Reden gehabt, und jetzt war sie hier, im Paradies, eine Million Meilen von zu Hause, hier, wo die feuchte, nach Kamelien duftende Luft ihre nackte Haut wärmte, sie mit den nagelneuen Flipflops an den Füßen schlenkerte und wo ihr alle wie gebannt lauschten. Sie wollte diese glanzvolle Hollywoodfamilie beeindrucken, damit sie ihr weiter zuhörte. Also fuhr sie fort:

»Und Matty sagt, dass Ken nichts taugt und dass er nur will, dass die Frauen Kinder von ihm bekommen und ihn in der Badewanne abseifen. Aber ich weiß, dass das nicht stimmt, weil er so nett zu uns war, und weil Mum nie ein Baby von ihm bekommen oder ihn gewaschen hat. Ich glaube, Matty ist nur traurig, weil Ken nicht sein Vater ist, und weil er seinen richtigen Vater nie sehen darf, denn der trinkt zu viel und hat einmal im Pub einen Mann mit dem Kopf durch die Fensterscheibe gestoßen. Ich glaube, wenn Matty Ken nur eine Chance geben würde, dann würde er merken, dass Ken ein guter Mann ist. Und wenn Penny nur mal zu mir nach Hause käme, würde sie sehen, dass alle lieb und freundlich sind und niemand schmutzige Sachen macht. Außer wenn Matty mit seiner selbst gemachten Harpune Ratten jagen geht.«

Wieder verstummte sie und lächelte. »Manchmal kommt er mit Blut an den Händen wieder«, erklärte sie abschließend.

»Na, das hört sich ja so an, als würdest du ein spannendes Leben führen«, sagte ihr Vater.

»Ja«, antwortete Melody.

»Und diese Penny scheint mir ein ganz gemeines Biest zu sein.«

»Das ist sie. Ich hasse sie auch.«

»Eigentlich sollte sie dir leidtun, finde ich. Es ist ziemlich traurig, wenn ein sechsjähriges Mädchen …«

»Sie ist sieben.«

»Gut, wenn ein siebenjähriges Mädchen solche Gedanken hat. Sie kommt bestimmt aus sehr schwierigen Familienverhältnissen.«

Melody nickte nachdenklich. Sie wusste nicht genau, was schwierige Familienverhältnisse waren, doch nach ihrer eigenen Erfahrung mit einer labilen Mutter, die eine Nacht am Strand verbracht hatte, musste es eine ganz üble Sache sein.

»Vor ein paar Wochen haben wir Tante Maggie besucht«, sagte sie schließlich. »Wir sind mit dem Zug gefahren und dann zu ihrem Haus gelaufen.«

»Ach ja, Maggie. Wie geht es ihr?«, fragte der Vater.

»Sie war wohl ein bisschen traurig. Sie hat Albträume, hat sie gesagt.«

»Ach, herrje«, antwortete er.

»Aber es war schön bei ihr, und Nicola hat mir ihr Bild geschenkt, und Mum war ganz glücklich, als wir nach Hause kamen. Ich glaube, wir fahren bald wieder hin. Und Nicola sagt, dass wir vielleicht sogar wieder nach London ziehen.«

»Das würde dir gefallen, was?«

Melody nickte. »Ja. Dann wäre ich in ihrer Nähe und in deiner Nähe und könnte Emily jeden Tag sehen!«

Sie drehte sich lächelnd zu ihrer Schwester um, die versuchte, mit einem Plastiklöffel ihr Brot zu schneiden. Melody drückte ihre Hand und presste sie an die Lippen. Dann nahm sie ihren ganzen Mut zusammen und fragte: »Können wir morgen dahin gehen, wo sie das Foto von Charlotte und Emily gemacht haben, und noch eins machen lassen, auf dem ich mit drauf bin?«

Ihr Vater warf Jacqui einen Blick zu. »Nun ja«, sagte er, »da bin ich nicht sicher. Es war sehr teuer, und man muss einen Termin machen.«

Melody spürte, wie ihr die Tränen in den Augen traten. »Aber es ist nicht gerecht, dass Charlotte ein hübsches Bild mit Emily hat und ich nicht. Ich bin doch auch ihre Schwester.«

Lächelnd legte ihr der Vater die Hand auf die Schulter. »Da hast du vollkommen recht«, sagte er. »Warte hier, ich bin sofort zurück.«

Zwei Minuten später war er wieder da und brachte eine große Kamera mit.

»Das ist eine Zauberkamera«, sagte er. »Jetzt stell dich mal dort neben Emily – genau so. Und jetzt lächeln!«

Melody presste die Zähne zusammen, öffnete die Lippen und lächelte, so breit sie nur konnte. Es klickte, dann folgte ein Blitz und ein komisches Surren, und etwas kam vorn aus der Kamera heraus. Ihr Vater zog es heraus und wedelte damit.

»Na also, es kommt schon«, sagte er gleich darauf.

Während Melody auf das glänzende weiße Stück Papier in seiner Hand starrte, erschien plötzlich ein geisterhaftes Bild, die leuchtenden Umrisse eines kleinen Mädchens und eines Babys. Nach und nach wurden Einzelheiten sichtbar, die Knöpfe an ihrem Shirt, die Spange in Emilys Haar.

»Das sind ja wir«, hauchte Melody.

»Genau. Das nennt man ein Polaroid«, erwiderte ihr Vater.

Sie nahm es ihm behutsam aus der Hand und sah zu, wie die Farben kräftiger wurden. Und dort waren sie, Emily und Melody, mit beinahe dem gleichen scheuen Lächeln und den dunklen Augen. »Sieh mal«, sagte sie und zeigte Emily das Foto. »Sieh mal, das sind wir. Du und ich. Sieh nur!«

Emily blickte fragend auf das Bild und quietschte.

»Darf ich es behalten?«, fragte Melody.

»Aber sicher«, antwortete ihr Vater. »Es gehört dir, für immer und ewig.«

Melody lächelte und lehnte es gegen ihren Trinkbecher. Es war wahrhaftig ein Traumbild, und zwar in jeder Hinsicht, dachte sie. Es war viel schöner als das blöde Porträt vor Emilys Zimmer.

Melody konnte nicht schlafen in ihrem kleinen Zimmer auf der Rückseite des Hauses. Ständig sausten die Autos auf der Straße vorbei, und direkt unter ihrem Fenster saß eine besonders laute Zikade. Nach etwa einer halben Stunde nahm sie ihr Kissen und die mexikanische Decke, schlich leise über den Korridor mit dem Parkettboden bis zum Kinderzimmer und öffnete die Tür.

Die Arme über den Kopf gestreckt schlief Emily in ihrem Bettchen und schnarchte leise. Melody betrachtete sie für eine Weile, wobei sie der Versuchung widerstand, ihr süßes Bäckchen zu streicheln, dann legte sie sich neben dem Kinderbett auf den Boden und zog die Decke über sich.

In diesem Zimmer hörte Melody nichts als das sanfte Plätschern des Swimmingpools, das entfernte Zirpen der Zikaden und die leisen Stimmen ihres Vaters und Jacquis, die sich noch immer auf der Terrasse unterhielten. Gerade wollte sie sanft in den Schlaf hinübergleiten, als sie davon aufschreckte, dass jemand ihren Namen sagte.

»Melody ist doch noch ein Kind«, hörte sie ihren Vater sagen. »Sie ist erst sechs Jahre alt. Von Sex und Manipulation weiß sie noch nichts.«

»O doch, das tut sie. Es mag ja sein, dass sie noch nicht genau weiß, was Sex ist, aber sie weiß sehr wohl, ob etwas richtig oder falsch ist.«

»Wie kannst du so etwas sagen?«, erwiderte ihr Vater ungehalten. »Wenn das der Fall wäre, gäbe es keinen Kindesmissbrauch. Es braucht nur einer zu kommen, der schön reden kann …«

»Willst du damit sagen, du glaubst, dass sie sexuell missbraucht wird?«

»Nein«, entgegnete er ungeduldig. »Ich will damit sagen, dass sie in einem Haus voller sexuell enthemmter Leute lebt, bei einer Mutter, die sich seit Melodys viertem Lebensjahr nicht mehr richtig um sie gekümmert hat. Ich will damit sagen, sie ist *gefährdet.*«

»Hmmm …«, machte Jacqui zustimmend.

»Stell dir mal vor, es ginge um Charlotte oder Emily«, fuhr er fort. »Stell dir vor, eine von den beiden würde weit entfernt von dir leben, mit einem depressiven Elternteil, in einem Haus voller Hippies und politischer Aktivisten, in dem alle möglichen Leute ein und aus gehen.«

»Natürlich wäre ich besorgt«, beschwichtigte ihn Jacqui. »Aber du hast die Entscheidung getroffen, John. Du hast dich entschlossen, mit uns, mit dieser Familie, zu leben. Und nun musst du die Konsequenzen tragen.«

»Nein, muss ich nicht, Jacqui. Sie kann herkommen und mit uns leben.«

»Aber John, wie denn? Glaubst du im Ernst, Jane würde sie gehen lassen? Und wo sollte sie schlafen? Sie könnte nicht auf Dauer in der Dienstmädchenkammer bleiben. Dort möchte ich demnächst endlich ein Dienstmädchen unterbringen. Das weißt du doch.«

»Sie könnte sich ein Zimmer mit Charlotte teilen.«

»Mit *Charlotte?* Machst du Witze? Kannst du dir vorstellen, was Charlotte dazu sagen würde?«

»Dann eben mit Emily.«

»Ja, vielleicht.« Ihr Tonfall wurde wieder sanfter. »Aber was ist mit der Schule? Ich kann mir gerade so Charlottes Schulgeld leisten. Und so leid es mir tut, John, ich habe Melody unglaublich gern, wirklich, aber sie ist nun einmal nicht mein Kind. Ich möchte nicht, dass meine Kinder etwas entbehren müssen, damit wir die Ausbildung deiner Tochter finanzieren können.«

»Ein Dienstmädchen kannst du dir also leisten, aber das Schulgeld für meine Tochter nicht?«, entgegnete John mit erhobener Stimme.

»Genau«, fauchte Jacqui. »Ein Mädchen, das mein Haus sauber macht und das Essen für meine Kinder und meinen Freund kocht. Ein Mädchen, damit ich nicht das ganze Haus putzen muss, wenn ich nach fünfzehn Stunden am Set zurückkomme. Das ist kein Luxus, sondern eine Notwendigkeit.«

Es folgte ein kurzes Schweigen, und Melody hörte, wie ihr Vater ein Streichholz entzündete und an einer Zigarette zog. »Ich sitze also bis zum Hals in der Tinte«, sagte er schließlich leise. »Weil ich möchte, dass meine Tochter bei mir lebt, aber nicht die Mittel für ihren Unterhalt aufbringen kann. Und wenn ich ihretwegen nach England zurückgehe, kann ich nicht bei dir und Emily sein.«

Jacqui seufzte. »So könnte man es ausdrücken, ja.«

»So eine Scheiße. So eine verdammte Scheiße.«

»Ja, aber so ist das Leben nun mal«, sagte Jacqui.

»Arme Melody«, sagte er. »Meine arme, kleine Melody.« Und dann begann er zu weinen.

Melody richtete sich auf. Noch nie zuvor hatte sie ihren Vater weinen hören. Es klang merkwürdig – fast wie ein kleiner Hund, der an einem Knochen herumschnüffelt.

»Sie hat in den vergangenen Jahren so viel mitgemacht, und sie ist so ein tapferes Kind, so lieb und unkompliziert. Und an allem, was geschehen ist, ist sie völlig unschuldig. Es ist so gemein, so ungerecht. Für alle ...«

»Ach, John«, hörte Melody die tröstende Stimme ihrer Stiefmutter. »Es wird alles wieder gut. In sechs Monaten sind wir wieder zu Hause, und dann können wir uns um Melody kümmern. Es wird ihr gut gehen, richtig gut.«

Melody ließ sich wieder auf den Boden sinken und schloss die Augen.

Sechs Monate, dachte sie, *nur noch sechs Monate.* Und dann würde sie bei ihrem Daddy wohnen.

Melody kostete ihre zwei Wochen in Amerika bis zur letzten Sekunde aus. Sie aß jeden Tag Eis und spielte mit ihrem Vater Fußball am Strand von Santa Monica. Sie ging zu einem Baseballspiel und begleitete Charlotte zum Kieferorthopäden. Aber die meiste Zeit verbrachte sie mit Emily. Sie spielte mit ihr und versuchte, ihr das eine oder andere beizubringen.

»Mein kleiner Babysitter«, sagte Jacqui jedes Mal, wenn sie sah, wie die beiden in irgendeine Beschäftigung vertieft waren. »Was werde ich nur ohne dich machen?«

Der Vater und Jacqui ließen sie weiterhin auf dem Fußboden im Kinderzimmer schlafen und gaben ihr noch ein paar Kissen, damit sie sich darauflegen konnte.

Nach vierzehn Tagen war Melody sonnengebräunt, hatte ein kleines Bäuchlein und genau so ein hübsches Sommerkleid im Zigeunerlook wie Charlotte. Jacqui hatte es ihr zum Abschied gekauft.

Als sie sich am Flughafen voneinander verabschiedeten, war Melody nicht so traurig wie ein halbes Jahr zuvor in London. Sie dachte daran, dass sie in sechs Monaten bei ihnen in London leben würde.

Janice war auch auf dem Rückflug ihre Begleiterin.

»Ich habe extra um diesen Flug gebeten, als ich sah, dass du es bist«, sagte sie lächelnd. »Wir haben uns auf dem Hinflug so gut verstanden. Du hast zugenommen.«

»Ich weiß«, erwiderte Melody und klopfte sich auf den Bauch. »Ich habe zu viel Eis gegessen.«

»Dann hattest du also eine schöne Zeit?«

»Es war toll. Ich habe jeden Tag mit Emily gespielt. Und sieh mal …« Sie zog die kostbare Polaroidaufnahme aus der Reisetasche. »Dad hat mit seiner Zauberkamera dieses Foto von uns gemacht.«

»Ach, was seid ihr beide süß«, sagte Janice. »Deine Schwester sieht genauso aus wie du.«

»Ja, ich weiß. Wir sind genau gleich. Wir sehen gleich aus und mögen die gleichen Sachen, auch wenn sie erst zehn Monate alt ist und ich sechs Jahre alt bin. Und Dad möchte, dass ich nach Amerika komme und bei ihnen wohne, aber Jacqui hat nicht genug Geld für meine Schule, und deshalb ziehe ich erst nächstes Jahr zu ihnen, wenn sie wieder in London sind.«

»Oh, das hört sich aber gut an. Und was ist mit deiner Mutter? Wird sie nichts dagegen haben?«

»Nein.« Melody schüttelte den Kopf. »Sie hat sich seit meinem vierten Lebensjahr nicht mehr richtig um mich gekümmert. Ich glaube, sie wird froh sein.«

»Ach nein, das kann ich mir nicht vorstellen.«

»Doch. Sie hat mich schon lieb und so, aber ich glaube, sie kümmert sich nicht gern um mich. Nein«, Melody schüttelte energisch den Kopf, »sie wird bestimmt froh sein.«

Janice nickte langsam und mit gezwungenem Lächeln, bevor sie sich umdrehte und aus dem Fenster schaute.

Zehn Minuten lang sagte sie nichts mehr, und als sie wieder sprach, war die Wimperntusche unter ihren Augen verschmiert, fast so, als hätte sie geweint.

32

1979

Während Melody in Amerika war, schienen alle »Bäumchen wechsle dich« gespielt zu haben. Als sie wieder in das Haus in Broadstairs kam, war die Mutter in Mattys Zimmer gezogen und Matty in ihres, Grace und Seth waren wieder in Kens Zimmer, und im bisher leer stehenden Zimmer wohnte ein Pärchen namens Kate und Michael.

Davon erfuhr Melody, als sie hinauf in ihr Zimmer rannte und die Tür aufriss. Drinnen saß Matty im Schneidersitz auf dem Fußboden und sezierte mit Skalpell und Chirurgenpinzette einen Frosch.

»Na, wenn das nicht Melody Ribblesdale ist. Heimgekehrt von ihrem Aufenthalt in Übersee.«

»Was machst du hier drin?«, fragte sie und ließ ihre Reisetasche auf den Boden fallen.

»Deine Mum hat mir fünf Pfund für mein Zimmer gegeben.«

»Was?«

»Sie wollte nicht mehr bei dem stinkigen Scheißtyp schlafen, und dann zogen diese mondgesichtigen Idioten in das leer stehende Zimmer, und sie hat mir einen Fünfer gegeben, damit ich ihr mein Zimmer überlasse. Dafür habe ich das ganze Zeug hier gekriegt«, er deutete auf die funkelnden Instrumente vor sich. »Es hat sich also gelohnt.«

»Aber – warum wollte sie denn nicht mit mir hier wohnen?«

Matty zuckte die Achseln. »Ich wollte nicht zu viele Fragen stellen, sondern habe nur das Geld genommen und bin abgehauen. Du wirst sie also schon selbst fragen müssen.«

Melody rannte zwei Treppen hinunter ins Wohnzimmer, wo sich ihre Mutter mit Kate, der neuen Frau, unterhielt.

»Mum! Warum hast du Matty unser Zimmer gegeben? Und woher hattest du die fünf Pfund?«

Ihre Mutter seufzte und blickte die andere Frau mitleidheischend an. »Ich habe Matty das Zimmer nicht ‚gegeben', Melody. Ich habe ihn gebeten zu tauschen. Nur für ein Weilchen.«

»Aber warum?«

Wieder seufzte sie. »Weil ich einunddreißig bin und seit zwei Jahren nicht mehr allein geschlafen habe. Weil ich ein bisschen Platz brauche. Weil ich ... *allein* sein wollte. Das ist nicht persönlich gemeint, mein Schatz. Außerdem dachte ich mir, es würde dir mehr Spaß machen, ein Zimmer mit Matty zu teilen. Wenn das Licht aus ist, könnt ihr zusammen Unfug machen.«

»Aber ich mache nicht gern den gleichen Unfug wie Matty.«

»Na, dann macht ihr eben keinen Unfug, aber bitte, mein Schatz, gönn mir doch das eigene Zimmer. Ist das wirklich zu viel verlangt? Nur für ein kleines Weilchen. Für ein paar Monate?«

Melody verzog das Gesicht. Es *war* zu viel verlangt. Es war nicht gerecht. Sie wollte nicht mit Matty und seinen Skalpellen und den zerlegten Tieren in einem Zimmer schlafen. Doch dann fiel ihr wieder ein, dass der Vater und Jacqui in ein paar Monaten wieder zurückkamen und sie dann bei ihnen leben würde. Dann konnte ihre Mutter das große Zimmer unter dem Dach ganz für sich allein haben. Als sie daran dachte, wie glücklich sie das machen würde, beklagte sie sich nicht länger, sondern sagte lächelnd: »Gut, ist okay«, und machte sich auf die Suche nach Ken.

Ken war der einzige Mensch, den sie in Amerika wirklich vermisst hatte.

Ken war – außer Emily – der einzige Mensch, bei dem sie sich wichtig und interessant vorkam. Wenn andere Menschen sie anblickten – sei es Jacqui oder ihre Mutter oder Charlotte oder Matty oder Penny oder sogar ihr Vater –, dann fühlte sie sich, als sähen die anderen einen Strand voller langweiliger Kieselsteine, einen endlosen, öden, grauen Streifen, an dem nichts das Auge fesselte. Sah Ken sie dagegen an, dann war es, als sei er auf etwas Funkelndes, Spannendes gestoßen, etwas, mit dem er nicht gerechnet hatte. Nichts schien ihn stärker zu faszinieren als ein Gespräch mit Melody, nichts freute ihn offensichtlich mehr, als wenn sie in der Tür zu seinem Arbeitszimmer stand.

Sie fand ihn auf dem Balkon, wo er in der Sonne saß, einen riesigen Hut auf dem Kopf und in etwas gehüllt, das wie ein weiter, kratziger Soldatenmantel mit glänzenden Knöpfen aussah. Als er ihre Schritte hörte, drehte er sich um und strahlte sie an.

»Da bist du ja wieder! Gott sei Dank! Ich hab dich schon so vermisst! Ich hatte niemanden, mit dem ich Eis essen gehen oder Motorrad fahren oder interessante Gespräche führen konnte.« Er legte sein Buch hin, nahm den großen Hut ab und wirbelte Melody so lange herum, bis sie dachte, der Kopf würde ihr von den Schultern fliegen.

»Das ist ein schöner Mantel«, sagte sie und betastete die raue Wolle am Ärmel. »Ist der neu?«

»Ja. Ich habe ihn für fünfundzwanzig Pence auf dem Flohmarkt gekauft. Das war vielleicht ein Schnäppchen! Fühl nur mal die gute Qualität!«

Melody befingerte den Stoff und lächelte Ken schüchtern an.

»Und, freust du dich, dass du wieder hier bist?«, fragte er.

Sie nickte, ein kleines, zögerndes Nicken.

»Hast du uns vermisst?«

»Dich habe ich am meisten vermisst.«

»Das kann ich mir vorstellen.« Er lächelte und fügte dann hinzu: »Na los, es ist so ein schöner Tag, und ich habe nichts vor. Das beste Mittel gegen Jetlag ist frische Luft. Lass uns eine Runde auf dem Motorrad drehen!«

Melody vergaß die aufgeschnittenen Frösche, ihre ferne Schwester und ihre Mutter, die nicht mit ihr in einem Zimmer schlafen wollte, kaum dass sie in ihrer kleinen Raumkapsel neben Ken saß und über die Küstenstraßen dahinbrauste. Wenn man bedachte, dass sie erst vor wenigen Stunden in einem Flugzeug hoch am Himmel ein Schläfchen gemacht hatte – und nun saß sie hellwach hier im Beiwagen und sauste an der Küste entlang!

Nach ungefähr einer Stunde waren sie wieder in Broadstairs, und Ken hielt vor Morellis Eisdiele. Ein altes Ehepaar am Fenster starrte sie neugierig an, während sie ihre Helme abnahmen. Melody fand, dass ihre Gesichter merkwürdig säuerlich aussahen, wie bei zwei Fischen, die etwas Falsches gegessen hatten. Sie schauten Ken nach, als er mit Melody zur Theke ging. Dann sagte die Frau etwas zu ihrem Mann und schnalzte missbilligend mit der Zunge, worauf sich beide wieder zu ihnen umdrehten.

»Warum starren uns die Leute da hinten so an?«, wollte Melody wissen.

»Welche Leute?«

»Die alten Leute da drüben.«

»Ach, kümmere dich gar nicht um sie. Sie haben hohle Köpfe und hohle Seelen.«

»Warum?«

»Ich weiß nicht. Manche Leute werden schon so geboren. Leer. Mit einem Vakuum. Ihr ganzes Leben lang berühren sie niemanden und verändern nichts. Sie existieren, und dann sterben sie.«

Melody wusste nicht, was ein Vakuum war, doch sie fand, es hörte sich schaurig an. Wieder warf sie einen Blick auf das alte Ehepaar, ihre verkniffenen grauen Gesichter, die dünne Kleidung in Schwarz und Dunkelblau, ihre fade Dünkelhaftigkeit, und lächelte sie an.

Die Frau blickte weg, doch der alte Mann zwinkerte ihr verschmitzt zu. Melody lächelte in sich hinein und widmete sich der erfreulicheren Angelegenheit der Eisbestellung.

»Also«, sagte Ken, als sie gleich darauf in einer Sitznische Platz nahmen, »hast du dich gut amüsiert in Amerika?«

Melody nickte. »Es war toll. Einfach alles war ganz toll.«

»Wärst du lieber noch dort?«

Melody dachte über die Frage nach. Sie wäre gern in dem kleinen türkisblauen Pool geschwommen und hätte in Emilys Zimmer ein Puzzle gelegt, und sie hätte gern bei ihrem Vater auf dem Schoß gesessen und mit den Härchen auf seinen gebräunten Unterarmen gespielt. Aber im Grunde genommen wollte sie nicht wieder dort sein. Dort war nicht ihr Zuhause. Sie war nur ein Gast gewesen. »Nein«, sagte sie. »Ich bin froh, dass ich wieder zu Hause bin, obwohl ich mich nicht darüber freue, dass Matty in meinem Zimmer ist.«

»Das habe ich mir schon gedacht«, erwiderte Ken. »Aber es ist nicht für lange. Kate und Mike bleiben nur ein paar Wochen.«

»Wer sind Kate und Mike?«

»Sie sind meine Freunde.«

»Und warum wohnen sie nicht in ihrem eigenen Haus?«

»Weil sie kein eigenes Haus haben.«

»Und wo leben sie dann sonst?«

»Na ja, eigentlich überall auf der Welt. Sie sind gerade für ein paar Monate aus Indien zurückgekommen, weil Kates Mum gestorben ist, und dann gehen sie nach Pakistan.«

»Aber warum leben sie dort, wenn sie gar keine Inder oder so sind?«

»Weil es manchen Leuten einfach im Blut liegt. Es ist wie eine kleine Erbse, ein Sandkörnchen, das scheuert und scheuert. Und so klein es auch ist, es macht einen ganz nervös, und nach einer Weile will man einfach weg, etwas Neues sehen, etwas Unbekanntes riechen. Manche Leute reisen gern. Es ist Nahrung für ihre Seele. Andere Leute dagegen, so wie die beiden dort drüben«, er schaute zu dem alten Paar am Fenster, »die wollen einfach dasitzen und im eigenen Saft schmoren und Vermutungen über alles Mögliche anstellen, weil sie zu bequem und zu kleingeistig sind, um den Hintern hochzukriegen und herauszufinden, wie die Dinge wirklich sind.«

Melody dachte einen Augenblick darüber nach. »Ich reise gern«, sagte sie schließlich. »Ich war gern in Amerika, und ich fahre gern mit dem Zug und schaue mir die Häuser von hinten an. Und mit deinem Motorrad fahre ich auch gern, wenn alles so vorbeisaust.«

»Na, das überrascht mich nicht, Melody. Du bist ein sehr interessantes kleines Mädchen, und ich erwarte große Dinge von dir, wenn du erst erwachsen bist. Ich kann mir nicht vorstellen, dass ich eines Tages, im Jahr … 2034 an Morellis Eisdiele vorbeikomme und sehe, wie du einsam am Fenster sitzt und nette kleine Mädchen mit einem verkniffenen Gesicht ansiehst.«

»Was kannst du dir denn vorstellen?«

»Ach, Melody, wenn du so alt bist wie die beiden, dann werde ich tot sein. Aber ich hoffe, du wirst einmal eine liebe, fröhliche alte Dame, mit einer Schar glücklicher Enkelkinder und einem Gesicht, das von schönen Erinnerungen erzählt. Und ohne Reue. Reue ist schlimmer als jeder Fehler, den du jemals begehen könntest. Viel, viel schlimmer …«

Melody nickte weise, zufrieden mit dem Bild, das Ken soeben von ihrer Zukunft gemalt hatte. »Werde ich dann noch hier leben?«, fragte sie. »In Broadstairs?«

»Ach, das glaube ich kaum«, erwiderte Ken. »Niemand sollte für immer in Broadstairs bleiben.«

»Aber was ist mit dir? Du bleibst doch für immer hier, oder?«

Ken zögerte, dann sagte er: »Vielleicht, vielleicht auch nicht. Auf jeden Fall, solange es hier etwas für mich zu tun gibt. Solange die Menschen mich brauchen. Aber falls ich mich hier jemals einsam und überflüssig fühle, dann ziehe ich auch weiter.«

»Und meine Mum? Was wird aus meiner Mum?«

»Nun ja«, antwortete Ken, »sie hat eine schwere Phase hinter sich, aber jetzt ist ein Ende in Sicht. Ich glaube, für dich und deine Mum bricht jetzt eine herrliche neue Zeit an. Da bin ich mir ganz sicher.«

Melody lächelte angesichts dieser tröstlichen Worte und machte sich mit neuem Appetit über ihren Eisbecher her.

Endlich schienen sich die Puzzleteile ihres Lebens wieder zusammenzufügen.

33

1979

Eine weitere Erinnerung:

Jane, wie sie im Schneidersitz auf ihrem Bett in Mattys ehemaligem Zimmer hockt, dick, mit geflochtenem Haar und Clogs.

Durch das offene Fenster zur Straße dringen der Geruch nach Frittenfett und das fröhliche Geplänkel der Londoner Feriengäste.

Neben Janes Füßen liegt ein dickes Knäuel aquamarinblauer Wolle.

Der Hund kommt die Treppe heraufgerannt. Klick, klick, klick machen seine Krallen auf den Holzstufen.

Die Morgensonne malt Streifen an die gegenüberliegende Wand. Irgendwo im Haus sucht jemand im Radio einen Sender.

Melodys Mutter blickt lächelnd hinunter auf ihren dicken Bauch und sagt: »Mummy bekommt ein Baby.«

Melody wundert sich. Wie kann Mummy ein Baby bekommen, wenn Daddy in Amerika lebt? Und dann, ohne dass es ihr jemand erklärt hätte, wird ihr klar, dass nicht Dad der Vater von Mums Baby ist. Es ist Ken.

Janes Kind sollte im November zur Welt kommen. Sie nahm sehr rasch an Umfang zu. Immerzu aß sie Brot und Käse und Bananen, und sie musste sich häufig und geräuschvoll übergeben. Der Sommer ging dahin, und als Melody im September wieder in die Schule musste, schien ihre Mutter die Ausmaße eines Hauses angenommen zu haben, und sie trug das Haar wieder in dieser eckigen Helmfrisur.

Mit Pennys Gesicht passierte etwas Komisches, als sie an einem Mittwochmorgen zum ersten Mal Melodys Mutter erblickte. Sie blinzelte, blinzelte noch einmal, dann sank ihr langsam der Unterkiefer herunter, ihre Augenbrauen hoben sich ebenso langsam, und ihre Nasenlöcher wurden weit, bis sie aussah, als wolle ihr das ganze Gesicht vom Kopf fallen.

»Deine Mutter bekommt ein Kind von diesem Hippie!«, erklärte sie schadenfroh, als sie kurz darauf im Flur vor dem Klassenzimmer standen. »Sie bekommt doch tatsächlich sein verdammtes Kind. Das ist ja zum Kotzen.«

Melody drehte sich um und wollte in die Klasse gehen.

»Dreh mir gefälligst nicht den Rücken zu, ich rede mit dir!«, zischte Penny.

»Ja, aber ich will nicht mit dir reden.«

»Das kann ich mir vorstellen.« Wie ein Geier beugte sich Penny über sie. »Ich würde auch nicht gern darüber reden, wenn meine Mutter einen Braten in der Röhre hätte von so einem dreckigen alten Hippie.«

»Er ist nicht dreckig«, entgegnete Melody. »Warum sagst du immer, dass er dreckig ist?«

»Weil es stimmt. Das sind sie alle, diese Hippies. Meine Mutter hat es gesagt.«

»Aber deine Mutter weiß doch gar nichts über Hippies. Und außerdem ist Ken kein Hippie. Er ist ein politischer Attivist.«

»Egal, alles das gleiche Gesocks«, erklärte Penny. »Alle dreckig und pervers. Einfach nur eklig. Stell dir vor«, setzte sie mit einem widerlichen Grinsen hinzu, »du bekommst einen kleinen Bruder oder eine Schwester, die auch ein Hippie ist. Ein dreckiger kleiner Hippie! Hähähä!« Mit zufriedener Miene drehte sich Penny um und drängte sich an Melody vorbei durch die Klassentür.

Melody folgte ihr schweigend. Dabei starrte sie auf Pennys dicken gelben Zopf und wünschte sich heiß und innig, sie könnte ihn packen und so fest daran reißen, dass sich Pennys hässlicher Schädel vom Hals löste und durch die Tür über den Korridor bis auf die Straße kullerte.

»Wie willst du dein Baby nennen?«, fragte Melody und schaukelte in dem Bambussitz hin und her, der im Wohnzimmer von der Decke hing.

Die Mutter blickte von ihrem Kreuzworträtsel auf und lächelte zerstreut. »Ach, darüber habe ich noch gar nicht richtig nachgedacht.«

»Wie wär's mit Jonathan?«

»Das ist ein hübscher Name.«

»Ja. Und Rowena, wenn es ein Mädchen wird?«

»Hmmm ...«

»Oder Bettina? Oder Matilda?«

»Wow, du hast dir ja wirklich Gedanken gemacht«, sagte die Mutter.

»Ja, aber ich habe mir viel mehr Mädchen- als Jungennamen ausgedacht. Die fallen einem viel leichter ein.«

»Das stimmt«, erwiderte ihre Mutter.

»Warum hast du mich Melody genannt?«

Für einen Augenblick wurden die Züge ihrer Mutter ganz weich. »Ach«, sagte sie, »wir haben dich Melody genannt, weil wir fanden, dass der Name Ribblesdale ein bisschen hart klingt. Und da haben wir zum Ausgleich etwas Weicheres gesucht. Aus diesem Grund hätten wir dich beinahe Emerald genannt.«

»Emerald?«

»Ja, Smaragd, wie der grüne Edelstein.«

Schweigend versuchte Melody, sich dieses andere Ich vorzustellen, dasjenige mit Namen Emerald, das es nie gegeben hatte. Diese Emerald war fremdartig und aufregend. Sie hatte pechschwarzes Haar und war ein bisschen hochnäsig. Emerald würde sich in der Schule von so einer Ziege wie Penny nicht drangsalieren lassen. Emerald würde Charlotte das Fürchten lehren. Emerald war *etwas Besonderes.*

»Könnten wir es nicht Emerald nennen, wenn es ein Mädchen wird?«, fragte Melody.

»Ich weiß nicht recht. Am besten, wir sehen sie uns an und überlegen dann, was zu ihr passt, einverstanden? Nicht jedes kleine Mädchen kann einen Namen wie Emerald tragen.«

Melody dachte darüber nach. Sie betrachtete den schwellenden Bauch ihrer Mutter und kam zu dem Entschluss, dass das Kind, das sich dort drin befand, auf jeden Fall einen Namen wie Emerald verdient hatte. Selbst wenn es am Anfang nicht so aussah, als könne sie den Namen »tragen«, würde er schon dafür sorgen, dass sie mit allem fertig wurde.

»Welchen Nachnamen wird das Kind haben?«, fragte sie schließlich.

Ihre Mutter starrte eine Weile schweigend vor sich hin. »Hmm, gute Frage«, erwiderte sie dann. »Da Ken und ich nicht verheiratet sind, wird das Baby wohl meinen Namen bekommen. Meinen Mädchennamen. Newsome.«

»Wie heißt Ken mit Nachnamen?«

»Stone.«

Emerald Stone. Passte ja hervorragend.

»Und wo werden wir alle schlafen, wenn das Baby da ist? Wirst du mit dem Baby bei Ken schlafen? Und Grace und Seth auch?«

»Ach, Melody, immer nur Fragen, Fragen, Fragen. Gibst du denn nie Ruhe? Ich weiß doch noch nicht einmal, was nächste Woche wird, geschweige denn nächsten Monat.«

»Aber in Mattys Zimmer ist kein Platz für ein Kinderbettchen. Du wirst also woanders schlafen müssen und …«

»*Melody!* Um Himmels willen, bitte!«

»Aber …«

»Grr!« Ihre Mutter warf Zeitung und Stift hin. »Melody, es gibt nicht auf jede Frage eine Antwort! Ich weiß nicht, was sein wird! Ich weiß gar nichts! Die meiste Zeit weiß ich nicht mal meinen eigenen Namen! Und jetzt sei bitte still und lass mich in Ruhe.«

Melody presste die Lippen zusammen, damit nicht noch mehr Fragen herausschlüpfen konnten, und drehte sich in ihrem Bambussitz ganz langsam von ihrer Mutter weg.

Ende Oktober, als Melody beinahe sieben war und ihre Mutter so aussah, als könne sie jeden Augenblick platzen, ging Ken mit Melody Eis essen.

Es war ein merkwürdig milder Tag. Eine sanfte Brise, die von weither, von weißen, palmenbestandenen Stränden kam, wehte durch die trostlose, verlassene Stadt. Kens Motorrad war kaputt, und ein Mann namens Pablo reparierte es für ihn. Daher gingen sie in einträchtigem Schweigen das kurze Stück zur Eisdiele zu Fuß. Das war mit das Beste an Ken – im Gegensatz zu anderen Erwachsenen hatte er nicht das Gefühl, er müsse ununterbrochen reden. Er wartete, bis er etwas Interessantes zu sagen oder zu fragen hatte, und sagte es dann. Oder er überließ von vornherein Melody das Reden.

Heute jedoch wirkte sein Schweigen irgendwie eindringlicher, als wolle er nichts sagen. Er schwieg, bis sie auf ihrem Stammplatz bei Morelli saßen, und selbst dann schien ihm das Sprechen schwerzufallen.

»So«, begann er, »deine Mum bekommt also bald ihr Baby?«

Melody nickte und knabberte an einer Eiswaffel.

»Das Baby in ihrem Bauch ist schon sehr groß, weißt du. Wenn sie jetzt das Baby bekäme, könnte man es schon richtig knuddeln.«

Wieder nickte Melody.

»Es ist ulkig, wenn die Mütter so einen großen, dicken Bauch bekommen, was? Das sieht komisch aus, fast wie ein riesiger Ballon.«

Melody kicherte.

»Hast du schon mal gespürt, wie sich das Baby bewegt?«

Melody sah Ken an, um zu sehen, ob er Spaß machte. Aber er meinte es ernst. »Wie sollte das denn gehen?«, fragte sie.

»So«, antwortete er und legte die gewölbte Hand auf seinen eigenen Bauch. »Wenn ein Baby schon so groß ist wie das deiner Mutter, dann kannst du fühlen, wie es sich im Bauch bewegt.«

»Nein, das glaube ich nicht«, entgegnete Melody.

»Doch. Als Seth noch in Graces Bauch war, konnte ich ihn die ganze Zeit spüren. Er hat mich immer getreten, und einmal konnte ich sogar den Umriss eines kleinen Fußes durch Graces Haut hindurch erkennen.«

»Nein!« Melody blickte Ken staunend an.

»Doch, ehrlich. Deine Mum hat dich das Baby also noch nicht fühlen lassen?«

Sie schüttelte den Kopf.

»Babys bewegen sich am meisten, wenn die Mutter still sitzt. Wenn sie also heute Abend ganz entspannt und ruhig ist, dann fragst du sie, ob du mal fühlen darfst.«

»Gut, aber ich glaube nicht, dass sie mich lässt«, antwortete Melody.

»Warum nicht?«

Sie zuckte die Achseln. »Weiß nicht. Ich glaub's einfach nicht. Vielleicht denkt sie, ich würde ihm wehtun.«

Ken lachte. »Du tust einem Baby nicht weh, wenn du seine Bewegungen spürst.«

»Na ja, du weißt das und ich auch, aber Mum? Sie macht sich doch immer so viel Sorgen,« wandte Melody ein.

Ken tätschelte ihr lächelnd den Kopf.

»Das stimmt, das tut sie wirklich«, sagte er.

Doch Melodys Mutter ließ sie am Abend nicht ihren Bauch befühlen.

»Nein, das Baby schläft, und ich möchte nicht, dass du es aufweckst.«

Auch am nächsten Abend erlaubte sie es nicht.

»Nein«, sagte sie. »Das Baby schläft schon wieder. Es gibt nichts zu fühlen.«

Da es Melody so vorkam, als würde das Baby gern abends ein Nickerchen machen, fragte sie am nächsten Morgen noch einmal.

Diesmal lächelte ihre Mutter. »Warum willst du es denn auf einmal unbedingt fühlen?«, fragte sie.

Melody zog die Schultern hoch. »Ich weiß nicht. Ich möchte es einfach.«

»Ich werde dir mal was verraten. Dieses Kind ist nicht so unruhig, wie du es warst. Du hast fast rund um die Uhr gezappelt und getreten. Aber das hier«, sie tätschelte sanft ihren dicken Bauch, »das liegt einfach gern da und meditiert. Aber sobald ich spüre, dass es sich bewegt, sage ich dir Bescheid, ja?«

Melody lächelte und küsste ihre Mutter auf den Bauch. »Gut«, sagte sie und fügte an den Bauch gewandt hinzu: »Und du, werd' mal wach!«

Da lachte die Mutter, und die beiden wanderten zufrieden und gemächlich zur Schule.

34

1979

Am nächsten Tag war das Baby da. Niemand hatte damit gerechnet, da es erst in drei Wochen kommen sollte, doch dort lag es: ein rosiges, dralles Mädchen, erstaunlich lebhaft für ein Neugeborenes.

Mitten in der Naturkundestunde hatte Ken Melody aus dem Unterricht geholt. Achtundzwanzig neugierige Augenpaare folgten ihr, als sie die Klasse verließ.

»Es ist da, das Baby ist da!«, verkündete Ken und hüpfte auf dem Flur herum. Dabei grinste er von einem Ohr zum anderen.

Sie rannten den ganzen Weg nach Hause. Keuchend und atemlos kamen sie an, nahmen aber trotzdem immer zwei Stufen auf einmal auf dem Weg nach oben zu Janes Zimmer.

In ein voluminöses Nachthemd gekleidet, saß Jane im Bett und trank Tee. Das Baby in einem rosa Strampler und einem Strickmützchen lag am Fußende, starrte an die Decke und strampelte mit seinen dicken Beinchen.

»Na, was hältst du von ihr?«, fragte Jane mit erschöpftem Lächeln.

Melody betrachtete das stämmige Geschöpf auf dem Bett und dachte, wie anders es doch aussah als Emily kurz nach der Geburt. Emily war geradezu durchscheinend gewesen, wie aus einer anderen Welt. Ein Zauberwesen aus dem Märchenland. Dieses Kind wirkte kräftig und voll entwickelt. Das Baby erwiderte Melodys

Blick. Dann lächelte es, und Melody wusste, dass irgendetwas nicht stimmte. Doch sie sagte nichts. Stattdessen streichelte sie dem Kind lächelnd über das Köpfchen und sagte: »Ich finde sie schön.«

Ken, der auf der Bettkante hockte und den Fuß des Babys streichelte, sagte: »Deine Mutter ist wahrhaft göttlich. Und weißt du auch, warum?«

Melody schüttelte den Kopf.

»Gleich, nachdem sie dich heute Morgen zur Schule gebracht hatte, ist ihre Fruchtblase geplatzt. Und sie ist allein den ganzen Weg bis ins Krankenhaus *gelaufen* – was ziemlich verrückt ist. Dann hat sie dieses prächtige, vier Kilo schwere Kind zur Welt gebracht, hat eine Tasse Tee getrunken und ist wieder nach Hause gekommen! So etwas habe ich noch nie gehört!«

Melody blickte auf das Baby und dann auf ihre Mutter. Sie konnte sich nicht erinnern, wann jemand ihrer Mutter das letzte Mal ein solches Kompliment gemacht und wann ihre Mutter so stolz und glücklich ausgesehen hatte. Melody gefiel die Vorstellung, dass ihre Mutter ein göttliches Wesen war, das man anbeten und verehren konnte. Sie mochte die Atmosphäre in diesem Zimmer, die Freude in Kens Gesicht, den aufregenden Geruch nach neuem Leben, die Art und Weise, wie ein kleines Kind daherkam und für eine Weile alles rein und sauber machte. Daher legte sie sich lächelnd neben ihre neue Schwester auf das Bett, küsste sie auf die Wange und versuchte, alle seltsamen Gefühle in den hintersten Winkel ihrer Seele zu drängen.

»Nennen wir sie Emerald?«, wollte sie wissen, obgleich sie selbst nicht sicher war, ob der Name wirklich zu dem großen, teiggesichtigen Kind auf dem Bett passte.

Ihre Mutter schüttelte lächelnd den Kopf. »Nein, nicht Emerald, aber so ähnlich. Es ist auch ein Edelstein. Kannst du es erraten?«

»Äh, Diamond?«

»Nein, versuch's noch mal.«

»Ruby? Saphire?«

»Nein – wir werden sie Amber nennen, wie den Bernstein. Amber Rose Newsome. Gefällt dir das?«

Wieder sah Melody ihre kleine Schwester an und überlegte. Es war nicht so toll wie Emerald Stone, passte dafür aber besser zu ihr. Sie nickte, küsste das Baby auf die Wange und sagte: »Ja, das gefällt mir. Das gefällt mir sehr.«

Beim Klang ihrer Stimme drehte sich das Baby zu ihr um, streckte eine kleine, pummelige Hand nach Melodys Wange aus, und für einen Augenblick sahen sich die beiden Schwestern tief und aufmerksam in die Augen. Melody hielt ihrer Schwester einen Finger hin, und das Baby nahm ihn fest in seine kleine Faust. Melody blickte auf ihre miteinander verbundenen Hände und verspürte eine tiefe, dunkle Sehnsucht nach Beständigkeit, nach Sinn und Dauer. *Bleib bei mir,* beschwor sie das winzige Mädchen. *Bitte, bleib bei mir.*

Doch dann begann Amber zu schreien, und Jane zog sie von Melody weg und schickte Ken hinunter in die Küche, damit er ein Fläschchen zurechtmachte.

Grace kam herein und gurrte dem Baby etwas vor, und der Zauber war gebrochen. Doch für einen kurzen Augenblick hatte es eine Verbindung zwischen Melody und dem kleinen Menschlein gegeben, eine Verbindung, die noch andauern würde, wenn Amber schon längst fort war.

35

1979

Zwei Tage nach Ambers Geburt hörte Melody zum ersten Mal, dass vor dem Schreibwarenladen am Nelson Place ein Baby entführt worden war. Überall in Broadstairs sah man die Schlagzeilen: »Zehn Wochen altes Baby entführt. Mutter war beim Einkaufen.«

Das betreffende Baby hieß Edward James Mason und war verschwunden, während seine Mutter im Schreibwarenladen eine Zeitung und eine Packung Briefumschläge kaufte. Von der Titelseite jeder Zeitung starrte Melody das verzweifelte Gesicht der Mutter entgegen. Sie war noch jung – erst neunzehn – und hielt ein verwackeltes Foto ihres verschwundenen Kindes an die Brust gepresst. Ihr Ehemann war ein blassgesichtiger Achtzehnjähriger mit Topfhaarschnitt und Nickelbrille. »Ich bin nur mal schnell reingesprungen«, sagte sie auf einer Pressekonferenz in London. »Broadstairs ist ein so sicheres Pflaster. Ich hätte nie gedacht, dass so etwas geschehen könnte.«

Laut Beschreibung trug das Baby eine weiße Hose, eine blaue Jacke, blaue Stiefelchen und auf dem Kopf ein »sehr auffälliges« buntes Wollmützchen, das ihm seine Großmutter mütterlicherseits gestrickt hatte. Er hatte braunes Haar und blaue Augen und wog etwa fünf Kilo. Der Entführer hatte das Baby genommen und den großen Markenkinderwagen mitsamt dem Polster und einer Holzrassel zurückgelassen.

»Jemand muss etwas beobachtet haben«, sagte Detective Inspector Philip Henderson. »Es geschah um zehn Uhr morgens auf einer belebten Einkaufsstraße. Das Baby wurde aus seinem Kinderwagen entführt, daher ist vielleicht jemandem eine möglicherweise erregte Person aufgefallen, die mit einem Säugling auf dem Arm in Broadstairs unterwegs war. Wer am Mittwochmorgen, dem vierundzwanzigsten Oktober, etwas Derartiges beobachtet hat, möchte sich bitte uverzüglich mit Scotland Yard in Verbindung setzen.«

Unter dem Artikel befand sich ein kleines, leicht verknittertes und unscharfes Schwarzweißfoto des kleinen Edward. Es zeigte ein ausdruckslos ins Leere starrendes Neugeborenes mit einem Strickmützchen.

»Und er hat auch noch fest geschlafen«, sagte Kate und reichte Grace über den Frühstückstisch hinweg die Zeitung. »Ich meine, ein schlafendes Baby aus dem Kinderwagen zu holen, wer macht denn so was?«

Grace betrachtete das Foto des vermissten Kindes und seufzte. »Das arme kleine Ding«, sagte sie. »Stell dir nur mal vor, du schläfst fest und im nächsten Augenblick starrt dir ein Fremder ins Gesicht. Grässlich, ganz grässlich.«

Melodys Mutter saß mit der kleinen Amber auf dem Arm am Kopfende des Tisches und nickte zustimmend.

»Stell dir vor, du kannst nicht mal mehr den Kinderwagen einen Moment vor dem Laden stehen lassen. Wo soll das noch hinführen?« Die drei Frauen schüttelten seufzend den Kopf, und Melody blickte zwischen ihnen hin und her und dachte: *Versteht ihr denn nicht? Weiß denn keine von euch, was hier vorgeht?*

Denn Melody wusste es. Sie wusste genau, was vor sich ging. Die kleine Amber war gar nicht Amber, sondern der kleine Edward. Das vermutete Melody nicht nur, sie war sich ganz sicher. Denn am Abend zuvor hatte sie, als ihre Mutter gerade nicht herschaute, die Druckknöpfe am Strampler des Babys geöffnet und mit einem Finger die feuchte Windel beiseitegeschoben. Da hatte sie mit ihren eigenen Augen einen kleinen schrumpeligen Hodensack und einen winzigen Penis gesehen.

Nachdem die Meldung in der Zeitung erschienen war, hatte sie gewartet, bis ihre Mutter im Bad war, um deren Zimmer zu durchsuchen. Im Papierkorb hatte sie schließlich, unter der Zeitung vom Vortag und einem Knäuel ausgekämmter Haare, ein wollenes Strickmützchen und ein Paar blaue Babyschuhe gefunden.

Bisher hatte sie noch niemandem davon erzählt. Wie ein Feuerball brannte das Wissen in ihrem Kopf und versengte ihren Geist. Noch nie in ihrem ganzen Leben hatte sie ein so außergewöhnliches Geheimnis gehütet. Es war so gewaltig wie alle Ereignisse in ihrem bisherigen Leben zusammengenommen und noch hundertmal größer. Sie wusste nicht, was sie damit anfangen sollte. Es füllte ihren Kopf so sehr aus, dass es jeden Augenblick hervorbrechen, sich über den Fußboden ergießen und als unerhörte Neuigkeit die Straßen von Broadstairs überfluten konnte.

Sie hätte es gern Ken erzählt, aber der wäre schrecklich enttäuscht gewesen, dass das Baby in Wirklichkeit nicht Amber war.

Und ihrem Vater hätte sie es auch gern verraten, doch der war in Amerika.

Und heute im Turnunterricht war sie sogar für eine Sekunde versucht gewesen, es Penny zu erzählen. Nur um noch einmal zu sehen, wie sie so komisch guckte, denn es wäre bestimmt das Fürchterlichste, was Penny jemals gehört hatte.

Melody wusste, es war nicht recht, dass sie ihre Entdeckung so spannend fand. Immer wenn sie an die arme Frau aus der Zeitung dachte, hatte sie ein schlechtes Gewissen, denn ihr war bewusst, dass es nur von ihr abhing, ob sich die abgrundtiefe Verzweiflung der jungen Mutter in helle Freude verwandelte. Dennoch wollte Melody es nicht verraten, ebenso wenig wie sie auf das Baby verzichten wollte, dessen Ankunft in diesem seltsamen Haus für so viel Aufregung gesorgt hatte.

Doch das Seltsamste für Melody war, dass niemand außer ihr gemerkt zu haben schien, dass hier etwas ganz und gar nicht mit rechten Dingen zuging. Keinem war es aufgefallen, dass das Baby schon lächeln und Gegenstände festhalten und Dinge am anderen Ende des Zimmers erkennen konnte. Keiner wunderte sich darüber, dass Jane stets jede Hilfe ablehnte, wenn sie dem Kind die Windeln wechselte oder es am Abend badete. Und niemand fand es auffällig, dass Jane ihr Kind ganz allein im Krankenhaus bekommen hatte, *am selben Tag*, an dem der kleine Edward vor dem Laden entführt wurde.

Melody dachte, sie müsse ihr schreckliches Geheimnis ganz allein für immer bewahren, bis sie mitten in der Nacht davon erwachte, dass Matty ihr etwas ins Ohr zischte.

»Was ist?«, fragte sie.

»Wach auf!«

»Ich bin wach. Was willst du?«

»Wegen dem Baby«, zischte er. »Ich weiß was über das Baby.«

Melody setzte sich im Bett auf und schaltete die Nachttischlampe an.

Matty hatte verstrubbeltes Haar und blickte sie mit großen Augen an. »Das Baby von deiner Mum – das ist er! Der Junge, der entführt wurde!«

Melody seufzte. Da hatte er es also ausgesprochen. Ihr Geheimnis war zu einer Tatsache geworden. »Ich weiß. Schon seit einer Ewigkeit«, antwortete sie.

Matty schaute sie verdutzt an. »Wie denn das?«, fragte er.

Sie zuckte die Achseln. »Ich hatte so ein Gefühl. Also habe ich in seine Windel geschaut, und da hatte er ein, du weißt schon, ein … *Jungensding.*«

Mattys Augen weiteten sich vor Staunen.

»Und dann habe ich noch die blauen Schuhe und die Mütze bei meiner Mum im Papierkorb gefunden. Und woher wusstest du es?«

»Weil ich gehört habe, wie meine Mutter etwas sagte.«

»Was hat sie gesagt?«

»Sie sprach mit Kate in der Küche, nachdem deine Mutter ins Bett gegangen war. Sie wussten nicht, dass ich auf der Toilette war, und so hörte ich meine Mutter sagen: »Mit diesem Baby stimmt etwas nicht. Glaubst du auch, was ich glaube?« Dann knallte mir aus Versehen die Kette der Spülung gegen die Wand, und sie hörten es, machten ‚pst' und sagten nichts mehr, aber mir gab es zu denken, denn es ist schon komisch, oder? Erstens ist das Baby zu groß für ein Neugeborenes, also habe ich Seths Stoffschweinchen genommen und mich damit ins Zimmer deiner Mutter geschlichen. Ich weiß nämlich noch, dass Seth nach seiner Geburt genauso groß war wie das Stofftier. Ich habe das Schweinchen neben das Baby ins Bett gelegt, und das Baby war *riesengroß* dagegen. Damit ist der Fall ja wohl klar, oder? Deine Mutter hat das Baby vor dem Laden entführt, Melody Ribblesdale, und wir sind die Einzigen, die davon wissen.«

Melody schluckte und nickte.

»Aber dir ist ja wohl klar, dass die Erwachsenen es auch bald herauskriegen werden, nicht? Und dann gehen sie zur Polizei, und die Polizei holt das Baby hier weg und steckt deine Mutter ins Gefängnis und Ken auch, weil er ihr Komplize ist. Die ganze Sache wird bald auffliegen, und du musst dir überlegen, was du dann machst.«

»Was ich dann mache?« Melody stockte der Atem.

»Ja, willst du abhauen und dich verstecken, oder bleibst du hier und stehst es durch?«

»Ich weiß nicht«, flüsterte sie atemlos. »Was würdest du tun?«

»Ich würde abhauen«, erwiderte er. »Ganz weit weg.«

»Aber was ist mit dem Baby?«

Matty zuckte mit den Schultern. »Lass das Baby einfach hier«, sagte er lakonisch. »Die Polizei wird sich schon darum kümmern. Aber du und deine Mutter, ihr solltet eure Tasche packen und verschwinden. Jetzt gleich. Noch heute Nacht. Und so weit weggehen, wie ihr nur könnt. Ich werde kein Sterbenswörtchen verraten.« Er legte den Finger auf die Lippen und schaute sie ernst an.

Melodys Herz raste. Ihr großes Geheimnis kam ihr plötzlich nicht mehr wie eine Sensation vor, mit der man angeben konnte, sondern wie ein schleichendes Gift. Dass ihre Mutter ins Gefängnis kommen könnte, daran hatte sie gar nicht gedacht, sondern nur daran, dass ihre Mutter traurig sein würde, wenn das Baby fort war. Wenn ihre Mutter ins Gefängnis kam und Ken auch, wer würde sich dann um sie, Melody, kümmern? Dann müsste sie nach Amerika fahren und sich ein Zimmer mit dem Dienstmädchen teilen. Und zur Schule dürfte sie auch nicht, sondern müsste in Lumpen gehen wie Aschenputtel. Sie könnte auch bei ihrer traurigen Tante Maggie in London leben, was gar nicht so schlecht wäre. Allerdings gab es dort auch kein Zimmer für sie, und daher müsste sie vielleicht auf dem Boden schlafen, und außerdem war das Haus nicht so sauber und luxuriös wie das in Hollywood. Dann gab es natürlich noch Tante Susie, die jede Menge Platz hatte, aber nichts von Kindern verstand. Oder sie konnte hier bei Grace und Seth und Matty bleiben. Aber vielleicht durfte sie das ja nicht, weil sie nicht miteinander verwandt waren.

Sie tat einen tiefen Seufzer und erwiderte Mattys Blick. »Du hast recht«, sagte sie. »Ich werde gehen und sie aufwecken.«

Ihre Mutter hatte sich in ihrem schmalen Einzelbett dicht an das Baby gekuschelt, und wenn man es nicht besser gewusst hätte, hätte man die beiden wirklich für Mutter und Kind halten können, wie sie so friedlich schlummerten und im gleichen Rhythmus atmeten. Als die Tür aufging, regte sich Jane, dann war sie mit einem Schlag hellwach.

»Pst!«, sagte sie. »Weck das Baby nicht auf.«

»Wir müssen gehen, Mum«, erklärte Melody. »Und zwar sofort. Wir wissen über das Baby Bescheid. Alle wissen Bescheid.

Und wenn wir jetzt nicht gehen, rufen sie die Polizei, und du und Ken müsst ins Gefängnis!«

»Melody, wovon redest du?«

»Wir wissen, dass das Baby Edward Mason ist. Ich weiß es. Matty weiß es. Und ich weiß, dass Grace und Kate es auch glauben. Lass das Baby hier und komm mit!«

»Ich weiß wirklich nicht, wovon du sprichst.«

»Sie werden die Polizei rufen! Sie werden dich ins Gefängnis werfen!«, rief sie und zerrte ihre Mutter am Arm. »Verstehst du denn nicht, Mum? Verstehst du denn nicht?«

Jane schnalzte unwillig mit der Zunge und befreite sich aus Melodys Griff. »Also ehrlich, Melody. Jetzt sei doch mal still. Du wirst noch Amber aufwecken.«

Da hielt Melody inne und blickte ihre Mutter an. Zum ersten Mal sah sie sie ganz genau an. Ihre Mutter war verrückt. Die Erkenntnis traf sie wie ein Schlag. Nicht labil, nicht unausgeglichen, sondern richtiggehend verrückt, wie die alte Dame auf der Promenade mit dem ausgestopften Frettchen und der Krinoline. Schweigend überlegte sie, was als Nächstes zu tun war. Ihr wurde klar, dass sie hier noch eine Stunde lang stehen und immer wieder sagen konnte: »Dieses Baby ist Edward Mason.« Es würde nicht die geringste Wirkung auf den verwirrten Verstand ihrer Mutter haben. Also seufzte sie nur, streichelte ihrer Mutter die Wange und sagte: »Ist schon gut. Schlaf noch ein bisschen.«

Schwer atmend starrte ihre Mutter sie an, während die Panik langsam aus ihrem Gesicht wich. »Ja«, sagte sie. »Ja, das werde ich tun. Bis morgen früh, mein Schatz. Geh jetzt schlafen.«

Melody verließ rückwärts das Zimmer und sah zu, wie ihre Mutter den Kopf wieder auf das Kissen sinken ließ und das Deckbett fester um die Schultern des Babys zog.

Leise ging sie zurück in ihr Zimmer.

Als sie hereinkam, saß Matty kerzengerade im Bett. »Und? Was ist passiert? Geht ihr weg?«, fragte er.

»Nein«, antwortete Melody traurig. »Sie wollte nicht. Ich versuche es morgen noch einmal.«

Matty wurde ungeduldig. »Es gibt kein Morgen, verstehst du das denn nicht? Morgen ist offiziell abgeschafft, weil dann nämlich deine Mutter verhaftet und in so einer verdammten grünen Minna weggebracht wird!«

»Ja, das weiß ich«, entgegnete Melody trotzig, »aber sie will eben nicht weg, und ich kann sie nicht dazu zwingen. Wir können es einfach nicht ändern.«

Matty schüttelte den Kopf. »Es ist deine Zukunft und dein Leben, Melody Ribblesdale«, sagte er. »Aber du wirst es noch bereuen, wenn du erst einmal in einem Kinderheim sitzt und auf einer dünnen Matratze schlafen und Wassersuppe essen musst.«

Dann drehte er sich um. Melody betrachtete für eine Weile seinen Rücken und dachte über seine Worte nach. Bei dem Gedanken an ein Kinderheim wurde ihr kalt bis ins Mark. Aber die Vorstellung, mit ihrer verstörten Mutter in die kalte, dunkle Nacht hinauszugehen, nur mit ein paar Kleidungsstücken und ohne einen Penny, ängstigte sie noch mehr. Sie schloss die Augen und überließ sich dem Schlaf.

36

1979

Am nächsten Morgen hätte sich Melody am liebsten eingeredet, dass die Ereignisse der vergangenen Nacht nur ein Traum gewesen waren. Ihre Mutter saß mit dem schlafenden Baby auf dem Arm am Küchentisch, aß eine Scheibe Vollkorntoast und las die Zeitung. Grace goss den Erwachsenen Tee aus einer riesigen Kanne ein. Seth hockte auf seinem zotteligen Stoffhund und rollte sich damit auf den Terracottafliesen hin und her. Kate hatte sich auf Michaels Schoß gesetzt und las mit ihm gemeinsam in einem abgegriffenen Taschenbuch. Und Ken polierte seine großen alten Armeestiefel mit einem gelben Lappen und Schuhcreme.

In mancher Hinsicht war es wie ein gewöhnlicher Morgen, doch in der Luft lag eine erwartungsvolle Spannung. Niemand rührte sich vom Fleck. Es war, als warteten sie alle auf ein Taxi.

Um zehn Uhr klingelte es. Die Erwachsenen sahen einander an, während Ken öffnen ging. Gleich darauf betraten zwei Polizisten und eine Polizistin die Küche. Ken zeigte auf Melodys Mum.

Sie gingen zu ihr, und einer von ihnen fragte: »Sind Sie Jane Victoria Ribblesdale?«

Sie nickte, und er sagte: »Ich verhafte Sie wegen des Verdachts auf Entführung und Freiheitsberaubung von Edward James Mason. Sie brauchen nichts zu sagen, aber alles, was Sie sagen, wird schriftlich festgehalten und kann vor Gericht gegen Sie verwendet werden. Haben Sie das verstanden?«

Ihre Mutter nickte stumm, worauf die Polizistin mit einer weißen Decke vortrat. »Geben Sie mir bitte den Säugling, ja?«

Janes Gesicht verfiel; sie drückte das schlafende Baby noch fester an sich. »Sie schläft«, sagte sie. »Können Sie nicht warten, bis sie aufwacht?«

»Es tut mir leid, Mrs Ribblesdale, aber wir müssen ihn jetzt mitnehmen. Bitte geben Sie ihn mir.«

Eine Träne rann über Janes Wange, während sie das schlafende Baby hochhielt, um es zu betrachten. Sein Köpfchen kippte kläglich zur Seite und es verzog das Gesicht, weil es weiterschlafen wollte. »Jetzt ist es Zeit zu gehen, mein hübsches Engelchen«, sagte sie mit stockender Stimme. »Es war so schön, für dich zu sorgen, aber jetzt ist es Zeit zu gehen.« Sie blickte zu der Beamtin auf. »Sie wird einen Mantel brauchen, es ist kalt draußen«, sagte sie.

»Keine Sorge«, erwiderte die Polizistin freundlich. »Ich habe eine Decke. Es wird ihm gut gehen.«

Jane nickte stumm und gab dem Baby einen Kuss auf die Wange, bevor sie es der Frau reichte. »Leb wohl, Amber Rose«, sagte sie, als die Polizistin mit dem Kind die Küche verließ. »Leb wohl, mein schönes Kind.«

Die beiden Polizeibeamten blickten auf Jane hinunter. »Sie müssen jetzt zur Vernehmung mit uns kommen. Gibt es für Sie vorher noch etwas zu erledigen?«

Jane streifte mit ausdruckslosem Blick die besorgten Gesichter ihrer Freunde und ihrer Tochter, dann schüttelte sie den Kopf. »Nein, nichts«, sagte sie. »Sollen wir jetzt gehen?«

Sie stand auf und lächelte die anderen an. »Ist schon gut«, sagte sie. »Es macht mir nichts aus. Wirklich gar nichts.«

Grace erwiderte ihr Lächeln, während sie ihr den Mantel reichte. Alle folgten ihr die Treppe hinauf zur Haustür, und erst als sie in den Streifenwagen einsteigen wollte, der draußen wartete, fragte der jüngere der beiden Beamten Jane: »Was ist mit Ihrer Tochter?«

Da blickte Jane leicht erstaunt auf, starrte Melody an und sagte: »Ach, der geht es hier gut, nicht wahr, mein Schatz?« Dann lächelte sie vage und stieg ein.

Melody stand an der Haustür, sah dem Wagen nach und wartete darauf, dass ihre Mutter sich umdrehte, sich nur ein einziges Mal umdrehte und ihr zuwinkte. Doch das tat sie nicht. Mit mildem Lächeln blickte sie geradeaus, ohne Sorge um ihr elternloses Kind. Sie wirkte weder verängstigt noch aufgeregt, sondern geradezu erleichtert.

37

Heute

Die Tragetasche mit den kopierten Zeitungsausschnitten rieb leise raschelnd gegen ihre Jeans, als Melody über The Mall nach Charing Cross ging. Sie musste daran denken, dass die Menschen, die auf dem Weg nach Hause, in ein Lokal oder zu ihrem Zug waren, keine Ahnung hatten, was sich in dieser harmlos aussehenden Tüte befand. So war ihr ganz am Anfang ihrer Schwangerschaft zumute gewesen, als man ihr noch nichts ansah. Als trüge sie ein Geheimnis in sich, so unvorstellbar groß, dass es die Welt aus den Angeln heben konnte. In dieser Tragetasche befand sich schwarz auf weiß der greifbare, unumstößliche Beweis, dass ihr wirklicher Name Melody Ribblesdale war, dass der Name ihrer Mutter Jane gewesen war, dass sie mit einem Mann namens Ken in einem besetzten Haus gelebt und dass ihre depressive Mutter vor einer Schreibwarenhandlung ein Baby entführt hatte. Weiterhin gab es Beweise dafür, dass der Name ihres Vaters John gewesen war und er mit einer Frau namens Jacqui Sonningfeld und seiner zweiten Tochter Emily in Los Angeles gelebt hatte. Es war alles dort drin, jedes Detail ihres Lebens im Jahr 1979, zwei Jahre, bevor der Brand in dem Haus in Canterbury ihr die Erinnerung geraubt und sie damit vor der furchtbaren Wahrheit bewahrt hatte. Doch da gab es noch etwas, das wusste sie, weil sie auf entsprechende Hinweise gestoßen war. Sie hatte jedoch nicht weitergelesen, da sie fürs Erste genug zu verarbeiten hatte.

Ed war nicht da, als sie eine halbe Stunde später nach Hause kam. Sie stieß einen Seufzer der Erleichterung aus, denn sie wollte ihn jetzt nicht sehen, wollte ihm nicht erklären müssen, dass er aus einer Familie von Verrückten und Kriminellen stammte. Sie wollte ihm gar nichts erklären müssen.

Sie schraubte den Verschluss der Flasche mit einer weißen Flüssigkeit auf, die schon seit Wochen im Kühlschrank lag, nachdem Stacey sie zu einem gemütlichen Abend mitgebracht hatte, und schenkte sich ein großes Glas ein. Mit zitternden Fingern zog sie die Zigaretten aus ihrer Handtasche, obwohl sie gar keine Lust zum Rauchen hatte. Sie musste sich einfach mit irgendetwas beschäftigen, um sich für das zu wappnen, was jetzt anstand. Sie schmeckte gar nichts von der Zigarette, sondern empfand lediglich die leicht beruhigende Wirkung, die das Nikotin auf ihr Gemüt ausübte und die die harte Wirklichkeit ein wenig milderte.

Melody breitete die Zeitungsausschnitte auf dem Tisch aus und ordnete sie nach Datum. Sie wollte mit dem Anfang beginnen und mit dem Ende aufhören. Sie wollte ihre eigene Geschichte gründlich studieren.

38

1979

Einen Tag, nachdem die Polizei Jane verhaftet hatte, kamen eine Sozialarbeiterin, eine Polizeibeamtin und Melodys Tante Susie ins Haus, um gemeinsam mit Ken über Melodys Zukunft zu beraten.

Melody trug ihr bestes Kleid, dasjenige im Zigeunerlook, das Jacqui ihr in Amerika gekauft hatte. Melodys Mutter mochte nicht, dass sie es trug, doch jetzt, da die Mutter nicht mehr da war, konnte sie anziehen, was immer sie wollte. Sie zog es über ein geripptes braunes Polohemd und trug dazu eine braune Strumpfhose und Schnürschuhe sowie die Kette ihrer Mutter mit den Holzperlen und ein wenig Green Apple Lipgloss, das Charlotte ihr geschenkt hatte. Sie wollte elegant und erwachsen aussehen, wie ein vernünftiges kleines Mädchen, das recht gut allein zurechtkommen konnte.

Tante Susie schien erschrocken zu sein, weil sie sich in einem anderen Haus als ihrem eigenen befand. Sie trug einen lindgrünen Kaftan zu jadegrünen Sandalen und hatte ihr blond gefärbtes Haar turmartig hochgesteckt, sodass es aussah wie ein Berg Schlagsahne auf einem Obstsalat. »Schrecklich, ganz schrecklich«, hauchte sie immer wieder und schniefte in ihr spitzenbesetztes Taschentuch.

Beverly, die Sozialarbeiterin, war ebenfalls übergewichtig, jedoch schlichter gekleidet als Susie. Sie trug ein braunes Sackkleid, eine dicke gerippte Strumpfhose, eine Hornbrille und hatte kantig geschnittenes Haar in der Farbe kandierter Äpfel. Sie lächelte nicht viel und warf Melody wiederholt argwöhnische Blicke zu, als befürchte sie, das Kind könnte vor ihren Augen ein grauenvolles Verbrechen begehen.

Sie wollte Melody bei dem Gespräch nicht dabeihaben, doch Ken bestand darauf. »Sie ist ein sehr kluges Mädchen und weit für ihr Alter«, sagte er. »Sie soll genau wissen, was los ist.«

Beverly presste die Lippen zusammen und erwiderte nichts, doch sie schickte Melody auch nicht hinaus. Daher blieb diese sitzen, wo sie war, auf dem Rand eines Klavierhockers.

»Also«, begann Beverly, »wir haben Kontakt mit dem Vater in Los Angeles aufgenommen. Er will so schnell wie möglich nach England kommen. Vielleicht schon heute, aber hoffentlich spätestens morgen. In der Zwischenzeit soll Melody auf Wunsch von Mrs Ribblesdale in die Obhut ihrer Schwester, Miss Susan Newsome, gegeben werden.«

»Nein!«

Die Erwachsenen drehten sich zu Melody um, worauf diese schluckte. »Entschuldigung«, sagte sie.

Ihre Tante tätschelte ihr die Hand. »Ist schon gut«, erwiderte sie. »Ich weiß ja, wie schrecklich das alles für dich sein muss. Aber du brauchst keine Angst zu haben. Ich werde gut für dich sorgen.«

Melody hatte ein schlechtes Gewissen, weil sie nicht bei ihrer Tante leben wollte, aber den Gedanken an die reichhaltigen Mahlzeiten, die öden Abende und das Gerede über Unseren Herrn Jesus Christus konnte sie einfach nicht ertragen.

Mit beherrschter Stimme fuhr sie fort: »Aber – wenn ich bei Tante Susie wohne, wer bringt mich dann morgens zur Schule?«

Die Erwachsenen sahen erst einander und dann Susie an.

»Na ja«, erwiderte die Sozialarbeiterin, »deine Tante …«

»Nein, weil Tante Susie nämlich nicht gut laufen kann, wegen ihrer Hüften.«

Tante Susie blickte die Sozialarbeiterin entschuldigend an. »Das stimmt«, sagte sie. »Die Beweglichste bin ich wirklich nicht.«

»Ich könnte sie bringen«, meldete sich Ken zu Wort. »Ich könnte sie jeden Tag zur Schule bringen und wieder abholen. Ich habe ein Motorrad«, fügte er hinzu.

Tante Susie warf ihm einen Blick zu. »Ich bin nicht sicher, ob ein sechsjähriges Mädchen auf den Sozius eines Motorrads gehört«, sagte sie.

»Ich werde nächste Woche sieben«, warf Melody ein.

»Oder ein siebenjähriges Mädchen«, fuhr Susie fort.

»Und nicht auf dem Sozius, sondern im Beiwagen.«

»Aha«, sagte sie und sog scharf den Atem ein, als sei ein Beiwagen etwas besonders Übles.

»Ich würde Ihnen da zustimmen, Miss Newsome«, sagte die Sozialarbeiterin. »Gibt es noch weitere Vorschläge?«

»Nun ja, ich könnte sie auch zu Fuß hinbringen, obwohl es bis zu Miss Newsomes Haus mehr als eine halbe Stunde ist.«

»Und wie genau ist Ihr Verhältnis zu der Minderjährigen, Mr Stone?«

»Ich bin ihr, also, ihr …«

»Er ist mein Freund. Mein bester Freund«, kam ihm Melody zu Hilfe.

»Ich bin ihr Betreuer. Während der Erkrankung ihrer Mutter habe ich mich um sie gekümmert«, erklärte Ken.

»Und du, Melody, wo möchtest du bleiben, bis dein Vater kommt?«

»Hier«, antwortete sie, froh darüber, dass man sie endlich selbst fragte. »Ich möchte hier bei Ken und Grace und Matty und Seth bleiben.«

Die Sozialarbeiterin schrieb etwas in ihr Notizbuch. »Die Sache ist die, Melody«, sagte sie dann. »Für deine Mutter und auch für uns, die wir für dein Wohlergehen verantwortlich sind, ist es ganz wichtig, dass du bei einem möglichst engen Verwandten lebst.

Es freut mich, dass du dich hier wohlfühlst und es als dein Zuhause betrachtest. Dennoch ist ein widerrechtlich bewohntes Haus nicht die ideale Umgebung für dich, so lange deine Mutter sich nicht um dich kümmern kann. Und da deine Tante hier in der Nähe wohnt und genug Platz für dich hat, wäre es meiner Ansicht nach die beste Lösung, wenn du bei ihr bleiben würdest, bis dein Vater nach England kommt. Und nun geh bitte nach oben und pack ein paar Sachen ein, damit wir dich so schnell wie möglich zu deiner Tante bringen können.«

»Aber was ist mit der Schule?«, fragte Melody.

»Mr Stone wird dich abholen und hinbringen. Es ist ja nur für ein, zwei Tage, bis dein Vater kommt. Danach überlegen wir uns, wie es weitergeht, einverstanden?« Sie lächelte, wohl wissend, dass es keine Frage, sondern eine Feststellung war.

In diesem Augenblick überfiel Melody das Gefühl, als würde ihr alles, was ihr vertraut war, entrissen. Doch dann dachte sie an ihren Vater, der vielleicht gerade jetzt in einem Flugzeug saß und auf dem Weg zu ihr nach England war. Sie lächelte.

»Einverstanden«, sagte sie.

»Möchtest du, dass dir jemand beim Packen hilft?«, fragte Beverly.

»Nein.« Melody schüttelte den Kopf. »Das mache ich allein.«

Matty blickte sie erwartungsvoll an, als sie gleich darauf in ihr gemeinsames Zimmer kam.

»Jetzt schicken sich dich wohl ins Kinderheim, was?«, sagte er.

»Nein«, erwiderte sie, holte die große Leinentasche ihrer Mutter aus der Schublade und füllte sie mit den Dingen, die sie für notwendig hielt. »Ich gehe zu meiner Tante Susie.«

»Was? Die dicke, fette Lady, die nicht richtig atmen kann?«

»Ja.«

»Na, wohl immer noch besser als das Heim, nehme ich an.«

»Ich habe ihnen gesagt, dass ich hierbleiben möchte, aber sie haben mir gar nicht richtig zugehört.«

»Das habe ich dir ja gesagt. Hier werden sie dich auf keinen Fall lassen. Nicht bei einer Bande von Hippies und ledigen Müttern und weiß Gott was alles. Nie im Leben.« Er schüttelte weise den Kopf.

»Es ist nur für eine Weile. Bald kommt nämlich mein Dad, und dann werde ich wohl bei ihm in Amerika leben.« Sie lächelte tapfer, trotz der Tränen, die ihr in die Augen stiegen, und dem dicken Kloß in ihrem Hals.

Matty stand auf und nahm ihre Tasche. »Warte, ich halte sie für dich auf«, sagte er.

»Danke«, erwiderte Melody.

Sie legte Unterhöschen, Socken, Hemden und Strumpfhosen hinein. Dann wählte sie zwei Kleider aus, ihre Schuluniform, einige Bücher, eine Haarspange und, nach kurzem Überlegen, einen Pulli ihrer Mutter, der noch nach ihr roch.

»Du brauchst auch was Warmes«, meinte Matty. »Schließlich haben wir noch Winter.«

Melody lächelte ihn dankbar an und steckte noch zwei Pullover in die Tasche. Sie wollte ihm die Tasche abnehmen, aber er hängte sie sich über die Schulter und sagte: »Lass nur, ich trage sie schon.«

Langsam stiegen die beiden Kinder die Treppe hinab, und Melody musste an den Tag vor zwei Jahren denken, als sie neben ihrer Mutter zum ersten Mal diese Stufen hinaufgegangen war. Damals hatte sie sich gefragt, was für ein Haus das wohl war und was sie hier bloß sollten. Und nun verließ sie dieses Haus, ohne ihre Mutter und ohne zu wissen, ob sie jemals hierher zurückkehren würde.

Alle umarmten und küssten sie zum Abschied an der Tür. Grace sah nach, ob Melodys Mantel auch zugeknöpft war, und Ken gab ihr eine Fünf-Pfund-Note und einen Zettel mit der Telefonnummer des Hauses. Dann stieg Melody mit der Sozialarbeiterin und der Polizistin ins Auto, in das Tante Susie hineingezwängt werden musste, weil es nicht besonders groß war, und alle ihre Freunde standen am Straßenrand und lächelten traurig.

»Gleich morgen früh komme ich und bringe dich zur Schule«, sagte Ken mit fester Stimme, obwohl ihm die Tränen in den Augen standen.

Matty presste die Lippen an das Wagenfenster und blies die Backen auf. *»Arrivederci,* Melody Ribblesdale!«, rief er, und Melody lachte. Doch insgeheim wünschte sie, er hätte es nicht getan, denn es erinnerte sie daran, was für ein lustiger Kerl er war und wie sehr sie ihn vermissen würde.

Als sie losfuhren, verdrehte sie den Hals, um noch einen letzten Blick auf das winkende Grüppchen zu werfen. Dann blickte sie nach vorn in ihr neues Leben.

39

Heute

»Was machst du da?«

Es war Ed, der von einem Tag im Park mit seinen Kumpels zurück war. Von zu viel Sonne und zu viel Bier war sein Gesicht ganz rosig. Wegen der Sonne machte sich Melody mehr Sorgen als wegen des Biers.

Eilig schob sie die Fotokopien zu einem Stapel zusammen und stellte ihr Glas darauf. »Nichts Besonderes«, sagte sie und dehnte die verspannte Halsmuskulatur. »Nur ein paar Rechnungen und so. Du wirkst so zufrieden.«

»Ja, bin ich auch. Tiffany Baxter hat mir gerade übers Haar gestrichen.«

Melody lächelte. »Tatsächlich?«

»Ja, so …« Er legte Melody die Hand auf den Kopf und zerstrubbelte ihr das Haar.«

»Das ist ja mehr ein Wuscheln«, sagte Melody.

»Ja, mag sein. Aber ein vielsagendes Wuscheln.«

»Dann kommt die Sache also voran, ja?«

Ed lächelte verschmitzt und holte sich eine Cola aus dem Kühlschrank. »Irgendwie schon«, antwortete er. »Ich habe sie zu meiner Geburtstagsparty eingeladen, und sie hat gesagt, sie kommt. Dieser andere Typ, der mit dem Auto, fährt mit seinem Vater für vier Wochen in den Norden. Und das bedeutet für mich: *keine Konkurrenz.«*

»Klasse!«, sagte Melody, deckte ein altes Anzeigenblättchen über ihre Kopien und schob den ganzen Stapel auf die andere Seite des Tisches.

»Und?«, fragte Ed, indem er sich einen Stuhl heranzog und sich neben sie setzte. »Wie war's in Broadstairs? Hast du diesen Matthew gefunden?«

»Nein«, antwortete sie. »Ich habe überall gesucht, aber nirgends eine Spur von ihm. Ich habe mich auch nach ihm erkundigt, und es sieht so aus, als würde er öfter verschwinden. Dann geht er wohl irgendwo nach Hause, um trocken zu werden.«

»Aha.« Ed wirkte ein wenig enttäuscht. »Sonst noch was?«

Melody schüttelte den Kopf. Sie hatte Gewissensbisse, weil sie ihren Sohn belog. Er wollte so gern in alles eingeweiht werden. Für ihn war es wie ein großes Abenteuer, wie eine Serie im Fernsehen, und sie hätte das alles auch gern mit ihm geteilt. Doch vorher wollte sie wissen, wie es ausging. Sie wollte sich ein umfassendes Bild machen. Da musste die Wahrheit eben warten. »Nein, sonst nichts«, erwiderte sie mit einem bedauernden Lächeln.

»Hast du es in der Bibliothek probiert?«

»Ja. Auch nichts. Nur jede Menge Schiffsmeldungen und so ein Zeug.«

»Na, dann sieht es wohl so aus, als müsstest du deine Eltern anrufen«, erwiderte er und stand auf. »Entweder das oder den Rest deines Lebens in seliger Ungewissheit zubringen.«

Als er gegangen war, holte Melody die Kopien wieder hervor und sah sie flüchtig durch, bis ihr Blick an einer Schlagzeile hängenblieb. Den dazugehörigen Artikel hatte sie noch nicht gelesen, doch die Überschrift deutete auf ein so schreckliches Ereignis hin, dass es ihr schien, als wäre selige Ungewissheit vielleicht gar nicht so schlecht.

40

1979

Noch eine Erinnerung:

Die Muppet Show im Fernsehen.

Applaus, Applaus!

Melody hat eine halb geschälte Satsuma in der Hand.

Durch Tante Susies Stores fallen die Strahlen der späten Nachmittagssonne, in denen die Staubkörnchen tanzen.

Ein Loch in ihrer Strumpfhose, ihrer einzigen.

Der furchterregende Geruch des Abendessens, das sich später als Seezunge Müllerin mit honigglasierten Karotten entpuppen sollte.

In der Diele klingelte das Telefon.

Tante Susies eilige Schritte.

Dann Stille.

»Ich verstehe. Ja, ich verstehe. Wie ist das geschehen? Oh, ich verstehe.«

Tante Susie stand in der Tür, in ihrer Schürze mit dem Rosenmuster, umklammerte mit den Händen ein blau-weiß gestreiftes Geschirrtuch und stieß die Worte hervor: »Mein Schatz, ich muss dir etwas Schlimmes sagen. Etwas sehr Schlimmes.«

Applaus, Applaus!

Janes Gerichtsverhandlung fand drei Monate später vor dem Canterbury Crown Court statt. Allerdings nannte sie niemand mehr einfach Jane. Sie war jetzt die Kidnapperin von Broadstairs. Oder die böse Jane. Melody war auch nicht mehr einfach Melody. Sie war die arme Melody. Oder die unglückselige Melody. Oder die arme, unglückselige Tochter der bösen Jane, der Kidnapperin von Broadstairs.

Ihre gesamte Welt hatte neue Adjektive bekommen. Sie gehörte nun zu einer Familie, auf der »ein Fluch lastete« und in der »tragische und entsetzliche Dinge« geschahen. Dazu gehörte auch die Nachricht, die Melody telefonisch am Vorabend ihres lang ersehnten siebten Geburtstages erreichte, drei Tage, nachdem man ihre Mutter verhaftet hatte: Bei einer Massenkarambolage auf dem Freeway zwischen Hollywood und dem internationalen Flughafen von Los Angeles war ihr Vater ums Leben gekommen.

Erst jetzt, nach Jahren der Gleichgültigkeit und der fehlenden Fürsorge ihr gegenüber, nach Jahren, in denen sie nicht so geliebt worden war, wie ein kleines Mädchen geliebt werden sollte, und nachdem die Mutter sich so verhalten hatte, dass der Vater sie verließ, um mit Jacqui in Amerika zu leben, und nachdem die Mutter ein fremdes Baby entführt und ihrer Tochter weisgemacht hatte, es sei ihr Schwesterchen – erst jetzt verabscheute Melody ihre Mutter. Denn wenn man sie nicht verhaftet hätte, dann hätte ihr Vater nicht zum Flughafen fahren müssen, um zu ihr zu kommen. Dann wäre er noch am Leben, und Melodys gesamtes Dasein hätte sich vielleicht noch einigermaßen normal entwickeln können. Doch selbst diese Art von Normalität, die darin bestand, dass sie bei Fremden mit merkwürdigen sexuellen Neigungen in einem besetzten Haus lebte, erschien ihr jetzt nur noch als ein nebulöser und unwahrscheinlicher Zustand.

Die unbedingte Voraussetzung für ein normales Leben, das erkannte Melody jetzt, waren Eltern, und seien diese auch noch so weit von jeglicher Normalität entfernt. Auch wenn sie zerstreut und ein wenig sonderbar waren, fungierten Eltern doch als Filter für die Ereignisse des Lebens. Sie fingen sozusagen die harten

Klumpen auf. Ohne Eltern hing das Leben schief in den Angeln. Ohne Eltern rückte einem die Welt ungemütlich nahe.

Für Melody gab es ein Dutzend Leute, die sich um sie kümmerten. Sie hatte Tante Susie, Tante Maggie, Ken, Grace, Kate und Michael. Die Lehrer in der Schule waren besonders nett zu ihr, und selbst Penny fand es anscheinend nicht mehr angemessen, ein Mädchen zu schikanieren, das innerhalb einer Woche beide Eltern verloren hatte. Beverly, die Sozialarbeiterin, besuchte Melody regelmäßig, und sogar die Großmutter väterlicherseits war für eine Woche zu ihr und Tante Susie gekommen. Es war das erste Mal seit dem Tod ihres Mannes vor zweiundzwanzig Jahren, dass sie Irland verlassen hatte.

Alle kümmerten sich um sie. Tante Susie sorgte in gewisser Weise besser für sie, als ihre Mutter es jemals getan hatte, besonders nachdem Beverly ihr erklärt hatte, dass Ente mit Traubenfrikassee nicht die geeignete Nahrung für eine Siebenjährige war, die vermutlich Würstchen mit Kartoffelbrei vorziehen würde. Susie schien nicht zu wissen, dass man Kinder zur Selbstständigkeit erziehen sollte, sie nahm Melody jeden Handgriff ab und band ihr sogar die Schuhe zu. Manchmal hätte Melody der Tante gern gesagt, dass sie das alles allein konnte, aber sie schwieg, denn tief in ihrem Inneren gefiel es ihr, wie ein dreijähriges Kind behandelt zu werden.

Doch trotz all dieses Getues und all der Aufmerksamkeit fühlte sich Melody nicht sicher. Ihr war, als liefe sie auf Zehenspitzen und mit verbundenen Augen am Rand eines sehr großen, sehr tiefen Lochs entlang. Sie sehnte sich immer noch nach ihrer Mum. Aber der Kontakt zu ihr war erheblich eingeschränkt. Janes Entlassung auf Kaution hatte man rückgängig gemacht, nachdem sie der Polizei gesagt hatte, dass sie, sobald man sie freiließe, auf der Stelle nach Ramsgate fahren und sich dort von den Klippen stürzen würde. Seither saß sie bis zum Beginn der Verhandlung in einer geschlossenen Abteilung in Rochester.

Melody wusste nicht, dass ihre Mutter gedroht hatte, sich das Leben zu nehmen. Ebenso wenig wusste sie, dass die Mutter kaum noch an sie dachte, sobald die Besuchszeit zu Ende war. In ihrem Zimmer hockend, grübelte Jane fast ununterbrochen über ihre verlorenen Babys nach (zu denen sie auch Melody zählte, nachdem sie irgendwo gelesen hatte, dass ein Kind im Alter von etwa sieben Jahren aus der verschwommenen, noch weitgehend ungeformten Welt der Kindheit in die klarere, unerbittlichere Welt der Erwachsenen übertritt).

Noch immer gab es in Melodys Leben unzählige Dinge, von denen sie nichts wusste, Zahnrädchen, die in finsteren Winkeln ineinandergriffen und ihr gesamtes Dasein für immer veränderten. Doch zumindest das Eine wusste sie: Es war Mittwoch. Es war Januar. Es war kalt. Sie hatte zum Frühstück Kedgeree* gegessen. Und heute würde sie, statt am Turn- und Naturkundeunterricht teilzunehmen, ihre Mutter im Gefängnis besuchen.

* *Kedgeree:* ein Gericht der anglo-indischen Küche, bestehend aus Fisch, Reis und Eiern, das in gehobenen Kreisen häufig zum Frühstück gegessen wird

Es war einmal ein kleines Mädchen, das hieß Melody. Es hatte langes, welliges Haar von einer Farbe wie Kastanien und Augen wie poliertes Gold und lebte am Meer in einem großen Haus mit einem lachenden Gesicht, zusammen mit Jane, ihrer Mum, und einem Mann namens Ken. Melody hatte auch einen Dad, John. Er war Drucker und lebte in London mit einer Visagistin namens Jacqui, Jacquis Tochter Charlotte und einem süßen kleinen Baby, das Emily Elizabeth hieß und Melodys einzige Schwester war. Von Zeit zu Zeit besuchte Melody ihre andere Familie in dem Haus in London, und dann war sie immer traurig, wenn sie ans Meer zurückkehren musste. Denn ihr müsst wissen, Melodys Mum war sehr unglücklich und schmuste nicht oft mit Melody. Dennoch lebte Melody gern am Meer, wegen Ken, der lieb und nett war und sie jede Woche im Beiwagen seines Motorrads zur Eisdiele mitnahm.

Dann, eines Tages, geschah etwas sehr Trauriges. John und Jacqui gingen in ein fernes Land und nahmen Melodys kleine Schwester mit. Melody war sehr betrübt und weinte tagelang. Doch dann passierte etwas, das sie wieder froh werden ließ. Ihre Mum bekam ein neues Schwesterchen für Melody. Alle liebten das neue Baby, besonders Ken, doch Melody wusste, dass etwas nicht stimmte. Dann stand in der Zeitung, dass vor einem Geschäft ein Baby entführt worden war, und da wusste Melody, was geschehen war.

Am nächsten Tag kam die Polizei, holte das Baby ab und nahm auch Melodys Mum mit. Es hieß, sie sei sehr krank und dürfe nicht nach Hause gehen, weil sie sich sonst selbst wehtun könnte. Da woll-

te Melodys Vater zu ihr ans Meer kommen und sie mit in das ferne Land nehmen. Doch es geschah etwas Schreckliches: Er starb auf dem Weg zu ihr auf der Autobahn. Jetzt hatte Melody niemanden mehr außer ihrer wunderlichen Tante Susie.

Nach drei Monaten musste Melodys Mum vor ein Gericht, und der Richter sagte ihr, sie müsse für zwei Jahre ins Gefängnis.

Melody sah sie nie wieder.

Das Nächste, an das sie sich erinnerte, war, dass sie auf der Straße vor einem brennenden Haus lag und zwei Leute bei ihr waren, die sie Mum und Dad nannte.

Und wenn sie nicht gestorben sind, dann leben sie noch heute …

41

Heute

Am folgenden Tag fand die Party zu Cleos achtzehntem Geburtstag statt. Melody steckte zwei verpackte Geschenke in eine Tragetasche: eine Dessous-Garnitur und ein mit Bleikristallen besetztes silbernes Kreuz. Dann schlug sie eine Glückwunschkarte auf, die auf dem Küchentisch lag, und überlegte mit dem Stift in der Hand, was sie schreiben sollte. Sie fand nicht die rechten Worte. Die Person namens Melody Browne, die so viele Jahre zuvor an Staceys Bett gestanden hatte, fünfzehn Jahre alt und im neunten Monat schwanger, die ängstlich und freudig erregt zugleich das neue Leben in den Armen gehalten hatte, dieses winzige Bündel, das einmal eine Frau mit Namen Cleo werden sollte – diese Person gab es nicht mehr. Mit einem Fingerschnipsen von Julius Sardo und dem Surren eines Kopierers in der Bibliothek von Broadstairs war sie ausgelöscht worden.

Melody Browne gab es nicht mehr. Doch wer saß dann hier und schrieb dem erstgeborenen Kind ihrer ältesten und besten Freundin eine Geburtstagskarte? Sie versuchte, sich vorzustellen, was sie noch vor zwei Wochen geschrieben hätte, bevor ihr Leben in diesen gewaltigen Strudel geriet, doch es gelang ihr nicht. Ihre Worte sollten treffend, bedeutsam und liebevoll sein. Sie war Zeuge geworden, wie Cleo von einem widerborstigen Kleinkind mit struppigen Haaren zu einem dünnen, x-beinigen Mädchen heranwuchs und sich schließlich von einer schlaksigen Jugendlichen in eine überwältigende, einen Meter fünfundsiebzig große Schönheit mit flammender Mähne und ausladendem Busen verwandelte. Sie hatte Cleo geliebt wie ihr eigenes Kind. Bei diesem Gedanken fiel ihr etwas ein, das Ed zu ihr gesagt hatte, bevor alles anders wurde. Sie schrieb: »Für die schöne Cleo, die Tochter, die ich nie hatte, und von der ich nur träumen durfte. Ich bin so stolz auf dich. Herzlichen Glückwunsch von deiner dich liebenden Tante Mel.«

Wie immer war es Pete und Stacey gelungen, genug Geld aufzutreiben, um einen Raum über dem elegantesten italienischen Restaurant von Hackney zu mieten und ihn mit Luftballons, Wimpeln und weißen Lilien (Cleos zweiter Vorname war Lily) zu dekorieren. Durch die hohen Schiebefenster war der Lärm der Mare Street zu hören, und die auf Böcken stehenden Tische mit Papiertischdecken bogen sich unter dem Gewicht von Schüsseln mit Pasta, Platten mit kaltem Fleisch und Bergen von Ciabattalaiben. Melody und Ed waren die ersten Gäste, da sie eine halbe Stunde vor dem offiziellen Beginn der Party um halb acht eintrafen.

Cleos ansehnlicher achtzehnjähriger Körper steckte in einem engen violetten Satinkleid, und ihr rotes Haar war von der Friseurin zu einer kunstvollen Frisur aufgesteckt worden, bei der sich die Strähnen wie Schlangen umeinanderwanden und den Nacken frei ließen. Um den Hals trug sie ein atemberaubendes Collier mit Swarovskisteinen, und die Augen hatte sie dick mit Kajal umrandet. Sie kam Melody vor wie eines der Geschöpfe aus den Klatschblättern, die bei Stacey zu Hause überall herumlagen.

Sie umarmte Cleo, atmete ihr Parfum ein und dachte an den Kleinkinderduft, den sie so lange verströmt hatte. Wäre er nicht schon längst verschwunden, hätte man ihn unter der schweren Duftnote von Agent Provocateur, Cleos Lieblingsparfum, sowieso nicht mehr ausmachen können.

»Herzlichen Glückwunsch zum Geburtstag«, sagte Melody und

streichelte Cleos nackten Rücken, denselben Rücken, auf den sie vor so vielen Jahren hin und wieder geklopft hatte, damit das Baby ein Bäuerchen machte. »Du siehst einfach wunderschön aus, Clee. Ehrlich, wie ein Filmstar!«

»Oh, vielen Dank, Mel!« Cleo erwiderte ihre Umarmung.

Stacey wieselte durch die Gegend in einer roten Imitation des Galaxy-Kleides von Roland Mouret. Ihr Haar war ebenfalls professionell gestylt, und zwischen ihren geschminkten Lippen klemmte eine Zigarette. Geistesabwesend küsste sie Melody und dirigierte sie zu einem Tisch am anderen Ende des Raumes, der für die Geschenke bestimmt war. Ed sprach mit Cleo. Melody betrachtete die beiden liebevoll. Ihr Sohn und die Tochter ihrer besten Freundin. Natürlich hatten sie und Stacey sich im Laufe der Zeit immer wieder ausgemalt, dass sich ihre Kinder ineinander verlieben, heiraten und ihnen hübsche gemeinsame Enkelkinder bescheren würden. Doch nachdem die beiden sich schon ein Leben lang kannten, sich gekabbelt, gestritten und beharrlich ignoriert hatten, war das natürlich unmöglich, und mittlerweile sahen sie einander nur noch selten. Außerdem hatte Cleo jetzt einen Freund, einen Mann von zwanzig, groß und kräftig, mit fein geschnittenen Zügen und sehr dichtem Haar. Er hieß Jade, und sie war bis über beide Ohren in ihn verliebt.

»Alles in Ordnung mit dir?«, fragte Stacey prüfend.

»Ja, mir geht's gut.«

»Bis du da sicher? Du wirkst ein bisschen …«

»Wie?«

»Ich weiß nicht. Ein bisschen *daneben.*«

»Ehrlich, mir geht es gut«, wiederholte Melody. Sie hatte vor, Stacey alles zu erzählen, jetzt, da sie wusste, dass sie nicht verrückt war, und es auch beweisen konnte, aber nicht hier, nicht heute Abend.

»Ach Mel«, sagte Stacey und zog ihre Freundin an sich. »Mein Baby! Sieh sie dir nur an! Sie ist gar kein Baby mehr.«

Stacey roch nach Nikotin und Bier und fühlte sich winzig an in Melodys Armen.

»Oh!« Melody fiel etwas ein, etwas so Wichtiges, dass sie es gar nicht fassen konnte, dass sie sich noch nicht danach erkundigt hatte. »Der Test! Hast du ihn schon gemacht?«

Stacey ließ sie los und legte einen Finger an die Lippen. »Nein, noch nicht«, antwortete sie leise. »Ich wollte erst diese Woche hinter mich bringen. Am Montag mache ich ihn. Ein paar Tage länger schaden ja nicht.«

Melody nickte, doch sie war anderer Meinung. Dieses Kind, falls es denn überhaupt ein Kind gab, war eine weitere Gabe für Stacey aus dem Füllhorn des Lebens. Sie sollte sie wertschätzen und achten, und sei es auch nur aus Dankbarkeit für ihr unermessliches Glück.

Stacey bemerkte die zusammengepressten Lippen ihrer Freundin und lächelte. »Jetzt spiel bloß nicht den Moralapostel, Melody Browne! Du weißt genauso gut wie ich, dass es noch nicht mehr ist als ein kleines Zellklümpchen. Im Augenblick kann ich mich nicht mit dem Gedanken an ein Baby befassen. Heute ist der große Tag meines *ersten* Babys, da will ich auf keinen Fall etwas verpassen, und vielleicht bin ich ja gar nicht schwanger. Also schau nicht so verkniffen drein, sondern hol dir ein Bier!«

Den ganzen Abend über fühlte sich Melody eigenartig entrückt, so als sei die Feier nur ein Gemälde in einer Galerie oder eine Szene aus einem Theaterstück. Ihr war, als befände sie sich auf den obersten Rängen und blicke hinab auf die Schauspieler. Da war Cleo, die schöne Prinzessin, ihre Mutter, Königin Stacey, und ihr Vater, König Pete, in seinem Anzug von Burton und dem Hemd, das Stacey ihm im letzten Sommerschlussverkauf besorgt hatte. Sie sah, wie Prinzessin Cleo zu ihrem Vater ging und sich an ihn schmiegte. Sie sah König Pete, der sich hinunterbeugte und ihr einen Kuss auf den Scheitel gab, diesem Mädchen, das zwar nicht in biologischer, doch ansonsten in jeder Hinsicht seine Tochter war. Sie sah Clover, die jüngste Prinzessin, in ihrem malvenfarbenen Samtkleid, das Melody zusammen mit Stacey am vergangenen Samstag ausgesucht hatte. Ihr Haar war mit einer Samtrose zurückgebunden, und sie tanzte mit ihren Cousinen. Ihr Gesichtchen strahlte vor Aufregung. Melody sah Staceys Mutter Pat, die Königinmutter, die, zerzaust und verwirrt, auf einem Stuhl in der Ecke saß und sich auf ihr Gehgestell stützte. Und sie sah Staceys Bruder Paul, putzmunter, fröhlich und gertenschlank, der in Jeans und Sweatshirt underdressed wie immer wirkte. Seine schwangere Frau stand neben ihm und umklammerte mit beiden Händen ein Glas Cola. Mit Stolz in den Augen sah sie zu, wie ihre Kinder mit Clover tanzten.

Ganz versunken in die Szene begann Melody unwillkürlich, im Geist die vertrauten Gesichter der Anwesenden durch fremde, neue Gesichter zu ersetzen. Das sanfte, pferdeähnliche Gesicht eines Mannes namens John Ribblesdale schob sich vor das Gesicht von Pete, und Staceys Antlitz wich den erschrockenen, leicht aufgedunsenen, doch unverkennbar hübschen Zügen einer Frau namens Jane Ribblesdale. An Stelle der Kinder sah sie das stämmige Baby Edward James und ein hübsches kleines Mädchen, das Emily Elizabeth hieß und dessen Gesicht sie sich ausdenken musste, da sie kein Bild von ihm gefunden hatte. Sie sah die traurigen, blassen Gesichter ihrer Eltern – der anderen, die sie vor dem Feuer gerettet hatten – und sie sah einen Mann namens Ken, mit seinem schönen und freundlichen Gesicht, so, wie sie ihn sich vorgestellt hatte. Ihre Familie. Ihre wahre Familie. Nicht diese geborgte Ersatzfamilie, in der sie achtzehn Jahre lang gelebt hatte, und auch nicht die winzig kleine Familie, die sie selbst gegründet hatte und die nur aus ihr selbst und Ed bestand. Sondern eine andere, große Familie, eine, die ihr ganz allein gehörte. Eine Familie mit Wurzeln und Armen und Beinen und Füßen. Eine Familie, die ein widriger Wind durcheinandergewirbelt und in alle vier Himmelsrichtungen zerstreut hatte.

Das hier hätte ihr Leben sein können, dachte sie. Ein bunter, atemberaubender Reigen menschlicher Gestalten mit all ihren Schwächen und Fehlern und Schrullen. Doch etwas Trauriges und Unbegreifliches war geschehen, zu einer Zeit, als sie noch zu klein und unreif gewesen war, um es zu verstehen oder sich auch nur daran zu erinnern. Und jetzt war ihr, als schwebe sie im leeren Raum, zwischen einer Welt, die sie zu kennen glaubte, und einer Welt, die sie hätte kennen können. Wieder blickte sie auf Pete, den großen, starken, lieben, schüchternen Pete, und dachte dabei an den Mann, der vor siebenundzwanzig Jahren auf einem amerikanischen Freeway gestorben war, auf dem Weg, um sie abzuholen, und sie wünschte sich nichts sehnlicher, als dass er jetzt durch die Tür träte, in seinem besten Anzug, sie anlächelte und sagte: *Hallo, Melody, wo bist du denn gewesen?*

Die Party dauerte bis nach Mitternacht. Da hatten sich die eng gedrehten, schlangenartigen Strähnen bereits aus Cleos Frisur gelöst, und der Kajalstift um ihre Augen war grau verschmiert. Als Melody in den Minibus stieg, stieß sie einen Seufzer der Erleichterung aus. Ed war noch geblieben, da man ihn eingeladen hatte, mit zu Stacey nach Hause zu kommen, wo sie weiterfeiern wollten, und Melody war froh, allein zu sein. Der asiatische Busfahrer war schweigsam.

Noch ganz erfüllt von den schönen Erinnerungen an das Fest, holte Melody das Handy aus ihrer Handtasche und öffnete noch einmal Bens letzte SMS, diejenige, die sie am Tag zuvor im Zug nach Broadstairs gelesen hatte. Während sie las, stellte sie sich Ben vor. Der Name passte so gut zu ihm: Gentle Ben, der Gentleman.

Sie lächelte und malte sich aus, wie er bei ihr zu Hause auf dem Sofa saß und ein Buch las (er war bestimmt der Lesetyp). Sie sah ihn vor sich, wie er beim Klang ihrer Schritte in der Diele aufblickte, das Buch sinken ließ und sie lächelnd fragte: *Wie geht's? Wie war der Abend?*

Und dann sah sie sich selbst, wie sie die blöden hochhackigen Schuhe von den Füßen schleuderte, sich an ihn kuschelte, ihr müdes Haupt an seine starke Schulter lehnte und sagte: *Schön, wirklich schön. Schade, dass du nicht dabei warst.* Und sie fühlte es: Zum ersten Mal in ihrem Leben als Erwachsene gab es in ihr einen Raum, einen Platz für einen anderen Menschen. Und bald, wenn sie wusste, wer sie war, würde sie auf »Antworten« drücken und den Rest dem Schicksal überlassen.

Sie schaltete das Telefon aus und ließ es auf ihrem Schoß liegen, während sie aus dem Busfenster schaute.

Irgendwo dort draußen, dachte sie, während die Neonlichter eines Samstagabends im East End vor den Fenstern des Minibusses funkelten und flackerten, gab es ein Mädchen, das Emily hieß und ihre Schwester war. Und es gab einen Mann namens Edward, den ihre eigene Mutter entführt hatte. Und dort vielleicht, in dem türkischen Restaurant, hielt sich eine Frau mit Namen Jacqui auf, die zwei Jahre lang mit ihrem Vater zusammengelebt hatte. Und vielleicht war dort irgendwo auch noch eine andere Frau, Jane, die sie geboren hatte.

Während der vergangenen Tage hatte Melody wieder und wieder ihre Geschichte gelesen und dabei die kopierten Zeitungsartikel durchgeblättert, bis sie ganz abgegriffen waren. Und nun wusste sie alles. Sie wusste, was ihr im Alter zwischen vier und sieben Jahren widerfahren war. Doch sie wusste nicht, was in den Jahren davor und danach geschehen war. Was für eine Laune des Schicksals hatte sie in ein besetztes Haus nach Broadstairs geführt, und wie konnte es geschehen, dass sie schließlich in Canterbury bei zwei Fremden lebte, die sie Mum und Dad nannte?

42

1980

In seinem Beiwagen brachte Ken sie zu ihrer Mutter ins Gefängnis.

Während der vergangenen Monate hatte er einige Stunden damit verbracht, Tante Susie um den Bart zu gehen, bis sie nicht mehr der Meinung war, er sei »nicht der richtige Umgang für ein kleines Kind«. Mittlerweile hielt sie ihn für einen »netten jungen Mann«, einen »richtigen Schatz« sogar. Sie erlaubte Ken, Melody jeden Morgen zur Schule zu bringen und sie nachmittags wieder abzuholen (zumal sie es bei ihrem Versuch, zu Fuß zur Schule zu gehen, erlebt hatten, dass Leute stehen blieben und vernehmlich flüsterten: »Das ist sie, das Kind der Entführerin!«) und zweimal in der Woche mit ihr bei Morelli Eis essen zu gehen oder sie auf eine Tasse Tee mit nach Hause zu Matty und Seth zu nehmen.

Melodys Mutter saß in einem großen gemusterten Sessel mit Armlehnenschonern aus Plastik, als man Melody und Ken in den Besucherraum des Gefängnisses führte. Sie setzten sich auf zwei Hocker ohne Lehne und tranken Wasser aus Plastiktassen.

»Wie geht es dir, mein Schatz?«, fragte die Mutter.

»Gut«, antwortete Melody, bemüht, sich durch das merkwürdige Verhalten der Mutter nicht irritieren zu lassen. Ken hatte ihr erklärt, dass sie eine besondere Medizin bekam, damit sie nicht mehr so traurig war, und vielleicht etwas fremd wirken könnte. Doch dass sie so aufgedunsen und grau aussehen würde, damit hatte Melody nicht gerechnet. Ihr Gesicht war straff gespannt und glänzte, ihre Augen waren eingesunken und sahen aus wie Rosinen in einem Teig. Ihr Haar war zu einem fettigen Pferdeschwanz gebunden, und sie trug graue Gefängniskleidung, in der sie wie ein Straßenkehrer aussah. Doch das Schlimmste war, dass sie Lippenstift trug, nur eine Spur, in Pfirsichrosa und schlecht aufgetragen. Sie benutzte fast nie Lippenstift, und Melody dachte, dass sie diesmal welchen aufgelegt hatte, weil sie erstens verrückt war und zweitens glaubte, sie würde hübsch damit aussehen. Was aber nicht stimmte. Sie sah einfach aus wie eine dicke, verrückte Frau mit fettigen Haaren und Lippenstift.

»Was macht die Schule?«

»In der Schule ist alles okay«, erwiderte Melody.

»Sind alle nett zu dir?«

»Ja, sogar Penny.«

»Penny? Kenne ich die?«, fragte die Mutter undeutlich.

»Ich glaube nicht«, entgegnete Melody. »Ich habe dir nichts von ihr erzählt, weil ich dachte, dann würdest du dich aufregen. Sie hat eine Ewigkeit auf mir herumgehackt, weil ich in einem besetzten Haus mit dir und Ken wohne und so. Aber seit du das Baby gestohlen hast, tut sie mir nichts mehr.«

»Gut.« Die Mutter nickte selbstzufrieden, als ob sie Melody von Pennys Nachstellungen erlöst hätte. »Und wie kommst du mit Tante Susie zurecht?«

»Gut.« Melody starrte auf ein Wirbelmuster in dem abgewetzten Teppich und dachte, dass es ein bisschen wie ein Indianergesicht aussah. »Manchmal macht sie mir jetzt was Gutes zu essen. Und zu Weihnachten hat sie mir neue Kleider gekauft. Schöne Kleider.«

»Ach, das ist aber nett«, sagte Jane. »Ich bin froh, dass es so gut läuft. Hat sie dir auch mein Geschenk gegeben?«

»Ja«, antwortete Melody und dachte an den Stoffschimpansen, für den sie schon viel zu groß war. Drei Tage nach Weihnachten war er in einem leicht zerbeulten, schlampig verpackten Päckchen angekommen, zusammen mit einem Zettel, auf dem stand: »Mit lieben Grüßen von Mummy (und dem Weihnachtsmann)«, wo doch jeder wusste, dass es keinen Weihnachtsmann gab. »Danke.«

»Tut mir leid, dass es ein bisschen zu spät kam, aber hier drin ist es schwer, alles auf die Reihe zu kriegen. Du weißt schon, so viele Regeln und Vorschriften.«

Sie lachte und fasste sich mit der Hand ans Haar, und Melody zuckte innerlich zusammen und wäre gern gegangen. Die Frau, die dort vor ihr saß, war nicht ihre Mutter. Sie war nicht die Mutter, mit der sie in London gelebt hatte, die einen Job und ein kehliges Lachen gehabt hatte und eine Vorliebe für Rumpunsch. Und sie war auch nicht die Mutter, mit der sie in Broadstairs gewohnt hatte und die grüblerisch und traurig gewesen war und häufig so geistesabwesend, dass sie zum Beispiel vergaß, Tee zu kochen. Diese Frau hier hatte sich nur verkleidet als schlechte Imitation ihrer Mutter. Nein, im Grunde genommen war es eine Verkleidung ohne Inhalt. Diese Frau hier war *leer.*

»Und wie geht es dir, Ken?« Jane wandte sich ihm mit ihrem beunruhigenden Lächeln zu.

»Gut«, sagte er. »Alles prima.«

»Und den anderen? Grace? Matty?«

»Auch gut. Allen geht es gut.«

Einen Augenblick lang sprach niemand, und Melody schaute sich im Zimmer um. Sie war nicht das einzige Kind hier. In diesem Gefängnis saßen nur Frauen, und einige von ihnen hatten ebenfalls Besuch von ihren Kindern. Drüben am Fenster sah sie ein Mädchen etwa in ihrem Alter mit ihrem kleinen Bruder, der ungefähr zwei war. Die Mutter dieser Kinder hatte nicht einen so seltsam glasigen Blick wie Jane. Diese Mutter weinte, versuchte aber, sich zusammenzureißen. Diese Mutter hielt ein zerknülltes Papiertaschentuch in der Hand und drückte ihren Kindern immer wieder die Hände. Diese Mutter war offenbar verzweifelt darüber, dass sie sich mit ihren Kindern im Besucherraum eines Gefängnisses unterhalten musste.

Melody starrte eine Weile auf die Hände ihrer Mutter. Sie waren sehr blass, und über einer der Adern befand sich ein kleiner blauer Fleck und ein wenig Schorf. »Was hast du da?«, fragte Melody und zeigte darauf.

Ihre Mutter blickte desinteressiert auf ihre Hände. »Das? Ach, ich weiß nicht. Irgend so eine Spritze. Hier geben sie dir laufend irgendwelche Spritzen. Was du nicht durch den Schlund kriegst, bekommst du in die Venen gespritzt.« Merkwürdigerweise lachte sie.

Melody schwieg und wartete, ob ihre Mutter ihren Vater erwähnen würde, doch das tat sie nicht. Stattdessen lächelte sie Ken zu und sagte noch einmal: »Und, wie geht es allen?«, als hätte sie vergessen, dass sie ihn schon danach gefragt hatte.

»Weißt du es?«, unterbrach Melody sie ungeduldig. »Weißt du das von Dad?«

»Ja«, sagte Jane. »Das ist sehr, sehr traurig. Und du ...« Sie blickte Melody forschend an, als wäre ihr soeben etwas eingefallen. »Du musst wohl auch sehr traurig sein, nehme ich an. Stimmt's?«

Melody nickte mürrisch.

»Aber weißt du, er hätte nie mit ihr dort hingehen sollen. Hätte nie seine Arbeit, seine Existenzgrundlage und seine Tochter aufgeben dürfen, um den ganzen Tag an einem Pool zu faulenzen.«

»Und du«, schrie Melody, »du hättest nie ein Baby stehlen dürfen, sodass er wegen mir zurückkommen musste!«

»Nein«, erwiderte ihre Mutter leise und nachdenklich. »Vielleicht nicht. Aber jetzt bezahlen wir alle für unsere Fehler, nicht wahr?« Sie sprach in einem weisen Ton, so als walte in ihrer aller Leben göttliche Gerechtigkeit und nicht das schiere Chaos.

Melody wollte ihre Mutter nicht umarmen, als sie zehn Minuten später aufbrachen. Sie wollte ihr noch nicht einmal einen Kuss auf die Wange geben. Sie wollte jetzt in Kens Beiwagen klettern und den eisigen Wind auf ihrer heißen Haut spüren. Sie wollte sich rein und frei fühlen. Viel war mit ihr geschehen in den vergangenen Jahren, und sie dachte mittlerweile kaum noch an das dreijährige Mädchen in dem gelben Zimmer in Lambeth. Sie erinnerte sich vage an eine Beerdigung und an einen Mann mit komischen Haaren und glaubte, dabei gewesen zu sein, als ihre Mutter in den Wehen lag. Doch wie die meisten Kinder lebte Melody vorwiegend in der Gegenwart und Zukunft, mit vereinzelten gedanklichen Ausflügen in das vergangene Jahr, und sie war nun alt genug, um zu wissen, dass sie nie wieder ein normales Leben mit Mutter und Vater führen würde und dass eine ungewöhnliche und beängstigende Zukunft vor ihr lag. Es hatte keinen Sinn, ständig darüber nachzugrübeln, wie alles hätte sein können. Und so kreisten ihre Befürchtungen um die Frage, ob die Frau vom Sozialamt ihr erlauben würde, bei Ken und Grace zu wohnen und sie damit vor einem Leben mit Jesus in Tante Susies überheiztem Haus bewahren würde. Melody erwartete für sich gar nicht das Beste, sie wäre schon mit dem Zweitbesten zufrieden gewesen.

Doch auch das wurde ihr geraubt. Während sie an diesem Nachmittag mit Ken auf dem Motorrad die gewundenen Landstraßen entlang wieder auf die Küste zufuhr, ereignete sich in Tante Susies Haus etwas, das Melody wieder einmal die Hoffnung auf ein besseres Geschick entreißen und in alle Winde zerstreuen sollte.

»O Gott, bringen Sie sie weg, Ken! Bringen Sie sie auf der Stelle weg!« Mit aschfahlem Gesicht, in Sommerkleid und Sandalen, eine Decke um die Schultern gelegt, stand Susie vor ihrem Haus. »Sie darf das um Himmels willen nicht sehen!«

Aber es war zu spät. Melody hatte es schon gesehen.

Die Vorderfront von Tante Susies makellosem weißen Bungalow war von oben bis unten mit roter und schwarzer Farbe beschmiert. »Vergewaltiger-Balg!« stand dort und »Verfluchtes Gör!«

und »Blut ist dicker als Wasser!!« Und mehr noch: Die vordere Veranda war offenbar durch eine Explosion zerfetzt worden.

»Es war ein Brandsatz!«, schluchzte Tante Susie. »Da hat jemand eine Bombe gebastelt und sie durch meinen Briefschlitz geschoben! Hier, in meinem Haus, während ich drinnen war. Nur gut, dass Melody nicht da war!«

An der Stelle, wo Tante Susies Haustür gewesen war, klaffte ein Loch in der rußgeschwärzten Wand, und noch immer drang Rauch aus den geborstenen Fenstern daneben. »Sehen Sie nur!«, klagte sie. »Da war mein farbiges Glasfenster! Das war noch original, und es ist unersetzlich. Wer tut so etwas nur …?«

Einige Nachbarn standen in der Kälte herum, die Feuerwehr war schon wieder fort, und die Polizei wollte später noch einmal wiederkommen und eine Aussage aufnehmen. Susie stand verlassen und frierend vor ihrem geschändeten Haus, das keine Sicherheit mehr bot.

»Wir sollten Holz holen und es vor die Tür nageln«, sagte Ken. Er wandte sich an die entsetzten Nachbarn. »Hat jemand von Ihnen ein paar alte Bretter?«

Während er mit einem Nachbarn zu dessen Schuppen ging, nahm eine ältere Dame namens Evelyn Susie und Melody mit in ihr teakholzgetäfeltes Wohnzimmer.

Was Melody beunruhigte, war nicht so sehr die Situation an sich als vielmehr eine Einzelheit. Warum hatte man sie Vergewaltiger-Balg genannt? Was ein Vergewaltiger war, wusste sie. Grace hatte es ihr erklärt, als sie den Ausdruck einmal im Radio gehört hatte. Ein Vergewaltiger war ein Mann, der Sex mit jemandem hatte, der das nicht wollte. Ein Vergewaltiger war ein sehr, sehr böser Mensch. Während sie noch darüber nachdachte und überlegte, dass es wohl nicht besonders höflich wäre, in Gegenwart einer fremden alten Dame nach so etwas zu fragen, fiel ihr Blick auf eine Ausgabe der *Kentish Gazette,* die auf Evelyns Sessel lag. Eine Schlagzeile darin ließ ihr den Atem stocken.

KINDESENTFÜHRERIN IST SCHWÄGERIN DES AU-PAIR-VERGEWALTIGERS!

Unauffällig hockte sich Melody auf die Armlehne und legte den Kopf schief, um den Artikel unter der Schlagzeile zu lesen:

Heute wurde bekannt, dass Jane Ribblesdale, die Kindesentführerin von Broadstairs, eine Schwägerin von Michael Radlett ist, dem berüchtigten Au-pair-Vergewaltiger. Radlett (41) ist mit Mrs Ribblesdales älterer Schwester Margaret (37) verheiratet. Im vergangenen Jahr wurde Radlett vor dem Crown Court wegen der Vergewaltigung junger Frauen in sechs Fällen verurteilt. Er wird als Au-pair-Vergewaltiger bezeichnet, weil fünf seiner Opfer dieser Tätigkeit nachgingen. Zurzeit verbüßt er eine lebenslange Strafe in der Haftanstalt Pentonville in Nordlondon. Mrs Radlett, die in Ealing, Westlondon, lebt, war nicht zu einer Stellungnahme bereit.

Melody konnte nicht alles lesen, doch genug, um den Sinn der Schmierereien an Tante Susies Haus zu begreifen. Sie dachte an ihre Cousinen Nicola und Claire und wünschte, sie könnte die beiden einmal wiedersehen. Sie dachte an Tante Maggie und an ihren letzten Besuch bei ihr. Sie dachte an all die Erwachsenen, die sie kannte, und wie schwer sie sich und anderen das Leben machten. Und dann dachte sie an Ken, den einzigen Menschen, der sie mit dem Gedanken ans Erwachsenwerden versöhnte, und sie hoffte, dass die schreckliche Entwicklung der Dinge letztendlich auch etwas Gutes bringen würde. Vielleicht kam jemand im Jugendamt auf die Idee, dass es besser wäre, wenn sie nicht länger bei ihrer Tante, sondern wieder in dem Haus am Meer lebte.

Melody wohnte tatsächlich nicht mehr lange bei ihrer Tante, nachdem jemand einige Tage später ein Päckchen mit menschlichen Exkrementen durch den Briefschlitz der neuen Haustür geschoben hatte. Doch sie kam nicht wieder in Kens Haus am Meer, sondern an einen völlig anderen Ort. Man brachte sie nach Canterbury, wo sie von nun an bei einem Paar namens Clive und Gloria Browne lebte.

43

Heute

Melody war noch nie in einem Internetcafé gewesen. Sie war überhaupt noch nie im Internet gewesen. Stacey, die in einem Büro arbeitete und meistens online einkaufte, zog sie immer damit auf: »Du bist ein Neandertaler, Melody Browne!«

Daher war Melody etwas nervös, als sie am Sonntagnachmittag ihre Handtasche auf dem abgenutzten blauen Teppichboden des easyInternet-Cafés am Trafalgar Square abstellte. Das Café war halb voll: Teenager aus ganz Europa in den obligatorischen Jeans und T-Shirts, Haut und Haare stumpf wegen der unzulänglichen Waschgelegenheiten in schmuddeligen Hostels; Touristen in Shorts und Sandalen; Immigranten, die einen Job suchten oder sich bei ihren Freunden und Verwandten melden wollten.

Sie blickte auf den Computerbildschirm. Für eine Stunde hatte sie im Voraus bezahlt. Das sollte reichen, dachte sie, doch da sie noch niemals richtig mit einem Computer gearbeitet hatte, hatte sie keine Ahnung, wie lange es wirklich dauern würde. Sie wusste nicht, wie sie anfangen sollte, und die Uhr in einer Ecke des Bildschirms tickte vor sich hin.

»Entschuldigen Sie bitte«, wandte sie sich an ein übergewichtiges chinesisches Mädchen, das links neben ihr saß. »Was muss ich tun, um etwas im Internet nachzusehen?«

Das Mädchen verließ seinen Computerplatz und drückte wortlos auf einige Tasten an Melodys Tastatur.

»Da.« Sie deutete auf das Kästchen in der Mitte des Bildschirms. »Schreiben Sie dort rein, was Sie suchen. Und setzen sie die Wörter in« – sie malte mit den Fingern Anführungszeichen in die Luft – »dann wird es genauer. Okay?«

Melody nickte. »Vielen Dank«, sagte sie. »Sie haben mir das Leben gerettet.«

»Kein Problem«, erwiderte das Mädchen und kehrte an seinen Platz und zu seiner Website zurück, auf der offenbar Tanzkleidung angeboten wurde.

Melody schlug ihren Notizblock auf und las die Eintragungen, die sie am Morgen auf der Feuertreppe gemacht hatte, während sie mit Cola und vier Scheiben Toast ihren Kater bekämpfte:

Suchen
Emily Elizabeth Ribblesdale/Sonningfeld?
Charlotte (Sonningfeld?)
Jacqui Sonningfeld
Ken Stone
Grace (Stone?)
Seth (Stone?)
Matty??
JANE RIBBLESDALE (NEWSOME?)
Susie/Susan Newsome
Mum und Dad (?)

Sie begann zu tippen. Unter Emily Elizabeth fand sie nichts, ebenso wenig wie unter Charlotte. Der Name Jacqui Sonningfeld dagegen erbrachte ein paar Seiten.

Aus dem Text erfuhr Melody, dass Jacqui 1950 in Leicester geboren war, 1994 für einen Oskar für das beste Make-up in einem Film mit dem Titel *Beatlemania* nominiert worden war, und dass sie in Beverly Hills mit ihrem Ehemann Tony Parry, einem Cutter, und ihren zwei halbwüchsigen Kindern lebte. Soweit Melody erkennen konnte, wurden weder frühere Ehemänner noch ältere Kinder erwähnt, doch das Bild in einem der Artikel zeigte eine blondierte Frau mit Designerbrille, einer leicht ledrigen Mundpartie und dick aufgetragener Wimperntusche. Melody war absolut sicher, dass es sich um die Frau handelte, in deren schmalem Haus in Fitzrovia sie sich aufgehalten hatte.

Sie notierte sich Adresse und Telefonnummer von Jacqui Sonningfelds Agentin und begann mit ihrer Suche nach Ken Stone. Das war schwieriger, denn während es nur eine Jacqui Sonningfeld gab, schien es Dutzende von Ken Stones zu geben. Es war unmöglich, aus den Hunderten von Ergebnissen genau den Ken Stone herauszufinden, den sie suchte, und so probierte sie es stattdessen mit Grace Stone. Das erbrachte diverse Ergebnisse, darunter Grillgeräte und Bettdecken, doch ein Eintrag fiel Melody besonders ins Auge – eine Yogalehrerin in Folkestone. Der Ort passte, der Beruf auch. Sie schrieb sich die angegebene Handynummer auf, dann atmete sie tief durch. Jetzt wollte sie ihre Mutter suchen. Wie sie vermutet hatte, gab es nur eine einzige Jane Ribblesdale auf der Welt, und diese Jane Ribblesdale hatte nur eine einzige erwähnenswerte Tat vollbracht – sie hatte ein fremdes Baby entführt. Melody fand ein paar Hinweise, doch keine Auskunft darüber, was mit Jane nach ihrer Verurteilung vor über zwanzig Jahren geschehen war. Also gab Melody den Namen des Gefängnisses ein, in dem ihre Mutter in Untersuchungshaft gesessen hatte, und notierte sich die Telefonnummer.

Für Susie oder Susan Newsome fand sich kein Eintrag, und Melody wollte schon den Notizblock wieder in die Tasche stecken, als ihr einfiel, dass es noch jemanden auf ihrer Liste gab, nach dem sie nicht gesucht hatte. Sie tippte den Namen »Seth Stone« ein, und zu ihrer Überraschung erbrachte die Google-Suche mehr als dreißigtausend Treffer. Seth Stone war berühmt! Seth Stone war der Leadsänger einer Band namens The Mercury. Von dieser hatte Melody schon gehört. Sogar von Seth Stone hatte sie, wie ihr jetzt einfiel, bereits gehört, ohne jedoch einen Zusammenhang herzustellen. Um sicherzugehen, überflog sie rasch die Biografie auf einer der Fanseiten, und dort stand es: Seth Stone war 1977 in Broadstairs in Kent geboren.

Sie suchte in den Ergebnissen nach einer Adresse oder Telefonnummer. Dabei stieß sie auf Angaben zu seiner Plattenfirma und seinem Management, doch gerade, als sie nach weiteren biografischen Angaben forschen wollte, wurde der Bildschirm schwarz. Ihre Stunde war vorüber.

Ed war nicht da, als Melody eine halbe Stunde später nach Hause kam. Es war ein schmuddelig-grauer Sommernachmittag, mit Regenwolken, die sich am Horizont zusammenballten, und einer feuchten Brise, die den Abfall auf der Straße durcheinanderwirbelte. Doch da es warm genug war, um draußen zu sitzen, stellte sich Melody einen Stuhl auf die Feuertreppe und öffnete eine Dose Sprite. Sie lehnte den Notizblock gegen ihre Knie und zog mit den Zähnen die Kappe vom Kugelschreiber. Sie wollte Seth Stone einen Brief schreiben, da sie fand, dass sie ihre Suche am besten bei ihm beginnen sollte. Er wüsste mit Sicherheit, wo sein Vater, seine Mutter und sein Bruder waren, und wenn Melody erst einmal Ken ausfindig gemacht hatte, würde sich alles andere von selbst ergeben.

»Lieber Seth«, begann sie. »Du wirst dich bestimmt nicht mehr an mich erinnern, denn als ich dich zuletzt gesehen habe, warst du noch ein Baby, aber …« Sie hielt inne und schnalzte unwillig mit der Zunge, weil sie nicht weiterwusste. Es schien eine so einfache Frage zu sein: Was geschah mit meiner Familie? Was geschah mit meinen Freunden? Was geschah mit mir? Doch sie fand nicht die richtigen Worte, und je länger sie auf das Papier starrte, desto weniger wusste sie, wie sie fortfahren sollte.

Sie legte den Block weg und schaute nach unten, wo die Bewohner des Hauses ein- und ausgingen. Zwei kleine äthiopische

Jungen spielten Fußball, eine ältere Dame namens Violet saß, die Arme auf einen Stock gestützt, auf einem bonbonfarben gestreiften Klappstuhl. Peewee, ein Mann, der an Autismus litt, polierte an einer sonnigen Stelle seine Stiefel, und ein kambodschanisches Baby lag in seinem Kinderwagen und nuckelte mit leerem Blick an einem großen rosa Schnuller, während seine Mutter in der Tür stand und in rasendem Tempo mit einer Freundin redete. Es war niemand da, dem Melody hätte zuwinken oder einen fröhlichen Gruß zurufen können.

Melody hatte fast ihr halbes Leben hier verbracht, aber dennoch keine Freundschaften geschlossen; sie besaß kaum eine Handvoll Bekannter. Die Leute kamen und gingen. Und mit denjenigen, die blieben, konnte sie nicht viel anfangen. Ledigen Männern war sie aus dem Weg gegangen, damit sie nicht auf falsche Gedanken kamen; Paaren war sie aus dem Weg gegangen, weil sie Angst hatte, sie könnten auf sie herabsehen; älteren Leuten war sie aus dem Weg gegangen, um nicht von ihnen ausgenutzt zu werden, und Ausländern und Einwanderern war sie aus dem Weg gegangen, weil sie deren Sprache nicht verstand. So hatte sie die ganzen Jahre über sehr zurückgezogen gelebt, und erst jetzt, da sie die verschiedenen Schichten ihrer Vergangenheit freilegte, wunderte sie sich darüber, dass sie zu einer solchen Einsiedlerin geworden war. Plötzlich wusste sie es – sie hatte sich von allen ferngehalten, weil die Leute umso mehr Fragen stellten, je näher man sie an sich heranließ. Und je mehr Fragen sie stellten, desto unzulänglicher kam sich Melody vor. Nun jedoch hatte sie endlich ein paar Antworten, auch wenn sie noch vage und unausgereift waren. Jetzt, dachte sie, würde sie bald jemand sein.

Am folgenden Tag tat Melody zwei bemerkenswerte Dinge: Erstens schickte sie eine SMS an eine Sekretärin der Agentur in Los Angeles, die für Jacqui Sonningfeld tätig war. »Mein Name ist Melody Ribblesdale, und ich bin sicher, dass Mrs Sonningfeld sich an mich erinnert«, schrieb sie. »Sie war nämlich einmal meine Stiefmutter.« Eine halbe Stunde später steckte sie den Brief an Seth Stone in den Briefkasten auf der Endell Street und drückte sich dabei selbst die Daumen. Danach setzte sie sich für eine Weile auf die Feuertreppe, atmete tief durch und genoss die Ruhe vor dem Sturm. Sie hatte den Stein ins Rollen gebracht und die Bombe platzen lassen. Von nun an würde nichts mehr so sein wie vorher.

44

Heute

In jeder wachen Sekunde gingen Melody jetzt Fragen durch den Kopf. Ständig fielen ihr Dinge ein, die sie fragen wollte, und Formulierungen für Briefe an Jane Ribblesdale, ihre Eltern, Jacqui Sonningfeld und an ihre Schwester. Eine ganze Reihe von Figuren stand bereit und schien darauf zu warten, sie zu treffen. Doch bisher waren es eben nur Figuren.

Bis um neun Uhr siebzehn am Dienstagmorgen.

Melody saß im Wohnzimmer, schaute Frühstücksfernsehen und überlegte, was sie mit dem restlichen Tag anfangen sollte, als ihr Handy klingelte. Es war eine unbekannte Nummer.

»Hallo?«

»Hi, ist dort Melody?« Es war eine durchdringende, ein wenig schrille Stimme mit einem amerikanischen Akzent.

»Ja, am Apparat.«

»Wahnsinn, das ist ja kaum zu glauben! Hier ist Jacqui, Jacqui Sonningfeld! Ich habe gerade deine Nachricht bekommen!«

»Du meine Güte, Jacqui, ich …« Melody sprang auf und fuhr sich mit den Fingern durchs Haar.

»Ich habe dich doch hoffentlich nicht aufgeweckt, oder?«

»Nein, nein, es ist okay!«, rief Melody. »Ich bin schon seit …«

»Mein Gott! Wie geht es dir?«

»Gut, alles bestens. *Ich bin bloß aufgeregt!* Wie geht es dir?«

»Einfach fantastisch! Ich konnte es gar nicht glauben, als ich deine SMS bekam. Ein richtiger Schock. Ich habe seit Jahren an dich gedacht und hätte gern gewusst, was aus dir geworden ist. Hör zu, Emily ist in London! Sie ist vor ungefähr zwei Jahren dorthin gezogen und arbeitet bei der BBC. Ihr müsst euch unbedingt treffen. Bei uns zu Hause bist du so etwas wie eine Sagengestalt! Während ihrer gesamten Kindheit hat sie von dir geredet. Schreib dir ihre Nummer auf und ruf sie an. Sie wird völlig platt sein!«

»Oh, natürlich, gern…« Melody kramte in der Tischschublade nach einem Stift, um sich die Telefonnummer zu notieren. »Und Charlotte, wie geht es der?«, fragte sie dann.

»Ach, Charlotte ist eben, wie sie ist. Sie lässt sich gerade von ihrem zweiten Mann scheiden, sie hat mir immer noch kein Enkelkind geschenkt, sie wartet immer noch auf den großen Durchbruch – und sie ist immer noch eine Nervensäge. Und du? Erzähl mir doch, wie es dir ergangen ist.«

»Ach, da gibt es nicht viel zu erzählen. Ich habe sehr früh einen Sohn bekommen, arbeite an einer Schule und bin unverheiratet.«

»Und was wurde aus dir, nachdem, du weißt schon …?«

»Was? Nachdem mein Vater gestorben war?«

»Ja, nachdem dein Vater starb.«

»Na ja, ich weiß nicht so genau. Meine ganze Kindheit ist ein bisschen verschwommen. Ich konnte mich nur noch an dich und Emily erinnern. Ich bin an einem Haus in der Goodge Street vorbeigekommen …«

»Ach ja, unser altes Haus in London! Wie sah es aus?«

»Prima, ganz toll. Ich war drin, und die Besitzerin erzählte mir, dass Charlotte ihnen das Haus verkauft hat …«

»Sie wohnt noch immer dort, diese amerikanische Familie?«

»Ja. Aber es hat eine Weile gedauert, bis ich mir alles zusammengereimt hatte.«

»Das kann ich mir vorstellen. Du hattest eine sehr zerrissene Kindheit. Aber was hast du gemacht, nachdem deine Mutter, du weißt schon …? Du hast doch bei deiner Tante gewohnt, nicht?«

»Ja, ich glaube schon. Aber dann kam ich zu einem Paar namens Clive und Gloria Browne.«

»Heißt das, sie haben dich adoptiert?«

»Ich weiß nicht. Ich denke, ja …«

»Wow …« Jacqui verstummte und fuhr dann fort: »Ach je, das tut mir wirklich leid. Ich wusste ja nicht, dass …« Wieder schwieg sie, und Melody hörte, wie sie an einer Zigarette zog. »Hör mal, hier ist es schon spät, ich muss in vier Stunden am Set sein, und vorher muss ich noch ein bisschen schlafen. Aber ruf doch Emily an, jetzt gleich. Sie wird überglücklich sein! Und lass uns in Kontakt bleiben. Bitte. Ich meine, in gewisser Weise gehörst du doch beinahe zur Familie …«

Als das Gespräch beendet war, ließ Melody das Telefon aufs Sofa fallen. »Ach du lieber Himmel!«, flüsterte sie vor sich hin. »Ich habe meine Schwester gefunden! Ich habe meine Schwester gefunden!« Sie lief ein paarmal durch die Wohnung, und kaum hatte sie sich irgendwo hingesetzt, sprang sie wieder auf und rannte erneut herum. Endlich ließ sie sich atemlos auf der Sofakante nieder und betrachtete fassungslos das Telefon. Sie konnte es jetzt einfach nehmen, elf Ziffern eintippen, und einen Moment später würde sie mit ihrer Schwester sprechen, ihrer leibhaftigen Schwester. Und während sie noch darauf starrte, begann es zu klingeln. Sie fuhr zusammen und griff danach. Die Nummer kannte sie nicht. Ob sie es etwa war? Konnte es Emily sein? Sie drückte auf »Antworten«. »Hallo?«

»Hi, ist dort Melody?« Es war nicht Emily, sondern ein Mann, dessen Akzent an die Londoner Vororte denken ließ.

»Ja.«

»Hi! Hier ist Seth. Seth Stone.«

»O Seth, ich hätte nicht gedacht, dass du meinen Brief schon …«

»Doch. Unsere Sekretärin hat ihn heute Morgen geöffnet und mich sofort ganz aufgeregt angerufen. Wie geht's dir?«

»Gut. Heute Morgen ist hier ganz schön was los. Aber erinnerst du dich überhaupt an mich? Das kann ich mir nicht vorstellen.«

»Nein, ich kann mich nicht direkt erinnern, aber ich habe dich auf Fotos gesehen.«

»Tatsächlich?«

»Ja, meine Mutter hat noch ein paar aus den Zeiten der Hausbesetzung. Da gibt es ein großes von dir, das mein Vater am Strand bei Viking Bay aufgenommen hat. Du trägst darauf eine rosa Sonnenbrille und rote Plastiksandalen. Es hing bei uns zu Hause immer an der Pinnwand …«

»Was, wirklich?«

»Ja. Meine Mutter liebte dieses Bild. Wenn sie daran vorbeikam, berührte sie es oft. Ich glaube, sie hatte ein schlechtes Gewissen, weil man dich weggeholt hat und weil sie dich dann aus den Augen verloren hat.«

»Deine Mutter ist also noch … Ich meine, sie …«

»Ob sie noch lebt? O ja. Sie ist fast siebzig, gibt aber immer noch Yogakurse.«

»In Folkestone?«

»Ja, in Folkestone. Woher weißt du das?«

»Ich habe sie im Internet gefunden, auf einer Seite über Yogalehrer.«

»Ach so, ja, sie unterrichtet immer noch. Sie kann auch immer noch Spagat machen und hat Spaß an diesen Sachen. Du musst sie unbedingt anrufen. Das wird eine Überraschung! Sie wird sich so freuen, von dir zu hören, da bin ich ganz sicher.«

Melody holte tief Luft und machte sich auf das Schlimmste gefasst, bevor sie die nächste Frage stellte: »Und was ist mit deinem Vater? Was macht Ken? Lebt er noch immer in Broadstairs?«

»Ach nein, das nun gerade nicht. Der gute alte Dad lebt jetzt in Spanien. Er ist dorthin gezogen, als ich ungefähr drei war und das Haus einen neuen Besitzer bekam. Da hatte er die Nase voll von England und gab es auf, etwas verändern zu wollen. Zusammen mit seinen Freunden Kate und Michael hat er für'n Appel und 'n Ei ein altes Bauernhaus gekauft und es zu einem Ökohof umgebaut, schon Jahrzehnte, bevor das Mode wurde. Eigenes Gemüse, eigene Viehhaltung, Selbstversorgung, keine Chemie und so weiter. Er ist mit einer Spanierin verheiratet. Sie haben ungefähr sechs Kinder, und ständig gehen dort jede Menge Leute ein und aus. Da würde es mich nicht wundern, wenn noch mehr Ken-Sprösslinge herumliefen.«

»Siehst du ihn noch manchmal?«

»Ja, sicher. Ich bin jedes Weihnachten dort. Immer wenn ich mal abschalten will, nach einer Tournee oder so, fahre ich für ein paar Tage hin. Du solltest ihn besuchen – er wäre bestimmt ganz aus dem Häuschen vor Freude. Ehrlich.«

»Erinnert er sich denn noch an mich?«

»Aber klar doch. Ich glaube, ein bisschen hat er immer damit gerechnet, dass du jeden Moment zur Tür hereinspazierst. Er hat immer von dieser besonderen Verbindung zwischen euch gesprochen und davon, dass ihr einander wiederfinden würdet. Und es sieht so aus, als hätte er recht gehabt.«

Melody lächelte triumphierend. Natürlich! Seit vor zwei Wochen ihre Erinnerungen zurückgekommen waren, hatte sie die ganze Zeit das Gefühl gehabt, dass die Beziehung zu dem Mann namens Ken etwas Besonderes war. Dieses Gefühl tiefer Liebe und Seelenverwandtschaft, es war alles Wirklichkeit!

»Und was ist mit Matty? Wie ist es ihm ergangen?«

»Ach ja, Matty. Für ihn haben sich die Dinge nicht so toll entwickelt. Er hat wohl ein wenig die Orientierung verloren.«

»Warum? Was ist denn passiert?«

»Ach, eine Menge. Sein Vater ist gestorben, seine Ehe ging in die Brüche, und er fing an zu trinken.«

»So wie sein Vater?«

»Ja, genau wie sein Vater. Er wohnt jetzt bei Mutter, meistens jedenfalls. Außer, wenn er auf Sauftour ist.«

»Und dann?«

»Na ja, dann verschwindet er einfach. Wochenlang bekommt ihn niemand zu Gesicht. Ich nehme an, er treibt sich irgendwo in Broadstairs herum.«

»Oh!«, sagte Melody. Plötzlich fügten sich zwei Puzzlesteinchen zusammen. »Matthew!«

»Ja, er nennt sich jetzt Matthew, schon seit Jahren.«

»Aber ich kenne ihn! Ich meine, ich habe ihn mal getroffen, in Broadstairs. Er ist der Mann mit den lockigen Haaren, der mich angesprochen hat.«

»Und wie war er? Was machte er für einen Eindruck?«

»Na ja, hauptsächlich betrunken.«

»Ja, dann war es Matthew.«

»O nein, ich kann gar nicht glauben, dass ich ihn nicht erkannt habe.«

»Es ist ja auch lange her, seit er der kleine Junge mit den Taschen voller Skalpelle und Kaninchenpfoten war.«

Melody durchforschte ihr Gedächtnis nach Bruchstücken von Erinnerungen an den Jungen in dem besetzten Haus. Den ernsten Jungen mit der olivfarbenen Haut, der immer auf der Suche nach dramatischen Geschichten war. Mittlerweile, so schien es, hatte er seine Suche aufgegeben und zugelassen, dass sein Leben in die Binsen ging.

»Das ist traurig.«

»Ja, wirklich. Ich weiß nicht, was aus ihm werden soll, wenn Mutter einmal nicht mehr ist. Vor dem Tag habe ich Angst, denn dann ist niemand mehr da, der ihm Sicherheit gibt und sich um ihn kümmert …« Er schwieg einen Augenblick lang, dann sagte er: »Aber jetzt muss ich los. Wir sind hier im Studio, und die Jungs warten auf mich. Aber ruf doch Mutter an. Sie wird begeistert sein.«

»Und dein Vater? Wie kann ich mit ihm Kontakt aufnehmen?«

»Das ist schon ein bisschen schwieriger – er hat kein Telefon.

Aber du kannst ihm ja ein paar Zeilen schreiben. Oder, noch besser, setz dich ins Flugzeug und steh auf einmal vor seiner Tür. Lass seinen Traum wahr werden.«

Nachdem sie das Gespräch beendet hatten, starrte Melody auf den Notizblock in ihrer Hand. Innerhalb einer halben Stunde hatte sie die Telefonnummern von ihrer Schwester und Grace und dazu noch Ken Stones Adresse in Andalusien bekommen. Sie hatte mit ihrer ehemaligen Stiefmutter gesprochen und mit einem Jungen, mit dem sie einst in dem besetzten Haus in Broadstairs gelebt hatte, und ihr war klar geworden, dass sie, ohne es zu wissen, mit Matty gesprochen hatte. Doch vor lauter Verwirrung und Aufregung über ihre neuen Erkenntnisse hatte sie das Wichtigste vergessen. Sie hatte niemanden danach gefragt, was mit ihrer Mutter geschehen war.

Als sie in dieser Nacht im Bett lag, erfüllt von dem Gefühl, dass sich ihre Erinnerungslücken mehr und mehr schlossen, nahm Melody das Handy und las noch einmal Bens letzte SMS. Dann drückte sie auf »Antworten« und schrieb: »Hi. Tut mir leid, dass ich mich nicht gemeldet habe. Zu viel um die Ohren im Moment. Wie wär's mit Abendessen bei mir irgendwann nächste Woche?«

Kaum hatte sie das Telefon auf den Nachttisch gelegt, da leuchtete schon die Anzeige auf.

»Hatte keine Angst, du wärst verloren gegangen. Verstehe vollkommen. Komme gern zum Abendessen zu dir. Ist Montagabend zu früh?«

»Montag passt. Ed ist dann auch hier. Hoffe, das ist okay.«

»Das ist cool. Zu müde zum Reden?«

Melody schaute eine Weile auf die Worte. Diese Sache mit den SMS war prima. Dabei behielt sie alles unter Kontrolle. »Ja, ein bisschen«, schrieb sie zurück. »Muss schlafen. Reden wir Montag.«

»Klar. Schlaf gut …« war Bens Antwort.

Lächelnd schaltete Melody erst das Handy und dann die Nachttischlampe aus.

45

1980

Melody stand vor dem schmucken kleinen Haus auf dem Spinners Way und blickte es prüfend an. Das Erdgeschoss war aus Backsteinen gemauert, das Obergeschoss mit Kunststoffplatten verkleidet. Der Kamin bestand ebenfalls aus verschiedenfarbigen Ziegelsteinen. Das Haus lag am Wendekreis einer Sackgasse, in einer Reihe mit weiteren gleichartigen Häusern. Eine kurze Auffahrt führte zu einer Garage mit einem blauen Tor, und im Vorgarten wuchs ein Affenschwanzbaum. Es war ein hübsches Haus.

Neben Melody standen ihre gesamten Habseligkeiten: ein kleiner Koffer mit den schönen Kleidern, die Tante Susie ihr gekauft hatte, ihr Bild mit der Spanierin, eingewickelt und verschnürt, und ein kleiner Rucksack voller Schulbücher und Andenken, einschließlich einer mumifizierten Maus, die Matty ihr geschenkt hatte.

Tante Susie legte ihr eine feuchte Hand auf die Schulter und fragte: »Sollen wir klingeln?«

Die Tür wurde von einer Dame geöffnet, die ihr feines blondes Haar zu einer tulpenförmigen Frisur toupiert hatte. Sie trug eine rehbraune Strickjacke, einen rehbraunen Rock, eine rehbraune Strumpfhose und ebensolche Slipper und um den Hals eine Kette aus schimmernden Perlen. Sie bat die Besucher ins Haus, gab Tante Susie einen Kuss auf beide Wangen und beugte sich dann zu Melody herab.

»Hallo, Melody.« Ihre Stimme war piepsig wie bei einem kleinen Mädchen. »Ich bin Gloria. Ich freue mich sehr, dich kennenzulernen.«

Melody lächelte und wusste nicht recht, was sie sagen sollte.

»Wie war die Fahrt?«, wandte sich Gloria an Tante Susie.

»Gut. Sehr gut. Schöner Tag heute, nicht?«

Es war ein sonniger, warmer, frühlingshafter Tag. Die Luft war beinahe so mild wie im Sommer. An einem solchen Tag hatte Melody Lust, sich ihre Sandalen überzustreifen, mit Eimer und Schippchen an den Strand hinunterzulaufen, den Rock ins Unterhöschen zu stopfen und mit den Füßen im Wasser zu planschen. Heute jedoch gab es kein Geplansche und keine Sandburgen, denn heute hatte sie Broadstairs Lebewohl gesagt. Canterbury war nicht weit entfernt, doch Melody schien es, als hätte es sie genauso gut nach Timbuktu verschlagen können.

»Ganz herzlichen Dank, Gloria«, sagte Susie zu der Dame in Rehbraun. »Und so kurzfristig. Ich bin dir wirklich sehr dankbar. Aber es ist einfach nicht mehr sicher für sie.«

»Nein, natürlich nicht. Ich verstehe vollkommen.« Mit einem liebevollen Lächeln blickte Gloria auf Melody herunter. »Hier bist du in Sicherheit. Dafür werden wir schon sorgen.«

Sie führte sie in ein ordentliches Wohnzimmer, in dem zwei geblümte Sofas und ein Ohrensessel standen sowie ein Tisch mit drei Tellern darauf. Auf dem einen lagen dreieckige, mit Eiern und Kresse belegte Sandwiches ohne Rinde, auf dem nächsten Kokosmakronen und auf dem dritten eine kleine Walnuss-Torte, daneben ein silberner Tortenheber. Als sie Platz genommen hatten, kam ein großer, hagerer Mann aus der Küche. Er hatte die Strähnen seines dünnen, aschgrauen Haars sorgfältig über den kahlen Schädel gekämmt und trug ein Tablett, auf dem eine Teekanne stand, die in einem gesteppten Kannenwärmer mit Vogelmuster steckte, dazu vier Tassen nebst Untertassen, eine Schale mit Zuckerwürfeln, ein Kännchen Milch und einige blanke Teelöffel.

»Hallo zusammen!«, sagte der Mann, stellte das Tablett ab und schenkte Melody ein warmherziges Lächeln. »Du bist bestimmt Melody.«

Melody nickte.

»Ich bin Clive.« Er streckte ihr seine große, trockene Hand entgegen. »Sehr nett, dich kennenzulernen. Ich habe gehört, du hast in letzter Zeit ganz schön was durchgemacht.«

Melody zuckte mit den Achseln und schob die Hände unter ihre Beine.

»Na, hier ist es jedenfalls nett und ruhig«, fuhr er fort. »Hier passiert nichts Unangenehmes. Wer möchte Tee?«

Melody blickte sich im Zimmer um. Es kam ihr ein bisschen so vor wie bei Tante Susie, denn auch hier war es so still, dass man die Uhr ticken hören konnte. Aber es sah netter aus, denn es gab hübsche Bilder und Antiquitäten. Die Vorhänge wirkten dick und behaglich, und man konnte sich denken, dass diese Leute oft Besuch hatten, im Gegensatz zu Tante Susie, zu der niemals jemand kam und die noch nicht einmal eine Teekanne besaß.

»Also, Melody«, begann Gloria. »Ich habe heute Morgen in der Schule angerufen, und sie hatten zufällig noch einen Platz für dich. Also werden wir heute Nachmittag in die Stadt fahren und dir eine Schuluniform besorgen. Morgen früh geht es dann los. Das ist doch gut, oder?«

Melody nickte steif und lächelte. Es war ja nur für ein paar Wochen, und die Aussicht, auf eine Schule zu gehen, wo es keine Penny gab, machte den Abschied von Broadstairs beinahe wett.

»Deine Tante Susan hat uns verraten, dass du gerne bastelst. Daher habe ich dich für einen Bastelkurs in der Kirchengemeinde angemeldet, und falls du Lust hast, könntest du auch bei den Pfadfinderinnen mitmachen. Ich bin selbst Wölflingsleiterin bei der örtlichen Gruppe, daher kenne ich mich ein bisschen aus.« Sie schwieg und lächelte erneut. Sie wirkte ein wenig atemlos, so als hätte sie sich sehr beeilen müssen. »Möchtest du dein Zimmer sehen?« Sie nickte und schüttelte gleichzeitig den Kopf, dann kicherte sie nervös. »Vielleicht später«, beantwortete sie umgehend ihre eigene Frage. »Ich bin jedenfalls sicher, dass sich alles bestens regeln wird.« Sie drehte sich zu ihrem Mann um und drückte fest seine Hand. »Nicht wahr, Clive?«

Clive nickte und legte Gloria den Arm um die Schultern in einer Geste, die Melody sehr beruhigend fand. »Das glaube ich auch. Ein Kind, das ist es, was in diesem Haus fehlt. Es wird für uns alle das Beste sein. Ach ja, und nebenan wohnen auch zwei Mädchen von zehn und elf. Mit denen kannst du spielen.«

Die drei Erwachsenen lächelten Melody zu, und ihr war klar, dass sie etwas sagen musste, am besten etwas Dankbares. Doch es fiel ihr schwer, weil sie sich eigentlich nicht dankbar fühlte. Sie machte sich nichts daraus, wenn jemand Kaka in den Briefschlitz steckte oder schmutzige Wörter ans Haus malte – sie fand es lange nicht so schlimm, wie hier in diesem fremden Haus zu sein. Meilenweit weg von Ken und allem, was ihr auf der Welt noch an Vertrautem geblieben war.

»Danke«, sagte sie schließlich. »Danke, dass ich euch besuchen darf.«

Alle drei Erwachsenen lächelten erleichtert. Offensichtlich dachten sie, dass Melody bei aller Zurückhaltung froh wäre, hier zu sein.

»Es ist uns ein Vergnügen«, erwiderte Clive herzlich. »Ehrlich ein Vergnügen. Und hab keine Angst – wir sorgen dafür, dass dir nichts passiert, nicht das Geringste.«

Melody lächelte angespannt und dachte, dass es dafür schon etwas zu spät war.

Drei Tage blieb Tante Susie bei Clive und Gloria, dann fuhr sie mit feuchten Augen zurück in ihr Haus in Broadstairs.

»Sei ein braves Mädchen«, sagte sie und strubbelte Melody mit ihrer großen teigigen Hand durchs Haar. »Aber das wirst du ja bestimmt sein, wie immer. Und sobald es wieder sicher für dich ist, kannst du zu mir zurückkommen. Wenn diese schrecklichen Leute etwas Interessanteres gefunden haben, mit dem sie sich befassen können, als ein unschuldiges siebenjähriges Mädchen. Es ist ja nur für eine Weile, nur für ein paar Wochen.« Sie zog ein angeschmuddeltes Taschentuch aus dem Ärmel ihres voluminösen Kleides und putzte sich ein wenig zu geräuschvoll die Nase. »Du bist ein liebes, liebes Mädchen, Melody Ribblesdale. Ich werde dich vermissen.«

Melody löste die Arme von Susies gepolsterter Taille und ließ sich von ihr ungeschickt auf die Wange küssen. Dabei spürte sie, wie ein paar kleine Bartstoppeln sie piekten. »Wir werden uns ganz bald wiedersehen«, sagte Melody. »Ganz, ganz bald.«

Susie nickte und wischte sich mit ihrem Taschentuch eine Träne ab. »Sicher«, sagte sie. »Und jetzt rein mit dir, ich möchte mich von Clive und Gloria verabschieden.«

Melody stand an der Haustür und hörte, wie die Erwachsenen auf dem gepflasterten Weg mit leiser, ernster Stimme miteinander redeten.

»Es wird bestimmt bald wieder besser«, hörte sie Susie sagen. »Der Arzt sagt, es wäre ganz normal, besonders bei etwas fülligeren Menschen. Und die ganze Aufregung und der Stress haben auch dazu beigetragen. Ein paar Tage Ruhe und ich bin wieder fit wie ein Turnschuh.«

»Du weißt ja, du kannst hierbleiben, so lange du willst. Du brauchst nicht zu fahren, wir haben Platz genug.«

»Nein, ich muss nach Hause. Ich brauche meine gewohnte Umgebung, ihr wisst ja, wie das ist. Aber ich danke euch vielmals für alles. Ich bin sicher, Melody wird euch keine Schwierigkeiten machen. Sie ist ein gutes Mädchen.«

Als sie kurz darauf hörte, wie Tante Susie den Wagen anließ, hob sie die Gardine im Wohnzimmer hoch und sah zu, wie Tante Susie mühsam den Kopf auf dem dicken, unbeweglichen Hals drehte, bevor sie aus der Einfahrt zurücksetzte, umständlich den ersten Gang einlegte und langsam und umsichtig aus der Sackgasse hinausfuhr, in Richtung Meer.

Melody gefiel es bei Clive und Gloria. Gloria sorgte dafür, dass sie immer etwas zu tun hatte, chauffierte sie in ihrem wohlriechenden Fiat Panda kreuz und quer durch das hübsche Canterbury mit seinen Kirchtürmen und alten Backsteinmauern, von der Schule zur Tanzstunde, von den Pfadfindern zum Tee bei ihren Freunden. Oft kam es Melody so vor, als habe Gloria ihr ganzes Leben lang darauf gewartet, ein kleines Mädchen bei sich zu haben. Sie machte es gut. Und Clive war so witzig. Ständig alberte er herum, um Melody zum Lachen zu bringen, und ging mit ihr in den Garten Ball spielen. Er sauste so flink umher wie ein verspielter Hund, der ständig zum Toben nach draußen will. Melody wunderte sich, dass Clive und Gloria keine eigenen Kinder hatten.

»Warum habt ihr keine Kinder?«, fragte sie eines Nachmittags, als sie mit Gloria in der Küche Ostereier bemalte.

»Ach«, sagte Gloria mit ihrer Kleinmädchenstimme. Sie trug eine frisch gestärkte Schürze mit einem Muster aus Kirschblütenzweigen und Rüschen an den Kanten. »Nicht jeder kann Kinder bekommen. Leider.«

»Warum nicht?«, fragte Melody weiter, während sie die Blütenblätter eines Gänseblümchens malte.

»Nun ja, das hat mit Biologie zu tun.« Gloria verstummte und trocknete sich geistesabwesend die Hände an ihrer Schürze ab. »Weißt du etwas über Biologie?«

»Ich weiß was über Sachen, die in Petrischalen wachsen, und über Bakterien und so.«

»Nun, hier geht es eher um *menschliche* Biologie. Es hat etwas mit dem Inneren des Körpers und seinen Funktionen zu tun. Und bei mir stimmt etwas mit der Biologie nicht. Es passiert nicht das, was bei Frauen passieren muss, wenn sie Kinder bekommen wollen …«

»Wie mit den Eiern, meinst du?«

Gloria blickte sie erstaunt an. »Ja«, sagte sie, »wie mit den Eiern. Mein Körper hat ein bisschen früh damit aufgehört, Eier zu produzieren. Und als ich Clive kennenlernte, waren sie schon alle weg. Das war's dann also, keine Babys für uns.«

»Bist du traurig darüber?«

Gloria lächelte, aber nur mit dem Mund. »Ja, darüber bin ich sehr traurig«, sagte sie. »Also«, fuhr sie in munterem Ton fort und nahm einen zweiten Topf mit hartgekochten Eiern aus der Spüle, wo sie zum Abkühlen standen. »Was malen wir auf die hier? Wie wär's mit ein paar lustigen Gesichtern? Ja, eine Menge lustiger, fröhlicher Gesichter.«

Melody schaute Gloria an, ihre winzige Taille und das dünne Haar, und dachte dabei an ihre *Biologie,* an die traurigen leeren Stellen in ihrem Inneren, wo eigentlich Eier sein sollten, und an die traurigen leeren Stellen in ihrem Haus, wo Kinder sein sollten. Und dann dachte sie an ihre tote kleine Schwester Romany und an das Baby, das ihre Mutter gestohlen hatte, um ihre eigene seltsame Leere zu füllen. Sie dachte auch an ihre Schwester in Amerika, die sie vielleicht nie wiedersehen würde, und kam zu dem Ergebnis, dass Babys letzten Endes nichts als Kummer brachten.

Als sie gut zwei Wochen bei Clive und Gloria war, kam Ken sie besuchen. Er trug seinen weiten, kratzigen Mantel und einen Schal, der wie ein Geschirrtuch aussah. Als er seinen Motorradhelm abnahm, sah Melody, dass er sich einen Bart hatte wachsen lassen. Keinen normalen, der das ganze Kinn bedeckte, sondern einen ganz kleinen, der genau auf der Kinnspitze saß.

Sie umarmte ihn, so fest sie konnte, und atmete seinen Duft ein, den etwas muffigen, etwas grasigen Duft nach Zuhause.

»Das ist Ken«, stellte sie Clive und Gloria ihren Freund vor.

»Freut uns, Sie kennenzulernen, Ken«, erwiderte Clive, während Gloria geziert lächelnd die Hände im Schoß faltete.

Ken wirkte merkwürdig in diesem Haus, mit seinen alten Klamotten, den strähnigen Haaren und den verblassten Tattoos. Fast schien es, als krümmten sich die Blumen auf dem Sofa der Brownes vor Entsetzen. Ken hatte vorgeschlagen, mit Melody in die Stadt zu fahren und eine Limonade zu trinken, doch Gloria war dagegen gewesen. Sie fand, es sei »ein bisschen frisch«, und außerdem hätte Melody schon »einen kleinen Schnupfen«. Also saßen sie in dem hübschen Wohnzimmer bei Vollkornkeksen und Tee und bemühten sich krampfhaft, Konversation zu machen.

»Was machen Sie denn beruflich, Ken?«

Ken stellte klirrend das winzige Teetässchen ab. »Ach, dies und das. Man könnte mich wohl am ehesten einen Beauftragten für Veränderung nennen.«

Mit hochgezogenen Augenbrauen beugte sich Clive vor. »Ein Beauftragter für Veränderungen? Tut mir leid, aber das müssen Sie mir näher erklären.«

»Na ja, in jüngeren Jahren war ich ein Aktivist, wissen Sie, auf einem Kreuzzug, um die Welt zu verändern. Damit meine Kinder es einmal besser haben würden. Ich bin mit diesen tollen Plakaten durch die Gegend gelaufen und habe mich mit Politikern gestritten. Aber heute, na ja, heute bin ich milder geworden, könnte man sagen. Dafür stelle ich es … *raffinierter* an. Ein gezielter Leserbrief in einer Zeitung, ein paar kluge Flugblätter in wohlgesetzten Worten, in die richtigen Briefkästen gesteckt. Ich bin zu alt, um durch die Gegend zu rennen und Leute anzubrüllen.« Lächelnd griff er erneut nach seiner Teetasse. »Steter Tropfen höhlt den Stein«, fügte er augenzwinkernd hinzu.

»Und Sie wohnen in einem besetzten Haus, ist das richtig?«

»Ja, so könnte man es nennen. Man könnte aber auch sagen, es ist ein leeres Haus, das von anständigen, respektvollen Menschen bewohnt und gepflegt wird.« Das sagte er in seinem gewohnt charmanten Ton, sodass sich nicht einmal die etwas verkrampfte Gloria darüber aufregen konnte. »Aber nicht mehr lange …« Er nahm Melodys Hand. »Schlechte Nachrichten vom Haus«, fuhr er fort, und seine traurigen grauen Augen wurden feucht. »Der Besitzer hat den Geist aufgegeben und das Haus einem entfernten Großneffen vermacht, und der will es verkaufen. Er hat bei Gericht eine Räumungsklage gegen uns angestrengt, und deshalb müssen wir bis zum Wochenende ausziehen.«

Melody erstarrte. »Was, du meinst, ihr alle?«, fragte sie. »Du meinst Grace und Matty und Seth und Kate und Michael und« – sie wollte sagen: »Mum und ich«, bremste sich aber noch rechtzeitig.

»Ja, traurig, aber wahr. Es ist vorbei.«

Melody presste die Fingernägel in ihre Oberschenkel. *Es war alles vorbei.* Kein Ken mehr, keine Grace, kein Matty, kein Seth. Sie grub sich die Nägel ins Fleisch, bis der Schmerz allmählich dumpf wurde, dann blickte sie auf. »Aber wohin geht ihr?«, stieß sie mühsam hervor, so leise, dass sie selbst nicht wusste, ob sie es wirklich gefragt hatte.

Ken zuckte die Achseln und kratzte sich mit seinen schmutzigen Fingernägeln die Wange. »Gracie geht mit den Jungs nach Folkestone, in das alte Haus ihrer Mutter. Nur für eine Weile. Und Kate, Michael und ich, wir fahren für ein paar Wochen nach Spanien. Um mal ein bisschen durchzuatmen, verstehst du?«

»Aber was ist mit Mum?«, fragte sie mit wachsender Angst. »Was wird aus Mum, wenn sie aus dem Gefängnis kommt?«

Wieder nahm Ken ihre Hand und drückte sie ganz fest. »Also, dazu kann ich wirklich nichts sagen. Es ist schwer, weil, na ja, ich meine, was aus deiner Mum wird, weiß keiner so genau.«

Melody starrte ihn an, als könnte sie ihn damit zwingen, das zu tun, was er immer tat, und dafür zu sorgen, dass alles wieder gut wurde. Seine Worte ergaben für sie keinen Sinn. Wieso wusste keiner, was aus ihrer Mum wurde?

Man hatte sie für zwei Jahre ins Gefängnis gesteckt. Jetzt war sie seit sechs Wochen dort. Wenn Melody richtig gerechnet hatte, dann käme sie in einem Jahr und zehneinhalb Monaten wieder raus. Melody war immer davon ausgegangen, dass ihre Mutter und sie dann Hand in Hand in das Haus am Chandos Square zurückkehren und ihr Zimmer unter dem Dach wieder beziehen würden. Und jetzt musste sie erfahren, dass es bald kein Haus am Chandos Square mehr geben würde, in das sie zurückkehren konnten, und dass ihre Mutter womöglich gar nicht mehr aus dem Gefängnis herauskommen würde.

»Hast du sie besucht?«, erkundigte sie sich in ihrem vernünftigsten Ton.

»Ja, ich war letzte Woche dort. Es geht ihr nicht besonders gut, Melody. Es kann noch eine lange Zeit dauern, bis sie wieder gesund genug ist, dass man sie nach Hause gehen lässt.«

Melody schluckte. »Was meinst du mit einer langen Zeit?«

»Das weiß ich wirklich nicht. Aber sie tun alles, damit sie wieder gesund wird. Ich will damit nur sagen, man sollte nicht zu viel erwarten. Ich will sagen, es kann alles Mögliche passieren.«

Bei Kens Worten wurde es Melody ganz kalt und bange, als befände sie sich in einem großen, hallenden Raum voller Spinnweben, in dem es knarrte und dessen Tür keine Klinke hatte. Sie war zu traurig, um zu weinen, und so voller Angst, dass sie nicht um Hilfe bitten konnte. Stattdessen nahm sie einen Keks vom Teller und reichte ihn Ken. Schweigend und mit einem bedrückten Lächeln nahm er ihn aus ihrer ausgestreckten Hand.

Eine halbe Stunde später machte sich Ken auf den Weg. Er wollte wegen eines Reisepasses zum Amt, bevor es zumachte. Doch bevor er fuhr, stand er mit Melody noch eine Weile im Garten, rauchte eine krumme selbstgedrehte Zigarette und blickte nachdenklich durch die herabhängenden Zweige der Bäume. Nach einer Weile räusperte er sich und sagte: »Die scheinen nett zu sein, die beiden.« Er machte eine vage Handbewegung zur Hintertür.

»Ja, sie sind nett. Sie wollten gern ein Baby haben und konnten keins bekommen, und deshalb sind sie besonders nett zu mir.«

»Du hättest es wirklich schlechter treffen können«, fügte er noch hinzu.

Sie nickte, ohne den ganzen Sinn seiner Worte zu erfassen. Dann blickten beide wieder in das flirrende Laubwerk. Melody befeuchtete ihre Lippen. »Kann ich nicht mit dir kommen?«, flüsterte sie ihm ganz leise zu, damit Clive und Gloria sie nicht hörten. »Kann ich nicht mit dir und Kate und Michael nach Spanien gehen?«

Ken sah sie wehmütig an. Dann hockte er sich hin und ergriff ihre Hand. »Melody«, sagte er sanft, »es gibt *nichts* auf der Welt, was ich lieber täte, als dich mit nach Spanien – ach was, gleich jetzt mit nach Broadstairs – zu nehmen. Ich würde dich gern überallhin mitnehmen und dich für immer bei mir behalten. Aber die Leute, die in dieser hässlichen Erwachsenenwelt das Sagen haben, erlauben es nicht. Aus irgendwelchen Gründen, die mir selbst schleierhaft sind, darf ich mich nicht um dich kümmern. Ich darf dich weder in meinen Pass eintragen noch dich bei mir wohnen lassen. Das hier«, er wies auf Clives und Glorias makellos gepflegte Blumenbeete, »das ist es, was sie für dich wollen. Das hier halten *sie* für das Beste, ganz egal, was du oder ich darüber denken. Jedenfalls fürs Erste. Du wirst also weiterhin das tapfere, ganz besondere Mädchen sein müssen, das du immer warst. Sei nett zu diesen guten Leuten, lerne fleißig in der Schule, und vielleicht überlegen sie es sich ja eines Tages anders.«

»Sie?«

»Ja. *Sie.* Die dressierten Affen und Laborratten, die uns vorschreiben wollen, wie wir zu leben haben. Aber du weißt ja, ich bin ein Kämpfer. Ich habe noch nicht aufgegeben. Es findet sich immer ein Weg, um das System zu besiegen und dafür zu sorgen, dass es tut, was man will. Also halt durch, meine Kleine. Halt durch und sei stark. Für mich.« Er küsste sie mit seinen samtigen Lippen auf den Handrücken und dann noch einmal fest auf den Scheitel, als wollte er etwas aus ihrer Seele saugen. Dann richtete er sich auf.

»Ach ja«, sagte er, steckte sich die Selbstgedrehte zwischen die Lippen und klopfte seine Manteltaschen ab. »Ich hab dir doch ein paar Sachen mitgebracht. Warte mal, sie müssen hier irgendwo sein.« Er zog ein Buch, eine Streichholzschachtel und eine rote Haarspange aus der Tasche. Das Buch trug den Titel *Anne auf Green Gables.* »Grace hat es für dich gekauft. Sie dachte, es würde dir gefallen.« Die Streichholzschachtel enthielt einen toten Frosch, sorgsam in Goldfolie eingewickelt. »Das hat Matty für dich gemacht. Den Frosch hat er unten am Bahndamm gefunden.« Und die rote Haarspange gehörte ihr. Sie hatten sie in einer Ritze ihres alten Bettes im Dachzimmer gefunden.

»Und hat … hat Mum dir auch was für mich mitgegeben?«, fragte sie und schob die Streichholzschachtel zu.

»Nein, tut mir leid, von deiner Mum habe ich nichts. Im Augenblick kann sie an so etwas nicht denken.«

»Hat sie denn nach mir gefragt?«

Ken warf ihr aus den Augenwinkeln einen Blick zu. »O ja, sicher. Sie wollte wissen, ob es dir gut geht.«

»Und was hast du ihr gesagt? Hast du ihr erzählt, dass ich hier bin? Weiß sie, wo ich bin?«

»Ja, das weiß sie. Sie weiß, wo du bist.«

»Und was hat sie gesagt? Hat sie sich darüber geärgert? War sie böse?«

»Ich glaube nicht, dass deine Mutter gesund genug ist, um über irgendetwas böse zu sein«, erwiderte Ken, trat sorgsam die Zigarettenkippe auf dem gepflegten Rasen der Brownes aus und steckte den Stummel dann in die Innentasche seines Mantels. »Aber jetzt muss ich los.« Er streckte ihr die Hand hin. »Wink mir zum Abschied.«

Melody musste sich zwingen, nicht zu weinen, als Ken gleich darauf seinen alten Sturzhelm aufsetzte und das Motorrad bestieg. Sehnsuchtsvoll starrte sie auf den leeren Beiwagen. Sie sah sich selbst darin kauern, in dem Fellmantel, den Tante Susie ihr letzten Monat gekauft hatte, und den neuen Handschuhen, auf dem Weg in ein neues Abenteuer, bei dem unweigerlich Limonade und Eiscreme eine Rolle spielen würden. Und danach würde sie in das Haus in Broadstairs zurückkehren, mit rosigen Wangen und den Bauch voller Leckereien.

Als Ken den Motor anließ, lächelte sie tapfer und winkte ihm so eifrig nach, wie sie nur konnte. Als er nicht mehr zu sehen war, rannte sie ins Haus, geradewegs hinauf in ihr Zimmer, wo sie sich mit gekreuzten Beinen auf den Boden plumpsen ließ und zu wimmern begann. Durch einen Tränenschleier hindurch schaute sie sich im Zimmer um, und ihr Blick fiel auf das spanische Mädchen. Es sah Melody mit seinen großen Augen beruhigend an. Sie waren noch immer so unwahrscheinlich blau wie die Flügel eines tropischen Falters, das Haar war nach wie vor dunkel und glänzend wie ein Tiegel geschmolzene Schokolade, ihr Kleid noch immer so leuchtend rot wie Himbeersauce.

»Das ist einfach nicht gerecht«, schluchzte Melody. »Nichts ist gerecht. Nichts, nichts, nichts.« Die Spanierin lächelte ihr mitfühlend zu. »Ich will nach Hause. Ich will zu Mummy und Daddy. *Ich will nach Hause!*«

Sie schloss die Augen und ließ die Tränen über ihr Gesicht strömen, und als sie die Augen wieder öffnete, sah sie Gloria, die gerade die Tür ihres eigenen Schlafzimmers ganz langsam hinter sich zuzog. Mit kummervoller Miene ging sie durch den Flur.

46

Heute

Am Sonntagmorgen föhnte sich Melody die Haare. Nicht wie sonst, indem sie sie nachlässig mit den Fingern verstrubbelte, sondern ordentlich mithilfe einer Rundbürste. Sie zog das Haar in einzelnen Strähnen über die Bürste, bis es ihr in schimmernden Wellen auf die Schultern fiel. Dann holte sie ihr altes Schminktäschchen hervor, malte sich einen Lidstrich, verteilte ein wenig Abdeckstift unter den Augen und tuschte sich sie Wimpern braun. Die Morgenluft war wieder frisch, ohne einen Hauch von Sommer. Daher zog sie eine Jeans an, ein weißes Top und darüber einen dicken babyblauen Rippenpullover. An den Füßen trug sie nagelneue Markenturnschuhe und an den Ohren ein Paar große Silberohrringe. Sie begutachtete sich im Spiegel und überlegte, welchen Eindruck sie wohl machte. Wie eine Küchenhilfe sah sie nicht aus und auch nicht wie eine alleinerziehende Mutter, die in einer Sozialwohnung lebte. Doch genauso wenig ähnelte sie einer Frau aus Los Angeles namens Emily, die bei der BBC arbeitete und deren Mutter eine oskarnominierte Maskenbildnerin war. Seufzend schob sie sich das Haar hinter die Ohren. Auf ihrem Radiowecker war es elf Uhr achtundfünfzig. Sie war spät dran.

Emily saß auf einer Bank vor einem Café am Ladbroke Grove.

»Hallo«, sagte Melody und trat leise näher. »Emily?«

Emily wandte sich zu ihr um und lächelte, und Melodys Herz

machte einen Sprung. Kastanienbraunes Haar, haselnussbraune Augen, ein sanftes, rundes Gesicht, schmale Augenbrauen und ein Lächeln ohne jede Arroganz. Ihr war, als sehe sie ihr Spiegelbild – ein ziemlich schmeichelhaftes Spiegelbild.

»Melody! Du lieber Himmel!« Als Emily aufstand, stellte Melody fest, dass sie beide genau gleich groß waren. Emily stand da und starrte sie mit offenem Mund an, als wollte sie sich Melodys Gesicht in allen Einzelheiten einprägen. »Das gibt's doch gar nicht.«

Melody nickte und betrachtete eingehend ihre Schwester: die schimmernd weißen Zähne, die zweifach gepiercten Ohrläppchen, die spitzen grünen Pumps und die hautenge graue Jeans. »Wow, das ist ja unglaublich«, sagte sie schließlich.

»Du siehst genauso aus, wie ich es mir vorgestellt habe«, erwiderte Emily. »Du siehst genau aus wie Vater, genau wie …«

»Wie du?«

Emily lachte. »Ja, genau wie ich.«

»Wie alt bist du jetzt eigentlich?«

»Fast achtundzwanzig. Ich werde langsam alt.«

»Ach was, achtundzwanzig – du bist ja noch ein Baby.«

»So fühle ich mich aber nicht. Auch wenn meine Art zu leben besser zu jemand wesentlich Jüngerem passen würde. Hey, was meinst du, gehen wir einen Kaffee trinken?«

Sie gingen in ein Café um die Ecke, das an diesem Sonntag voller Familien und Einkaufsbummler von der Portobello Road war. Melody bestellte sich einen Cappuccino, Emily einen Kräutertee.

»Das war der aufregendste Anruf meines Lebens«, sagte Emily, während sie ihre Jeansjacke auszog. Darunter kamen ein pflaumenblaues Baumwolltop und eine Weste mit Nadelstreifen zum Vorschein. »Wirklich. Ich war gerade mit meinen Mitbewohnerinnen zusammen, und wir konnten es alle kaum glauben- meine leibhaftige Schwester! Wir schrien vor Freude, weil … wow, du bist eine richtige Legende, weißt du das?«

Lächelnd schob sich Melody die Pulloverärmel hoch. »Na, so würde ich mich nicht gerade bezeichnen«, sagte sie.

»Doch, ehrlich, als ich noch ein Kind war, hing dieses Bild von dir im Zimmer meiner Schwester –«

»Was – Charlotte?«

»Ja, in Charlottes Zimmer, am Spiegel ihrer Frisierkommode. Du trägst darauf dieses Zigeunerkleid und hast eine Kamelie im Haar, und du lächelst in die Kamera und siehst aus wie ein unheimlich *interessantes* Mädchen, weißt du, wie jemand, den man gern kennenlernen und mit dem man sich gern unterhalten würde. Und ich ... peinlich – ich habe so getan, als wärst du meine Freundin. Ich habe in meinem Zimmer die ganze Zeit mit dir geredet und dir erzählt, was ich gerade mit meinen Puppen spiele. Und ich hätte schwören können, dass du mir antwortest. Meine Mutter schickte mich zu einem Therapeuten, weil sie dachte, ich hätte einen Knall. Und ich glaube, ich war wirklich ein sonderbares Kind ... Ich hatte keine richtigen Freunde, nur dich ...« Sie lächelte Melody beinahe entschuldigend an. »Du kannst dir also vorstellen, wie wahnsinnig aufregend es für mich ist, meine Fantasiefreundin zu treffen!«

Melody sah sie erstaunt an. »Dieses Foto«, fragte sie. »Woher stammte das?«

»Ich weiß nicht. Vielleicht hat es mein Vater – ach, verdammt, ich meine *unser* Vater – aufgenommen, als du zu Besuch warst.

»Ich war zu Besuch? Du meinst am Goodge Place?«

»Nein, in L.A.«

»Ich war in Los Angeles?«

»Aber ja! Du bist allein mit dem Flugzeug gekommen. Ich hielt dich immer für das mutigste, coolste Mädchen der Welt, weil du ganz allein geflogen bist.«

»Ich bin mit dem Flugzeug nach L.A. geflogen?«

»Ja. Erinnerst du dich denn nicht mehr?«

Melody schüttelte den Kopf und griff nach ihrer Kaffeetasse.

»Nein«, sagte sie, »daran kann ich mich überhaupt nicht erinnern.« Sie starrte einen Augenblick schweigend auf den Tisch hinunter. Zum ersten Mal wurde ihr richtig bewusst, wie schrecklich zerstört ihr Gedächtnis war. Dass sie eine andere Mutter, einen anderen Vater, ein anderes Haus und ein anderes Leben vergessen hatte, war eine Sache, doch eine Reise nach Los Angeles zu vergessen, das fand sie wirklich in jeder Hinsicht beängstigend.

»Wow, das ist ja schräg. Ich glaube, du bist ungefähr zwei Wochen geblieben. Du hast in meinem Zimmer auf dem Boden geschlafen.«

»Tatsächlich?«

»Ja. Mum hat es mir erzählt. Sie sagte, du warst ihr ‚kleiner Babysitter' und bist die ganze Zeit über nicht von meiner Seite gewichen.«

Und plötzlich war es wieder da: ein weiß tapezierter Raum, ein Klebebild von Tweety an den Wänden, ein Mobile, das sich langsam in der milden Brise dreht, das träge Konzert der Zikaden, zerzauste Palmen, das Blubbern eines Swimmingpool-Filters, Erwachsene, die sich halblaut unterhalten. Sie spürte wieder den harten Steinboden unter ihrem Körper und die Anwesenheit eines kleinen, kostbaren Lebens, das im Bettchen unter den Tierbildern und dem Holzmobile schlummerte. Ihre Schwester.

»Jetzt weiß ich's wieder!«, sagte sie freudig erregt und stellte energisch die Kaffeetasse ab. »Ich erinnere mich! An der Wand in deinem Zimmer klebte ein Bild von Tweety. Und da war ein Swimmingpool, und die Luft … sie roch nach … Melody schnupperte leicht, »sie roch nach …«

»Jasmin?«, schlug Emily vor.

»Nein, nicht Jasmin – *Chlor!* Daran entsinne ich mich.«

»Wow, ich kann gar nicht glauben, dass du dich noch an das Klebebild von Tweety erinnerst! Und an der anderen Wand hing Minnie Maus. Weißt du das noch? Sie hingen dort, bis ich fast zehn war! Dann kratzte ich sie eigenhändig mit einem Spachtel ab und strich das ganze Zimmer in *Aubergine.* Mum war nicht begeistert. Und erinnerst du dich auch noch an …« Emily senkte den Blick. »Weißt du noch viel über Vater?«

Melody lächelte wehmütig. »Nein, nicht besonders«, sagte sie. »Und alles, woran ich mich erinnere, ist ganz neu für mich. Aber ich weiß noch, dass er ein liebes Gesicht hatte und groß war und uns beide sehr geliebt hat.«

Lächelnd spielte Emily mit einem Zuckertütchen. »Ja, das hat mir Mum auch erzählt«, erwiderte sie. »Ich meine, ich war ja erst ein Jahr alt, als er starb. Ich kann mich überhaupt nicht an ihn erinnern, weißt du, kein bisschen. Ich kenne ihn nur von Fotos, und auf denen sieht er so lieb und freundlich aus. Ich wünschte, ich hätte ihn gekannt.«

»Ja, ich auch«, antwortete Melody.

»Aber du warst doch immerhin schon sechs, oder?«

Melody schüttelte traurig den Kopf. »Schon, aber aus den ersten neun Jahren meines Lebens weiß ich nichts mehr«, erklärte sie.

»Was, überhaupt nichts?«

»Nein.« Erneut schüttelte sie mit einem kleinen, schiefen Lächeln den Kopf. »Bis vor einer Woche dachte ich, mein Name wäre Melody Browne, meine Eltern hießen Clive und Gloria, und ich hätte mein ganzes Leben in einem Haus in Canterbury verbracht.«

Emily blickte sie verwirrt an. »Was, wirklich?«

»M-hm. Ich hatte so eine Art Gedächtnisschwund, und es scheint, dass meine Mutter damals ins Gefängnis gesteckt wurde, dass mein Vater bei einem Unfall ums Leben kam und dass mich fremde Leute adoptierten, die mich mein ganzes Leben lang belogen haben.«

»Das meinst du doch nicht im Ernst, oder?«

»Doch. Ich wünschte, es wäre nicht so«, erwiderte Melody und senkte den Blick.

Sie blieben eine weitere Stunde in dem Café, tranken noch mehr Tee und Kaffee und redeten ununterbrochen und wie besessen über alles und jedes. Emily lebte in einer Wohngemeinschaft mit drei anderen Frauen in der Nähe der Golborne Road. Sie arbeitete in der Marketingabteilung der BBC und schrieb in ihrer freien Zeit an einem Roman, in dem ein Mädchen nach ihrer seit Langem verschollenen Schwester sucht.

»Weißt du, ich bin nach London gekommen, um dir nahe zu sein. Um dieselbe Luft zu atmen wie du. Ich wollte dem Zufall eine Chance geben …«

Mit dem neuen Lebensgefährten ihrer Mutter und ihren beiden jüngeren Halbbrüdern kam sie gut aus, doch mit Charlotte vertrug sie sich nicht, so sehr sie sich auch bemühte. »Sie tut so, als wäre sie eine Diva. Und sie stellt sich ständig dumm, obwohl sie so clever ist. Ich komme einfach nicht mit ihr klar, verstehst du?«

Emily kochte gern, war gesellig und hatte seit gut einem Jahr einen Freund. Doch sie erwog, mit ihm Schluss zu machen, denn: »Er ist fast einunddreißig und will langsam sesshaft werden und eine Familie gründen. Aber ich bin ja erst siebenundzwanzig und noch nicht bereit dazu.«

Sie war erstaunt, als sie von Melodys Sohn hörte. »Du bist *Mutter*? Himmel! Das heißt ja, ich bin *Tante!* Und du warst erst fünfzehn? Ich wusste ja, dass du toll bist und was ganz Besonderes. Und damit habe ich recht gehabt!«

Als sie schließlich das Café verließen, war es Melody, als hätten sich all die sonderbaren, furchterregenden Fragmente ihrer vergessenen Kindheit, die Erkenntnisse und trostlosen Tatsachen, die aus den finsteren Winkeln ihres Geistes ans Licht gedrungen waren, zu einem neuen strahlend schönen Bild zusammengefügt und in dieser jungen Frau, diesem munteren, hübschen, lieben Mädchen Gestalt angenommen. Es schien, als hätte sich alles zu einer schimmernden Perle verdichtet: ihrer Schwester. In ihr sah Melody nicht nur einen Menschen, der ihr hätte vertraut sein können, wenn das Leben ihr nicht so übel mitgespielt hätte, sondern ein Spiegelbild ihrer selbst – dessen, was sie hätte sein können, wäre ihr Vater damals nicht verunglückt, sondern nach London gekommen, um ihr beim Packen zu helfen und sie mit nach Los Angeles zu nehmen.

»Hast du es eilig?«, fragte Emily und ergriff Melodys Hand.

»Nein, ganz und gar nicht«, erwiderte diese.

»Gut. Ich muss dir nämlich unbedingt etwas zeigen.«

Als sie in Tooting ankamen, regnete es heftig, und sie mussten sich unter dem kleinen Taschenschirm zusammendrängen, den Emily aus den Tiefen ihrer geräumigen Umhängetasche geholt hatte. Emily wollte Melody nicht verraten, wohin sie gingen.

»Da sind wir«, sagte sie, als sie sich der hellen Umfassungsmauer des Friedhofs von Lambeth näherten.

Melody blickte sie fragend an.

»Wir gehen Dad besuchen«, erklärte Emily. »Bist du damit einverstanden?«

Melody schluckte. Sie hatte sich vorgenommen, in der Personendatenbank von Clerkenwell nach der Geburtsurkunde ihres Vaters zu suchen und herauszufinden, wo er bestattet war, hatte sich jedoch noch nicht dazu aufraffen können. Und nun war sie hier und würde gleich an seiner letzten Ruhestätte stehen. Sie atmete tief durch und nickte.

»Gut«, sagte Emily. »Ich komme einmal im Monat her«, setzte sie hinzu, während sie den gewundenen Wegen des idyllischen Friedhofs folgten. »Mindestens einmal. Das war mit ein Grund, warum ich nach London gezogen bin. Damit ich ihn jederzeit besuchen konnte. Ein wenig habe ich immer gehofft, dass ich eines Tages hierherkommen und dich hier an seinem Grab antreffen würde. Aber jetzt, wo ich dich ein bisschen kenne, glaube ich nicht, dass das jemals geschehen wäre.«

Während sie dahinging, überkam Melody das Wiedererkennen wie ein kalter Schauer. Sie sah einen steinernen Engel und ein beschädigtes Kreuz, efeubedeckte Mauern und spitze Nadelgehölze, und sie wusste, dass sie das alles schon einmal gesehen hatte. Und plötzlich überfiel sie ein Gefühl von Traurigkeit und trostloser Gewissheit.

»Hier«, sagte Emily und blieb zwischen zwei Reihen kleiner in die Erde eingelassener Steinplatten stehen. »Hier liegt Dad.«

Melody blieb ebenfalls stehen und blickte zu Boden. Die Grabplatte war dunkelgrau mit hellerer eingemeißelter Schrift:

John Baxter Ribblesdale
1944–1979
Geliebter Vater, Stiefvater und Ehemann
Er wurde uns viel zu früh entrissen
Wir werden ihn ewig lieben

Als Melody zärtlich mit der Hand über den feuchten Stein strich, hatte sie plötzlich das Gefühl, als umhülle die Welt weich und dunkel ihren Kopf. Sie schloss die Augen und sah im Geist ein Loch im Boden, einen ganz kleinen weißen Sarg und eine Frau in einem alten grauen Kleid, die versuchte, in die Grube zu steigen. Als sie die Augen wieder öffnete, war das Bild verschwunden, und in ihren Augen standen Tränen.

»Hier bin ich schon einmal gewesen«, sagte sie.

»Ja, natürlich. Du warst bestimmt auf der Beerdigung«, antwortete Emily.

»Ja, vermutlich.« Melody blickte sich um und sah einen Baum, der ihr vertraut erschien. »Aber ich habe das Gefühl, da war noch etwas. Eine andere Beerdigung … Vielleicht …« Plötzlich verstummte sie und tat einen scharfen Atemzug, denn sie hatte die Inschrift auf der Platte links neben der ihres Vaters gelesen – es war eine kleine helle Platte mit einigen grünen Streifen:

Romany Rosebud Ribblesdale
4. Januar – 6. Januar 1977
Die lieblichste Rose
Gebrochen vor der Zeit
Verdunkelt ist für immer unser Herz

Es dauerte eine Weile, bis Melody die Bedeutung der Worte wirklich erfasst hatte. Zuerst glaubte sie, es sei das Grab einer Verwandten aus alter Zeit, eines armen kleinen Kindes, das in einem vergangenen Jahrhundert geboren und gestorben war. Doch dann, als sie die Daten genauer betrachtete, wurde ihr klar, dass dieses Kind geboren war, als sie selbst vier Jahre alt war, und dass die Frau, die sie gerade eben in ihrem Flashback dabei gesehen hatte, wie sie versuchte, in das Grab zu klettern, ihre Mutter gewesen sein musste – Jane Ribblesdale, die Kindesentführerin. Sie musste auch die Mutter des verstorbenen Babys gewesen sein, und auf einmal stand Melody die Wahrheit deutlich vor Augen.

Emily, die bemerkt hatte, dass Melody auf das Kindergrab starrte, berührte sie sanft am Arm. »Armes kleines Ding, was?«, sagte sie leise.

»Wusstest du, dass sie meine Schwester war?«, erwiderte Melody.

»Unsere Schwester. Ja. Ich wusste es schon, bevor ich nach London kam. Meine Mutter hat immer gesagt, damit fing alles an. Du weißt schon.«

Melody schüttelte den Kopf. »Nein, weiß ich nicht. Was fing an?«

»Na ja, eben, dass deine Eltern sich trennten und deine Mutter verrückt wurde. Und dann hat sie dich mitgenommen in diese Bruchbude an der Küste, hat das Baby entführt, sich umgebracht …«

Melody fuhr zusammen und schnappte nach Luft. Ihre Mutter war tot. Sie hatte es bereits vermutet, war sich jedoch nicht sicher gewesen, und die Gewissheit schmerzte sie mehr, als sie gedacht hätte.

»O Gott.« Emily starrte sie an. »Ich dachte, du wüsstest es.«

»Nein. Ich wusste es nicht.«

»Ach, verdammt, Melody. Es tut mir so leid. Ich habe es angenommen, weil du über die Sache mit der Entführung Bescheid wusstest und so ...«

»Ich wusste, dass sie das Baby entführt hat und dafür ins Gefängnis kam, aber ich dachte, vielleicht ... Ich weiß auch nicht, was ich dachte.«

»Da, sieh mal.« Emily deutete auf die Grabstelle neben der des Vaters.

Melodys Blick fiel auf eine kleine graue Platte, umgeben von weichem grünen Moos.

Jane Victoria Newsome
1948–1981
Vor allem eine Mutter
Geliebt und schmerzlich vermisst

Da ging sie in die Hocke und ließ den Kopf auf die Brust sinken. Der Regen war noch stärker geworden und strömte ihr über den Kopf. Sie blickte auf und schaute nach links und rechts auf die drei kleinen rechteckigen Steinplatten, unter denen drei kleine Kisten voller Staub und Asche verborgen lagen. Ihre Mutter, ihr Vater, ihre Schwester. Ihre Familie. Schattenhafte, unbekannte Fremde. Gesichter, die sie nur auf unscharfen Schwarz-Weiß-Kopien gesehen hatte. Ein Kind, das sie nie kennengelernt hatte und das im Alter von zwei Tagen gestorben war und ihre Eltern mit »verdunkeltem Herzen« zurückgelassen hatte. Eine ganze kleine Welt, ausgelöscht von der Hand des Schicksals in weniger als fünf Jahren.

»Was war mit dem Baby?«, fragte Melody.

»Äh, ich bin nicht sicher. Ein Herzfehler, nehme ich an. Ich muss Mum mal fragen. Aber mir erscheint das plausibel.«

»Und was war mit Jane? Was geschah mit meiner Mutter?«

Emily verzog das Gesicht und zuckte mit den Schultern. »Sie hat sich erhängt, glaube ich«, sagte sie bedauernd.

Melody sog scharf den Atem ein, als hätte sie einen Schlag in die Magengrube bekommen. Ein Bild schoss ihr durch den Kopf: eine gesichtslose Frau in einem weiten grauen Kleid, die von der Decke ihrer Gefängniszelle baumelte. War es dort geschehen? Nein, natürlich nicht. Es war nur Einbildung. Aber jemand musste es ihr, Melody, erzählt haben. Wer konnte das gewesen sein? Was hatte sie da empfunden? Hatte ihre Mutter ihr einen Abschiedsbrief hinterlassen? Hatte sie in irgendeiner Weise für ihre einzige Tochter Vorsorge getroffen?

»Und was … was geschah mit mir?«

Wieder zuckte Emily die Schultern. »Das ist das größte Rätsel von allen. Gerade noch wussten wir, wo du warst, und gleich darauf nicht mehr. Es war, als wärst du einfach verschwunden. Es war …« Sie blickte durch die sich wiegenden Baumkronen in den aufklarenden Himmel. »Es war, als hätten wir dich nur geträumt.«

47

1981

Die Nachricht über Melodys Mutter kam per Telefonanruf von Tante Susie an einem Sonntagnachmittag, als Melody im Wohnzimmer »Mensch ärgere dich nicht« mit Clive spielte und darauf wartete, dass der duftende Biskuitkuchen im Ofen fertig wurde.

»Oh, mein Schatz, mein Schatz, mein Schatz«, keuchte Tante Susie kurzatmig. »Ich kann gar nicht glauben, dass ich dir das sagen muss, nach allem, was du schon durchgemacht hast. Aber es ist etwas ganz Schreckliches passiert, und du musst jetzt furchtbar tapfer sein.«

Sie rief aus dem Queen Elizabeth Krankenhaus an, da sie einen leichten Herzinfarkt erlitten hatte, als sie die Nachricht erhielt. Ihre Worte wurden untermalt von Pfeiftönen, Schluchzern und anderen beunruhigenden Geräuschen, sodass sie gar nicht wie Tante Susie klang, sondern wie eine der seltsamen Kreaturen aus »Doctor Who«. Zuerst verstand Melody gar nicht, was sie meinte. Sie benutzte Wörter wie »verblichen« und »dahingegangen«, und Melody dachte, ihre Mutter sei vielleicht aus dem Gefängnis entflohen. Doch dann begriff sie, und ihr schien, als seien die Gesetze der Schwerkraft plötzlich aufgehoben. Ihre Beine waren wie Gummi, der Kopf voller Nebel, und nach und nach, Tropfen für Tropfen, versickerte das Leben in ihr, bis sie nur noch ein kleines tränenloses Häufchen Elend auf dem Fußboden war, das sich langsam in Nichts auflöste.

Melody war ein aufgewecktes Kind, das sich vieles zusammenreimen konnte, sie war anpassungsfähig und stets bemüht, den Plänen anderer nicht im Weg zu stehen.

Wenn ein Mann im Gericht entschied, dass ihre Mutter für zwei Jahre ins Gefängnis musste, weil sie ein Baby gestohlen hatte, dann würde Melody eben zwei Jahre warten, bis ihre Mutter wieder freikam.

Wenn ihre Mutter zu krank war, um Besuch zu bekommen oder ihr auch nur einen Brief oder eine lustige Karte zu schreiben, dann musste sich Melody eben Besuch und Briefe aus dem Kopf schlagen.

Wenn Tante Susie zu dem Entschluss gekommen war, dass es in ihrem Haus nicht mehr sicher für Melody war und dass sie bei Susies »lieben alten Freunden« hier in Canterbury besser aufgehoben wäre, dann war es auch gut.

Melody konnte sogar die Tatsache rechtfertigen, dass ihre Mutter das Baby gestohlen hatte. Sie hatte es nur getan, um glücklicher zu werden, sagte sie sich. Und wenn sie glücklicher wäre, könnte sie ihr auch eine bessere Mutter sein.

Melody konnte die meisten Widrigkeiten, die ihr in den vergangenen Jahren zugestoßen waren, akzeptieren, da sie wusste, dass jeder im Grunde nur das tat, was er für das Richtige hielt. Doch so viel sie auch darüber nachdachte und so sehr sie sich auch bemühte, es zu verstehen – die Tatsache, dass ihre Mutter nicht mehr hatte leben wollen, ergab für sie einfach keinen Sinn. Wem nützte es, wenn man tot war, und wie konnte das Leben dadurch besser oder leichter werden? Wie konnte ihre Mutter oder sonst jemand es richtig finden, Melody ganz allein bei Fremden zu lassen?

Für eine Weile, während sie dort auf dem Axminster-Teppich lag, die Wange in die kratzige Wolle gepresst, und mit den Fingerspitzen an den seidigen Fransen des geblümten Sofas entlangfuhr, verlor Melody die Verbindung mit der Welt. Sie wusste, dass alles noch da war, merkte, wie Gloria ihr übers Haar strich, hörte, wie Clive sie überreden wollte aufzustehen, wusste, dass hinter ihr auf dem Tisch das »Mensch ärgere dich nicht«-Brett stand und dass Glorias Kuchen wahrscheinlich verbrennen würde, wenn sie ihn nicht bald aus dem Ofen nahm. Doch was das alles mit ihr zu tun hatte, wusste sie nicht.

Unter dem Sofa entdeckte sie einen kleinen Ball mit einem Glöckchen daran. Vermutlich, dachte sie, hatte er der dicken roten Katze gehört, die für Gloria Kind-Ersatz gewesen war, bis sie vor einem Jahr ihr Leben unter den Rädern eines Touristenbusses verloren hatte. Melody streckte den Arm aus, zog den Ball zu sich heran und drückte ihn an die Wange. Sie spürte das kühle Metall des Glöckchens auf ihrer heißen Haut und versuchte, sich vorzustellen, was geschehen würde, wenn sie nie wieder aufstand. Aufzustehen war für sie gar nicht mehr denkbar. Es schien unmöglich, dass ihre Beine den Kopf, diesen schweren, tauben Klumpen auf ihren Schultern überhaupt tragen konnten. Nein, sie wollte einfach hier liegen blieben und abwarten, was als Nächstes geschah.

Als Nächstes kreischte Gloria: »Der Kuchen!« und rannte hinaus, und Clive half Melody sanft beim Aufstehen und setzte sie aufs Sofa. Sie blieb genau so sitzen, wie Clive sie hingesetzt hatte, als wäre sie eine Gummipuppe. In der Hand hielt sie das Katzenspielzeug, und ihr Blick fiel auf eines der Figürchen auf dem Spielbrett. Es war zierlich, blau und glänzend, und sie beugte sich ungelenk vor und nahm es in die Hand. Fast konnte sie ihr Spiegelbild darin erkennen – eine winzige blaue Gestalt, verschwommen wie ein Geist. Sie stellte fest, dass sie schon mehrere Sekunden lang nicht mehr an ihre tote Mutter gedacht hatte, und bei dem Gedanken spürte sie einen stechenden Schmerz in der Magengrube, als hätte etwas in ihrem Inneren sie gekniffen. Sie ließ die Spielfigur fallen und nahm es hin, dass einige Geräusche in ihren Kopf drangen.

»Melody«, hörte sie Clive sagen. »Melody, Liebes, sag doch was.«

Aber sie konnte nicht. Es gab nichts, was sie weniger wollte als sprechen. Denn dann hätte sie die Verbindung mit der Welt wieder aufnehmen müssen, und dazu hatte sie keine Lust. Nicht, wenn die Welt so grausam zu ihr war.

Ein Rauchfaden zog ins Zimmer, und sie hörte Gloria in der Küche leise fluchen.

»Bring ein Glas Wasser, Gloria!«, rief Clive.

Gloria kam und reichte Melody das Wasser, doch sie schob es weg. Sie wollte kein Wasser, sie wollte ihre Mum.

»Es tut mir so leid, mein Schatz«, sagte Gloria und strich ihr das Haar aus der Stirn. »So furchtbar leid.«

»Was für ein Unglück«, seufzte Clive. »Noch ein verdammtes Unglück.«

»Aber hab keine Angst. Wir kümmern uns um alles. Wir sorgen dafür, dass du alles hast, was du brauchst. Wir sind immer für dich da, Clive und ich.« Gloria drückte Melodys empfindungslosen Körper an sich und küsste sie auf die Schulter. Es war das erste Mal überhaupt, dass sie sie geküsst hatte. Seit ihrer ersten Nacht in diesem Haus hatte Melody insgeheim auf einen Kuss von Gloria gehofft – darauf, dass sie sie vor dem Zubettgehen fest drückte und ihr einen herzhaften Kuss auf die Wange gab, so wie es Tante Susie getan hatte und Ken und ihre Mum in ihren seltenen glücklichen Phasen. Doch der Kuss auf die Schulter war merkwürdig unangenehm, und Melody bog sich von ihr weg.

»Ja, wir werden uns um alles kümmern«, bekräftigte Clive.

»Können wir jetzt irgendetwas für dich tun? Möchtest du jemanden anrufen? Mit jemandem reden?«

Melody rollte das Katzenspielzeug zwischen den Handflächen und starrte durch das gegenüberliegende Fenster. Ein kräftiger Wind fegte um die Baumkronen, ein Stückchen Papier flog vorüber, gegenüber machte jemand Hausputz. Sie blickte auf das Spielzeug und dachte an Puss, die Katze, die sie nie gesehen hatte. Sie stellte sich vor, wie sie unter den bedrohlichen Rädern des Reisebusses zerquetscht wurde, und sah im Geist die erschrockenen Gesichter der Fahrgäste, die einen schönen Tag in Canterbury verbringen wollten und zusehen mussten, wie der rundliche rote Katzenkörper zu Brei zermalmt wurde. Und dann dachte sie an eine Autobahn in Los Angeles, hörte Bremsen quietschen, Metall sich kreischend verbiegen, und sah das Gesicht ihres Vaters, an eine zerborstene Windschutzscheibe gepresst. Da spürte sie wieder dieses Brennen im Magen, und zugleich tat sich eine kleine Lücke in ihrem Bewusstsein auf. Ein Raum wie ein kleiner Tresor, von dessen Existenz sie nichts gewusst hatte. Sie fand, das wäre ein guter Platz, um dort das entsetzliche Bild ihres Vaters auf der Autobahn zu verstecken. Sie packte den Gedanken in das Kästchen, schob es zurück in die Lücke in ihrem Kopf, und im gleichen Augenblick ließ das Brennen im Magen nach.

»Melody«, hörte sie Gloria flüstern. »Sag doch was, Melody.«

Doch Melody wollte nichts sagen. Allein der Gedanke ans Sprechen gab ihr das Gefühl, als fasse sie in eine Steckdose oder in eine offene Flamme. Also schwieg sie. Das fühlte sich gut an. Es fühlte sich glatt und sanft und stark an. Worte stifteten nur Unruhe. Gedanken, so erkannte sie jetzt, waren viel besser. Gedanken konnte man in Kästchen stecken und ablegen. Worte waren zu öffentlich, zu direkt. Worte waren etwas für Idioten.

Sie stand auf, ging aus dem Zimmer und stieg mit langsamen, schweren Schritten die Treppe hinauf in ihr Zimmer.

Dort blieb sie für den Rest des Tages und erkundete weitere Plätze in ihrem Kopf, wo sie Dinge unterbringen konnte, an die sie nicht mehr denken wollte. Erst als es schon dunkel war, kam sie herunter. Ihr Magen knurrte so sehr, dass ihr sogar Glorias angebrannter Kuchen, der auf der Küchenplatte stand, essbar erschien.

48

Heute

»Du hast ungefähr hundert SMS gekriegt!«, rief Ed aus dem Wohnzimmer, wo er seine Fußballschuhe mit neuen Stollen versah. Melody, die gerade aus der Dusche kam, wickelte sich in ihr Badetuch und tappte in die Küche, wo ihr Handy zum Aufladen lag. Vier neue Textnachrichten waren darauf. Die erste kam von Ben. Sie öffnete sie in der Annahme, er wolle ihr Treffen absagen, doch so war es nicht.

»Hast du nicht gesagt, dein Sohn hätte nächste Woche Geburtstag? Sag mir Bescheid, ich habe einen Plan … B.«

Melody verzog das Gesicht, dann lächelte sie. Wieso hatte er sich bloß daran erinnert? Immer noch lächelnd tippte sie die Antwort-SMS: »Gutes Gedächtnis. Bin beeindruckt. Er wird Mittwoch achtzehn. Aber was ist das für ein Plan? Du machst mich ganz nervös …«

Sie drückte auf »Abschicken« und las dann die nächsten drei Nachrichten. Es waren MMS von derselben Nummer, die sie nicht kannte. Sie nahm ihr Telefon mit ins Schlafzimmer und zog rasch ihre Unterwäsche an, während die Anhänge heruntergeladen wurden. Dann hockte sie sich auf die Bettkannte und öffnete einen Anhang nach dem anderen. Sie kamen von Emily und trugen sämtlich den Vermerk: »Beweis dafür, dass du dort warst!«

Es waren kleine grobkörnige Fotos. Sie zeigten ein kleines Mädchen und ein Baby, die auf einem Parkettfußboden saßen, zwischen sich die glänzenden Teile eines riesigen Puzzles. Mit ernsten dunklen Augen starrten die beiden nach oben in die Kamera.

Melody rief unverzüglich Emily an.

»Himmel, das sind ja wir!«, sagte sie atemlos.

»Ja, stell dir vor!«, rief Emily. »Mum hat sie mir gestern Abend gemailt. Sind sie nicht süß?«

»Ich bin begeistert!«, antwortete Melody. »Ich hatte auch …« Sie verstummte und überlegte, ob es stimmte, was sie gerade sagen wollte, und woher sie es überhaupt wusste. Doch dann sah sie es deutlich vor sich: ein verblasstes Polaroidfoto, schon ganz abgegriffen an den Rändern. »Ich hatte auch ein Bild von uns beiden«, fuhr sie mit größerer Gewissheit fort. »Darauf hast du in einem Hochstuhl gesessen, und ich stand neben dir. Hinter uns war ein blühender Orangenbaum. Ich hatte es ganz vergessen, aber jetzt erinnere ich mich wieder. Es war mit das Wertvollste, was ich besaß. Ich nehme an«, fuhr sie mit aufsteigendem Ärger fort, »dass es bei dem Brand damals vernichtet wurde, so wie alle anderen Sachen auch.«

Welche anderen Sachen?, fragte sie sich. Was sonst noch hatte das grausame Feuer, das ihr Leben verändern sollte, verschlungen? Was alles war verloren gegangen, welche Hinweise auf ihre Kindheit und auf sie selbst?

Wenige Sekunden, nachdem sie das Gespräch mit ihrer Schwester beendet hatte, traf eine SMS von Ben ein. »Kein Grund, nervös zu sein«, schrieb er. »Übrigens, soll ich dir bis Montag ein Bild von mir schicken, falls du vergessen hast, wie ich aussehe? Nur zur Sicherheit?«

Lächelnd antwortete Melody: »Nicht nötig. Klein, dick, kahlköpfig und hässlich, stimmt's?«

Als Antwort kamen nur ein Zwinkern und ein Kuss.

Melody blieb noch eine Weile auf dem Bett sitzen, das Handy an die Wange gepresst, das Herz erfüllt von einer nie gekannten Freude.

Am nächsten Tag ließ sie einen weiteren enttäuschend trüben Londoner Sommertag hinter sich und fuhr mit dem Zug nach Folkestone. In dem Seebad in Kent strahlte die Sonne.

Grace wohnte im dritten Stock eines leicht heruntergekommenen Wohnblocks aus den Fünfzigerjahren, zwei Straßen von der Strandpromenade entfernt. Offensichtlich war der Architekt der Meinung gewesen, der fehlende Seeblick sei kein Grund, auf plumpe Balkons und riesige Panoramafenster zu verzichten, die einen Ausblick auf die unansehnlichen Hinterhöfe einiger alter Reihenhäuser boten.

Melody stand in dem kühlen, leicht nach Bratfett riechenden Treppenhaus, dessen grünlicher Marmorboden mit abgetretenen Teppichen belegt war, und drückte auf die Türklingel. Sie holte tief Luft und machte sich auf den Anblick einer Frau mit sehnigen Armen, wallender Mähne und flatternden Gewändern gefasst. Stattdessen wurde die Tür von einem etwas ungepflegt wirkenden Mann in einem dunkelgrünen Polohemd und weiten Shorts geöffnet. In einer Hand hielt er eine Zigarette und in der anderen eine Dose Diätcola.

»Ach du Schande, Melody Ribblesdale!«, sagte er.

Es dauerte einen Augenblick, bis sie den Mann erkannte. Das geschnittene Haar und das glatt rasierte Gesicht hatten sie irritiert, doch es war tatsächlich Matthew. Matty. Der Junge aus dem besetzten Haus. Der Betrunkene aus Broadstairs. Graces Sohn.

»Matthew!«, sagte sie.

»Mensch, du erinnerst dich noch an mich?«

»Ja. Wir haben uns übrigens vor Kurzem getroffen.«

»Ach ja?«

»Ja. In Broadstairs, vor ungefähr zwei Wochen.«

»Nein!« Er blickte sie entgeistert an und wirkte dennoch wenig überrascht. »Himmel, was habe ich zu dir gesagt?«

»Ach, nicht viel. Du hast mich nur gefragt, ob ich Hilfe brauche. Wahrscheinlich sah ich ein bisschen verloren aus.«

»Ich hoffe nur, ich war nicht aufdringlich. Das kann ich nämlich sein, wenn ich trinke.«

Sie schüttelte lächelnd den Kopf. »Du warst nett, wirklich«, versicherte sie.

»Na besten Dank«, antwortete er und fügte hinzu: »Aber komm doch rein. Herzlich willkommen!«

Barfuß ging er vor ihr her durch den engen Flur in ein helles Zimmer. Die Wohnung war klein und das Mobiliar bunt zusammengewürfelt. Es gab Dekorationsgegenstände aus aller Herren Länder: afrikanische Masken, indische Wandbehänge und chinesische Laternen. Das Wohnzimmer hatte ein großes Panoramafenster und Glastüren, die auf einen Balkon führten. Dort saß eine würdige Dame mit einer Tasse Tee und einer Zeitung.

»Melody!«, rief sie, erhob sich aus dem Liegestuhl und kam barfuß ins Wohnzimmer getappt. »Oh, Melody!«

Sie war sehr schlank und trug graue Leggings und eine violette Bluse, die um die Taille mit einem Seidenschal zusammengebunden war. Ihr Haar war strahlend weiß und zu einem kurzen Pagenkopf geschnitten, und sie trug schwere, indisch aussehende Goldohrringe.

Mit ihren langen, kräftigen Fingern umfasste sie Melodys Oberarme und schaute ihr eindringlich in die Augen, als suche sie darin nach etwas. »Schön!«, rief sie nach ein paar Sekunden. »Ich wusste immer, dass du eine Schönheit werden würdest.« Sie ließ Melodys Arme los und seufzte beinahe erleichtert. »Komm, setz dich doch. Was möchtest du trinken?«

»Oh, gern auch eine Diätcola«, antwortete Melody und deutete auf die Dose in Matthews Hand.

»Matty, hol doch bitte Melody eine Cola, ja, mein Schatz? Hier, setz dich und lass dich anschauen«, fügte Grace an Melody gewandt hinzu und klopfte auf ein Sofa. Es war mit einem Stück grüner indischer Seide bedeckt, damit man nicht sah, wie heruntergekommen es war.

Als Melody Platz genommen hatte, betrachtete Grace sie eine Weile. »Genau so, aber doch ganz anders. Du wirkst so …«, sie überlegte, »So *reif.* Du hast schon einiges erlebt, was?«

Melody schaute die Frau an und versuchte, etwas Vertrautes an ihr zu entdecken. Dabei kramte sie in ihrem Gedächtnis nach Erinnerungen an dieses exotische Wesen, doch da war nichts. »Na ja, das kommt darauf an, was du unter ‚erleben' verstehst«, erwiderte sie lächelnd. »In bescheidenem Maße hatte ich ein interessantes Leben.«

»Kinder?«

»Ja, ein Sohn, Edward …«

»Edward? Wie das Baby, das …« Grace zögerte.

»Wie das Baby, das meine Mutter entführt hat, ja. Dabei hatte es gar nicht damit zu tun. Purer Zufall, aber dennoch …«

»Vielleicht irgendwie unbewusst?«

»Ja, möglich.«

»Interessant.« Grace zog ein schlankes Bein unter ihren Körper. »Und wie alt ist dein Edward?«

»Siebzehn. Mittwoch wird er achtzehn«, antwortete Melody.

»Da ist er ja schon ein Mann! Du hast ihn jung bekommen.«

»Ja, mit fünfzehn.«

»Gut so. Ich habe immer bedauert, dass ich meine Kinder nicht früher bekommen habe. War viel zu sehr damit beschäftigt, mich selbst zu finden. Im Grunde war ich einfach noch zu jung, um zu wissen, was ich wollte. Ich hätte meine Kinder eher bekommen sollen, solange ich noch jung und dumm war, und mich dann später selbst finden. Aber so ist es nun mal, *c'est la vie.* Und womit beschäftigt ihr beide euch so, du und dein Edward?«

»Ach, eigentlich leben wir so dahin. Immer im gleichen Trott. Aber es ist ein schöner Trott.« Melody lachte nervös. Der Blick dieser Frau war seltsam durchdringend. Es war, als suche sie nach etwas hinter Melodys Augen.

»Arbeit?«

»Ja. Ich arbeite an Eds Schule. In der Küche.«

»Du bist eine Küchenhilfe?«, feixte Matthew, der gerade mit Melodys Cola hereinkam.

»Ja, und?«, erwiderte sie leichthin.

»O Mann, ich hätte mir ja einige Berufe für Melody Ribblesdale ausmalen können, aber Küchenhilfe bestimmt nicht.«

»Was ist daran verkehrt?«, konterte sie. Sie verkniff sich die Bemerkung, dass sie sich auch nie hätte ausmalen können, dass aus Matthew einmal ein jämmerlicher Säufer werden würde.

»Nichts.« Er hob abwehrend die Hände. »Gott segne alle Küchenhilfen, was würden wir ohne sie anfangen? Ich habe bloß immer gedacht …«

»Was?«

»Ich weiß nicht, aber du hattest so was Besonderes an dir. Ich dachte immer, du würdest mal berühmt werden und ins Fernsehen kommen.«

»Stattdessen hat es dein kleiner Bruder geschafft.«

»Ja, stimmt. Ich bin der Bruder des berühmten Seth.«

Melody wusste nicht, was sie dazu sagen sollte, also schwieg sie und dachte an das kleine Mädchen namens Melody Ribblesdale, an dem alle so viel Interesse gehabt, in das alle so große Hoffnungen gesetzt hatten, und fragte sich, was um alles in der Welt aus ihm geworden war.

»Du arbeitest also in einer Schulkantine und lebst in …?«, unterbrach Grace ihre Gedanken.

»Covent Garden.«

»Oh, wie vornehm«, sagte sie lächelnd. »Ich habe immer davon geträumt, mitten in der Stadt zu wohnen. Mittendrin im Chaos sozusagen. Ist das nicht aufregend?«

»Es geht«, erwiderte Melody. »Es ist nur eine Sozialwohnung.«

»Und diese Leute, deine Eltern, Roger und Gloria, was ist …«

»Clive«, berichtigte Melody. »Clive und Gloria.«

»Genau. Was ist aus ihnen geworden? Wie geht es ihnen?«

Achselzuckend trank Melody einen Schluck Cola. »Ich habe sie schon lange nicht mehr gesehen.«

»Ach, warum denn?«

»Aus verschiedenen Gründen. Ich habe schon vor Eds Geburt den Kontakt zu ihnen abgebrochen. Es war alles ein einziges Durcheinander. Aber woher weißt du von ihnen? Ich dachte, ich wäre erst lange Zeit, nachdem ich bei euch gelebt hatte, zu ihnen gekommen.«

»Ja, das stimmt. Zuerst hast du bei deiner Tante Susie gewohnt. Die arme alte Tante Susie. Und die hat dich dann zu diesem Ehepaar gebracht. Ich habe die beiden nie kennengelernt, aber sie schienen ganz nett zu sein. Ich glaube, Gloria war eine entfernte Cousine von Susie.«

»Du meinst, wir waren miteinander verwandt?«

»Ja, ich glaube schon. Und dann, nachdem deine arme Mutter den Kampf gegen ihre persönlichen Dämonen verloren und dich allein zurückgelassen hatte, gab es, nun ja, einen kleinen Streit.«

»Einen Streit?«

»Ja, zwischen Ken und mir und diesem Ehepaar. Wir fanden heraus, dass sie sich als deine Pflegeeltern hatten eintragen lassen, damit sie dich adoptieren konnten. Und da dachten wir uns, das geht doch nicht, wer sind denn diese Leute? Völlig Fremde, die uns unsere liebe Melody wegnehmen wollen – wir durften dich nicht mal sehen. Also stellten wir ebenfalls einen Adoptionsantrag. Ken ließ sich die Haare schneiden, und wir spielten hier, in dieser Wohnung, das glückliche bürgerliche Ehepaar und ließen immer neue Besuche, Befragungen und Verhöre über uns ergehen. Es war fast wie bei der verdammten Gestapo. Ken suchte sich sogar einen Job – kannst du dir das vorstellen? Ja, als Straßenkehrer. Ich zog einen Rock an und trug die blöde Perlenkette meiner Mutter. Ständig servierten wir diesen Leuten Tee, monatelang gingen sie hier ein und aus. Dabei wussten wir im Grunde, dass wir keine Chance hatten. Ich meine, diese Leute waren deine Verwandten, du lebtest schon bei ihnen, und sie waren *normal.* So viel Mühe Ken und ich uns auch gaben, wir konnten keinem etwas vormachen. Der ganze Stress war sehr schlimm für unsere Ehe. Und als wir dann erfuhren, dass unser Antrag abgelehnt worden war, fiel irgendwie alles in sich zusammen. Ken verschwand wieder nach Spanien und kaufte sich dort diese Bruchbude, und ich … na ja, meine Mutter war schon älter und brauchte mich, also bin ich einfach hiergeblieben.«

Sie schwieg und blickte sich in der Wohnung um, mit einem Blick, als wäre es ein komfortables Gefängnis. »Aber ein paar Monate später«, fuhr sie fort, »sind wir noch mal zu dir gefahren. Wir hatten es satt, dass nie jemand ans Telefon ging und unsere Briefe immer zurückkamen. Doch als wir hinkamen, war das Haus weg! Abgebrannt bis auf die Grundmauern. Ein Nachbar erzählte uns von dem schrecklichen Feuer und dass ihr drei mit heiler Haut davongekommen wart. Aber keiner konnte uns mehr sagen. Niemand wusste, wo du warst. Du warst verschwunden, Melody, einfach verschwunden!«

Melody sah Grace schweigend an. Diese Fremde, an die sie sich überhaupt nicht mehr erinnern konnte, hatte versucht, ihre Mutter zu werden. Diese unkonventionelle Person, diese Nonkonformistin mit einem Rockstar und einem Säufer als Söhnen hatte sich Perlen umgehängt und sich erniedrigt, um zu beweisen, dass sie als Adoptivmutter etwas taugte. Die mit dem Adoptionsantrag verbundenen Belastungen hatten ihre Ehe zerstört und ihrem Leben eine andere Richtung gegeben. Das alles fand Melody beglückend und beängstigend zugleich.

»Aber jetzt bist du hier«, sagte Grace lächelnd, mit makellos weißen Zähnen und Wangenknochen wie Audrey Hepburn. »Lebendig und schön und glücklich. Bist du glücklich?«

Melody nickte. »Ja, ich glaube schon.«

»Gut«, erwiderte Grace. »Und bist du verliebt?«

Melody lächelte sie fragend an. »Äh, nein«, sagte sie.

»Noch nie in deinem Leben?«

»Nein, nicht richtig. Na ja, da gibt es jemanden, aber der ist zurzeit sozusagen auf Eis gelegt, bis ich den ganzen Kram in den Griff bekommen habe.«

»Du meinst, die merkwürdigen plötzlichen Erinnerungen?«

»Ja, genau.«

»Erstaunlich«, sagte Grace. »Der menschliche Geist ist ein ganz erstaunliches Ding, das mich immer wieder verblüfft. Dieser Mann, der Hypnotiseur, hat also bloß mit den Fingern geschnippt, und plötzlich war alles wieder da?«

»Nein, nicht plötzlich, sondern eher nach und nach. Durch irgendetwas werden immer wieder neue Erinnerungen ausgelöst.«

»Und ich – erinnerst du dich noch an mich?«

Melody schüttelte den Kopf und sagte: »Ich weiß noch, dass Ken eine Frau hatte, und erinnere mich an Seth als dickes Baby, das in der Küche auf dem Boden saß. Und ich entsinne mich, wie ich mit Matty im Garten saß und mit ihm über Ken redete, aber an dich kann ich mich nicht erinnern.«

»Ach wie schade, wenn man so leicht vergessen wird«, erwiderte sie mit gespielter Traurigkeit. Dann blickte sie lächelnd auf. »Aber ich erinnere mich an dich, Liebes. Ich erinnere mich so genau. An jede Einzelheit. Weißt du noch, wie ich dir Fingerstricken beigebracht habe?«

Wieder schüttelte Melody den Kopf.

»Na gut. Aber vielleicht weißt du ja noch, dass du mir von diesem schrecklichen Mädchen in der Schule erzählt hast. Penny.«

Als sie den Namen hörte, tauchte ein Bild vor Melodys innerem Auge auf. Ein dickfelliges Mädchen mit groben Zügen und einer tiefen Furche auf der Stirn. *Penny.* So hatte es geheißen, das Mädchen, an das sie sich vergangene Woche vor ihrer alten Schule erinnert hatte.

»Ja, an ein Mädchen namens Penny erinnere ich mich. Sie war grässlich.«

»Sie hat dir das Leben schwergemacht. Ich wollte zur Schule gehen und ihr einen Fausthieb für dich versetzen, aber das wolltest du nicht. Du wolltest deine Schlachten immer selbst schlagen. Du hattest immer eine solche *Selbstbeherrschung*. Ich habe dich sehr dafür bewundert, wie du mit allem fertiggeworden bist. Besonders wie du mit deiner Mutter umgegangen bist. Du warst ganz wunderbar zu deiner Mutter.«

»Tatsächlich?«

»O ja. Unendlich geduldig und verständnisvoll. Du hast ihr immer den Rücken freigehalten, und deshalb konnte sie so ...«

Melody forschte in Graces Augen nach einem Hinweis auf das, was jetzt kommen würde.

»... zerstreut sein. Offensichtlich war es nicht ihre Schuld, die arme Jane. Depressionen. Ein schreckliches Leiden. Und als sie dann im dritten Monat wieder ein Kind verlor – das hätte fast jeden um den Verstand gebracht. Aber deine Mutter war schwach, weißt du. Tut mir leid, wenn es sich herzlos anhört, aber so war es. Ich hätte mich durch keinen Schicksalsschlag auf der Welt davon abhalten lassen, eine gute Mutter zu sein. Aber so ist es nun mal, jeder ist aus einem anderen Holz geschnitzt. Und ich fürchte, deine Mutter war aus ziemlich brüchigem Holz ...«

Graces Worte sagten Melody nichts Neues. Sowohl ihre eigenen spärlichen Erinnerungen als auch die Zeitungsberichte und die Tatsache, dass Janes dreiunddreißigjähriger Körper in einem Grab auf dem Friedhof von Lambeth zu Staub zerfallen war, verrieten ihr, wie es um ihre Mutter bestellt gewesen sein musste, doch insgeheim hatte Melody sich mehr erhofft. Ein paar lobende Worte, ein paar Andeutungen, dass mit Jane Ribblesdale mehr verbunden war als tote Babys, Wahnsinn und Selbstmord, dass sie eine gute Mutter gewesen war und keineswegs die Absicht gehabt hatte, ihre liebe kleine Melody allein zu lassen.

Matthew verfolgte die Unterhaltung auf einem Hocker an dem Frühstückstresen, der das Wohnzimmer von der offenen Küche trennte. Sein Knie wippte wie wild auf und ab, und er schien nur auf die richtige Gelegenheit zu warten, um eine Frage zu stellen.

»Wer ist denn der Vater?«, erkundigte er sich schließlich bei Melody, als seine Mutter kurz Luft holte.

»Wie bitte?«

»Dein Sohn. Wer ist sein Vater?«

»Aber Matthew, wie unhöflich«, ermahnte ihn Grace.

»Ist schon gut«, erwiderte Melody. »Sein Vater war ein Typ namens Tiff, ein Ire. Er war zwei Jahre älter als ich …«

»Und wollte nichts von dem Kind wissen, stimmt's?«

»Genau.«

»Du hast den Jungen also ganz allein großgezogen?«

Sie nickte.

Matthew nickte anerkennend. »Das ist eine ganz schöne Leistung, Melody Ribblesdale.«

»Findest du?«

»Aber ja doch. Mir könnte man noch nicht mal einen Goldhamster anvertrauen, geschweige denn die Erziehung eines Kindes. Und mit deinem Jungen ist doch alles in Ordnung, oder? Er schlägt doch wohl keine Leute zusammen oder sticht Teenager ab?«

Melody musste lächeln. »Nein, er ist ein guter Junge«, sagte sie. »Ein guter Mann. Ich habe einen guten Mann aus ihm gemacht.«

»Gut gemacht, Melody Ribblesdale«, sagte er anerkennend. »Gut gemacht.«

Seltsam berührt von seinen Worten blickte Melody auf ihre Füße hinunter.

»Und wie kommt er mit dem ganzen Scheiß klar?«, fuhr Matthew fort. »Mit all den Leuten, die von den Toten auferstehen?«

Sie räusperte sich und erwiderte: »Ich habe ihm noch nichts davon erzählt.«

»Du hast es ihm nicht erzählt? Warum denn nicht, zum Teufel noch mal?«

»Ich weiß nicht«, sagte Melody zögernd. »Ich glaube, ich wollte nicht auf halbem Weg herausfinden, dass alles nur – ich weiß auch nicht – nur ein Irrtum war. Dass ich verrückt bin, dass nichts von alledem geschehen ist. Ich möchte ihm das alles präsentieren wie eine ganz neue Welt, wie ein …«

»Wie ein Geschenk«, ergänzte Grace lächelnd und nickte.

»Ja«, sagte Melody, erleichtert, dass jemand anderes ihre Überlegungen nachvollziehen konnte. »Wie ein Geburtstagsgeschenk zu seiner Volljährigkeit«, schloss sie lächelnd.

Sie schwiegen einen Augenblick, bis Matthew plötzlich von seinem Hocker sprang.

»Weißt du noch?« Er hockte sich neben sie auf das Sofa. »Weißt du noch, wie deine Mutter vermisst wurde und wir in der ganzen Stadt nach ihr gesucht haben? Erinnerst du dich?«

Melody zuckte die Achseln. »Das sagt mir nichts.«

»Doch, versuch, dich zu erinnern. Als dein Vater noch ein Kind bekam, drehte sie durch, rannte weg und verbrachte die Nacht am Strand. Wir beide sind dann kreuz und quer durch die Stadt gelatscht und haben sie schließlich in einem Café gefunden.«

Sie schüttelte den Kopf. »Ich kann mich nicht genau entsinnen, aber als ich in Broadstairs war, kam mir einiges bekannt vor.«

»Dann hast du das alte Haus gefunden?«, fragte Grace.

»Ja, kurz bevor mir Matty über den Weg lief. Es ist jetzt eine Pension.«

»Ja, diese verdammte rausgeputzte Bruchbude«, sagte Matthew. »Die Frau dort hält sich für die Queen persönlich. Einmal, kurz nachdem sie das Haus renoviert hatten, habe ich bei ihr angeklopft und gefragt, ob ich mich mal umsehen dürfte. Du hättest sehen sollen, wie die mich angeglotzt hat. Na ja, ich hatte vielleicht nicht die besten Klamotten an, aber es war ja nicht so, dass ich mir ihr Familiensilber unter den Nagel reißen wollte. Ich wollte doch nur mal einen Blick auf den alten Kasten werfen.«

»Ich war drin«, sagte Melody.

»Tatsache?«

»Ja. Ich habe so getan, als wenn ich ein Zimmer mieten wollte. Es ist sehr hübsch. Sie haben es wirklich gut hingekriegt.«

»Dann weißt du also noch, wie es früher dort aussah?«, fragte Grace.

»Ja, ich erinnere mich an das Haus von außen. Ich sehe auch noch vor mir, wie Ken in einem alten Mantel auf dem Balkon sitzt, ich erinnere mich an unser Schlafzimmer, an die Küche und an die seltsamen Bilder an der Gartenmauer. Es war eine glückliche Zeit, nicht?«

»Ja, im Großen und Ganzen schon«, erwiderte Grace. »Auf jeden Fall war die Zeit mit deiner Mutter sehr emotional. Wir brauchten alle lange, um über den Vorfall mit dem kleinen Edward hinwegzukommen. Außerdem haben wir dich natürlich schrecklich vermisst, als du fort warst. Schau mal, ich habe noch ein Bild von dir.« Sie stand auf und schwebte in die Küche, wo sie etwas von einer Pinnwand nahm. »Hier.« Sie reichte Melody das Foto. »Sieh dich nur an, dieses wunderbare kleine Mädchen.« Melody hielt das Bild zwischen Daumen und Zeigefinger und betrachtete es. Jünger, als sie sich selbst jemals gesehen hatte, saß sie dort auf einem Kiesstrand, mit dem Rücken gegen eine graffitiverschmierte Betonwand gelehnt. Sie trug eine rosa Sonnenbrille, rote Plastiksandalen und einen Jeansrock mit aufgesetzten roten Taschen. Ihr Haar war kräftiger rot als jetzt und hing in zwei gedrehten Zöpfen links und rechts von einem Mittelscheitel herunter.

»Wer hat das aufgenommen?«, fragte sie.

»Ken. Auf einem eurer Ausflüge.«

Und da erkannte Melody es – auf dem Strand, direkt neben ihren Füßen, lag ihr Motorradhelm, an den sie sich als Allererstes erinnert hatte. Als sie genauer hinsah, bemerkte sie noch etwas: In den Gläsern ihrer Sonnenbrille spiegelte sich ein Mann mit einer Kamera, ein Mann mit langen Haaren und einem schönen Gesicht, ein Mann, der aussah wie Jesus. Ken.

»Ein hübsches Foto, nicht?«, sagte Grace.

»Es ist einfach … verblüffend. Ich meine, ich habe noch nie ein Bild von mir gesehen, auf dem ich jünger als acht bin. Ich wusste gar nicht, wie ich aussah, als ich … wie alt war?« Sie blickte Grace fragend an.

»Fünf«, antwortete sie. »Du warst fünf.«

»Wow«, sagte Melody überwältigt, während sie noch immer auf das kleine Mädchen mit der Sonnenbrille und den Plastiksandalen starrte. »Darf ich das mitnehmen und kopieren lassen?«, fragte sie. »Ich möchte es gern meinem Sohn zeigen. Er hat noch nie ein Kinderbild von mir gesehen. Ich habe gar nicht daran gedacht, eins mitzunehmen, als ich von zu Hause wegging.«

»Natürlich, nimm es nur mit«, sagte Grace. »Ich wünschte nur, ich hätte noch mehr. Aber Ken hat bestimmt noch welche. Er hat andauernd geknipst. Wirst du ihn besuchen?«

»In Spanien?«

Grace nickte.

»Ach je, ich weiß nicht. Eigentlich kann ich mir das nicht leisten …«

»Easyjet!«, rief Grace. »Als ich das letzte Mal hingeflogen bin, habe ich nur fünfzehn Pfund bezahlt. Und dort ist dann alles gratis. Bei Ken ist es ja nicht wie am Strand von Marbella. Du solltest unbedingt hinfahren, Ken würde sich so freuen! Er würde … Na ja, seit diese Leute dich ihm weggenommen haben, hat er irgendwie ein Loch in seiner Seele. Wenn er dich wiedersehen würde, wäre er wieder heil und ganz …«

Eine Stunde später verabschiedete sich Melody von Grace. Es war früher Nachmittag, und Grace musste in der örtlichen Weight-Watchers-Gruppe eine Yogastunde geben. In der Diele nahm sie Melody fest in den Arm und flüsterte in ihr Haar: »Stark wie immer. Ich wusste, dass du stark werden würdest. So viel zu begreifen. So viel hinzunehmen. So ein braves, braves Mädchen.« Sie ließ sie los und drückte ihr einen herzhaften Kuss auf die Wange. »Und jetzt los, geh deinen Weg. Jetzt kann dich nichts mehr aufhalten. Zeig es ihnen!«

In diesem Augenblick bemerkte Melody an Graces Wange ein Muttermal mit einem einzelnen schwarzen Haar. Es verdarb ein wenig die perfekte Symmetrie und die zarten Linien ihres Gesichts, und Melody dachte, dass es von einer bemerkenswerten Uneitelkeit zeugte, dass sie ihm nicht mit einer Pinzette zu Leibe gerückt war. In diesem Moment fiel es ihr wieder ein. Sie erinnerte sich an eine hochgewachsene Frau in der Küche von Kens Haus, eine Frau mit einem Turban und klirrenden Bronzearmreifen. Sie erinnerte sich an Grace.

Mit einem leisen Lächeln umarmte sie sie ein letztes Mal.

Ein weiteres Ziel hatte Melody noch, bevor sie den Zug nach London nahm, und Matthew brachte sie in seinem verbeulten alten Vauxhall Astra dorthin.

Sie betrachtete seine Hände, die lenkten und schalteten. Es waren wettergegerbte Hände mit gelbbraunen Verfärbungen an den Fingern, wo er immer die Zigarette hielt, die Nägel eingerissen und brüchig. Seine Beine waren abgeschürft und vernarbt. Man sah, dass er auf der Straße lebte. Melody fand es ziemlich beunruhigend, von einem Mann über eine belebte Straße chauffiert zu werden, der bei ihrer letzten Begegnung mit einer geöffneten Bierdose in der Hand betrunken durch Broadstairs getorkelt war. Zugleich ging jedoch auch etwas sehr Reales und Tröstliches von ihm aus angesichts dessen, was sie bereits erlebt hatte und noch erleben sollte.

»Also«, begann sie, »was ist das für eine Geschichte mit Broadstairs? Mit deinem anderen Leben?«

Er drehte sich lächelnd zu ihr um, und sie konnte sehen, dass er ihr dankbar für die Offenheit war. »Ach ja, Matty, der alte Rumtreiber. Mein Alter Ego. Es ist doch immer dasselbe. Ein junger

Mann hat einen Alkoholiker zum Vater. Der junge Mann verliert seinen Alkoholikervater, der junge Mann ist von der Welt bitter enttäuscht, der junge Mann findet Trost in der Flasche. Aber immer mal wieder kann er es nicht mehr aushalten. Dann will er nach Hause und ein Bad nehmen und sich für eine Weile nicht mehr wie ein Stück Scheiße fühlen. Bis ihn die Enttäuschung über die Welt von Neuem packt und die Flasche lockt und seine Mutter ihn rausschmeißt. Dann geht alles wieder von vorne los.«

»Willst du damit sagen, Grace will dich nicht bei sich haben, wenn du trinkst?«

»Nein. Sobald sie Wind davon bekommt, setzt sie mich sofort vor die Tür. Mittlerweile lasse ich es gar nicht mehr so weit kommen. Sobald mich der Fusel ruft, schnüre ich mein Bündel und mache mich auf nach Broadstairs in die nächstbeste Kneipe.«

»Und warum Broadstairs?«

Er zuckte die Schultern. »Weiß nicht so genau. Ich will einfach meiner Mutter keine Schande machen. Damit sie sich nicht das Maul zerreißen: Ach, schau an, Gracies Junge ist mal wieder auf Sauftour. Seht doch bloß, der hat sich ja die Schuhe vollgekotzt, und der Schwanz hängt ihm aus der Hose. Das wäre gemein Mum gegenüber. Denn, wie du wohl bemerkt haben wirst, ist meine Mutter eine äußerst kultivierte Lady.« Er lächelte und warf seinen Zigarettenstummel aus dem Wagenfenster. »Und außerdem ist Broadstairs meine geistige Heimat«, fuhr er fort. »Dort habe ich zum ersten Mal Alkohol getrunken, meine erste Zigarette geraucht und meine erste Nummer geschoben. Dort bin ich erwachsen geworden. Das ist also mein Leben, eine beschissene Geschichte zweier Städte. Mummys kleines Weichei in Folkestone, elender Säufer in Broadstairs. Ich kann nicht behaupten, dass ich auf meine beiden tragischen Rollen stolz wäre.«

Melody schaute geradeaus und wusste nicht, was sie sagen sollte. »Und du schaffst es nicht, diesen Teufelskreis zu durchbrechen?«, fragte sie schließlich.

»Nein.« Er lächelte traurig. »Ich hab's mit Entziehung probiert, mit der großen Liebe, sogar mit der dämlichen Kirche. Hat alles nichts gebracht. So bin ich eben, aus und Schluss. Und weißt du was?«

Sie sah ihn an.

»So schlecht ist es gar nicht. Ich habe eine gute Mutter. Mein Bruder kümmert sich um mich, wenn er kann. Es gibt Menschen, die mich lieben. Manche Leute haben niemanden. Sie treiben dahin wie einsame Inseln, ohne einen Angelpunkt. Verglichen mit denen geht es mir gut. Ich treffe wenigstens meine eigenen Entscheidungen und tanze nicht nach der Pfeife irgendwelcher höheren Mächte. Und weißt du noch was? Ich bin gern besoffen. Wirklich. So bescheuert sich das vielleicht anhört, aber ich liebe es, wenn ich so zugedröhnt bin, dass sich die ganze Welt auf links stülpt. Das Zufällige und Verrückte daran gefällt mir. Ich mag es, dass ich mich selbst aus der Gleichung gestrichen habe, dass ich nicht mehr zähle, nicht ins Gewicht falle. Und außerdem stoße ich gern Leute vor den Kopf.« Er zwinkerte ihr zu, und sie lächelte. Dieser Mann hatte etwas Unbeugsames, bezwingend Aufrichtiges an sich. Er war vollkommen offen und ehrlich und ohne jede Hinterlist. Er war ein Kind, das wurde ihr plötzlich klar. Ein großes, vom Leben abgewetztes, hyperaktives und egozentrisches Kind, dem nur wichtig war, was seine Mutter von ihm hielt.

Matthew setzte den Blinker und bog nach links in eine kleine Querstraße ein. Am Ende des Sträßchens stand ein großes hölzernes Schild: »Elm Trees Pflegeheim«.

Die Auffahrt führte zu einem großen Haus mit Rauputzfassade, Sprossenfenstern und altmodischen Schornsteinen.

Sie traten ein, und Matthew sagte zu der Frau in Schwesterntracht, die am Empfang saß: »Hallo, wir wollten Susie Newsome besuchen.«

»Schön«, erwiderte die Schwester freundlich. »Dann werde ich sie holen gehen.«

»Wie lange ist sie schon hier drin?«, erkundigte sich Melody, während sie warteten.

Matthew zuckte die Achseln. »Schon seit vielen Jahren. Praktisch seit du adoptiert wurdest. Seit ihrem Herzinfarkt.«

»Herzinfarkt?«

»Ja, sie hatte ein schwaches Herz. Und dann der ganze Stress mit der Gerichtsverhandlung. Den ersten leichten Infarkt bekam sie, nachdem deine Mutter sich umgebracht hat, und einen zweiten, schweren, als sie hörte, dass euer Haus abgebrannt ist und du nicht aufzufinden warst. Vier Minuten lang war sie klinisch tot, und als sie wieder zu sich kam, hatte sie einen Hirnschaden, der die Sehkraft und die Schließmuskelkontrolle beeinträchtigte. Sie ist blind, muss eine Windel tragen und lebt seither in diesem Pflegeheim. Mutter hat den Kontakt zu ihr nicht abreißen lassen. Sie besucht sie ziemlich oft, glaube ich.«

»Miss Newsome ist im Aufenthaltsraum«, teilte ihnen die Schwester mit.

Melody ging hinter Matthew her durch einen langen Korridor bis zu einem großen Raum mit vielen Stuckverzierungen, von dem aus man in einen penibel gepflegten Garten blickte. Im Fernseher in der Ecke lief eine Gameshow, und etwa ein Dutzend alte Leute saßen in riesigen Sesseln davor und starrten auf den Bildschirm. In einem Sessel vor dem Fenster saß eine bemerkenswerte Frau: Sie war massig wie ein Walross und trug das flaumige weiße Haar zurückgekämmt. Mit ihrem lindgrünen Jogginganzug und der dunklen Brille hätte sie mehr nach Hollywood gepasst als ins ländliche Kent.

»Hallo, Miss Susie Newsome. Ich bin's, Matty.«

Als Susie sich ihm zuwandte, schwabbelte das lose Fleisch an ihrem Hals hin und her. »Matty, das ist aber schön! Wen hast du denn dabei?«

»Das erraten Sie nie.«

»Nein, vermutlich nicht«, erwiderte sie.

»Jemanden, den Sie schon lange nicht mehr gesehen haben. Jemanden, der ihnen dreißig Jahre lang nicht aus dem Kopf gegangen ist. Jemand ganz Besonderen.«

»Lass mich mal fühlen«, sagte Susie und streckte ihre dicken weißen Hände aus. Melody trat näher und ließ sie ihr Gesicht betasten. Es war ein seltsames, aber nicht unangenehmes Gefühl. »Nein, keine Ahnung«, sagte Susie schließlich, während sie Melody über das Haar strich. »Sie werden es mir verraten müssen. Wer sind Sie?«

»Ich bin Melody.«

Susie hielt mitten in der Bewegung inne, das Gesicht vor Überraschung wie erstarrt. »Melody?«, keuchte sie. *»Meine* Melody?«

Melody nickte. »Ja.«

Der alten Dame liefen Tränen übers Gesicht. »Ach herrje! Aber wo warst du denn nur?«

»Wir waren bei Grace. Wir sind gerade ...»

»Nein, nein, nein!«, rief Susie. »Ich meine, *wo bist du die ganze Zeit gewesen?«*

Da erzählte Melody ihr alles, angefangen von Julius Sardos Show bis hin zu ihren Fahrten nach Broadstairs und dem Besuch am Grab ihrer Eltern zusammen mit ihrer Schwester am Tag zuvor.

»Und es ist wirklich alles neu für dich? Dieses andere Leben, meine ich.«

Wieder nickte Melody, dann fiel ihr ein, dass Susie das nicht sehen konnte. »Ja. Ich dachte, es gäbe nur mich und meinen Sohn. Ich dachte, ich wäre ganz allein auf der Welt, aber ...« Vor Rührung versagte ihr die Stimme. »Aber das ist nicht so.« Dann begann sie vor lauter Hoffnung und Freude zu weinen, weil es wirklich stimmte: Sie war nicht allein. Nicht mehr.

Susie nahm ihre Hand und drückte sie.

»Wie ist es dir denn ergangen, damals, als die Brownes dich aufgenommen haben?«, fragte sie.

»Ich weiß es nicht«, entgegnete Melody.

»Ich muss schon sagen«, fuhr Susie fort. »Diese garstigen Leute hatten mir versprochen, mit mir in Kontakt zu bleiben. Aber alles, was ich bekam, war jedes Jahr eine billige Weihnachtskarte ohne Absender. Darin war von dir nie die Rede, aber sie war immer mit ‚Clive, Gloria und Melody' unterschrieben. Und dann hörte sogar das auf.« Ihre Stimme wurde brüchig. »Weißt du, ich hätte dich niemals bei ihnen gelassen und nie die Adoption befürwortet, wenn ich gewusst hätte, dass sie dich mir einfach so wegnehmen, mir und Grace und Ken, deiner armen kleinen Schwester in Amerika und allen, denen du etwas bedeutet hast! Das war das Schlimmste, was mir je passiert ist, und mir ist schon viel Schlimmes im Leben passiert, das kannst du mir glauben.« Sie lächelte mit bebenden Lippen. »Aber heute ist ein Glückstag! Meine Melody ist von den Toten auferstanden! Es ist wie ein *Wunder!*«

Sie nahm Melody mit hinauf in ihr Zimmer. Dabei schleppte sie ihren armen aufgedunsenen Körper mühsam an einer Gehhilfe aus Metall bis zu einem kleinen Lift. Oben angekommen, öffnete sie die Tür zu ihrem Zimmer und ging zu einer Kommode. »Hier«, sagte sie und zog eine Schublade auf. »Hier habe ich alles die ganzen Jahre über aufgehoben in der Hoffnung, es dir eines Tages geben zu können. Aber ehrlich gesagt, hatte ich die Hoffnung schon beinahe aufgegeben. Doch jetzt bist du da, und ich kann dir die Sachen endlich geben. »Hier …« Sie nahm einen Pappkarton aus der Schublade und stellte ihn aufs Bett. »Komm her und schau es dir an.«

Melody betrachtete den Karton. »Was ist es denn?«, fragte sie und setzte sich auf die Kante von Susies Bett.

»Das gehörte deiner Mutter. Sie haben es mir gegeben, als sie gestorben war. Zusammen mit einem Brief an dich.«

»Von …?«

»Ja, von deiner Mutter. Noch ungeöffnet.«

Melody schwieg einen Augenblick. Sie war sich nicht sicher, ob sie in der Lage war, den Karton zu öffnen. Die vergangenen vierundzwanzig Stunden waren nicht ohne Wirkung auf ihr Gemüt geblieben. Ihre Gedanken wurden zunehmend dumpf und verschwommen. Ihr Herz fühlte sich an wie eine Spielzeuguhr, die man überdreht hatte. Sie musste Abstand zu diesen Erfahrungen gewinnen. Die übergewichtige alte Dame mit dem Zuckerwattehaar war rührend, doch Melody hatte keine Erinnerung mehr an die Wochen, die sie in Susies Haus verbracht hatte. Sie konnte sich weder an die Gutenachtgeschichten erinnern noch daran, dass sie auf dem weichen Schoß ihrer Tante gesessen und ferngesehen oder sich am Morgen von ihren sanften Händen die Zöpfe hatte flechten lassen. Sie fand es faszinierend, dass sie mit dieser Frau verwandt war, die gleichen Gene hatte wie sie, doch abgesehen davon gab es nichts. Sie wollte diesen Augenblick nicht mit dieser Frau teilen. Sie wollte ihn mit niemandem teilen. Sie wollte die Schachtel mit nach Hause nehmen und sie auf ihrem eigenen Bett öffnen, weit weg von allem Fremden und Neuen.

»Du brauchst sie nicht jetzt aufzumachen«, sagte Susie, die Melodys Zögern bemerkt hatte. »Nimm sie mit nach Hause und öffne sie, wenn du dazu bereit bist. Wirst du mir sagen, was in dem Brief steht? Ich würde es so gern wissen. Es wäre wie ein letzter Abschiedsgruß. Ich habe nämlich nie mehr mit ihr gesprochen, nachdem man sie weggebracht hat. Sie war einfach nicht mehr da, die wahre Jane. Und den hier«, sie tippte auf die Schachtel, »den hat die wahre Jane geschrieben, da bin ich mir ganz sicher …«

Als Melody ihre Tante kurz darauf zum Abschied umarmte, berührte Susie Melodys Haar. »Mmm«, sagte sie und rieb es sacht zwischen den Fingern. »So schönes Haar. Du hattest immer so schönes Haar. Sag mal, schimmert es in der Sonne immer noch so herrlich kastanienrot?«

»Nein«, erwiderte Melody lächelnd. »Das Rot ist schon lange ausgeblichen.«

»Ach ja«, sagte Susie und ließ die Haarsträhne los. »Rot neigt dazu. Es neigt zum Ausbleichen.«

Melody streichelte ihrer Tante einmal über die Hand, dann gab sie ihr einen Kuss auf die Wange. »Danke«, sagte sie. »Danke für alles, was du für mich getan hast, auch wenn ich mich nicht mehr daran erinnern kann.«

»Ach, ich glaube, ich habe meine Sache nicht besonders gut gemacht«, erwiderte Susie. »Aber ich habe mein Möglichstes getan. Es tut mir nur so leid, dass ich dich weggegeben habe. Wenn ich gesünder gewesen wäre, hätte ich dich bestimmt wiedergefunden, aber nach meinem Infarkt, na ja …«

»Du hast alles für mich getan, was du nur konntest. Und das ist die Hauptsache«, sagte Melody.

Susie lächelte traurig. »Ich hoffe, du hast recht«, seufzte sie. »Ich hoffe es wirklich, denn sonst gehe ich mit einem wunden Herzen und einer befleckten Seele ins Grab. Ich liebe dich, Melody. Ich habe dich immer geliebt und werde es auch immer tun. Lass uns in Verbindung bleiben. Ich habe dich einmal verloren und möchte das nicht noch einmal erleben.«

Um vier Uhr verließen Melody und Matty das Heim und fuhren zum Bahnhof.

»Seltsam, was?«, fragte Matthew.

»Mhm, wirklich seltsam«, pflichtete Melody ihm bei.

»Sie ist die Schwester deiner Mutter, und du kannst dich überhaupt nicht mehr an sie erinnern.«

»Erinnerst du dich denn noch an sie?«, fragte Melody.

»Du lieber Himmel, ja. Jemanden, der so fett ist, vergisst man nicht so schnell. Sie war der dickste Mensch, den ich je gesehen hatte. Als du noch bei ihr gewohnt hast, habe ich dich mal besucht, und weißt du, was sie uns zu essen gemacht hat? Wir waren wohlgemerkt zehn und sieben Jahre alt. Sie servierte uns allen Ernstes Räucherlachs und Wachteleier mit eingelegten Anchovis und Brunnenkresse und so ein Zeug. Wir beide haben hinter ihrem Rücken Grimassen geschnitten, so getan, als müssten wir kotzen, und versucht, uns die Wachteleier in die Nase zu schieben. Es war wirklich verdammt komisch. Aber warte mal«, fügte er lächelnd hinzu und drehte sich zu ihr um. »Ich glaube, du warst dabei.«

Ein Stück vor dem Bahnhof fuhr Matty rechts ran und blickte über Melodys Schulter auf einen kleinen Laden. »Sieh mal«, sagte er. Sie schaute aus dem Fenster. Es war ein Fotogeschäft mit einem kleinen Erkerfenster voller Bilder von hässlichen Kindern und steifen Geschäftsleuten in Anzügen.

»Erinnert dich das nicht an etwas?«, erwiderte er und deutete auf den Laden.

»Nö. Was meinst du denn?«

»Das da. Der Name an dem Geschäft.« Er zeigte auf das Ladenschild, auf dem »E. J. Mason, Fotoarbeiten«, stand. Es sagte ihr immer noch nichts.

»E. J. Mason«, erklärte Matthew. »Edward … James …Mason. Alias Baby Amber Rose.«

»O nein«, sagte Melody. »Du meinst, er ist der Ladenbesitzer? Das Baby?«

»Ja. Das ist sein Geschäft. Ein aufrechtes Mitglied der Gemeinde, unser Eddie. Er ist bei den Rotariern und begeisterter Golfspieler. Ich bin sicher, er ist verheiratet und hat genau zwei Komma vier Kinder …«

»Woher weißt du das alles?«

»Von Mutter. Sie weiß alles über jeden. Es gibt nichts, was Mutter nicht weiß. Aber schau mal, da kommt er ja höchstpersönlich!«

Sie sahen, wie ein leger gekleideter Mann aus dem Laden trat. In der Hand trug er einen Aluminiumkasten und um den Hals zwei Kameras in Nylonhüllen. Er hatte feines Haar, eine dünn geränderte Brille und einen zielstrebigen Gang.

»Nicht zu fassen«, sagte Melody, während sie zusah, wie er in einen silberfarbenen Honda Civic stieg. »Wenn man ihn so sieht, würde man nie meinen, dass …«

»Was? Dass er drei Tage lang Amber Rose Newsome genannt wurde und in einem besetzten Haus in Broadstairs lebte? Nein, auf die Idee käme man bestimmt nicht. Aber ich glaube nicht, dass es ihm geschadet hat. Wahrscheinlich nimmt er sich deshalb ziemlich wichtig. Schau nur, wenn man ihn so ansieht, fällt einem auf, dass er sich für was Besonderes hält. Eine lebende Legende in seinem kleinen grauen Städtchen am Meer. Ein bisschen so wie ich, nehme ich an. Nicht berühmt, aber dafür *berüchtigt* … Der schreckliche Säufer Matthew Hogan. Und du auch – Melody Riblesdale, die Frau, die aus der Vergangenheit zurückkehrte.« Er ließ den Motor an und fuhr los. »Ich möchte nur mal wissen«, fügte er hinzu, während er sich lächelnd zu ihr umdrehte, »ob du nicht vielleicht einen ganz bestimmten Grund dafür hattest.«

Melody öffnete den Pappkarton ihrer Mutter nicht, als sie am Abend nach Hause kam. Für manche Dinge war sie noch nicht bereit.

49

Heute

Obwohl sie in einer Küche arbeitete, interessierte sich Melody nicht fürs Kochen. Ihren Sohn hatte sie mit Fischstäbchen, überbackenem Toast, Mikrowellengerichten und einem gelegentlichen Imbiss aus der Fish-and-Chips-Bude in ihrer Straße großgezogen. Ein einziges Mal hatte sie sich an selbst gemachter Bolognesesauce versucht, nachdem Stacey dieses Gericht bei einem Kindergeburtstag aufgetischt hatte, als die Kinder etwa fünf Jahre alt waren. Da Melody jedoch nicht das richtige Messer besaß, musste sie die Zwiebeln mit einem Besteckmesser schneiden, und außerdem war sie derart spät dran gewesen, dass sie die Sauce nur eine Viertelstunde lang kochen konnte.

Ed probierte eine Gabel voll und spuckte es wieder aus. »Das mag ich nicht!«, schrie er.

»Aber letzte Woche bei Stacey mochtest du es doch noch«, entgegnete Melody.

»Ja, aber das war was anderes. *Da* hat es auch gut geschmeckt«, war seine Antwort.

Sie hatte nie wieder für ihn gekocht. Sie hatte überhaupt für niemanden mehr gekocht. Daher war sie selbst überrascht, als sie am Montagmorgen bei Marks and Spencer die Abteilung für Fertiggerichte links liegen ließ und die Frischetheke ansteuerte. In einer ihrer Zeitschriften hatte sie ein Rezept für gebratenen Thunfisch mit pikanten Nudeln gefunden, das so klang, als sei es lecker und außerdem leicht zuzubereiten. So hatte sie spontan beschlossen, es heute Abend Ed und Ben vorzusetzen.

Sie konnte sich selbst nicht recht erklären, woher dieser plötzliche kulinarische Ehrgeiz kam, dennoch freute sie sich darüber, so wie sie sich mittlerweile über jede neue, unbekannte Empfindung freute.

Die alte Melody, die nicht in den Spiegel schaute, bevor sie aus dem Haus ging, die die Fußball-T-Shirts ihres Sohnes anzog, die rauchte, sich zu Hause vergrub und nichts mit der Welt zu schaffen haben wollte, verblasste allmählich, und an ihre Stelle trat eine neue Melody, die noch keine klaren Züge angenommen hatte, sich jedoch behutsam ins Dasein tastete. Ihr war, als hätte sie sich über Nacht entpuppt und erprobe nun eine neue Eigenschaft nach der anderen. Und jetzt war sie also hier, trug einen Rock und kaufte einen Bund Frühlingszwiebeln. Nach gewöhnlichen Maßstäben war das keine große Sache, doch für sie immerhin groß genug für ein kleines Flattern in der Magengrube.

Als sie mit ihren Einkaufstüten nach Hause ging, tat sie noch etwas, das sie noch nie getan hatte – sie blickte den Leuten, die ihr entgegenkamen, in die Augen. Überrascht stellte sie fest, wie viele von ihnen es nicht einmal bemerkten, und dass es diejenigen, denen es auffiel, nicht zu stören schien. Sie fühlte sich wie ein Geschöpf der Tiefsee, das platt und halb blind am Meeresgrund gehaust hatte und nun durch das eisige Wasser nach oben stieg, dem flirrenden Licht entgegen.

Wieder zu Hause musterte sie kritisch ihre Wohnung, in der die Vergangenheit sich in so vielen Schichten abgelagert hatte. Zum ersten Mal betrachtete sie ihr Heim durch die Augen eines Fremden, der sie nicht kannte, und stellte zu ihrem Schrecken fest, dass die Wohnung nicht nur von einer liebevollen Mutter und einer kleinen, aber glücklichen Familie zeugte, sondern sie als einen Menschen erscheinen ließ, der von der Vergangenheit besessen war, der nicht loslassen konnte und dem es an Fantasie mangelte.

Wenn sie die Wohnung einmal gründlich ausmistete, würde das nicht, wie sie immer befürchtet hatte, alle darin enthaltenen Erinnerungen zerstören, sondern vielmehr frischen Wind in diese hübschen Räume bringen.

Was würde denn schon geschehen, wenn sie Eds Turnschuhe wegwarf, die sie seit zwei Jahren aufhob, nur weil er sie an dem Tag getragen hatte, an dem er die Prüfungsergebnisse für die mittlere Reife erhielt, und die Melody daher an den schönsten Tag in ihrem Leben erinnerten? Würde sie dann etwa das warme Gefühl der Zufriedenheit vergessen, das ihren Körper durchströmt hatte? Den Duft seines Haars, als sie ihren Sohn an sich gedrückt hatte? Die Erleichterung, dass die Qual nun ein Ende hatte und sie das nächste Ziel in Angriff nehmen konnten? Nein, natürlich nicht. Ihr Erinnerungsvermögen war nicht so schwach und unzuverlässig, wie sie immer gedacht hatte. Es war alles noch da, detailliert und in Farbe. Es war bloß ein Anstoß nötig gewesen.

Sie ging in die Küche und holte einen großen Müllsack. Sie schüttelte ihn auf und füllte ihn mit alten Turnschuhen und Kleidern, die sie seit fünf Jahren nicht mehr getragen hatte. Mit Tellern, die ganz unten im Stapel verstaubten, mit Kalendern von 1998, Wolldecken, die sie sowieso nie reinigen lassen würde, mit Töpfen ohne Henkel und Taschenbüchern, die sie nie lesen würde. Und zum Schluss stopfte sie die alte, ins Kraut geschossene Grünlilie hinein, die traurig und gekränkt und lebensmüde auf ihrem Untersetzer hockte. Schließlich knotete sie den Müllsack zu und schleppte ihn nach unten in den übel riechenden Kellerraum, wo die Müllcontainer standen. Sie hievte ihn über den Rand des Behälters und hörte mit Befriedigung, wie er mit einem metallischen Geräusch auf dem Boden aufschlug. Dann ging sie zurück in ihre Wohnung, wusch sich die Hände und machte sich daran, das Abendessen vorzubereiten. Dabei hatte sie das Gefühl, als hätte sie sich wieder einige Meter weiter nach oben gekämpft, zur warmen, goldenen Sonne an der Oberfläche des Meeres.

Melody zog die unbequemen High Heels wieder aus. So ist es besser, dachte sie, während sie sich kritisch im Spiegel betrachtete. Es wirkte nicht mehr gar so bemüht, so als wolle sie Ben um jeden Preis gefallen. Und außerdem hatte sie hübsche, zierliche Füße. Warum sollte sie sie nicht zeigen? Sie trug einen knöchellangen Stufenrock aus braunem Nesseltuch und dazu ein türkisfarbenes Top. Sie sah nett aus. Nicht grandios, nicht überwältigend, aber nett. Als es klingelte, fuhr sie zusammen und blickte auf die Uhr: eine Minute nach acht. Ein Mann, der Geburtstage nicht vergaß. Ein Mann, der pünktlich war. *Das war einfach zu schön, um wahr zu sein.*

Melody schob die negativen Gedanken beiseite. Damit war sie fertig. Sie atmete tief durch und ging zur Tür. Ben sah besser aus, als sie ihn in Erinnerung hatte. Er war unrasiert, und sie fand, der etwas herbere Look stand ihm gut. Er trug ein graues Kapuzenshirt aus Jersey und Jeans, die gerade modisch genug waren. Für Ed hatte er einen goldenen Umschlag dabei, auf dem sein Name stand.

»Was ist das denn? Der Plan?«, fragte sie.

»Ja«, erwiderte er lächelnd, »das ist der Plan.«

»Ach, Ben, du brauchst Ed doch nichts zu schenken.«

»Warum nicht?«, fragte er leichthin.

Da Melody darauf keine Antwort einfiel, lächelte sie nur und sah zu, wie Ed den Umschlag öffnete. Darin lagen zwei Karten für das Prince-Konzert, das noch im selben Monat stattfinden sollte. »Ich weiß ja nicht, ob du ein Fan von ihm bist. Wahrscheinlich bist du dafür ein bisschen jung. Aber falls du nicht hingehen willst, bekommst du auf EBay bestimmt einen ordentlichen Preis dafür. Es sind gute Plätze – mein Bruder arbeitet in einer Vorverkaufsstelle.«

Ed betrachtete lächelnd die Tickets. »Danke«, sagte er.

»Ich weiß nicht, aber mögen Achtzehnjährige Prince?«, wandte sich Ben an Mutter und Sohn.

Ed zuckte die Achseln. »Ich weiß nicht genau, was er so singt, aber ich werde wohl hingehen. Sonst ist es vielleicht so, als hätte man Elvis verpasst.«

Ben lachte, und Melody spürte, wie sich der Knoten in ihrem Magen löste. Das Schlimmste war vorüber, und es sah so aus, als sei es gut gelaufen. Sie ging in die Küche, goss das Dressing über den Salat und schaltete die Gasflamme unter einer Pfanne mit Olivenöl ein. Dann holte sie zwei Flaschen Bier aus dem Kühlschrank und brachte sie Ben und Ed.

»Es muss fantastisch sein, hier zu wohnen!«, sagte Ben. »Ich meine, du hast ja alles direkt vor der Haustür. Einfach großartig.«

Seit Melody hier eingezogen war, hatten die Leute zu ihr gesagt, dass es toll sein musste, in Covent Garden zu leben, aber sie konnte das nie so recht nachempfinden. Sie lebte schließlich nicht in Covent Garden, sondern in ihrer Wohnung. Ihr Leben spielte sich weitgehend in diesen vier Wänden ab. Von der Gegend hatte sie nichts. Ebenso gut hätte sie in Canterbury bleiben können, dachte sie häufig. Dort wäre ihr Leben auch nicht alltäglicher gewesen.

»Ich kann nicht behaupten, dass ich das besonders ausnutze«, erwiderte sie. »Ich könnte auch sonstwo leben.«

»Ach, wie schade«, sagte Ben bedauernd, und Melody bemerkte, dass er denselben Ausdruck ihr gegenüber schon einmal gebraucht hatte.

»Und was ist mit dir?«, wandte er sich an Ed. »Wie war das für dich, in dieser Gegend aufzuwachsen?«

Ed zuckte mit den Schultern. »Ich kenne ja nichts anderes«, sagte er. »Deshalb ist es für mich ganz normal. Ein Stück die Straße runter liegt meine Schule, meine Freunde wohnen um die Ecke. Ich habe mein Fitnessstudio, das Schwimmbad und den Fußballplatz im Lincoln's Inn Park.«

»Willst du also in der Gegend bleiben, wenn du hier mal ausziehst?«

»Ed wird niemals ausziehen, was, Ed?« Melody zwinkerte ihrem Sohn lächelnd zu, und er lächelte zurück.

»Nein, warum sollte ich ausziehen? Schließlich habe ich die beste Mutter der Welt.« Er beugte sich zu ihr und gab ihr einen Kuss auf die Wange. Melody war ein wenig verlegen, sie war es nicht gewohnt, mit anderen als Stacey und ihrer Familie über das Verhältnis zwischen ihr und ihrem Sohn zu sprechen.

»Das sehe ich«, antwortete Ben. »Wenn ich an deiner Stelle wäre, würde ich hier nicht ausziehen, bis ich vierzig bin.«

»Mindestens«, erwiderte Ed, woraufhin beide lachend mit ihren Bierflaschen anstießen.

Bei ihrem Anblick lief Melody ein kleiner Schauer über den Rücken – vor Angst, wie sie zunächst dachte. Doch dann merkte sie, dass es in Wirklichkeit *erwartungsvolle Spannung* war. An diesem Abend, so schien es ihr, geschah etwas, das, wie sie vor langer Zeit beschlossen hatte, niemals geschehen sollte. Langsam, zentimeterweise bewegten sie sich vorwärts, sie und ihr Sohn, und es sah so aus, als hätte dieser große durchtrainierte Mann mit der golden schimmernden Haut und den makellosen Zähnen entgegen ihrer früheren Einschätzung einen Anteil daran.

In der Küche schenkte sich Melody ein Glas Wein ein und vergewisserte sich, dass das Öl in der Pfanne schon so heiß war, wie es die Thunfischsteaks erforderten. Sie warf die Steaks in die Pfanne und sprang zurück, als das Fett heftig spritzte und zischte.

»Lass sie nicht zu lange braten«, riet Ben, der auf einmal hinter ihr stand.

»Ich weiß schon«, entgegnete Melody. »Drei Minuten auf jeder Seite.«

»Hmmm«, machte er. »Sie sind ziemlich dünn. Ich würde sie nur eine Minute drin lassen.«

»Wirklich?«

»Ja.«

»Kannst du denn kochen?«

»So einigermaßen. Die Grundrezepte«, antwortete er.

»Was? Für dich sind gebratene Thunfischsteaks ein *Grundrezept?«*

»Ja, eigentlich schon«, erwiderte er lässig. »Ed sagt, du bist beim Kochen nicht gerade ein Naturtalent.«

»Nein, die Küche ist nicht mein natürlicher Lebensraum.«

»Angesichts deines Berufes ist das erstaunlich.«

»Vielleicht ist das ja gerade der Grund«, erwiderte sie lächelnd und fügte hinzu: »Nein, ich koche einfach nicht gern. Aber ich bemühe mich, besser zu werden. Ich habe mich immer damit herausgeredet, dass ich nicht genug Zeit zum Kochen habe. Aber jetzt habe ich Zeit in rauen Mengen, und so gibt es keine Ausreden mehr. Im Grunde genommen gibt es für mich mittlerweile überhaupt keine Ausreden mehr.«

»Tatsächlich?«, fragte er bedeutungsvoll.

»Ja.« Sie schwieg einen Augenblick. »Soll ich sie jetzt wenden?«

Ben warf einen Blick in die Pfanne. »Ja, und dann noch mal genau dreißig Sekunden für die andere Seite. Ausreden wofür?«, setzte er hinzu.

Sie wendete die Steaks mit der Gabel und drehte das Gas unter dem Nudeltopf auf. »Ich erkläre dir das später«, sagte sie lächelnd.

Ben blieb über Nacht. Er zog seine Unterwäsche nicht aus, sondern legte sich nur neben Melody und hielt sie in seinem starken, geschmeidigen Arm. »Das Essen war köstlich«, flüsterte er in die Stille.

»Ja, nicht? Das haben wir dir zu verdanken. Ohne dich hätten wir ein Stück Sohlenleder und ein paar trockene, klebrige Nudeln essen müssen.«

»Mach dich nicht selbst so klein. Du hast mich schließlich um Rat gefragt. Wenn ich nicht dagewesen wäre, hättest du es auch prima allein geschafft.«

»Meinst du?«

»Ganz bestimmt.«

Melody streichelte über die weichen Haare an seinem Unterarm. Sie hatten vereinbart, keinen Sex zu haben. Daher fürchtete sie nicht, dass die zärtliche kleine Geste als Aufforderung missverstanden werden würde.

»Dein Sohn ist großartig«, sagte Ben und schob seinen Arm durch ihre Armbeuge, sodass ihre Arme fest miteinander verschränkt waren. »Wirklich großartig.«

»Ja, das stimmt. Die ganzen Jahre hatte ich Angst, ich hätte alles falsch gemacht, und jetzt sind es nur noch zwei Tage bis zu seinem achtzehnten Geburtstag, und plötzlich merke ich, dass ich alles richtig gemacht habe.«

»Das ist wunderbar«, meinte Ben und setzte hinzu: »Übrigens, du schuldest mir noch eine Erklärung. Die Ausreden!«

»Ach ja. Weißt du, bevor ich ein Kind bekam, hatte ich immer das Gefühl, dass mir etwas fehlt. Und dann kam Ed und füllte diese Lücke, und ich war eben *Eds Mum* und fertig. Ich habe nicht viel darüber hinaus gedacht. Und jetzt, wo das alles passiert ist und Ed achtzehn wird, bin ich gezwungen, mir Gedanken über mich selbst zu machen. Und ich habe erkannt, dass ich viel, viel mehr sein kann als Eds Mum.« Melody machte eine Pause. »Ich habe übrigens gerade herausgefunden, dass ich eine Schwester habe.«

»Oh, wirklich?«, staunte er.

»Ja. Ich habe sie letzten Samstag kennengelernt. Sie ist ein kleines Energiebündel, voller Pläne und Ideen, und dabei ist sie nur sechs Jahre jünger als ich. Aber mir kam sie viel jünger vor, und ich dachte, so hätte ich auch sein können. Ein weltgewandtes Mädchen auf dem Weg nach oben auf der Karriereleiter. Aber ich ärgere mich nicht darüber. Im Gegenteil, mir geht's großartig, denn das hätte mir zu keiner besseren Zeit passieren können.« Und dann erzählte sie ihm alles, was sie in den letzten Wochen herausgefunden hatte.

»Ich habe auch Grace, Kens Frau, getroffen«, schloss sie, »und sie sagte, wie schön es für mich wäre, dass ich so früh Mutter geworden bin. Denn so könnte ich mich jetzt selbst finden, und sie hatte recht. Ich bin erst dreiunddreißig, ich habe diese Wohnung und einen einigermaßen vernünftigen Kopf. Ich kann alles werden, was ich will.«

»Na, Gott sei Dank!«, sagte Ben.

»Was?«

»Jetzt wirst du endlich zu der Frau, die ich vor drei Wochen im Bus getroffen habe.«

»Ha! Ich dachte, dir wären nur meine Schultern aufgefallen.«

»Ja, zuerst die Schultern. Und dann bemerkte ich, dass die Frau nicht nur traumhaft schön, sondern auch interessant aussah.«

Melody lächelte. »Dasselbe hat meine Schwester über ein Foto von mir gesagt, das sie als Kind besaß. Sie sagte, ich hätte wie ein wirklich interessantes kleines Mädchen ausgesehen.«

»Und ich wette, das warst du auch. Du kannst Julius Sardo nur dankbar für das sein, was er mit deinem Kopf angestellt hat, denn es hat dir geholfen, zu erkennen, wer du wirklich bist: Melody Ribblesdale, ein wirklich interessantes kleines Mädchen.«

»Ja«, erwiderte sie, »und du bist also Ben ohne Nachnamen, der den Glauben an mich nicht aufgegeben hat.«

»Ben Diamond«, sagte er. »Mein Name ist Ben Diamond.«

Ben Diamond. Das hätte sie sich denken können.

Nach einer Weile fragte er: »Und das war's dann? Hast du jetzt die ganze Geschichte beisammen? Deine Geschichte?«

»Noch nicht ganz.«

»Ein Kapitel fehlt noch?«, fragte Ben.

»M-hm. Ein Kapitel fehlt noch.« Sie schaltete die Nachttischlampe aus, woraufhin das Zimmer in tröstliche Dunkelheit versank. »Schlaf schön, Ben Diamond«, flüsterte sie.

»Du auch, Melody Ribblesdale.« Er beugte sich zu ihr und küsste sie im Dunkeln auf die Wange.

Der Vollmond warf seinen blauvioletten Schein in das dunkle Zimmer und auf die Silhouette von Bens Körper. Melody konnte die helle Scheibe durch den dünnen Vorhangstoff erkennen, und der Anblick rief ihr die Erinnerung an eine andere Nacht vor fünfundzwanzig Jahren ins Gedächtnis, als sie aus einem ohnmachtsartigen Schlummer erwacht war und sich wiederfand als Melody Browne, ein seltsam unwirkliches Mädchen mit Eltern, zu denen sie nicht gehörte, und einem Leben, das nicht das Ihre war.

Um herauszufinden, warum sie in jener Nacht auf dem Rasen gelegen und in den Mond gestarrt hatte, gab es nur eine Möglichkeit. Nur zwei Menschen kannten das Ende ihrer Geschichte, und zwar diejenigen Menschen, die sie nie im Leben hatte wiedersehen wollen. Ihre Eltern.

Bei dem Gedanken schloss sie die Augen und versuchte, einzuschlafen, doch mit dem Bild ihrer Eltern im Kopf und einem fremden Mann im Bett blieb sie noch bis weit in den frühen Morgen schlaflos.

50

Heute

Die Wettervorhersage im Radio am nächsten Morgen versprach für den folgenden Tag, Eds Geburtstag, sonniges Wetter mit Temperaturen bis vierundzwanzig Grad. Melody stieß einen Seufzer der Erleichterung aus. Ed hatte alle ihre Vorschläge für einen Besuch im Restaurant, eine Partie Bowling oder ein Gokart-Rennen abgelehnt. Alles, was er sich wünschte, war ein Picknick im Park von Lincoln's Inn mit ein paar Flaschen Bier, Sandwiches, einigen Kumpels und einer Frisbeescheibe.

An diesem Morgen begleitete sie Ben zur U-Bahn-Station, wo sie sich einen kleinen, vielsagenden Kuss gaben, und spazierte dann gemächlich zur Bedford Street, um Einkäufe für das Picknick zu erledigen. Sie sah auf die Uhr. Es war neun Minuten nach neun.

Vor achtzehn Jahren um diese Zeit hatte sie bereits seit zehn Stunden in den Wehen gelegen.

Vor achtzehn Jahren um diese Zeit waren Stacey und sie in ihrer neuen Wohnung gewesen, in der es nichts gab außer einem gebrauchten Sofa und einem Tisch mit Stühlen. Stacey saß im Schneidersitz auf dem Boden und versuchte verzweifelt, die eine Woche alte brüllende Cleo zu stillen, während Melody auf der anderen Seite des Raums vor Schmerzen zusammengekrümmt dahockte (das musste ein Bild gewesen sein, zwei verlassene Kinder, die mutterseelenallein versuchten, sich um neugeborenes Leben zu kümmern).

Vor achtzehn Jahren um diese Zeit bemerkte Melody, dass die Krämpfe im Abstand von weniger als fünf Minuten kamen, worauf Stacey sagte: »Ruf dir ein Taxi und fahr los. In meiner Jackentasche ist noch ein Fünfer.«

Vor achtzehn Jahren um diese Zeit sollte es noch vierzehn Stunden dauern, bis Melody einen drei Kilo schweren Jungen zur Welt brachte, in einem kleinen weißen Raum, nur mit einer Hebamme namens June an ihrer Seite.

Diese Stunden zwischen der Fahrt ins Krankenhaus und Eds Geburt waren die einsamsten ihres Lebens gewesen. Sie hatte sich so sehr nach Eltern gesehnt – nicht nur nach ihren eigenen Eltern, sondern überhaupt nach Mutter und Vater –, bis die Hebamme ihr das Baby in den Arm gelegt hatte. Von diesem Augenblick an war sie sicher gewesen, dass sie niemanden brauchte, schon gar nicht Clive und Gloria Browne.

Und jetzt, achtzehn Jahre später, musste sie feststellen, dass sie sie doch noch einmal brauchte. Der Gedanke daran erfüllte sie mit Furcht und Schrecken.

Ohne nachzudenken, packte sie Scheibenkäse, abgepackten Schinken, Packungen mit Cocktailwürstchen und große Tüten Tortillachips in ihren Einkaufskorb. Sie wusste, wo sie die Telefonnummer ihrer Eltern hatte. Sie stand in einem alten Taschenkalender von 1989, den sie am Tag zuvor beim Ausmisten wiedergefunden hatte.

Sie konnte jetzt nach Hause gehen und sie anrufen, ihre Mutter und ihren Vater. Sie konnte es gleich heute Morgen tun. Doch was sie am anderen Ende der Leitung erwartete, wusste sie nicht. Ein stillgelegter Anschluss? Eine fremde Stimme? Die Nachricht, dass ihre Eltern tot waren? Oder ein Gespräch mit ihnen, das ihr endlich Klarheit darüber verschaffen würde, warum sie ihr Leben als halber Mensch hatte verbringen müssen?

Ed frühstückte gerade, als sie eine halbe Stunde später nach Hause kam.

»Du warst ja früh auf«, sagte er und trank den Rest gesüßter Milch direkt aus dem Müslischälchen.

»Ich habe Ben zur U-Bahn gebracht und hab dann Sachen fürs Picknick eingekauft.«

»Hast du die Wettervorhersage gehört?« Er deutete auf das Radio auf dem Tisch.

»Ja, toll, was?«, erwiderte sie lächelnd.

»Willst du ihn für morgen einladen?«

»Wen, Ben?«

»Ja.«

»Soll ich?«

Ed erhob sich achselzuckend. »Ja, doch«, sagte er. »Ich fand ihn nett.«

Melody blickte ihren Sohn an. Er war ein wenig rot geworden, fast so, als sei er verlegen. Melody schloss daraus, dass Ed Ben lieber mochte, als er zugeben wollte, und diese Erkenntnis verursachte ihr ein warmes Gefühl in der Magengrube.

»Cool«, sagte sie nur und setzte hinzu: »Dann lade ich ihn also ein. Es könnte allerdings sein, dass er sich nicht freinehmen kann.«

»Na, egal. Wie auch immer.« Ed verschwand mit seiner leeren Schale in der Küche.

Als Melody dort ihre Einkäufe auspackte, stellte sie fest, dass die Küche nur so glänzte. »Hast du hier sauber gemacht?«, fragte sie ungläubig.

»Ja, ich und Ben«, erwiderte Ed grinsend. Heute Morgen, als du im Bad warst.«

»Ist ja Wahnsinn«, entgegnete sie lakonisch. »Und wessen Idee war das?«

»Meine natürlich.« Ed zwinkerte ihr zu.

»Ja, klar.« Sie lächelte skeptisch und schob ihn aus dem Weg, weil sie an den Kühlschrank wollte. »Was hast du denn heute vor, am letzten Tag deiner Kindheit?«, fragte sie.

»Ich dachte, ich gehe mal auf den Spielplatz ein bisschen schaukeln. Dann fahre ich mit dem Roller nach Hause und kriege einen Wutanfall.«

»Ha, ha.« Melody versetzte ihm einen Rippenstoß.

»Ich weiß noch nicht«, sagte er. »Irgendwas sollte ich wohl tun, obwohl es vielleicht besser wäre, wenn ich zu Hause bliebe. Stell dir mal vor, mich überfährt ein Bus am Tag vor meinem Achtzehnten – das wäre ja eine Katastrophe, was?«

»Hör auf damit!«, schrie Melody. »So etwas sagt man nicht mal im Scherz!«

Ed wollte schon hinausgehen, da drehte er sich wieder um, ließ sich auf einem Stuhl nieder und fragte: »Mum?«

»Ja.«

»Wer ist Emily?«

Melody, die vor dem Kühlschrank stand, fuhr herum. »Was?«

»Emily. Amerikanischer Akzent. Rief auf deinem Handy an, als du weg warst.«

Melodys Blick fiel auf ihr Handy, das in der Aufladestation auf der Küchenarbeitsplatte steckte.

»Oh, Emily. Nur eine Freundin.«

»Ach so. Es ist nur, weil sie was Komisches gesagt hat. Sie hat behauptet, sie wäre meine Tante.«

»*Was* hat sie gesagt?«

»Du bist bestimmt Ed, sagte sie, und ich sagte Ja, und sie sagte, rate mal, wer ich bin, und ich sagte, keine Ahnung, und sie sagte, ich bin deine lange verschollene Tante, und ich lachte nur und sagte aha, weil mir nichts Besseres einfiel, und sie lachte auch ein bisschen, und das war's dann.«

Melody holte tief Luft. »Was hat sie sonst noch gesagt?«

»Eigentlich nichts, nur, dass du sie zurückrufen sollst. Was ist denn mit ihr? Alles in Ordnung?«

»Ja, sicher, mit ihr ist alles okay. Sie ist nur …« Melody wollte ihrem Sohn schon erzählen, dass die Frau, mit der er gesprochen hatte, ein wenig sonderbar sei, einfach ein bisschen bescheuert, doch dann sah sie ihn an, diesen Mann, der fast zehn Zentimeter größer als sie war, der heimlich die Küche geputzt hatte, der nur das Beste für seine Mum wollte, und plötzlich fragte sie sich, wovor sie ihn da eigentlich zu beschützen versuchte. Vor der Tatsache, dass die Großeltern, die er gar nicht kannte, nicht seine richtigen Großeltern waren? Vor der Tatsache, dass seine Mutter eine sehr traurige Kindheit gehabt hatte, an die sie sich gerade erst zu erinnern begann, und dass es ihr nicht schlechter, sondern besser ging, seit sie die Wahrheit kannte?

»Sie ist meine Schwester«, antwortete sie und atmete erleichtert aus.

»Aber du hast doch gar keine Schwester.«

»Nein, ich hatte keine, aber jetzt habe ich eine. Sieht so aus, als wären meine Eltern gar nicht meine richtigen Eltern gewesen. Scheint, du hattest recht, und ich bin wirklich adoptiert worden. Hör mal«, fuhr sie fort, indem sie sich zu ihm hinunterbeugte und seine Hände nahm, die zwischen seinen Knien baumelten. »Das ist alles eine lange Geschichte. Und das Ende davon kenne ich selbst noch nicht. Jetzt muss ich zuerst jemanden anrufen und dann jemanden besuchen gehen. Lass mich das erst erledigen, und dann lade ich dich zum Essen ein und erzähle dir alles – einverstanden?«

»Okay.« Ed schüttelte verwirrt den Kopf, dann lächelte er belustigt. »So'n verrückter Scheiß, was?«

»Tja, irgendwie schon«, sagte Melody.

Sie nahm das Telefon mit in ihr Schlafzimmer und setzte sich damit aufs Bett. Sie schlug das muffig riechende kleine Tagebuch auf, das mit dem Tag begann, an dem sie ihr Elternhaus für immer verlassen hatte. Der letzte Eintrag betraf den Besuch einer Gesundheitsberaterin, als Ed zehn Tage alt war. Auf der Innenseite des Umschlags stand: »Dieses Tagebuch gehört: Melody Browne, 4 Trojan Close, Canterbury, Kent, CT1 9JL«. Darunter war eine

Telefonnummer notiert, sieben vertraute Ziffern, geschrieben mit rotem Kugelschreiber in ihrer noch kindlichen Handschrift. Melody holte tief Luft und tippte die Ziffern ein.

Sie ließ es drei-, viermal klingeln, bis sich nach einem Klicken und einem vernehmbaren Atemzug eine Piepsstimme vernehmen ließ: »Hallo?« Ihre Mutter. Melody schnappte erschrocken nach Luft und legte auf.

Nein, dachte sie, das hier konnte sie nicht per Telefon erledigen, sie musste dabei das Gesicht der Mutter sehen. Und die das ihre.

Melody stand vor Nummer vier am Trojan Close und blickte am Haus empor. Es erschien ihr verblüffend vertraut, so als hätte sie es gerade erst verlassen. Die kleine Straße lag ruhig da, alle Einfahrten waren leer, bis auf diese, auf der rechts von Melody ein kleiner roter Wagen stand. Der Wagen ihrer Mutter. Es war nicht das Auto von damals, doch es gehörte offenbar Gloria Browne.

Melody klingelte. Sie fühlte sich erstaunlich zuversichtlich. Fast augenblicklich wurde die Tür von einer kleinen alten Frau mit blonder Perücke geöffnet. Melody erkannte sie nicht sofort. Die Perücke saß ein wenig schief, als hätte ihre Trägerin sie sich hastig aufgesetzt. Die Frau hatte ein blasses Gesicht mit leicht unscharfen Zügen. Und sie war kleiner, viel kleiner, als Melody sie in Erinnerung hatte.

Sie starrten einander einen Augenblick lang an. Gloria versuchte ein kleines Lächeln, dann wurde sie wieder ernst. »Melody«, flüsterte sie.

Melody nickte.

»Hast du vorhin angerufen?«

Erneut nickte sie.

»Ich wusste, dass du es warst. Ich hatte es im Gefühl. Komm rein. Komm doch bitte rein.« Es klang weniger nach einer Aufforderung als nach einer Bitte.

Melody trat ins Haus. Gloria ließ sie vorgehen, ohne den Blick von ihr zu wenden. »Nimm doch Platz«, bat sie, als sie im Wohnzimmer standen. Melody setzte sich und blickte sich im Zimmer um. Es war alles noch da, bis zu den Tierfiguren aus Porzellan, der Karaffe aus geschliffenem Bleikristall und der goldgerahmten Gemäldekopie. Und dort, auf der Mahagonianrichte, sah sie ein Foto der elfjährigen Melody Browne auf einem rotbraunen Pony. Sie trug eine beige Reithose und eine Rosette an der Brust – jeder Zoll eine privilegierte kleine Canterbury-Prinzessin. Sie erschrak über den Kontrast zwischen dem, was sie gewesen war, was aus ihr hätte werden können und was tatsächlich aus ihr geworden war. So viele Drehungen und Wendungen, so viele Wechsel. Und nun war sie wieder hier angelangt: in diesem stillen Haus mit der tickenden Uhr und der kleinen Frau. Auf den letzten Seiten des Buches.

»Geht es dir gut?« Gloria Brownes blasse Augen forschten in Melodys Gesicht nach dem Grund ihres unverhofften Kommens. »Ist alles in Ordnung?«

»Ja, alles okay«, erwiderte Melody mit ausdrucksloser Stimme. »Und wie geht es dir?«

»Ach, mir – mir geht es gut. Du weißt schon, so gut, wie es eben gehen kann. Und morgen hat also Ed Geburtstag?«, fügte sie lächelnd hinzu.

»Ja«, antwortete Melody überrascht. »Woher weißt du das?«

»Wie sollte ich es nicht wissen? Er ist schließlich mein Enkel. Ich denke andauernd an ihn, besonders am zweiten August. Und jetzt wird er achtzehn?«

»Ja, genau.«

»Und wie geht es ihm? Wie geht es Edward?«

»Dem geht es prima. Er wartet noch auf seine Abiturnoten, bevor er sich entscheidet, wie es weitergehen soll.«

»Oh.« Ihre Mutter wirkte erleichtert. »Ach, ich bin so froh. Und ich freue mich so, dich zu sehen, Melody. Das ist wunderbar. Und du bist so hübsch ...«

»Na, das würde ich nicht sagen …«

»Doch, wirklich. Du bist ja jetzt eine Frau, eine schöne Frau. Ich bin sehr stolz auf dich.«

Die Worte machten Melody zornig. Gloria Browne hatte kein Recht, stolz auf sie zu sein, nicht im Geringsten.

»Wo ist Vater?«, wechselte sie das Thema.

»Ach je, er ist letzten Juni verstorben. Ja, letzten Juni.«

»Oh.« Melody wartete auf ein Gefühl, irgendein Gefühl, doch es kam nichts. »Wie ist es passiert?«

»Alzheimer. Zusätzlich zu den Schlaganfällen. Zum Schluss war es eine Erlösung. Wirklich. Die letzten paar Jahre waren sehr schwer. Und dennoch erscheint mir das Leben jetzt irgendwie … öde. Ohne ihn. Einsam, verstehst du?«

Melody nickte. Die Frau tat ihr aufrichtig leid, doch sie hatte es sich selbst zuzuschreiben, denn sie hatte mit einer Lüge gelebt. Wie groß diese Lüge war, musste sich noch herausstellen, doch eine Lüge war es auf jeden Fall. Selbstverständlich hatten Clive und Gloria Browne Melodys Erinnerungen an ihr früheres Leben nicht absichtlich zerstört, doch sie hatten auch nichts dazu getan, ihr Erinnerungsvermögen wieder zu wecken.

»Was ist mit deinem Haar passiert?«, erkundigte sich Melody schroff, beinahe hämisch.

»Ach ja, mein Haar.« Gloria berührte traurig ihre Perücke. »Es war ja schon immer so dünn, und dann«, sie holte tief Luft, »nachdem dein Vater gestorben war, hat es irgendwie gänzlich aufgegeben. Fast so wie ich.« Sie lächelte unter Tränen. »Es ist nicht schön, eine Glatze zu haben, besonders für eine Frau. Ganz und gar nicht schön …« Sie schob die traurigen Gedanken beiseite und lächelte erneut. »Und du, Melody, wie ist es dir ergangen? Hast du noch mehr Kinder?«

»Nein. Ed hat mir gereicht, und abgesehen davon habe ich nie jemanden getroffen, mit dem ich gern ein Kind gehabt hätte.«

»Oh, das ist aber schade. Eds Vater ist also …«

»Tiff war niemals Eds Vater. Er hat sich das Kind nach der Geburt nicht einmal angesehen. Das Letzte, was ich von ihm gehört habe, war, dass er nach Cork zurückgegangen ist und auf einer Schweinefarm arbeitet.«

»Ihr beide wart also immer allein? Die ganzen Jahre über?«

»Ja, nur wir beide.«

»Und, warst du glücklich?«

»Ja, zumindest so glücklich, wie man sein kann, wenn das eigene Leben nichts als eine Illusion ist.«

»Eine Illusion?«, wiederholte Gloria.

Melody sah sie verwirrt blinzeln, so als hätte sie nicht die geringste Ahnung, wovon die Rede war, und sagte barsch: »Na, hör mal! Du weißt genau, was ich meine!«

»Äh, nein, ich glaube nicht.«

»Also, ich bin nicht für ein Plauderstündchen hergekommen, sondern weil ich ein paar Antworten haben will. Ich weiß, was passiert ist. Ich weiß, dass ihr nicht meine richtigen Eltern seid, und ich will endlich die Wahrheit erfahren. Du musst mir erzählen, was nach dem Tod meiner Mutter geschah. Was war zwischen dem Tag, als Tante Susie mich zu euch brachte, und dem Augenblick, als ich vor dem brennenden Haus auf dem Rasen wieder zu mir kam?«

Es wurde still in dem kleinen Zimmer. Gleichmütig tickte die Uhr vor sich hin. Ihre Mutter seufzte. Und dann endlich begann sie zu sprechen.

51

1981

Der Mann mit den schwarzen Haaren und der Nickelbrille sah ein bisschen so aus wie Mr Spock aus *Raumschiff Enterprise.* Seine Ohren hatten eine komische Form, fast wie eine Blüte. Er lächelte sie freundlich an und seufzte.

»Also, Melody. Mein Name ist Doktor Radivski, und ich bin ein Arzt, der die Köpfe von Kindern wieder gesund macht, verstehst du?«

Sie betrachtete ihn und überlegte, was wohl passieren würde, wenn sie jetzt den Mund aufmachen und einen ganz lauten Rülpser von sich geben würde. Darüber musste sie lächeln, was ihn sehr zu interessieren schien. »Ja, ich weiß, das klingt komisch«, sagte er. »Aber ich rede natürlich nicht von diesem Teil des Kopfes« – er klopfte mit den Fingerknöcheln an seinen eigenen Schädel – »sondern davon.« Er tippte sich an die Stirn. »Das Innere deines Kopfes. Dein Verstand. Deine Gedanken. Was da drin vorgeht. Weißt du, warum du hier bist?«

Sie starrte ihn weiter an. Er hatte eine sehr glänzende Nase, und hinter den Bifokalgläsern seiner Brille wirkten seine Wimpern unnatürlich groß und dicht.

»Du bist hier, weil sich deine Pflegeeltern große Sorgen um dich machen. Du bist hier, weil du seit beinahe drei Wochen kein Wort mehr gesprochen hast. Ich weiß, dass du eine sehr schlimme Nachricht erhalten hast, und ich verstehe auch, dass wir uns manchmal, wenn wir Dinge hören, die uns nicht gefallen, am liebsten …«, er deutete mit beiden Händen auf seine Brust, »… in uns selbst verkriechen möchten. Hast du das getan, Melody? Hast du dich in dich selbst verkrochen?«

In mich selbst, dachte Melody. Die Vorstellung gefiel ihr. Drinnen war man sicher. Drinnen gab es Sofas und einen Fernseher und gute Sachen zu essen. Sie fühlte sich wohl in diesem Zimmer. Hier war es fast wie in ihrem Kopf mit all den Nischen und Fächern, in denen fein säuberlich interessante Dinge verstaut waren.

In der Ecke lagen ein paar Spielsachen. Sie stand auf und ging hinüber, um zu sehen, was es war.

»Aha, du hast meinen kleinen Spielzeugladen entdeckt«, sagte der Doktor. »Komm, schauen wir ihn uns mal gemeinsam an«, sagte er und stand auf. Er war sehr groß, und Melody kam der Gedanke, dass manche Kinder vielleicht ein bisschen Angst vor diesem großen Mann mit den komischen Ohren, den dicken Brillengläsern und dem merkwürdigen Akzent hatten, und sie fragte sich, warum er ausgerechnet ein Arzt geworden war, der die Köpfe von Kindern behandelte. Die Spielsachen lagen ordentlich aufgereiht: hölzerne Puppen, Papier, Stifte, ein kleines Holzhaus, ein Bett, ein Auto, ein Bär.

»Ich würde dir gern eine Weile beim Spielen zusehen, wenn ich darf«, sagte er.

Sie sah ihn an, erstaunt darüber, dass ein erwachsener Mann zusehen wollte, wie ein achtjähriges Mädchen mit Puppen spielte, doch dann nahm sie sich eine kleine Holzpuppe mit blondem Haar und rotem Kleid. Mit der anderen Hand griff sie nach dem Auto und setzte die Puppe auf den Beifahrersitz. Und dann, nicht weil sie wirklich Lust dazu hatte, sondern weil sie wusste, es würde diesen Doktor auf interessante Gedanken über das Innere ihres Kopfes bringen, gab sie dem Auto mit der Puppe darin einen ganz festen Schubs. Es sauste über den Holzfußboden und krachte am anderen Ende des Zimmers gegen die Fußleiste.

Sie drehte sich zu dem Doktor um.

Er lächelte.

»Melody«, sagte Gloria und klopfte zaghaft an ihre Tür. »Darf ich reinkommen?«

Sie öffnete die Tür, trat ein und lehnte sich mit dem Rücken dagegen. Melody legte das Buch weg, das sie gerade las, und blickte Gloria aufmerksam an.

»Wir haben Neuigkeiten. Gute Neuigkeiten. Würdest du wohl vor dem Abendessen nach unten kommen, damit wir dir alles erzählen können?«

Melody wusste, was sie ihr sagen wollten. Sie wollten ihr sagen, dass ihr Adoptionsantrag angenommen worden war. Sie nahm ihr Buch wieder zur Hand und las weiter.

»Melody, bitte, das ist wirklich wichtig.«

Erneut legte sie das Buch hin und verschränkte die Arme. Wenn es so wichtig war, dann konnten sie es ihr auch hier sagen, dachte sie.

Mit einem Seufzer ließ sich Gloria auf der Bettkante nieder. »Das Sozialamt hat uns angerufen«, begann sie. »Sie sind mit uns einverstanden. Das heißt, du kannst jetzt unser kleines Mädchen sein. Ganz offiziell. Ist das nicht herrlich?«

Melody drehte den Kopf und blickte aus dem Fenster. Die Nachricht war weder gut noch schlecht. Sie war klug genug, um zu wissen, dass die Alternative zu einer Adoption durch die Brownes darin bestand, in eine Pflegefamilie oder ein Kinderheim gesteckt zu werden, und sie wusste auch, dass es nicht viele Leute gab, die ein achtjähriges Mädchen adoptieren wollten, zumal, wenn es an elektivem Mutismus litt (so hatte es der Doktor mit den komischen Ohren genannt). Sie wusste, dass Ken und Grace ihren Antrag schon vor Wochen zurückgezogen hatten, und dass Tante Susie viel zu krank war, um sich um sie zu kümmern. Ihre Tante Maggie hatte die Adoptionsbestrebungen der Brownes befürwortet, also war sie offensichtlich nicht gewillt, selbst in die Bresche zu springen und Melody in ihre kleine zerbrochene Familie aufzunehmen. Das alles wusste Melody, denn sie war ein aufgewecktes Kind. Ihr blieb keine Wahl. Die Brownes waren alles, was sie hatte.

Sie nahm ihr Buch zur Hand und las weiter.

Melody blies die Kerzen auf der selbst gebackenen Schokoladentorte aus. Es waren neun. Jetzt, im November 1981, trug sie schon seit fast sechs Wochen den Namen Melody Browne. Im Zimmer befanden sich noch weitere sieben Personen: Gloria (oder »Mum«, wie sie jetzt hieß), Clive (oder »Dad«), Clives Bruder Peter mit seiner Frau Cheryl und ihren beiden hyperaktiven Kindern Samantha und Daniel, die die ganze Zeit einen leeren Karton mit den Füßen durchs Wohnzimmer stießen. Glorias alte Mutter Petunia (sie mochte es, wenn man sie »Granny« nannte) sah vom Ohrensessel aus ihren Enkelkindern belustigt zu. Melody saß am Kopfende des Tisches, umgeben von fantasievoll verpackten Geschenken, und versuchte, nicht daran zu denken, was sie vor genau einem Jahr gemacht hatte. Damals hatte sie noch bei Tante Susie gewohnt und soeben die schlechte Nachricht über ihren Vater erhalten. Die Erinnerung an jenen Tag war noch vorhanden, sicher verstaut in einem der Fächer ihres Geistes, doch sie verblasste bereits – wie ein lebhafter Traum nach dem Erwachen. Sie wusste nicht mehr, was sie damals gesagt hatte, wie ihr zumute gewesen war, in welcher Reihenfolge sich die Dinge ereignet hatten. Ein bisschen kam es ihr schon so vor, als wäre das alles nie geschehen.

Gloria teilte die Torte in acht große Stücke und legte sie auf rosa Pappteller. Melody betrachtete anerkennend ihr Stück, die dunkelbraune Farbe, den Fettglanz der Buttercreme, die krümelige Borkenschokolade obenauf. Gloria machte leckere Kuchen. Gloria machte auch leckere Eintöpfe und leckeres Brathähnchen und nähte ihr Caprihosen auf ihrer Singer-Nähmaschine. Gloria war ein sehr gute Mutter, und was Dinge wie Kuchenbacken und Hobbys und Fürsorglichkeit anging, eine bessere Mutter als ihre richtige Mutter jemals gewesen war.

Melody stieß die Gabel in die Torte und stach ein Stück davon ab. Sie steckte es sich in den Mund, und als die Aromen auf ihre Geschmacksknospen trafen, entfuhr ihr unversehens ein lautes *Mmmm.* Die anderen im Zimmer drehten sich allesamt zu ihr um und starrten sie an.

Melody schaufelte sich einen weiteren Bissen Torte in den Mund und stöhnte erneut vor Behagen. Als sie sich plötzlich im Zentrum gespannter Aufmerksamkeit sah, tat sie es noch einmal. Insgesamt zwölfmal stieß sie den gleichen dumpfen Laut aus, bis das ganze Stück Torte in ihrem Magen verschwunden war. Gloria und Clive blickten sich erstaunt an. Dann begannen sie komischerweise zu applaudieren.

Drei Tage nach Melodys neuntem Geburtstag waren Gloria und Clive zu einer Dinnerparty bei neuen Nachbarn auf der anderen Straßenseite eingeladen. Die Leute, die Sean und Janine hießen, waren noch jung und ziemlich vornehm.

Gloria war wegen des großen Ereignisses ganz nervös und hatte Melody schon dreimal zu einer Einkaufstour mitgenommen, um genau das richtige Kleid zu finden. Nun, da Melody wieder in der Lage war, Laute zu bilden, war sie ihr wenigstens eine kleine Hilfe gewesen, indem sie beifällige oder ablehnende Geräusche ausstieß, wann immer Gloria aus der Umkleidekabine trat. Melody hatte sich überlegt, ob sie wieder anfangen sollte zu sprechen, und wenn sie allein in ihrem Zimmer war, übte sie, indem sie sich mit dem spanischen Mädchen unterhielt. In ihrer Klasse gab es ein Mädchen namens Melissa, das sehr hübsch, aber trotzdem sehr nett war. Ihr hatte Melody in der Pause etwas ins Ohr geflüstert, sie jedoch versprechen lassen, es nicht zu verraten.

Kurz vor Beginn der Dinnerparty wurde Gloria ganz konfus. Immer wieder lief sie die Treppe hinauf und hinab, weil sie ständig etwas vergaß. Um drei Minuten vor acht erschien sie schließlich in einem hochgeschlossenen hellblauen Kleid mit Keulenärmeln und einem Kragen, der mit Bergkristallen besetzt war. Ihr Haar hatte sie mithilfe eines neuen Lockenstabs in ein Gewirr blonder Kringellöckchen verwandelt, und ihre Lippen leuchteten in einem kräftigen Lachsrosa.

»Meine Güte, du siehst ja großartig aus«, sagte Clive, der einen braunen Anzug mit breitem Samtkragen und ein dunkelblaues Strickhemd trug.

Melody schaute die beiden lächelnd an. Sie waren zwar nicht ihre richtigen Eltern, aber nett sahen sie trotzdem aus. Tief in ihrem Bewusstsein machte sich zögernd so etwas wie Stolz bemerkbar, und als sie ihr gute Nacht sagen kamen, ließ sie sich nicht nur von ihnen in den Arm nehmen, sondern erwiderte die Umarmung. Sie dufteten gut, nach Avon-Parfum und Brut-Rasierwasser.

Rachel, ein junges Mädchen aus der Nachbarschaft, das die stolze Summe von fünf Pfund erhielt, um auf Melody aufzupassen, traf ein, und gemeinsam brachten die beiden um drei Minuten nach acht Clive und Gloria mitsamt der verpackten Flasche Wein zur Tür. Danach ging Melody allerdings noch nicht ins Bett, sondern setzte sich zu Rachel aufs Sofa, wo die beiden eine ganze Schachtel After Eight verputzten und sich im Fernsehen einen Gruselfilm anschauten.

Melody schlief bereits tief und fest, als Clive und Gloria kurz vor Mitternacht mit geröteten Wangen und ein wenig unsicher auf den Beinen nach Hause kamen. Sie hörte nicht, wie sie sich in der Küche einen Kaffee kochten und danach im dunklen Wohnzimmer ein kleines Tänzchen machten. Gloria kicherte; ihr Gesicht schimmerte im perlweißen Schein des Vollmonds.

Zum Glück bekam Melody auch nicht mit, wie die beiden Hand in Hand auf Zehenspitzen nach oben schlichen, sich schwer auf ihr geräumiges Doppelbett fallen ließen und einander schwer atmend und ungeduldig an den Verschlüssen ihrer Kleidung zerrten.

Sie hatte keine Ahnung, dass Clive sich gerade seiner braunen Hose entledigt hatte und im Begriff war, seine Frau von ihrem nagelneuen blauen Seidenhöschen zu befreien, als Gloria sich plötzlich kerzengerade aufsetzte und fragte: »Wonach riecht es hier?« Auch die einsetzende Panik, als klar wurde, dass das Gästezimmer brannte, bekam Melody nicht mit. Da ihr Zimmer unmittelbar neben dem Gästezimmer lag und ihre Tür offen stand, drang sofort dicker, klebriger Rauch herein, und wenige Sekunden später war Melody bewusstlos.

Während des Übergangs vom Schlaf zur Ohnmacht und zum Wiedererwachen auf dem Rasen vor dem brennenden Haus im Schein des Mondes zwanzig Minuten später ging etwas Seltsames in Melodys Kopf vor – eine Art Großreinemachen. Als sie vierundzwanzig Stunden später im Gästezimmer ihres Onkels aus tiefem Schlaf erwachte, konnte sich Melody nicht mehr im Geringsten an die Verwicklungen ihres bisherigen Lebens erinnern. Sie erinnerte sich weder an Ken noch an Broadstairs, ihre Mutter oder ihren Vater. Sie wusste nichts mehr von Los Angeles, von Charlotte oder ihrer kleinen Schwester Emily. Sie wusste nur noch, dass ihre Eltern sie aus dem brennenden Haus gerettet hatten, dass sie neun Jahre alt war und Melody Browne hieß.

52

Heute

Es war der Lockenstab, der das Feuer verursacht hatte. In ihrem Übereifer, zu gefallen, hatte ihn Melodys zerstreute Mutter versehentlich im Gästezimmer angelassen, direkt neben einer Packung Kleenex auf einer Tagesdecke aus Nylon.

Jetzt blieb nur noch die Frage, warum sie nichts gegen Melodys Gedächtnisschwund unternommen hatten. Die Antwort kam für sie nicht überraschend.

»Wir hielten es für das Beste«, sagte Gloria.

»Ich wusste, dass du das sagen würdest!«, grollte Melody.

»Nun, eine einfache Entscheidung war es nicht. Du warst vorher so unglücklich gewesen. Du wolltest nicht sprechen, und dein Verhalten war sehr beunruhigend. Ich hatte das Gefühl, dass du schon vor dem Brand die ganze schreckliche Geschichte innerlich abgespalten hattest. Als du dann zu dir gekommen bist und uns angelächelt und Mum und Dad genannt hast, hatten wir nicht das Herz, dich wieder in den alten Zustand zu versetzen. Nach dem Brand warst du ein völlig anderes Kind. Ständig warteten wir darauf, dass du über die Vergangenheit sprechen würdest, über deine Mutter oder Ken, aber du tatest es einfach nicht. Es dauerte Monate, bis uns klar wurde, dass du dich *einfach nicht mehr erinnern konntest.* Und dann schien es uns die ideale Gelegenheit für einen Neuanfang zu sein, nachdem das Haus weg war – und wo du nun wohl endlich glücklich warst.«

»Aber meine Familie!«, rief Melody. »Meine Tanten! Meine Schwester! Ken!«

»Ich weiß, ich weiß«, seufzte Gloria. »Wie gesagt, es war keine leichte Entscheidung. Es war sogar die schwerste Entscheidung meines Lebens. Abgesehen von dem Entschluss, dich gehen zu lassen …«

»Was meinst du damit, mich gehen zu lassen?«

»Nun ja, vor achtzehn Jahren. Wenn du jemanden liebst, schenke ihm die Freiheit. Wenn er dich auch liebt, wird er zu dir zurückkommen.« Ihr versagte die Stimme. Sie schwieg und lächelte traurig. Dann holte sie tief Luft und fuhr fort: »Doch du bist nie zurückgekommen. Also musste ich mir eingestehen, dass du mich nie geliebt hast. Und ich musste mich fragen, ob das meine eigene Schuld war, wegen der Entscheidungen, die ich – *wir* – vor vielen Jahren getroffen haben.«

»Na, die Antwort auf diese Frage kennst du ja wohl. Wie konntet ihr nur annehmen, dass es okay für mich war, mein ganzes Leben lang nicht zu wissen, wer ich bin?«

»Das haben wir auch nicht«, erwiderte Gloria in sachlichem Ton. »Wir glaubten nicht, dass es ‚okay' wäre. Wir hielten es nur für die bessere von zwei nahezu unerträglichen Alternativen.«

»Für euch, willst du damit sagen, oder?«

»Nein, nicht für uns, für *uns alle.* Damit wir eine glückliche Familie sein konnten.«

Melody starrte Gloria Browne entgeistert an. Hatte sie das wirklich geglaubt, diese dumme, freundliche, nervöse kleine Frau? Dass ihre eng begrenzte Vorstadtwelt die bessere Alternative war?

»Eine glückliche Familie?«, schrie Melody. »Was zum Geier ist denn eine glückliche Familie? Eine Familie ohne Geschichte? Eine Familie ohne Wurzeln? Eine Familie, die in einer öden Ecke von Canterbury hockt und sich gegen alle abschottet aus Angst, sie könnten ihr Lügengebäude zum Einsturz bringen? Wir waren keine glückliche Familie; wir waren bloß drei Leute, die so taten, als ob. Und weißt du, was daran besonders traurig ist? Wenn ihr mir die Wahrheit gesagt hättet, wenn ihr mir *gestattet* hättet, meine Identität zu behalten, hätte ich vielleicht glücklich bei euch sein können, denn dann hätte ich gewusst, was ihr für mich getan habt. Dann hätte ich mich bei euch nicht wie eingesperrt gefühlt. Dann hätte es für mich noch andere Menschen in meinem Leben gegeben. Mittlerweile habe ich sie kennengelernt, die Menschen, die ihr mir gestohlen habt, und sie alle erinnern sich an mich und mögen mich. Ihretwegen fühle ich mich jetzt, als wäre ich etwas Besonderes, und wenn ich mich als Kind schon so gefühlt hätte, dann hätte mehr aus mir werden können als eine Teenagermutter und eine verdammte Küchenhilfe, und wir beide könnten immer noch *Mutter und Tochter* sein.«

Als sie schwieg, stieß Gloria einen kleinen Schluchzer aus. »Ich weiß«, sagte sie. »Ich wusste es schon in dem Moment, als du damals unser Haus verlassen hast. Ich wusste, dass unsere Entscheidung falsch gewesen war. Und mit diesem Wissen musste ich seither leben. Es gibt nichts in meinem Leben, was ich mehr bereue. Ich erwarte nicht, dass wir aus diesem schrecklichen Chaos noch etwas retten können, aber ich dachte, du könntest, na ja, vielleicht nicht gerade uns verzeihen, aber doch wenigstens versuchen zu *verstehen,* warum wir damals so gehandelt haben.«

Melody schwieg. Ihre Wut verrauchte. Sie stellte sich vor, wie diese kleine gebrochene Frau ganz allein in ihrem Haus lebte, umgeben von den Bildern ihrer verlorenen Familie, ihres geliebten Mannes und ihrer pflichtvergessenen Tochter, und etwas in ihr wurde weich. Sie dachte an die leuchtend blaue Haremshose mit dem weißen Piratenhemd, die Gloria ihr für die erste Schuldisco genäht hatte, als Melody dreizehn war. Alle Mitschülerinnen hatten sie um die Sachen beneidet.

Sie dachte daran, wie aufgeregt sie gewesen war, als sie ein Jahr später zum ersten Mal ihre Periode bekam und Gloria mit ihr eine Packung Monatsbinden kaufen ging.

Sie dachte an die Party zu ihrem vierzehnten Geburtstag, als sie Clive und Gloria überredet hatte, sie allein Gastgeberin spielen zu lassen, und wie stolz Gloria bei ihrer Rückkehr um zehn gewesen war, weil das leere Haus so sauber und ordentlich war. Ein kleiner Fruchtsaftfleck auf dem Fußboden im Wohnzimmer und ein wenig verschmierter blauer Eyeliner an der Tischdecke waren die einzigen Zeichen dafür, dass ein Fest stattgefunden hatte. »Ich freue mich, dass wir uns auf dich verlassen können«, hatte Gloria gesagt. »Das bedeutet uns so viel.«

Und dann dachte Melody an den Gesichtsausdruck ihrer Mutter, als sie ein knappes Jahr später zum ersten Mal Tiff mit seinen harten, wie aus Holz geschnitzten Gesichtszügen gesehen hatte, wie er auf seinem Motorroller schwungvoll in die kleine Straße geknattert kam. »Jemanden wie ihn hatte ich für dich nicht im Sinn«, hatte sie in sanftem Ton gesagt. »Du könntest etwas viel Besseres kriegen.«

Melody fielen ein Dutzend weiterer Gelegenheiten ein, bei denen Gloria geduldig, stolz, aufmerksam und liebevoll gewesen war, und sie erkannte, dass sich diese Frau, obgleich sie nicht ihre Mutter war und sie selbst keine töchterlichen Gefühle ihr gegenüber hatte, dennoch wie eine wahrhaft gute Mutter verhalten hatte.

Bei diesem Gedanken atmete sie tief durch und sagte: »Gut, ich werde es versuchen. Aber ich kann dir nichts versprechen.«

Bevor Melody ging, gab Gloria ihr einen Briefumschlag. »Für dich«, sagte sie.

»Was ist das?«, fragte Melody.

»Mach ihn auf.«

Melody öffnete den Umschlag und zog einen Bogen dickes Dokumentenpapier hervor.

»Es ist deine Geburtsurkunde«, erklärte Gloria. »Ich habe sie die ganzen Jahre über aufbewahrt, weil ich immer dachte, du würdest sie abholen kommen, weil du sie brauchst. Um einen Reisepass zu beantragen oder für einen Job. Ich dachte, das wäre dann die rechte Gelegenheit, dir alles zu erzählen.«

Melody war nie im Ausland gewesen und hatte daher nie einen Pass benötigt. Wäre es doch nur anders gewesen, dachte Melody, während sie die dreiunddreißig Jahre alten Eintragungen betrachtete. Dort war alles verzeichnet: die Namen ihrer leiblichen Eltern, das Krankenhaus in Süd-London, in dem sie zur Welt gekommen war, eine Londoner Adresse, wo sie ihre ersten Lebensjahre verbracht hatte.

Das alles hätte sie schon lange wissen können. Sie hätte nur um dieses Stückchen Papier bitten müssen, um alles zu erfahren. Doch das hatte sie nie getan.

Sie faltete die Urkunde zusammen und steckte sie wieder in den Umschlag. »Danke, ich werde sie bestimmt brauchen. Vielen Dank«, sagte sie. Dann gab sie der kleinen Frau mit der Perücke einen einzigen Kuss auf die puderzarte Wange und ließ sie auf ihrer Türschwelle zurück, wieder allein, aber nicht länger im Ungewissen.

Als sie an jenem Nachmittag nach Hause kam, setzte sich Melody eine Weile hin und überlegte, wie ihr eigentlich zumute war. Das Sonnenlicht strömte in ihr Schlafzimmer und brach sich funkelnd im Spiegel. An einer Ecke dieses Spiegels baumelte die Halskette, die sie einst, vor vielen Jahren, aus Glorias Schmuckkästchen gestohlen hatte.

Als Ed zwei Monate alt war, hatte sie die Kette zu einem Pfandleiher gebracht, weil sie Geld brauchte, um ihre Rechnungen zu bezahlen. Dort hatte man ihr gesagt, die Kette sei fünf Pfund wert, und sie hätte die fünf Pfund auch beinahe genommen, doch irgendetwas hielt sie zurück. Sie schnappte sich die Kette vom Ladentisch und stopfte sie wieder in ihre Handtasche.

Bis heute hatte sie nicht mehr an diesen Vorfall gedacht, doch jetzt wusste sie, warum sie damals so gehandelt hatte. Es war wegen ihrer Mutter gewesen, wegen allem, was sie war und wofür sie stand. Melody wollte unbedingt eine Kleinigkeit von ihr behalten, etwas, das mit Glorias Haut in Berührung gekommen war und unerklärlicherweise noch immer ihren Duft bewahrte. Die Kette war ein Talisman. Auf eine seltsame Art und Weise schien sie die Aufgabe ihrer Mutter, sie zu beschützen, übernommen zu haben.

Bei diesem Gedanken stand Melody von ihrem Bett auf, öffnete den Kleiderschrank und kniete sich hin, um etwas vom Boden des Schranks hervorzuholen. Es war der Pappkarton, den Tante Susie ihr gegeben hatte und der, wie sie wusste, die Erinnerungen an ihre Mutter, ihre *leibliche* Mutter, enthielt. Sie nahm die Schachtel mit zum Bett, und während sie ganz vorsichtig das Klebeband aufschnitt, begann ihr Herz schneller zu schlagen. Die Laschen des Deckels klappten auf, und Melody spähte in den Karton. Stück für Stück nahm sie den Inhalt heraus. Als Erstes ein Paar große Jeans, hellblau und an den Knien abgewetzt. Auf dem Schildchen hinten stand »Lee Jeans« und »Größe 48«. Dann ein weites Polyester-T-Shirt, dunkelblau mit hellblauem Muster. Es war ein wenig fleckig unter den Armen und hatte hinten am Halsausschnitt ein angegrautes Schildchen, auf dem »Dorothy Perkins« stand. Als Nächstes kam ein blauer Jeansmantel mit einem schwarzen klecksartigen Muster. Melody erkannte ihn sofort. Im Bruchteil einer Sekunde fuhr es ihr durch den Kopf: Mums *Mantel.*

Sie griff in die Taschen und förderte ein zerknülltes Papiertaschentuch, eine Tube Lippenbalsam und eine Rolle Pfefferminzbonbons zutage. Einen Augenblick lang hielt sie die Sachen auf ihrer ausgestreckten Hand und betrachtete sie. Wo war ihre Mutter gewesen, als sie diese Pfefferminz gekauft hatte? Wann hatte sie sich zum letzten Mal die Nase mit diesem Taschentuch geputzt oder den Balsam auf ihre Lippen gestrichen?

Unter den Kleidungsstücken (zu denen noch eine Garnitur Unterwäsche von Marks and Spencer und ein Paar melierte Socken mit Löchern an beiden Hacken gehörten) lag eine geblümte Kulturtasche, darin ein Fläschchen Deo, eine Tube Zahnpasta, eine reichlich abgenutzte türkisfarbene Zahnbürste, eine bräunliche Sandpapierfeile und eine Haarbürste aus Holz, in der drahtige braune Haare hingen. Ganz unten in der Schachtel stieß Melody schließlich auf eine große Versandtasche. Sie öffnete sie und schüttete den Inhalt aufs Bett.

Er bestand aus drei kleineren Umschlägen. In einer sauberen Handschrift, die ihrer eigenen sehr ähnlich war, stand auf dem einen »Romany«, auf dem anderen »Amber« und auf dem dritten ihr eigener Name. Sie zitterte leicht vor Aufregung und Erwartung, beinahe wie als Kind, wenn sie Geschenke auspackte. Was würde sie finden?

Sie konnte sich nicht entscheiden, welchen Umschlag sie als Erstes öffnen sollte. Ambers, dachte sie schließlich. Dieses Kind gab es nicht. Sie brach das kitschige Siegel auf und zog den Inhalt heraus: ein Zeitungsfoto von Edward James Mason, ein rosa Babyschuh und eine braune Locke, mit Tesafilm auf ein Stück Pappe geklebt.

Als Nächstes öffnete Melody den Umschlag mit ihrem eigenen Namen darauf. So lange hatte sie darauf gewartet, zu erfahren, was Jane Ribblesdale ihr zu sagen hatte. Mit schweißfeuchten Händen klappte sie die Lasche des Umschlags auf. Er enthielt eine weiche braune Haarsträhne, einen winzigen weißen Fausthandschuh, ein Plastikarmband aus dem Krankenhaus mit der Aufschrift »Weiblicher Säugling von Jane Ribblesdale, 3. November 1972, 5.09 Uhr«. Daneben gab es noch einen kleinen Umschlag, auf dem, in einer etwas unsicheren Schrift, ebenfalls Melodys Name stand. Nach einem tiefen Atemzug öffnete sie ihn und zog ein Blatt liniertes Papier heraus. Die Worte darauf hielten sich nicht an die Linien, sondern liefen kreuz und quer, wie betrunken, über das Blatt. Nur mit großer Mühe konnte Melody das Gekritzel entziffern.

Meine innig geliebte kleine Melody,

wie geht es dir? Ich wollte dir schon so lange schreiben, aber hier ist alles so kompliziert, und kaum habe ich angefangen zu schreiben, muss ich schon wieder irgendwohin oder schlafen oder essen oder welche von diesen teuflischen Pillen nehmen. Ich tue gar nichts anderes mehr. Aber was machst du so? Ich denke oft an dich, mein liebes Mädchen, und daran, wie es dir bei deiner neuen Familie wohl geht. Sind sie nett zu dir? Ich bin mir sicher, denn ich glaube, sie sind irgendwie mit mir verwandt und gehören daher zur Familie, und eines Tages, vielleicht schon bald, lassen sie mich hier raus, und du und ich, wir können wieder zusammen sein. Würde dir das gefallen? Sie versuchen, mich wieder gesund zu machen, aber ich weiß nicht so recht. Ich möchte dir so gern erklären, wie es für mich in den letzten Jahren war, aber ich weiß nicht, ob ich es kann. Es verschwimmt alles ineinander, mein Kleines, alles verschwimmt, und du warst immer so brav. Es hat etwas mit Babys zu tun, weißt du, mit der ganzen Zeit und Mühe, die man braucht, um eins zu bekommen, mit dem ganzen Warten und Hoffen und dem Gefühl, das du hast, wenn es in deinem Bauch ist und mit dem ganzen Träumen und Überlegen und der Vorfreude, und dann macht dir das Schicksal einen Strich durch die Rechnung und nimmt es dir weg, nimmt dir alles Gute weg, und dann hast du nichts mehr und bist nur noch ein leeres Loch mit leeren Armen, einem leeren Herzen. Weißt du, manche Leute finden vielleicht etwas um diese Leere auszufüllen, aber ich konnte es nie, nicht einmal mit dir, du hast immer so leicht jemanden gefunden, der sich um dich kümmert, weil du so ein niedliches kleines Mädchen bist.

Ich vermisse euch alle, ich vermisse Ken, ich vermisse das Haus, aber hier ist es besser für mich. Ich möchte wieder gesund werden, aber ich bin nicht sicher, ob ich das schaffe, so viele schwarze Löcher in meinem Kopf, mein Kleines, so viele schlimme Sachen. Gott sei Dank bist du nicht wie ich, du bist Dads Kind, das warst du schon immer, wäre er doch bloß nicht fortgegangen und hätte dich allein gelassen, er hätte überhaupt niemals mit dieser Frau weggehen sollen, immerhin hat sie es geschafft, dir ein Schwesterchen zu schenken, nicht so wie ich, die arme Romany und dann die arme kleine Amber, nach zwölf Wochen verloren, mitten auf dem Fußboden im Bad, wie hätte ich es Ken sagen sollen, dass ich sein Kind verloren habe, die arme kleine Amber, und meine furchtbare Sünde, dass ich diesem armen Mädchen das Kind weggenommen habe, was bin ich für ein schrecklicher Mensch geworden, ich tue dir nicht gut und auch niemandem sonst. Ich glaube, mein Stift ist langsam leer. Tut mir leid. Ich liebe dich wirklich, Melody. Du bist mein kleines Mädchen. Sei brav. Tausend Küsse. Mummy

Den Brief in der Hand, saß Melody einen Augenblick lang völlig regungslos da und versuchte, sich aus dem Wirrwarr der Worte, dem Haufen reizloser Kleider und den Fotos, die sie in den Zeitungen gesehen hatte, ein Bild von ihrer Mutter zu machen. Es lag etwas Kindliches in Janes Art, sich zu kleiden, in ihren Erklärungen für das Unglück, das sie in eine geschlossene Anstalt gebracht und schließlich in den Selbstmord getrieben hatte – ja, sogar in ihrer geblümten Kulturtasche.

Melody war klar, dass diese Frau nicht in der Lage gewesen wäre, richtig für sie zu sorgen. Bei ihr hätte es keine Plätzchen und keinen Kuchen gegeben, keine Friseurbesuche und keine perfekt vorbereiteten Geburtstagspartys. Dennoch verspürte Melody ein tiefes Mitgefühl.

Sie dachte zurück an Eds erste Monate, an ihre ständige Angst, ihn zu verlieren, die sie bei jedem Mittagsschläfchen und jedem Einkauf im Supermarkt verfolgt hatte. Diese Frau, Jane Ribblesdale, hatte das Schlimmste erlebt, was einem widerfahren konnte. Sie hatte ihr Baby in den Armen gehalten und zusehen müssen, wie es starb. Etwas Schlimmeres gibt es auf der ganzen Welt nicht, dachte Melody.

Sie legte den Brief beiseite und nahm den dritten Umschlag zur Hand, der auf ihrem Schoß lag: Romanys Umschlag. Mit ihr, so hatte Emily gesagt, hatte alles begonnen. Sie blickte hinein und schnappte erschrocken nach Luft: noch ein weißes Plastikbändchen, eine rote Rosenknospe, zu einem erdigen Braun vertrocknet, und ein Foto. Darauf war sie zu sehen, ihre kleine Schwester. Winzig klein mit sehr weißer Haut, der Kopf kahl und fleckig, hatte sie die winzigen Händchen zu Fäusten geballt und starrte mit riesigen dunklen Augen direkt in die Kamera. Auf der Rückseite stand: Romany Rosebud, 4. Januar 1977. Das Bild war unmittelbar nach ihrer Geburt aufgenommen worden, als sie möglicherweise noch nicht einmal wussten, dass etwas mit ihr nicht stimmte. Als ihre Eltern noch glücklich waren und das Leben noch in völlig anderen Bahnen verlief.

Melody hielt sich das Foto dicht vors Gesicht und schaute ihrer Schwester tief in die Augen. »Hallo«, flüsterte sie. »Hallo, Romany. Ich bin deine große Schwester. Es ist schön, dich kennenzulernen. Du bist so goldig, wirklich so goldig …«

So saß sie eine ganze Weile, die Kleider ihrer toten Mutter im Schoß, denen ein seltsamer feuchter Geruch entströmte, das Foto ihrer Schwester in der Hand, und weinte.

Schließlich sah sie zu dem Bild des spanischen Mädchens am Fenster auf und lächelte ihm zu. »Du hast die ganze Zeit Bescheid gewusst und hast mir nichts verraten«, sagte sie mild tadelnd.

Dann legte sie alles wieder zurück in den Karton, steckte das Bild ihrer verstorbenen Schwester neben der Halskette ihrer Mutter hinter den Spiegel und ging ihren Sohn suchen. Sie wollte ihn zum Essen einladen und ihm die ganze Geschichte erzählen.

53

Heute

Der Wettervorhersage entsprechend, begann der folgende Tag sonnig und warm. Melody ließ Ed bis mittags schlafen, bevor sie ihn mit Eiern und Schinken auf Toast, einem Becher Tee und einem Haufen Geschenke weckte. Er lächelte ihr zu, als er sie am Fußende seines Bettes sitzen sah.

»Morgen«, sagte er.

»Morgen«, erwiderte sie. »Wie fühlt man sich so als Mann?«

»Irgendwie cool. Und wie fühlt man sich als Mutter eines Mannes?«

Sie lachte. »Verdammt komisch«, antwortete sie. »Ich weiß gar nicht, wie das so schnell passieren konnte.«

»Mir kommt das überhaupt nicht schnell vor«, widersprach Ed. »Ich habe das Gefühl, ich war mein ganzes Leben lang ein Kind!« Er nahm ihr den Teebecher ab und balancierte das Frühstückstablett auf den Knien. »Es kommt mir vor, als wäre heute alles anders«, sagte er. »Nicht nur wegen meines Geburtstags, sondern wegen all dem, was du mir gestern erzählt hast. Es ist alles so … *aufregend.*«

»Findest du?«

»Ja! Ich meine, mein ganzes Leben lang musste ich ohne das alles auskommen – ohne Vater, ohne Großeltern –, aber es hat mir nichts ausgemacht, weil ich ja dich hatte. Und jetzt plötzlich diese ganzen Leute, diese ganze … Familiengeschichte. Es kommt mir so vor, als würde mein Leben völlig neu anfangen. Verstehst du, was ich meine?«

Melody strich ihm über den Kopf. »Ja, ich weiß genau, was du meinst.«

»Hast du sie gefragt?«, erkundigte er sich.

»Wen, Emily?«

»Ja.«

»Ja, habe ich. Und sie will kommen. Sie sagt, sie meldet sich einfach krank. Sie kann es gar nicht erwarten, dich kennenzulernen. Und Ben kommt auch. Er hat sowieso einen Termin im Krankenhaus wegen seines Handgelenks, und von dort aus kommt er direkt hierher.«

»Cool«, sagte Ed. Er griff nach dem Besteck und begann zu essen.

»Willst du denn deine Geschenke nicht auspacken?«, fragte sie, als er fertig war.

»Soll ich?«

»Ja, mach schon«, erwiderte sie lächelnd.

Als Erstes packte er den iMac aus. »Super! Danke, Mum«, sagte er.

Er zog sie an sich und gab ihr einen Kuss auf die Wange, bevor er das zweite Päckchen öffnete. Melody hielt den Atem an. Es war ein kleines Fotoalbum, in das sie am Abend zuvor kostbare, unersetzliche Bilder eingeklebt hatte. Da gab es ein Bild von ihr mit Ed auf dem Arm, in der Nacht, als er geboren wurde, das Foto von ihr am Strand, das Grace ihr gegeben hatte, ein Bild ihres Vaters, das Emily ihr nach ihrem Treffen geschickt hatte, ein Foto von Ed, Cleo und Charlie als Kleinkinder. Daneben Bilder von Jane Ribblesdale, Eds leiblicher Großmutter, die aus den Zeitungsausschnitten stammten, ein ausgedrucktes Bild von Melody und Emily, das diese ihr aufs Handy geschickt hatte, und schließlich, auf der letzten Seite, Romany Rosebud, seine neugeborene Tante.

»Das hier sollst du für immer behalten«, sagte Melody. »Kleb die Fotos hinein, die dir wirklich etwas bedeuten. Nicht von den Spritztouren mit deinen Kumpels, sondern die wichtigen Dinge, deine erste Liebe, dein erstes Kind, etwas Wertvolles eben.«

Melody betrachtete ihren Sohn. Sie wusste, dass das Album für ihn nicht so aufregend war wie der iMac und dass er sich wahrscheinlich fragte, warum sie es ihm gegeben hatte. Doch eines Tages, wenn er älter war und eine eigene Lebensgeschichte hatte, würde er es zu schätzen wissen, da war sie ganz sicher. Dann würde er diese Bilder seinen Kindern zeigen und ihnen von der Tante erzählen, die er niemals kennengelernt hatte, von der Großmutter, die vom Unglück besiegt worden war, und dem Großvater, der keine Gelegenheit mehr zum Helfen bekommen hatte.

»Danke, Mum«, sagte er und blätterte in dem Album. »Und auf der nächsten Seite ...«, er deutete auf das leere Blatt, »... *Tiffany Baxter!*«

»Wenn sie denn mal klug ist«, erwiderte Melody. Sie streckte die Arme aus und drückte ihn so fest, wie sie sich traute.

Stacey, Pete und die Kinder waren schon dort, als sie zwei Stunden später in den Park von Lincoln's Inn kamen. Sie hatten ihren Swingball aufgebaut, Decken ausgebreitet und bereits eine Flasche Champagner geöffnet. Champagner war eine von Staceys vielen teuren Vorlieben, für die sie anscheinend immer gerade genug Geld hatte. Was Feiern anbelangte, so gab es kaum etwas, für das sie nicht eine Flasche entkorkt hätte.

»Fantastischer Tag!«, trällerte sie und kam Melody, ein gefülltes Glas in der ausgestreckten Hand, entgegen. Als sie sich umarmten, bemerkte Melody, dass Staceys Atem nach Pfefferminz roch. Sie nahm das Glas entgegen und sah ihre Freundin fragend an. »Irgendwelche Neuigkeiten?«

»Also, ja«, lächelte Stacey. »Ich bin ganz offiziell schwanger, in der sechsten Woche jetzt. Und fühle mich beschissen. Juhu!«

»Juhu, das ist ja fantastisch! Bist du glücklich?«, fragte Melody und drückte ihre beste Freundin.

»Ja«, erwiderte Stacey achselzuckend. »Ich freue mich zwar nicht gerade darauf, dass ich wieder so dick werde und an nichts anderes mehr denken kann als an Alkohol und Zigaretten, aber noch ein Kind, ja – das kann ich gar nicht abwarten.«

Ich auch nicht, dachte Melody. Seit Clovers Geburt vor drei Jahren hatte es kein Baby mehr gegeben, und daher hätte Staceys Neuigkeit zu keinem besseren Zeitpunkt kommen können als gerade jetzt, da Melody lauter kleine Löcher im Herzen hatte, in denen Babys hätten sein sollen. »Das ist einfach toll!«, sagte sie und drückte Stacey noch einmal. »Ich freue mich so für dich. Wirklich. Darf ich es weitererzählen?«

»Ja, sicher. Sobald mich die Leute ohne Zigarette in der Hand sehen, werden sie sowieso Bescheid wissen. Da kannst du es ihnen auch erzählen. Und was ist mit dir, immer noch Nichtraucherin?«, setzte sie hinzu.

»Ja«, antwortete Melody. »Vor ein paar Tagen habe ich eine geraucht, und danach war ich mir noch sicherer, dass ich es wirklich nicht mehr mag.«

»Komisch, wirklich komisch«, bemerkte Stacey.

»Ich weiß«, erwiderte Melody. »Die ganze Sache ist wirklich komisch.« Sie wollte gerade berichten, was ihr in den vergangenen vierzehn Tagen widerfahren war, als jemand ihr auf die Schulter tippte. Sie drehte sich um und erblickte Emily.

»Hallo! Tut mir leid, dass ich zu früh bin«, sagte Emily.

Mit staunend aufgerissenen Augen blickte Stacey von Melody zu Emily und wieder zurück. »Mein Gott, ihr seht ja aus wie Zwillinge!«, sagte sie, bevor Melody die beiden Frauen einander vorstellen konnte.

Melody und Emily lächelten erst sich, dann Stacey an.

»Emily, das ist Stacey, meine beste Freundin«, sagte Melody. »Und das da drüben ist Pete, ihr Mann, und ihre Kinder Cleo,

Charlie und Clover. Und da drin«, sie deutete auf Staceys Bauch, »ist noch ein Kleines unterwegs.«

»Oh, gratuliere!«, sagte Emily.

»Danke«, erwiderte Stacey und warf ihrer Freundin einen neugierigen Blick zu.

»Stacey, das ist Emily, meine kleine Schwester«, erklärte Melody strahlend.

Noch immer verwirrt, blickte Stacey die beiden an. »Na, das hätte ich mir beinahe denken können. Und warum hast du mir in den ganzen achtzehn Jahren, seit wir uns kennen, nie von deiner kleinen Schwester erzählt?«

Lächelnd ergriff Melody die Hand ihrer Freundin. »Ich habe ein paar anstrengende Wochen hinter mir. Hilf mir mal, die Lebensmittel da auszupacken, dann erzähle ich dir alles.«

Der Nachmittag verging für Melody wie ein Traum. Die Sonne schien ohne Unterbrechung, Champagner und Bier flossen in Strömen, und zum ersten Mal dienten Stacey und die Ihren Melody nicht als Ersatzfamilie. Heute waren ihre eigenen Verwandten dabei.

Ben, groß und gut aussehend, der in der heißen Nachmittagssonne sein Jackett ablegte, sein hellblaues Hemd aufknöpfte, die Ärmel hochkrempelte und Schuhe und Strümpfe auszog.

Emily, die vom Champagner und der Freude darüber, dabei zu sein, immerzu kichern musste.

Und Melodys schöner Sohn, mit bloßem Oberkörper, der einen Luftsprung machte, um eine Frisbeescheibe zu fangen, sein junger Körper fest und gespannt, bereit, es mit der Welt aufzunehmen.

Sie sah, wie Pete behutsam seine Hand auf den noch flachen Bauch seiner Frau legte, während Cleo und ihr Freund Arm in Arm unter einem Baum saßen und Erdbeeren aus einer Schüssel aßen.

Clover wurde von ihrem großen Bruder Charlie im Kreis herumgejagt, und Eds Schulfreunde und -freundinnen, denen Melody seit Jahren jeden Tag in der Kantine Bohnen und Pommes ausgeteilt hatte, standen in kleinen Grüppchen beieinander, langten am Buffet kräftig zu, tranken Bier aus der Flasche und flirteten miteinander.

Versteckt hinter einem Baum entzündeten Melody und Stacey heimlich die Kerzen auf einer Schokoladentorte, die Stacey und Cleo gebacken hatten. Dann schleppten sie die Torte herbei, während die anderen Gäste im Chor »Happy Birthday« sangen.

Staunend betrachtete Melody das Gesicht ihres Sohnes, als er die achtzehn Kerzen ausblies. Sie sah dieses Gesicht wieder vor sich, wie es im Alter von drei, fünf, zehn Jahren gewesen war – dieselbe Art, die Backen beim Pusten aufzublasen, derselbe konzentrierte Gesichtsausdruck, dasselbe schöne Profil, das sie sonst nur an Eds fremden Vater erinnert hatte, bei dessen Anblick sie nun jedoch an einen Mann namens John Ribblesdale und eine Frau namens Jane Newsome dachte, was sie noch stolzer machte als zuvor.

Sie teilten den Kuchen und reichten die Stücke auf Papptellern herum. Ben setzte sich neben Melody und legte ihr den Arm um die Schultern. Auf der anderen Seite der Decke unterhielt sich Ed mit Tiffany Baxter, dem Objekt seiner Zuneigung. Wie viel mehr hatte er ihr jetzt zu bieten, dachte Melody. Nicht einfach eine Mutter, sondern eine Mutter mit Wurzeln, eine Mutter, die auf der Schwelle zu etwas Neuem, Wunderbarem stand. Eine richtige Familie.

Emily ließ sich mit gekreuzten Beinen neben ihr und Ben nieder. Überrascht dachte Melody, dass Bens Anwesenheit für Emily nichts Außergewöhnliches war. Ihrer Schwester erschien es völlig normal, dass es in Melodys Leben einen Mann gab.

»Wow«, sagte Emily und blickte sich um, »mir gefällt es, wie du lebst!«

Und genau darum geht es, kurz und bündig, dachte Melody. Ihren Sohn hatte sie immer geliebt, und ebenso ihre Freunde und ihre Wohnung. Doch bis zu diesem Augenblick hatte sie nie ihre Art zu leben geliebt. Und was noch wichtiger war: Bis ein solariumgebräunter Blödmann in einem Mohairanzug zwei Wochen zuvor die Pforte zu ihrem Gedächtnis aufgestoßen hatte, hatte Melody sich selbst nicht geliebt.

Sie legte den anderen Arm um ihre Schwester und saß geborgen und glücklich da, den Bauch voller Champagner und Schokotorte und Hoffnung auf die Zukunft.

Melody Browne ist tot, dachte sie bei sich. Lang lebe Melody Ribblesdale!

Epilog

Heute, im August

Der Taxifahrer weigerte sich, den mit Schlaglöchern übersäten unbefestigten Weg bis zu dem Bauernhaus zu fahren, und ließ Melody mit ihrem Rucksack am Straßenrand aussteigen. Sie gab ihm trotzdem ein Trinkgeld, bereit, allen und jedem auf ihrer ersten Auslandsreise ein Trinkgeld zu geben, um ja nichts falsch zu machen.

Skeptisch schaute sie den Weg hinunter. Es sah nicht so aus, als läge dort hinten ein bewohntes Haus, dennoch musste sie hier richtig sein, es sei denn, es gab noch einen zweiten unbefestigten Weg neben einem Windpark mit einem Schild davor, auf dem »El Durado« stand.

Sie setzte den Rucksack auf und machte sich auf den Weg. Wie ein Feuerball brannte die Nachmittagssonne auf sie herab, bis ihr der Schweiß über den Rücken lief und ihr T-Shirt unter den Achseln feucht wurde.

Der Rucksack gehörte Ben. Er war alt und abgenutzt, mit Aufklebern von Fluggesellschaften gespickt und hatte weitaus mehr Reisen unternommen als Melody. Um zwanzig vor sechs am Morgen hatte Ben sich am Flughafen von ihr verabschiedet. Obwohl er noch so müde war, dass er kaum die Augen aufbekam, hatte er darauf bestanden. »Ich möchte dich davonfliegen sehen«, hatte er gesagt. »Ich möchte dabei zusehen, damit ich später weiß, wie es aussah, als du dich endlich in die Lüfte geschwungen hast.«

Melody ging fünf Minuten lang, bis sie davon überzeugt war, dass sie sich völlig verlaufen hatte und hier draußen vor Hitze und Durst sterben würde. Dann würden die Geier, die am Himmel ihre Kreise zogen, das Fleisch von ihrem toten Körper reißen, bis nur noch die Knochen in der unbarmherzigen spanischen Sonne bleichten. Doch als sie dabei war, in Panik zu geraten, fiel ihr Blick auf eine Ansammlung einfacher, niedriger Gebäude am Horizont. Daneben eine Gruppe Feigenbäume, ein rebengesäumter Pfad, eine Wäscheleine, drei kleine weiße Ziegen, ein weißes Wohnmobil, ein Moped und links davon ein altes, verrostetes Motorrad mit Beiwagen. Ihr Herz machte einen Sprung. Hier war sie mit Sicherheit richtig.

Eine Frau lächelte ihr zu, als Melody näher kam. Sie war ungefähr in ihrem Alter, dunkelhaarig und sehr dünn und trug eine locker sitzende Jeans und ein Top mit Blumenmuster. *»Hola!«,* rief sie.

»Hola!«, erwiderte Melody. »Hallo! Sprechen Sie Englisch?«

»Ja, ich spreche *perfekt* Englisch«, antwortete die Frau. »Mein Name ist Beatriz. Kann ich Ihnen irgendwie behilflich sein?«

»Ja. Ich, äh, ich möchte zu Ken. Ken Stone. Ist er hier?«

»Ken? Ja, der ist da. Und wer sind Sie?«, erkundigte sich die Frau freundlich.

»Oh, ich bin Melody, eine alte Freundin. Es soll eine … eine Art Überraschung werden.«

Ein kleines Mädchen mit dunklem Haar und großen blauen Augen lugte hinter Beatriz' Beinen hervor und beäugte Melody neugierig.

»Hallo, ich meine – *hola!«,* sagte Melody.

Das kleine Mädchen blinzelte und rannte zurück ins Haus. »Das ist Daria. Sie ist ein bisschen schüchtern. Kommen Sie mit mir.«

Melody folgte Beatriz ins Haus. Von dem, was Grace und Seth ihr erzählt hatten, hatte sie es sich schon sehr schlicht vorgestellt. Dennoch war sie überrascht, dass es in diesem Haus keinerlei moderne Errungenschaften zu geben schien. Die Küche bestand aus offenen Regalen an drei Wänden, einem Gaskocher und einem großen Spülstein. Der nackte Fliesenboden war nur an einigen Stellen mit abgetretenen Binsenmatten bedeckt. An einem alten Tisch, der mitten in der Küche stand, saßen zwei weitere kleine Kinder, die Orangen aßen und Comic-Hefte lasen. Hier drinnen war es kühl und es roch gut nach gebratenem Fleisch und Orangenschalen.

Beatriz führte Melody durch das Haus, zur Hintertür hinaus und einen Fußweg entlang, neben dem Orangenbäume und von der Sonne ausgeblichene alte Gartenmöbel standen. Am Ende des Weges lag ein kleineres Haus, und davor saß ein Mann rittlings auf einem Hocker und kämmte dem größten Hund, den Melody je gesehen hatte, das dichte Fell. Der Mann war groß und schlank, mit langen Haaren und einem verwitterten, freundlichen Gesicht. Als er ihre Schritte hörte, sah er auf und blinzelte.

»Hola!«, rief er.

»Hallo«, erwiderte Melody lächelnd.

Er stand auf und kam einige Schritte auf sie zu. Sein Gesicht verzog sich vor Konzentration, als er versuchte, Melody einzuordnen. »Ich kenne Sie doch«, sagte er.

»Ja, du kennst mich«, erwiderte Melody.

»Oh, mein Gott!«, rief er plötzlich, während ihm die Tränen in die blauen Augen schossen. »Das kann doch nicht sein, oder? Du bist es wirklich!«

»Das kommt darauf an, für wen du mich hältst«, erwiderte Melody.

»Melody! Du bist Melody! Du lieber Himmel!« Er kam herbeigerannt, packte ihre Oberarme und betrachtete eingehend ihr Gesicht. »Ich wusste es!«, rief er schließlich. »Ich wusste, dass du kommen würdest. Letzte Woche habe ich von dir geträumt. In meinem Traum sind wir uns zufällig auf einem Schiff begegnet, und du hattest zwölf Kinder und blond gefärbtes Haar! Aber das stimmt doch wohl nicht, das mit den zwölf Kindern?«, fügte er hinzu.

Sie lachte. »Nein, nur eins. Und ich hatte auch nie blond gefärbtes Haar.«

»Das ist ja wie im Märchen. Schöner kann's gar nicht sein. Beatriz!« Er zog die dunkelhaarige Frau näher heran. »Das ist Melody. Weißt du noch? Ich habe dir von ihr erzählt. Das kleine Mädchen, das bei mir gewohnt hat, als ich noch an der Küste lebte. Das kleine Mädchen, das ich adoptieren wollte. Das ist sie! Sie ist gekommen!«

Melody lächelte erst Beatriz, dann Ken zu, und als sie ihn ansah, war ihr, als schmiege sich etwas Warmes um ihr Herz. Sie hatte befürchtet, der wirkliche Ken würde dem Ken ihrer Erinnerung nicht gerecht werden und wäre nur ein trauriger alter, im Leben gescheiterter Mann. Aber das war er nicht, so viel wusste sie schon jetzt. Er war genau so wie in ihrer Erinnerung und wie sie es sich erhofft hatte. Sie streckte die Arme nach ihm aus, und er erwiderte ihre Umarmung.

Ihre Geschichte war vollständig.